나가시노長篠 전투(1575) 병풍도 앞부분.
오다·도쿠가와 연합군이 타케다 군을 공격하는 모습.

도쿠가와 이에야스

德川家康

1부 대망 大望

7 불타는 흙

야마오카 소하치
대하소설
이길진 옮김

德川家康

1부
대망 大望

7
불타는 흙

도쿠가와 이에야스

솔

『도쿠가와 이에야스』를 바로 읽기 위해

1. 본문 중 °표시가 된 용어는 책 뒤에 풀이를 실었다.

2. 인명과 지명은 원음 표기를 원칙으로 하며, 된소리를 피하고 거센소리로 표기하였다. 단 도쿠가와와 도요토미만은 원음과 차이가 있지만 일반인에게 익숙한 이름이기에 외래어 표 기법에 따랐다. 장음은 생략하였다.

3. 인명, 지명 및 고유명사는 처음 나올 때 원어를 병기하였으며, 강과 산, 고개, 골짜기 등과 같은 지명 역시 현지 음대로 카와(가와), 야마(잔, 산), 사카(자카), 타니(다니) 등으로 표 기하였다.

4. 성과 이름 중간에 나오는 것은 대부분 관직명과 서열을 나타내는 것인데, 그 당시의 관습 에 따라 이름과 혼용하여 쓰이는 경우도 있다. 각 관청 및 관직에 대해서는 부록에서 설명 하였다.
    ex) 히라테 나카츠카사노타유 마사히데 → 히라테 마사히데(이름) + 나카츠카사노타유 (나카츠카사의 장관), 아마노 아키노카미 카게츠라 → 아마노 카게츠라(이름) + 아키 노카미(아키 지방의 장관)

5. 시간과 도량형은 센고쿠 시대에 쓰던 것을 그대로 따랐으며, 역시 부록에서 설명하였다.

차례

《 오와리 · 미카와의 주요 지도 》

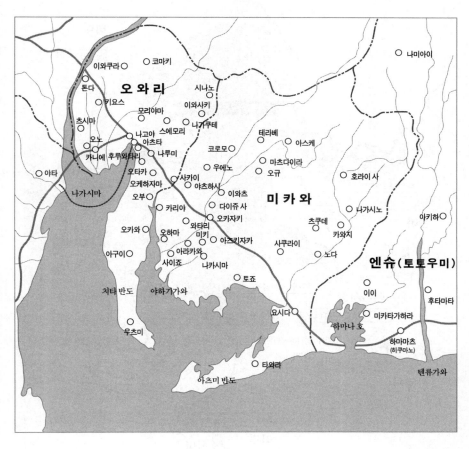

이와쿠라 ○   ○ 코마키   ○ 나미아이
톤다 ○
○ 키요스   시나노 ○
오 와 리   이와사키 ○
츠시마 ○ 모리야마   나가쿠테 ○
오노 ○ 나고야 스에모리   테라베 ○   ○ 아스케
카니에 후루와타리 아츠타   코로모 ○
야타 ○ ○ 나루미   우에노 ○   마츠다이라 ○
오타카 ○   오규
○ 사카이   호라이 사 ○
오케하자마   ○ 야츠하시
나가시마 오부 ○   ○ 이와츠   미 카 와
○ 카리야   다이쥬 사 ○   나가시노 ○   아키하 ○
오카와 ○ 오하마 ○ 와타리 오카자키 ○ 츠쿠데 ○
미키   ○ 아즈키자카 카와치 ○
아구이 ○   아라카와 ○ 사쿠라이 ○ 노다 ○
사이죠 ○ 나카시마   엔 슈 (토토우미)
치타 반도   야하기가와   ○ 토죠
이이 ○   ○ 후타마타
우츠미 ○   요시다 ○ 미카타가하라 ○
하마나 호
하마마츠
(히쿠마노)
○ 타와라
아츠미 반도   텐류가와

──·── 지역 경계선

《 아사쿠라 · 오다 세력권(1568년경) 》

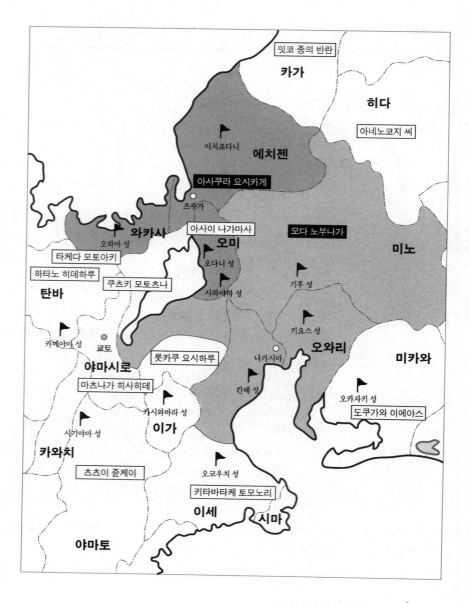

잇코 종의 반란

카가

히다

아네노코지 씨

에치젠

이치죠다니

아사쿠라 요시카게

초루가

와카사

오하마 성

타케다 모토아키

하타노 히데하루

아사이 나가마사

오미

쿠츠키 모토츠나

오다니 성

사와야마 성

오다 노부나가

미노

기후 성

키요스 성

오와리

미카와

탄바

카베야마 성

쿄토

야마시로

롯카쿠 요시하루

나가시마

마츠나가 히사히데

칸베 성

오카자키 성

도쿠가와 이에야스

시기야마 성

이가

카시와바라 성

카와치

츠츠이 쥰케이

오코우치 성

키타바타케 토모노리

야마토

이세

시마

ー---- 지역 경계선   ▶ 성

어지러운 성

1

젠케이減敬는 노부야스信康의 모습이 현관에서 사라진 뒤에도 잠시 동안 꿇어엎드린 채 움직이지 않았다.

카츠요리勝賴와 노부야스의 모습이 그의 머릿속에서 분주하게 맴돌았다. 그에게 카츠요리는 믿음직한 주군, 노부야스는 무서운 적이었다. 그러나 나이로 보면 노부야스는 아직 어린아이에 지나지 않았다. 그런데도 왜 이렇게 무서운가. 스스로 물어보아도 그 이유는 애매했다.

노부야스의 예리한 직관력은 날개 치는 독수리를 연상케 했다. 이 독수리는 유유히 하늘을 날아다니는 듯이 보이다가도 풀숲에서 먹이를 발견하면 일직선으로 내려와 여지없이 낚아챌 것이 분명했다.

'겨우 친서가 도착한 날에……'

이런 생각을 하면 지금 오카자키岡崎를 떠나는 것이 아쉬웠다. 그러나 한 걸음이라도 늦어지면 독수리의 발톱에 찢길 것만 같은 무서운 예감을 떨쳐버릴 수 없었다.

'그렇다, 이대로는 위험하다……'

위험을 무릅쓰고 더 이상 경솔한 짓은 할 수 없었다. 누가 어디서 보고 있건, 한 사람의 소심한 의사醫師가 노부야스의 진노를 사서 겁을 먹고 움츠러들어 있는 것처럼 보이게 할 필요가 있었다.

"겐케이 님, 어찌 된 일입니까?"

이윽고 엎드린 채 움직이지 않고 있는 그의 모습을 코토죠琴女가 발견했다.

"예…… 예…… 그만 작은 성주님의 진노를 사서……"

겐케이는 일부러 부들부들 떨면서 일어나는 체하다가 다시 꿇어엎드렸다.

"코토죠 님, 마님더러…… 마님더러 작은 성주님께 잘 말씀 드려달라고 전해주십시오."

"어머, 일어나실 수 없는 것 같군요, 겐케이 님."

"예…… 예. 놀라서! 너무 놀라서 그렇습니다. 이대로 기어가겠습니다. 아직…… 작은 성주님이 진노를 풀지 않으셔서, 이 겐케이는 무서워서……"

코토죠는 경멸하는 눈빛으로 주위를 둘러보더니 가만히 겐케이를 부축해주었다.

겐케이는 츠키야마築山의 거실을 손으로 가리키며 다시 온몸을 부들부들 떨었다.

"마님께…… 마님께."

코토죠는 겐케이를 츠키야마의 거실로 부축하고 들어갔다.

겐케이는 곧 사람들을 물리쳐달라고 부탁했다. 새삼스럽게 그런 부탁을 하지 않아도 겐케이가 들어가면 하녀들은 저절로 물러가게 되어 있었다.

잠시 후——

겐케이는 거실을 나와 창백한 표정으로 밖으로 나갔다.

'이것으로 손쓸 수 있는 방법은 모두 강구했다.'

이미 겐케이를 수상한 자로 점찍은 노부야스. 그 노부야스가 카츠요리에게 협력하도록 하려면 자신이 없는 편이 유리할 듯하다――는 설득에 츠키야마는 겐케이로서도 놀랄 만큼 순순히 고개를 끄덕였다.

벌써 마님의 꿈은 코슈甲州(카이甲斐)에 가 있는 모양이었다.

'아무리 난폭한 노부야스라 할지라도 자신의 어머니는 죽일 수 없을 것이다.'

이미 아야메는 노부야스의 정에 푹 빠져 자기 입으로 친딸이 아니라고 고백했다. 지금까지의 고생을 이야기하면 카츠요리도 그가 돌아왔다고 꾸짖지만은 않을 것이었다.

'그렇다, 오랜만에 카이의 흙을……'

겐케이는 불탄 초원의 풀처럼 축 늘어진 모습으로 터벅터벅 성문으로 향했다.

2

적지에서 첩자의 생활은 순간순간이 생명을 건 위기의 연속이었다.

'이제는 그 위기로부터 벗어난다……'

긴장이 풀리며 순간 온몸에서 힘이 빠져나가는 것 같았다. 그러나 지금 긴장을 푸는 것은 아주 위험한 일이었다.

겐케이는 츠키야마 저택의 문을 나서면서 아랫배에 힘을 주고 눈을 감았다.

해는 이미 기울고 서늘한 바람이 불어오고 있었다. 그러나 밤이 되려면 아직도 일 각(2시간)은 더 있어야 했다. 오늘 밤에도 하늘에서는 별이 아름답게 빛나리라. 그 밤이 될 때까지의 얼마 동안이 가장 경계해야 하는 시간이었다.

겐케이는 문을 나서자 얼른 방향을 바꾸어 본성 쪽으로 걷기 시작했다. 만일 노부야스의 자객이 자기를 노린다면 본성 쪽은 아니었다. 자기 거처로 통하는 해자 부근이거나 거리 입구 언저리에 숨어 자기를 노리고 있을 것이었다.

겐케이는 바쁘게 머리를 굴리면서 다시 한 번 오가 야시로大賀彌四郎를 만나야 한다고 생각했다. 야시로의 집은 현재 성안에 있는데, 겐케이가 위험에 처했을 때 숨어 있기에 가장 안전한 장소였다.

"저 아부꾼이 벼락출세한 가신을 또 찾아가는군."

이런 손가락질을 받을지도 몰랐다. 그러나 그의 이번 방문이 오카자키 성을 쓰러뜨리기 위한 마지막 상담 때문이라는 사실은 누구도 알지 못했다.

겐케이는 뚜벅뚜벅 오가 야시로의 집 문 안으로 들어섰다.

야시로는 방금 요시다 성吉田城으로 보낼 군량미의 점검을 마치고 돌아와 목욕을 끝낸 참이었다.

"겐케이가 왔다고? 마침 잘 됐어. 침이라도 한 대 맞아야겠군."

안에서 귀에 익은 야시로의 목소리가 들리고, 겐케이는 즉시 거실로 안내되었다.

"한동안 얼굴을 볼 수 없었는데, 그동안 잘 있었나?"

"예. 너무 바쁘신 것 같아 오지 않았습니다."

"음, 오늘은 천천히 쉬었다가 가게. 나도 일을 마치고 지금에야 겨우 한숨 돌리고 있던 중일세. 여봐라, 잠시 후에 같이 저녁을 먹을 테니 준비하도록."

야시로는 이렇게 말하여 사람들을 물러가게 했다.

"드디어 성주는 스스로 무덤을 파는 싸움을 시작했어."

그리고는 목소리를 낮추어 웃었다.

"오가 님."

겐케이는 갑자기 심각한 표정이 되어 불쑥 말했다.

"저는 오늘 오카자키를 떠날 생각입니다."

"허어, 그건 또 어째서?"

"노부야스 님에게 발각되었습니다."

"어느 쪽인가? 간통인가, 계략인가?"

야시로는 깜짝 놀라 이렇게 묻고는 이어 한쪽 뺨을 일그러뜨리며 히죽 웃었다.

"자네는 마님의 총애를 너무 지나치게 받았어. 그래서 그런 일이 생긴 거야."

겐케이는 일부러 작은 소리로 혀를 찼다.

"큰일이 닥쳤어요. 마님에게 친서가 도착했습니다."

"뭐, 도착했다고?"

"모든 것을 다 마님이 원하는 대로 받아들이겠다, 그대도 이제는 한성의 주인이 될 것이다, 준비에 소홀함이 있어서는 안 된다……고."

겐케이는 기세 좋게 무릎걸음으로 다가앉았다. 야시로는 속옷을 풀어헤친 가슴을 탕 하고 두드렸다.

3

"일가 일족이 멸망해가는 옛날 이야기를 나는 지금 이 눈으로 직접 보고 있군."

오가 야시로는 천천히 부채질을 하면서도 조심스럽게 주위를 살폈다. 겐케이는 자세를 바로 하고 야시로를 바라보았다.

"겐케이, 사태의 발단은 부부의 불화. 점점 심해져 부인이 간통한다…… 이것이 도쿠가와德川 일가가 망하려는 징조야."

"아직은 이릅니다, 오가 님."

"아니, 천운天運이 다하면 인간의 힘으로는 어쩔 수 없다는 것……을 절실히 깨달았네. 솔직히 말해 나는 성주가 오카자키에 와서 성을 수리할 때 깜짝 놀랐네. 우리 계획…… 아니 그보다는 기울기 시작한 천운을 성주가 깨달은 것이 아닌가 싶어서."

겐케이는 이 말에 대해 긍정도 부정도 하지 않았다. 눈을 빛내며 조용히 앉아 있었다.

"요시다와 하마마츠浜松 두 성은 원래 성주의 것이 아니야. 이곳 오카자키에 돌아와 성을 굳게 지킨다면 우리 일생도 끝장이라 생각했지. 하지만 그게 아니었어. 성주는 수리를 끝내고 어이없게도 슨푸駿府까지 원정을 가겠다고 했네. 이야말로 스스로 멸망하겠다고 달려드는 꼴이 아니고 무엇이겠나."

"과연, 그렇군요."

"슨푸는 처음부터 문제가 되지 않아. 성주도 곧 철수하리라 생각했는데, 그 뒤 야마가山家 일당의 공격에 자기 운명을 걸겠다고 했어. 겐케이, 카이로 돌아가거든 즉시 카츠요리 님에게 이 말을 전하게. 훌륭한 선물이 될 것일세."

"선물은 그것뿐입니까?"

"둘째와 셋째는 지금부터 말하겠네."

야시로는 갑자기 허연 얼굴을 약간 일그러뜨렸다. 자신감에 넘치는 회심의 미소였다.

"야마가 일당 중에서 먼저 공격할 수 있는 것은 나가시노 성長篠城, 이 전쟁은 오래 끌어야만 해. 장기전에는 식량부족이 따르게 마련, 빈번해진 보급 일로 나는 더욱 바빠질 것일세. 그 기회를 틈타 내가 카츠요리 님에게 신호를 보내겠네."

"으음."

겐케이는 크게 고개를 끄덕이고 그 역시 눈으로 웃었다.

'과연 출세할 만한 인물이야.'

그 치밀성을 인정했다.

"신호를 받는 즉시 카츠요리 님이 직접 오카자키에 출전하시도록 말씀 드리게. 아니, 성을 공격하시라는 것은 아니야. 도중에 내가 길을 안내할 생각일세."

"좋은 생각이군요."

"밤이 되거든 성문 앞에 도착하여, 성주님이 나가시노 공격에서 돌아오셨다…… 이렇게 큰 소리로 성안에 대고 알릴 생각이네. 그런 뒤 카츠요리 님이 유유히 입성하시면 타케다武田 군은 병졸 하나도 다치지 않을 것일세."

겐케이는 가만히 정원으로 눈길을 돌렸다. 이미 황혼은 보랏빛에서 거무스레하게 변하고, 마구간의 지붕 위로 별이 하나 둘 보이기 시작했다. 그러나 아직 나가기에는 좀 일렀다.

겐케이는 다시 무릎걸음으로 조금 다가앉았다.

"이 계획은 노부야스 님 협력을 가정한 것 아닙니까? 그 성격으로 미루어 설령 입성한 뒤에라도 일전을 벌이지 않고는 못 참을 분인 줄 압니다마는."

"잠깐 기다리게. 또 하나의 선물이 있네."

"허어, 참으로 고마운 일이군요."

"협력할 기색이 보이지 않으면, 그때는 내가 성주에게, 작은 성주님을 반드시 출전시키라고 권하겠어. 어린 나이의 첫 출전이므로 필히 뛰어난 장수를 딸려…… 그러면 그들 역시 성을 비우게 될 것 아닌가. 문제될 게 없네."

야시로는 만족스러운 듯 눈을 가늘게 떴다.

4

야시로의 아내가 하인과 같이 밥상을 들고 들어왔을 때 겐케이는 이미 점잖은 의사로 돌아와 야시로의 목에 침을 놓고 있었다.

이제 할말은 모두 끝냈다. 앞으로 이에야스家康가 취할 행동도 모두 알게 되었다. 더구나 야시로의 전략은 겐케이가 생각하기에도 절묘했다. 노부야스를 첫 출전 하게 하고, 병졸 한 사람도 다치게 하지 않은 채 오카자키 성을 손에 넣는다.

이에야스에게 오카자키 성은 마음의 보금자리이고, 군량의 창고였다. 이러한 오카자키를 점령하고, 운이 좋으면 그 아들 노부야스도 인질로 잡는다. 그렇게 되면 제아무리 고집센 이에야스도 카이의 무릎 아래 꿇어엎드리지 않을 수 없을 터였다.

"정말 지독한 더위입니다. 자, 한잔."

아시가루足輕°였을 때의 습관을 버리지 못한 야시로의 아내는 직접 겐케이 앞에 술잔을 올리면서 말했다.

"아니, 이렇게 황송할 수가. 이러시면 제가 벌을 받습니다."

겐케이는 짐짓 손을 내저으며 사양했다. 그 대신 밥은 네 공기나 먹었다. 지금 자기 처소에 들르는 것이 얼마나 위험한지 그는 온몸으로 느끼고 있었다.

'이대로 모습을 감추는 것이 안전해……'

이 밤에 걸어야 하는 산길이 아득하게만 여겨졌다. 어쨌든 오카자키 영내에서 벗어날 때까지는 숨도 크게 쉬면 안 되었다.

겐케이는 자기가 오카자키 사람들에게 카이의 첩자가 아니라 소심한 침술사로 보였으면 했다. 소심한 그가 노부야스의 비위를 거슬려 어디론가 종적을 감추었다…… 그리고는 언젠가 다시 오카자키로 돌아올 때는 훌륭한 대장이 되어 나타나고 싶었다.

"호의에 못 이겨 너무 오래 앉아 있었습니다. 이제 그만 실례하겠습니다."

겐케이가 두 손을 모아 절을 하자 아내가 따라주는 술을 계속 받아마시고 있던 야시로는, 일어나 문갑에서 무언가를 꺼내더니 노자 돈을 싸서 건넸다.

"알겠네. 나중에 다시 만나세."

이미 실내에는 촛대에 불이 켜져 있었다. 어디서 개구리 울음소리가 요란하게 들려왔다.

겐케이는 야시로의 아내가 배웅하는 가운데 현관을 나섰다.

야시로의 집 현관에서 성문까지는 일부러 취한 척하고 비틀거리면서 걸었다.

"의사 겐케이입니다. 지금까지 오가 님 댁에 있었습니다. 지나가게 해주십시오."

적당히 둘러대고 겐케이는 무사히 성문을 빠져나왔다. 그때까지 취한 척하던 겐케이, 성문을 나선 뒤 자기 집과는 반대쪽인 오히라大平 가도를 향해 서둘러 걷기 시작했다.

그는 빠른 걸음으로 쉬지 않고 일고여덟 정丁쯤 걸었다. 미행하는 자가 없다는 것을 확인한 뒤 안도의 숨을 내쉬고 있을 때였다.

"멈춰라!"

소나무 그늘에서 한 사나이가 불쑥 나타나 어둠에 싸인 앞길을 가로막았다.

"아니, 왜 그러십니까?"

"의사 겐케이지!"

"예…… 예."

"카이의 첩자, 주군의 명으로 이 노나카 고로 시게마사野中五郎重政가 목을 베겠다."

그 말을 듣는 순간.

"앗!"

겐케이는 소리를 지르고 그 자리에 무릎을 꿇는 체했다. 그와 동시에 제비처럼 날쌔게 왔던 길로 몸을 돌려 달아나기 시작했다.

"섰거라, 비겁한 놈!"

시게마사가 얼른 그 뒤를 쫓았다.

5

노나카 고로 시게마사는 카이의 첩자라고는 했지만, 겐케이가 오카자키의 비밀을 탐지했으리라고는 생각지 않았다. 따라서 이에야스의 총애를 받는 오가 야시로가 그 공모자라고는 꿈에도 생각지 않았다.

'여기저기 자꾸 얼굴을 내밀더니 결국 작은 성주님의 비위를 건드리고 만……'

"게 섰거라! 겐케이, 어디로 도망치느냐!"

시게마사는 겐케이의 뒤를 쫓았다.

"못 본 체하십시오…… 부탁입니다, 부탁…… 살려주십시오."

겐케이는 일부러 두 손을 높이 쳐들고 몸부림치는 흉내를 냈다. 그렇게 함으로써 더욱 상대의 판단을 어지럽게 하려는 것이었다.

"노나카 님! 살려주십시오…… 사람 살려!"

노부야스에게 코슈의 첩자로 지목당한 이상 비록 목이 달아나더라도 상대의 마음에 한 점 의혹만이라도 남겨두지 않으면 안 되었다.

"못난 놈, 수치스러운 줄 알아라!"

꼴사납게 추태를 부리는 바람에 시게마사는 차라리 그냥 도망가게 할까 하는 생각도 들었다.

'이 따위 의사 하나쯤 죽인들 무슨 소용이 있겠는가……'

이 녀석이 다시 오카자키에 나타날 리는 없다. 노부야스에게는 죽였다고 보고하면 그만…… 그런 생각을 했을 때 겐케이는 가로의 해묵은 소나무 옆에서 실에 끌려가듯 오른쪽으로 꺾였다. 곧장 달려가면 다시 성 밑에 이르게 되기 때문이다.

"사……사……살려주십시오."

겐케이는 시게마사가 따라잡을 것 같아 다시 무섭게 비명을 질렀다.

그때쯤 시게마사는 추격을 중지할까 하는 생각을 하고 있었다. 그런데 그 비명소리를 듣는 순간 가슴에 울컥 분노가 치밀었다. 지나치게 추태를 부리는 겐케이의 모습이 증오스럽기만 했다.

"이놈!"

시게마사는 자제심을 잃고 손에 들었던 칼을 그대로 겐케이를 향해 홱 던졌다.

"앗!"

칼은 도망치는 겐케이의 다리에 날아와 정강이와 허벅지 등에 상처를 입혔다. 몇 걸음 못 가서 겐케이는 칼과 함께 앞으로 고꾸라졌다.

어느 틈에 달이 떴다. 앞쪽 언덕은 반쯤 황토를 드러내고, 왼쪽으로 이어진 언덕에는 들장미인 듯한 꽃이 하얗게 빛나 보였다.

"아차!"

겐케이는 쓰러지면서 이대로 질 수 없다는 마음으로 이를 갈았다.

'미카와三河 무사가 강한가, 코슈 무사의 끈기가 강한가……'

본보기를 보여주지 않을 수 없는 최악의 장면에 부닥치고 말았다.

시게마사는 뒤에서 천천히 걸어왔다. 그리고 겐케이로부터 몇 걸음 되는 곳에 떨어져 있는 자기 칼을 집어들었다.

"겐케이!"

"예…… 예."

겐케이는 달을 향해 약간 고개를 쳐들고 부들부들 떠는 모습을 보였다. 칼로 맞서는 싸움이 아니었다. 어디까지나 자신의 신분과 목적을 감쪽같이 속이고 죽어야 하는 지극히 어려운 싸움. 겐케이는 이것으로 시게마사를 이기려 하고 있었다.

"너무 냉혹합니다! 노나카 님, 이렇게 빌겠습니다…… 살려주십시오…… 살려주십시오…… 앗, 피다!"

아닌 게 아니라 겐케이의 무릎 언저리의 마른 흙이 젖어들며 검붉은 원이 점점 크게 번지고 있었다.

6

"이……이……이 겐케이는 츠키야마 마님의 우울증을 고쳐드린 큰 은인…… 포상 대신에…… 이……이처럼 노하시다니…… 노나카 님, 저는 이렇게……"

노나카 시게마사는 잠시 아무 말 없이 겐케이 옆에 서 있었다. 마음속에서는 연민과 증오와 또 하나의 생각이 소용돌이치고 있었다.

살려줄 것인가 죽일 것인가…… 살려준다 해도 도망칠 수 있을까.

노부야스는 겐케이를 카이의 첩자라고 했다. 그러나 그가 보기에는 첩자라고는 생각되지 않았다. 이대로 놓아주고도 싶지만, 근처 민가에서 치료받다가 그 사실이 노부야스에게 알려지기라도 하면…… 그렇게 되면 어리다고 해서 주군을 가볍게 여긴 죄를 면할 수 없을 터였다.

"겐케이……"

"예…… 예. 살려…… 살려주시겠습니까, 노나카 님?"

"아직 살려주겠다는 말은 하지 않았다. 그런데, 너는 왜 그렇게 작은 성주님을 진노하게 만들었느냐?"

"도……도무지 그 영문을 모르겠습니다. 이 겐케이가 데려다 기른 아야메, 그것을 친딸이라고 속였다고 해서……"

"너는 카이 태생이냐?"

"아닙니다. 할아버지는 중국에서 건너온 사람, 저는 사카이堺 태생 입니다. 단지 카이에 잠시 살았을 뿐…… 카이의 인정은 저에게 너무 쌀쌀했습니다…… 그래서 아야메를 데리고 사카이로 돌아가는 길에 오카자키에 오게 된 것이 불운이었습니다."

겐케이는 다시 달빛 아래서 훌쩍훌쩍 울었다.

그의 생각에도 이미 살아서 카이로 돌아가기는 불가능할 듯했다. 허 벅지의 출혈이 너무 심했다. 때때로 의식이 아득해지곤 하는 것은 체내 의 피가 흙으로 되돌아가려고 인력人力 이상의 힘으로 빨려나오고 있 다는 증거였다.

'이대로 질 수는 없다!'

노나카 시게마사는 노부야스의 측근 중에서 히라이와 시치노스케 치카요시平岩七之助親吉 다음 가는 인물로 여겨지고 있었다. 그 시게마 사의 눈에 시시각각 죽음이 다가오는 자신의 모습이 그대로 비치지 않 을 리 없다. 시게마사는 분명히 자신의 고통을 없애주려고 칼을 휘두를 것이었다. 마지막 싸움은 그때부터라고 겐케이는 생각했다.

"사카이로 돌아가던 도중에 오카자키에 들렀다는 말이지……"

"예. 그랬다가 츠키야마 마님이 우울증에 걸렸다고 하여 그 치료를 부탁받은 것이 돌이킬 수 없는 액운이 되고 말았습니다. 딸은 빼앗기 고…… 제 몸은 이처럼…… 노나카 님, 이 겐케이를 가엾게 여기신다 면 이 피…… 이 피가 멎도록 치료를…… 이미 겐케이에게는 그럴 힘 도 없습니다."

노나카 시게마사는 얼마 동안 잠자코 서 있었다.

"겐케이, 너는 의사가 아니냐?"

"예…… 예. 의사임이 틀림없습니다마는."

"의사라면 알 것이다. 이미 너는 살지 못해. 편안하게 해줄 테니 합장이나 해라."

"앗, 안 돼! 그……그……그것은 너무 잔인해. 너무…… 가혹한 짓이야!"

"움직이지 마라. 움직이면 더욱 고통이 심할 뿐이다."

시게마사는 손에 든 칼을 어깨 위로 쳐들었다.

"사……사……사람 살려!"

겐케이는 마지막 힘을 다해 땅 위를 기기 시작했다. 이상하게도 주군인 카츠요리를 위해 일하고 있다는 의식은 없고, 눈앞에 있는 시게마사에게 지지 않겠다는 완고한 고집만이 그를 채찍질하고, 그의 마지막을 지탱해주었다.

7

시게마사는 마지막 기력을 다해 버둥거리는 겐케이의 목을 어서 쳐야겠다고 생각했다. 평생을 안락하게 ─ 오로지 그 생각만으로 살아온 것으로 보이는 인간, 그 인간이 살 수도 없는데 살겠다고 버둥거리는 꼴은 차마 볼 수 없었다.

"겐케이, 움직이지 마라. 편안하게 해주겠다."

"사람 살려! 이…… 잔인한 놈, 짐승만도 못한 놈! 사람 살려!"

"움직이지 말라고 했지 않느냐. 칼을 잘못 맞으면 고통스러운 것을 너는 그런 사실도 모르느냐?"

"이…… 짐승 같은 놈! 아니…… 노나카 님, 이 돈을 드리겠습니다. 이……이……이것은 겐케이가 목숨보다 더 중히 여기고 모은 것……"

겐케이는 허둥대며 품속에 손을 넣어 지갑을 꺼냈다. 지갑에서 금과 은이 쏟아져나와 사방에 흐트러졌다.

"이……이……이것을 드리겠습니다…… 아니, 그중의 하나를 노자로…… 아니, 하나만은 드릴 수 없으니…… 이만큼 드리겠습니다, 노나카 님! 살려주십시오, 이렇게…… 이렇게……"

노나카 시게마사는 고개를 돌리고 칼을 내리쳤다.

"으악!"

목덜미를 향해 내려치는 칼임을 알고 겐케이는 얼른 몸을 뒤로 뺐다. 칼은 머리에 맞았다. 그 순간 겐케이는 이겼다고 생각했다.

이처럼 미련하게 죽는 자가 코슈 군 가운데서도 뛰어난 무사였다는 사실을 간파할 리 없었다. 그것을 간파할 정도로 기량 있는 자가 미카와에는 있을 리 없다……

머리가 갈라져 뿜어져나오는 피가 머리카락과 함께 얼굴에 흘러내렸다. 겐케이는 비명을 지르고 두 손으로 칼을 움켜잡았다.

"이……이……인간이 아니야! 짐승 같은 놈! 아……악마! 두……두……두고 보자. 반드시 원한을…… 갚고야 말겠다……"

칼날을 움켜쥔 채 시력을 잃은 그 처참한 형상.

시게마사는 얼른 칼을 당겼다. 손가락이 칼에 쓸려 너덜거리며 겐케이의 상체가 앞으로 고꾸라졌다.

"얏!"

이번에는 한칼이었다. 겐케이의 목이 공중에 날아올랐다가 네댓 자 떨어진 황토 위에 뚝 떨어졌다. 여전히 두 눈을 부릅뜬 채 허공을 노려보고, 그 입은 비웃기라도 하듯 약간 위로 벌어져 있었다. 그 입에서 쏟아져나오는 핏속에서 하얀 이가 달빛을 받아 희미하게 빛나고 있었다.

시게마사는 성큼성큼 그 머리를 향해 다가가 합장하는 대신 발로 걷어찼다. 이 정도의 일에 눈 하나 깜짝할 것 같으냐—이런 의지가 마음속에 있는 듯했다. 그는 천천히 칼에 묻은 피를 닦았다. 주위는 다시 조용해지고 개구리의 울음소리가 들리기 시작했다.

시게마사는 칼을 칼집에 꽂고 허리에서 네모난 헝겊을 꺼내 겐케이의 흐트러진 머리카락을 잡아 머리를 공중으로 쳐들었다.

"겐케이 녀석, 묘한 꼴을 하고 있군. 반은 화를 내고, 반은 웃고 있어. 다음에 태어날 때는 좀더 큰 간덩어리를 가지고 나오너라."

웃지도 않고 이렇게 말하면서 그것을 헝겊에 싸 오른쪽 허리에 매달았다.

노부야스가 초조하게 기다리고 있을 터였다. 시게마사는 시체와 돈은 거들떠보지도 않고 팔짱을 낀 채 걷기 시작했다.

8

시게마사가 성문을 들어서려 할 때 뒤에서 흙먼지를 일으키며 달려오는 자가 있었다.

"노미能見의 마츠다이라 지로에몬 시게요시松平次郎右衛門重吉 님이시다. 문을 열어라!"

말고삐를 놓고 구르듯이 뛰어온 병졸이 큰 소리로 외쳤다.

"뭐, 노미의 마츠다이라……"

노나카 고로 시게마사는 성큼성큼 다가갔다.

"노나카 시게마사입니다. 무슨 중요한 일이라도……"

마츠다이라 시게요시는 얼른 말에서 내렸다.

"오, 그대인가. 작은 성주님은 안녕하시겠지?"

"물론입니다——"

대답하면서 시게마사는 허리에 찬 목을 감췄다.

"그렇다면 반가운 일일세. 하마마츠에서 사람을 보내왔는데, 드디어 작은 성주님께 첫 출전의 지시가 내렸네. 아, 그리고 히라이와 치카요시는?"

"예, 열심히 맡은 일을 하고 있습니다."

"다행이로군. 치카요시는 곧 하마마츠로 가야겠어. 그 대신 작은 성주님 곁에는 혼다 사쿠자에몬本多作左衛門이 오게 될 것일세."

"마침내 전쟁이 시작되는군요?"

"음, 치카요시는 후타마타二俣 공격의 지휘, 그대에게는 작은 성주님의 하타모토旗本°를 명하셨어. 그래서 급히 달려온 것일세."

시게요시는 일단 말을 끊었다가 다시 이었다.

"마침내 폭풍에 휩싸이게 되었어. 시게마사, 작은 성주님을 잘 부탁하네."

그때 성문이 육중한 소리를 내고 달빛 속에서 열렸다.

"저는 즉시 작은 성주님께 도착하신 것을 알리겠습니다."

"부탁하네."

시게마사는 마츠다이라 시게요시를 배웅하고 곧 노부야스가 있는 내전으로 향했다.

노부야스는 아야메의 방에 있었다. 그는 아직 코지쥬小侍從를 죽이지 않고 있었다.

'어머니를 위해 죽이지 않으면 안 된다!'

결심은 하고 있었으나 코지쥬를 죽일 구실을 좀처럼 찾아낼 수 없었다. 자신의 경솔한 행동으로 머리에 상처를 입힌 데 대해 가책을 느끼면서 노부야스가 얼굴을 내밀자 코지쥬는 억지로 일어나 이부자리 밖으로 나와서 절을 했다.

"소란을 피워 이렇게 작은 성주님이 직접 찾아오시게 하다니 몸 둘 바를 모르겠습니다. 제발 염려놓으시기 바랍니다."

그 말을 듣고 노부야스는 비로소 어머니와도 토쿠히메와도 아야메와도 다른 열부烈婦의 모습을 대하는 것 같아 도리어 마음이 흔들렸다.

'이런 여자도 있었구나……'

이 여자가 어머니의 비밀을 몰랐다면 그야말로 가까이 두고 사랑해주고 싶다…… 이런 유혹마저 느꼈다.

그때 노나카 시게마사가 돌아왔다.

"결과는?"

말하다 말고 시게마사의 허리를 보았다.

"나를 따라와."

노부야스는 일어나 아야메의 방에서 나왔다. 차마 아야메에게는 보일 수 없었다.

"작은 성주님, 정원으로 가시지요."

"그래."

"겐케이의 목은 작은 성주님의 첫 출전을 위한 제물이 되었습니다."

"뭐, 첫 출전의……?"

"노미의 마츠다이라 님에게 성주님의 지시가 내려 조금 전에 당도하셨습니다."

이렇게 말하고 나서야 비로소 시게마사는 겐케이의 목을 어디에 묻을 것인가를 생각했다.

반심叛心

1

오카자키 성의 보수를 끝낸 이에야스의 행동은 질풍과도 같았다.

요시다 성에서 일단 하마마츠로 철수했는가 싶었는데 바로 오이가와大井川를 건너 스루가駿河를 공격했다. 먼저 오카베岡部에 불을 지르고, 보리를 베면서 쿠노 성久能城을 상대로 전초전을 시도해보고 다시 슨푸 성으로 육박해들어갔다.

이 모든 전투는 신겐信玄의 생사를 확인하고, 그 결과에 따라 대책을 세우려는 탐색전이었다.

슨푸의 반응은 이에야스에게 한 가지 암시를 주었다. 신겐이 죽었다면 더 말할 것 없고, 살아 있다고 하더라도 그가 진두에 서서 지휘하지는 못한다는 확신이었다. 그의 스루가 공격은 이 확신만으로도 충분했다. 지금은 적지에 머물러 있으면서 단 한 사람의 군사라도 희생당해서는 안 될 때였다.

적의 성병城兵이 공격에 대비하여 성내 수비를 탄탄히 하고 있는 기회를 틈타 그는 다시 오이가와를 건너 재빨리 요시다 성으로 돌아왔다.

요시다 성으로 돌아온 이에야스는 나가시노 부근에 풀어놓았던 이가伊賀의 첩자들과 마을사람들을 불러 적정敵情을 상세히 물었다. 그런 다음 곧 나가시노 성밖으로 말을 달렸다.

신겐이 죽었건 병으로 드러누웠건 적지 않게 타격을 받았을 것이 분명한 타케다 군을 더욱 피곤하게 만들고 이에야스의 건재健在를 과시하기 위해서였다.

이에야스, 슨푸에 나타나다.

이에야스, 나가시노에 나타나다.

이에야스, 오카자키에 나타나다……

이에야스가 자기 아들 노부야스에게 출전을 명한 것은, 이러한 예측할 수 없는 움직임을 통해 야마가 일당을 압도하려는 일련의 작전에서였다.

노부야스를 성밖으로 내보낸다면 이에야스는 후군으로 오카자키에 남을 것이라 생각하는 것이 상식이었다. 그러나 이에야스는 그 상식의 허점을 찔러 나가시노 성밖에 모습을 나타내고는 즉시 야시로야마社山, 카와다이지마河臺島, 도토渡島 등 후타마타 성을 둘러싼 세 곳에 성을 쌓기 시작했다. 따라서 적은 슨푸, 요시다, 오카자키, 나가시노, 하마마츠, 후타마타 등 사방팔방으로 눈길을 돌리고 관심을 기울이지 않으면 안 되었다.

미카타가하라三方ヶ原에서 신겐에게 참패당한 이에야스가 반 년 남짓한 동안에 드디어 주도권을 되찾았다.

겐키元龜 4년(텐쇼天正 원년, 1573) 여름——

사부로 노부야스는 아버지 이에야스의 명령에 따라 신슈信州에서 오카자키로 들어오는 또 하나의 공격입구인 아스케足助, 부세츠武節를 목표로 북진하기 위해 성을 나섰다.

이 첫 출전의 보급을 담당한 오가 야시로는 노부야스를 이와츠岩津

까지 따라나와 전송했다.

용기백배한 노부야스는 야시로 따위는 거의 안중에도 없는 듯했다. 야시로가 이와츠의 임시막사로 문안하러 왔을 때——

"야시로, 너무 무리하지 마라."

큰 소리로 호기있게 말했다.

"먼저 아스케 성을 함락시키겠어. 그곳에는 카이의 시모죠 이즈下條 伊豆가 지키고 있다. 이즈 따윈 아무것도 아니야. 시나노信濃와 카이에서 운반해온 군량을 빼앗을 테니 그대는 애쓰지 않아도 돼."

"참으로 용맹하십니다…… 코슈 군도 간담이 서늘해질 것입니다. 현재 스루가의 출구는 봉쇄되고 요시다 정면에 있는 후타마타와 나가시노는 위기에 처해 있습니다. 이제 아스케와 부세츠로 가는 길만 막으면 코슈 군은 꼼짝도 못하게 됩니다. 이 야시로는 오카자키에 있으면서 오로지 승전하시기만 기다리고 있겠습니다."

말을 최대한 정중하게 하면서도, 자꾸 웃음이 터져나오려고 하여 야시로는 여간 난처하지 않았다.

2

노부야스는 호쾌하게 웃었다.

"그동안 성을 잘 부탁한다. 돌아올 때는 시모죠 이즈의 목을 선물로 가져오겠어."

"잘 알겠습니다. 아스케 성이 함락되면 이 야시로도 보급대를 데리고 나가 다시 진중에서 뵙겠습니다."

"그래. 오카자키에 돌아가거든 어머님께도 염려 마시라고 전해주게. 노부야스는 이미 시나노 주변의 작은 성 따위는 거들떠보지도 않고 진격해나갔다고."

"자세히 보고 드리겠습니다."

오가 야시로는 노부야스 앞에서 물러나와 잠시 동안 옆에 있는 숲속에 서서 자신의 웃음이 멎기를 기다렸다. 머리 위에서는, 야단스럽게 매미가 울고 있었다. 그 매미소리도 우스웠고, 숲속에 버려진 듯이 놓여 있는 돌로 만든 작은 사당祠堂도 우스웠다.

"후후……"

그는 사당에 걸터앉아 다시 웃음을 터뜨렸다.

"뭘 그리 웃고 계십니까, 오가 님?"

근엄한 표정으로 다가온 것은 야마다 하치조 시게히데山田八藏重秀였다.

"하치조, 나를 탓하지 말게. 바람난 여자의 아들이 하도 우스운 말을 해서 배가 다 아파졌네."

"바람난 여자의 아들이라니, 오가 님, 작은 성주님을 말씀하시는 것입니까?"

야마다 하치조는 마을의 행정관 밑에서 일하는 하급무사였다. 그는 미카와의 20여 마을을 감독하는 위치에 있는 오가 야시로와의 연락을 위해 자주 접촉하고 있었다.

"그 말이 마음에 들지 않는 모양이군, 하치조."

하치조 시게히데는 근엄한 얼굴을 찌푸리고 두려운 듯 다시 숲속을 돌아보았다.

바람난 여자의 아들 — 이렇게 불린 노부야스는 이미 진격할 준비를 갖추고 장막을 걷으라는 명을 내리고 있었다.

"다행히 주위에는 사람이 없지만 벽에도 귀가 있다는 말이 있습니다, 오가 님."

"하하하……"

야시로는 웃었다. 마음속으로 소심한 녀석이라 여기면서, 이런 자는 평생 한 성의 성주는 되지 못할 사나이라고 생각했다.

"하치조, 공교롭게도 이 숲은 훤하게 뚫려 있기 때문에 귀를 가진 벽이라고는 없네."

"그렇다고 주군인 작은 성주님을 그렇게……"

"작은 성주님을 나쁘게 말한 것은 아니야. 그 어머니를 바람난 여자라고 한 것뿐일세."

"그런 말은 삼가시는 것이 좋다고 저는 생각합니다."

"하하하…… 알겠네, 알겠어. 하치조, 마님을 바람난 여자라고 한 데에는 그럴 만한 이유가 있어."

"겐케이를 총애하신다는 소문 말씀이군요."

"아니야."

야시로는 히죽히죽 웃으면서 고개를 흔들었다.

하치조에게는 아직 이에야스나 츠키야마가 하나의 권위로서 마음속에 군림하고 있었다. 그 마음의 돌을 제거하여 그들도 역시 우리와 똑같은 인간이라는 사실을 인식시키지 않으면 나중에 일을 진행하는 데 지장을 초래한다고 야시로는 판단했다.

"아무도 듣는 사람이 없어서 밝히는데, 사실은 나하고도 어울렸던 여자야. 남자가 없이는 못 사는 여자, 전혀 참을성이 없는 여자, 버르장머리 없는 여자, 성주도 그런 것들에 진력이 나서 가까이하지 않는 여자…… 그렇게 생각하면 그 아들도 누구의 씨인지 알 수가 없지. 어쩌면 그런 의심을 가장 많이 하는 사람이 성주인지도 몰라, 하하하. 그런 아들을 작은 성주님, 작은 성주님 하고 불러야 하다니 세상이란 참으로 우스운 거야."

하치조 시게히데는 무서운 말을 들었다는 듯 다시 주위를 가만히 둘러보았다.

3

"아주 서늘하군. 자네가 작은 성주님이라 부르는 그자가 신바람이 나서 출발할 때까지 여기서 쉬었다 가세."

야시로는 하치조가 놀라면 놀랄수록 주군의 권위를 더욱 떨어뜨릴 필요가 있다고 생각했다.

"마츠다이라니 도쿠가와니 하고 집안을 내세우고 있지만, 따지고 보면 원래부터 우리와 다른 세계에 사는 인간들은 아니야. 우리는 아시가루에서 출발하여 가신의 말석에 올랐지만, 마츠다이라 집안의 조상은 떠돌아다니는 거지 중이었어."

"오가 님, 이제 그런 말은 그만두십시오."

"아니, 그렇지 않아. 인간은 언제나 진실을 똑바로 파악하고 있지 않으면 안 돼. 그 조상은 도쿠아미德阿彌라는 이름이었는데 보통 바람둥이가 아니었어…… 하하하, 그렇게 놀랄 것은 없네. 내가 말하는 것은 모두 사실이야. 거지 중이 신슈에서 미카와로 흘러들어가 사카이酒井 마을의 토쿠에몬德右衛門이란 촌장 집에 묵게 되었던 것일세. 그리고 밤중에 그 집 딸의 방에 들어가 만든 자식이 사카이 집안의 조상인 요시로 히로치카與四郎廣親야."

"오가 님!"

"괜찮다고 하지 않았나. 이 거지 중은 빈틈이 없는 녀석이라, 사카이의 촌장보다는 바로 그 앞에 있는 마츠다이라 마을의 촌장 집이 더 좋겠다고 눈독을 들였어. 그래서 마츠다이라 마을의 타로자에몬 노부시게太郎左衛門信重의 집으로 가서 그 맏딸을 농락했다네. 그처럼 빈틈없는 녀석도 없어. 마침내 딸만이 아니라 아버지까지 속여 사위로 들어앉고, 그 집안의 힘을 이용하여 야금야금 부근을 손에 넣기 시작했지. 알겠나. 거지 중과 아시가루의 아들…… 그 둘 사이에 신분의 차이랄 것은 별로 없네. 문제는 그가 가지고 태어난 천성과 재능. 자네라고 해서 한 성의 주인이 되지 말라는 법은 없어."

하치조는 이제 체념한 듯 잠자코 있었다.

출발을 알리는 소라고둥소리가 들렸다.

행군의 맨 앞에 서려는 노부야스를 노나카 고로 시게마사가 겨우 말린 뒤 출발했다.

노부야스가 이끄는 병력은 800 —— 그들은 산길로 접어들어 나무 사이로 모습을 감추었다.

오가 야시로는 히죽히죽 웃으며 일어났다.

"이것으로 첫번째 일은 무사히 끝났네, 하치조."

"예!"

하치조는 또다시 놀랐다.

"첫번째 일이라니요?"

"자네는 노부야스가 아스케 성에 있는 시모죠 이즈를 이길 수 있다고 생각하나?"

"무슨 함정이라도 만들어놓았다는 말입니까, 오가 님?"

오가 야시로는 다시 즐겁다는 듯이 웃으며 말을 매어둔 숲 밖으로 걸어갔다.

"인생에는 도처에 함정이 있게 마련이지. 그건 그렇고 나는 이길 수 있겠는지 없겠는지를 묻고 있는 것일세. 아스케 성은 카모 로쿠로 시게나가賀茂六郞重長의 아들, 아스케 카쟈足助冠者 이래 대대로 스즈키鈴木 씨가 웅거하던 성이야. 마지막 성주 스즈키 에치고노카미 시게나오鈴木越後守重直는 한번도 마츠다이라 씨에게 굴복한 적이 없어. 그러다가 코슈의 시모죠 이즈노카미 노부우지下條伊豆守信氏에게 쫓겨나 빼앗기고 말았지. 알겠나, 열네댓 살밖에 안 되는 어린것이 스즈키 에치고노카미를 몰아낸 시모죠 이즈를 이길 수 있다고 생각하나?"

"그럼, 작은 성주님이 반드시 패한다는 말씀입니까?"

"하하하하, 그게 이기게 되어 있네. 이기면 이 오가 야시로의 임무는 성공한 것이라고 생각하게. 알겠나, 지는 자가 이긴다…… 하하하하. 그게 바로 책략이란 것일세."

하치조는 어느 틈에 야시로를 우러러보고 떨면서 걷고 있었다.

4

인간이 인간을 매료시킬 때 그 혀에는 야릇한 요기妖氣가 감돈다. 처음에는 너무 경솔하지 않은가 생각했던 하치조도 어느새 야시로의 요기에 홀렸다.

'대단한 인물이다……'

몸이 떨리는 듯한 감탄 속에 빠져들었다.

'필부匹夫에서 출세하여 한 성의 성주가 된다, 이런 사나이가 아니면 그렇게 될 수 없을 것이다……'

"오가 님."

"왜 그러나, 하치조."

"그러면, 오가 님의 책략으로 힘이 더 강한 시모죠 이즈가 약한 젊은 이에게 패하게 되어 있다는 뜻입니까?"

"물론."

야시로는 거만하게 끄덕였다.

"아스케 성에서 격퇴당한다면 아무 일도 되지 않아. 그래서 시모죠 이즈는 일찌감치 성을 버리고 퇴각할 것일세."

"강한 쪽이 물러간다…… 어디까지 퇴각합니까?"

"글쎄, 그렇게 멀리까지 퇴각할 필요는 없겠지. 부세츠까지면 충분하겠지."

부세츠는 신슈의 시모이나下伊那와의 접경에 가까운 산성이었다.

"그런 산성에…… 거기서는 전투가 어떻게 될까요……"

"하하하…… 그곳의 성은 떨어지지 않아, 하치조."

"이번에는 전력을 다해 싸우는 것입니까?"

"바보 같은 소리를 하는군. 부세츠 성 부근까지 쳐들어가 얼마간 싸우는 동안에 천하 형세가 일변하게 되지."

"이해가 안 되는군요."

하치조는 더욱 매료되어 드디어 우직한 인간의 본질을 드러냈다. 사실 그는 꿈 이야기를 듣거나 옛 전기戰記에 대한 설명을 듣고 있는 기분이었다.

"천하 형세가 어떻게 변하는 것입니까?"

"가면서 말해주겠네. 자, 말을 타게."

두 사람은 병졸로부터 말을 받아 타고 일행보다 앞서 말머리를 가지런히 했다.

풀과 나무가 무성하게 자란 산과 골짜기에 햇빛이 내리쬐고 있었다. 그래서 이 무더위 속에서 싸워야 하는 고통을 절감할 수 있었다.

"바람난 여자의 아들이 의기양양하게 부세츠 성을 포위하고 있을 때 코슈 군은 번개처럼 오카자키 성에 들어가 있을 것일세."

"예? 그게…… 그게…… 정말입니까?"

이번에는 야시로 쪽이 더 조심스러웠다. 뒤따라오는 병졸들을 조심스레 돌아보았다.

"큰 소리를 내면 안 돼, 하치조."

"예…… 예."

"성공할 때까지는 조심에 조심을 거듭하도록."

엄한 얼굴로 말하고 다시 말머리를 바싹 붙여왔다.

"입성은 내가 시킨다. 이미 합의가 이루어졌어. 알겠나, 하치조. 입성한 코슈 군은 그곳에서 도쿠가와 군이 미카와, 스루가, 토토우미遠江 등 여러 성에서 잡아온 인질을 그대로 누르고 호령만 하면 돼. 그러면 지금까지 도쿠가와 편이었던 작은 성의 주인들은 모두 코슈 편으로 돌아설 것일세, 하하하. 도쿠가와 가문은 흔적도 없어지고, 오카자키의 성주는 누가 될 것인지……"

"그러면…… 그러면…… 지금 출전한 작은 성주님은 어떻게 됩니까?"

하치조는 저도 모르게 불쑥 묻고 나서 깜짝 놀라 자기 입을 손으로 틀어막았다.

5

"작은 성주님이 어떻게 되다니?"

야시로는 일부러 시치미를 떼고 반문했다.

"오카자키 성은 이미 적의 손에 들어가 있어…… 설마 되돌아와서, 이게 내 성이라고 울부짖지는 못하겠지."

"하지만……"

하치조는 마른 입술을 축였다.

"그 기질로 보아 순순히 항복하지는 않을 것입니다. 반드시 일전을 교환하게 될 텐데……"

"하하하, 그 정도로 바보는 아닐 거야. 성안에는 어머니와 누나가 인질로 잡혀 있어. 아니, 그래도 싸우겠다면, 그 경우에는 부세츠 성으로부터 추격을 당해 아마 오카자키까지 당도하지도 못할 것일세."

하치조는 다시 무슨 말인가를 하려다 입을 다물었다. 그렇게까지 치밀하게 준비되어 있는 줄도 모르고 어린아이처럼 기뻐하며 출전한 노부야스의 얼굴이 눈앞에 어른거렸다.

'이제는 나도 출세할 수 있게 된다……'

생각과는 달리 야마다 하치조는 왠지 두렵기만 하여 좀처럼 떨림이 멎지 않았다.

"……작은 성주님도 오카자키 성이 함락되었다는 것을 알면 항복하게 될까요?"

"글쎄……"

야시로는 고개를 갸웃하고 애매하게 웃었다.

"그야 자신의 생각에 달려 있겠지. 항복하는 것이 좋을지, 아니면 싸우다 죽거나 할복하거나……"

"항복한다면 오카자키 성은 그대로 작은 성주님에게 맡기지 않을까요?"

"그것은 나도 알 수 없네. 아마 기량 여하에 따라 결정될 것일세. 좌우간 오다니 진자에몬小谷甚左衛門, 쿠라치 헤이자에몬倉地平左衛門과 잘 상의해야만 해. 성 밑에 도착하거든 자네가 내 집으로 모이도록 슬쩍 귀띔을 해주게."

야시로는 다시 하늘을 쳐다보고 활짝 웃었다.

오다니 진자에몬, 쿠라치 헤이자에몬, 그리고 야마다 하치조 등 세 사람은 이미 야시로의 심복이 되어 있었다.

성 밑에 도착한 뒤 야시로는 다시 만나기로 하고 하치조와 헤어져 자기 집으로 향했다.

오카자키에서 모습을 감춘 겐케이로부터는 아직 아무 연락도 없었다. 그러나 야시로의 계산으로는 그는 지금쯤 부세츠 성에 가 있을 것이었다. 거기서 카츠요리와 연락을 취해, 노부야스가 부세츠 성을 공격할 무렵 노부야스의 군사를 따돌리고 곧장 아스케를 향해 진격해올 것이었다.

오가 야시로는 노부야스에게 군량을 조달한다는 핑계로 카츠요리 군과 아스케 부근에서 합류할 것이었다. 그런 다음——

"성주님이 귀환하신다!"

이렇게 속여 오카자키 성안으로 끌어들인다는 완벽한 계획이었다.

"안녕히 다녀오셨습니까?"

아시가루 시절의 버릇대로 야시로의 아내는 현관까지 나와 하인과 같이 남편을 맞이했다.

야시로는 아내에게 아무 뜻도 없이 웃어 보이고 칼을 건넸다.

"오마츠お松, 앞으로는 일부러 마중 나올 것 없어. 나도 이제는 옛날 의 졸병이 아니야."

"그렇더라도 옛일을 잊으시면 안 됩니다."

"하하…… 속이 좁은 여자로군. 이런 집이라면 마중 나올 수도 있겠지만, 한 성의 주인이 된 다음에는 성문까지 나올 수 없어."

"어머, 그 무슨 말씀을!"

아내가 노려보는데 야시로는 다시 즐거운 듯이 웃었다.

"술상 준비를 하도록. 오다니, 쿠라치, 야마다 세 사람이 올 거니까."

6

야마다 하치조의 연락을 받고 쿠라치 헤이자에몬, 오다니 진자에몬 이 왔다. 야시로의 아내는 다다미 여덟 장이 깔린 방으로 직접 술상을 가지고 들어왔다.

"차린 것은 없지만 오늘 저녁에 한잔하고 싶어서."

야시로는 술상 앞에 앉은 세 사람의 얼굴을 차례로 바라보면서 의미심장하게 말했다.

"축하하는 뜻의 술일세."

"자, 어서 드십시오."

남편의 말에 야시로의 아내는 그들이 노부야스의 첫 출전을 축하한다고 생각했다.

"승전하고 개선하시기를 기원하면서."

그래서 이렇게 축원하며 차례로 술을 따랐다.

"잔은 내가 따를 테니 그대는 물러가 있어요."

"하지만, 실례가……"

"괜찮아요. 이것저것 할 이야기도 있고 하니."

야시로의 말에 따라 아내는 물러갔다.

"그러면 여러분."

야시로는 말에 무게를 실으며 세 사람을 보았다.

"드디어 우리의 대망이 이루어질 날이 왔네. 그래서 세 사람 중 하나가 부세츠 성에 밀사로 가야겠는데."

세 사람은 모두 같은 나이로 공납을 받아들이는 하급무사였다.

"밀사라고 하면 목숨을 거는 일이로군요."

"물론."

야시로는 아무렇지도 않다는 듯 고개를 끄덕였다.

"부세츠 성에는 우리 동지인 겐케이가 있을 줄 믿지만, 만일 겐케이가 없다면 인근 마을에 숨어 있다가 시모죠 이즈 님을 만나야 하네."

세 사람은 서로 얼굴을 마주보고 고개를 끄덕였다.

"밀사의 임무는?"

하치조가 무릎에 얹은 주먹을 꼭 쥐고 물었다.

"자, 우선 술부터 마시고 나서."

야시로는 더욱 침착해지면서 세 사람의 잔에 술을 따랐다.

"이 일은 이번 계획의 중요한 마무리 작업일세, 알겠나?"

"……"

"서면은 내가 작성하겠네. 그것을 겐케이나 시모죠 이즈에게 건네고 카츠요리 님의 서약서를 받아와야 하네."

"카츠요리 님의 서약서를?"

"음, 무사히 도쿠가와 일족을 멸망시킨 뒤 오카자키 성과 그 옛 영지를 우리에게 주겠다는 서약서를."

"오카자키 성과 옛 영지를?"

세 사람은 다시 서로 마주보며 고개를 끄덕였다.

"하하하……"

야시로는 세 사람의 놀라는 얼굴이 우스웠다.

"나는 오카자키 성의 주인, 그대들에게도 각각 마츠다이라 일족이 있는 작은 성을 하나씩 맡기겠네. 하하하하, 그 후의 일은 성주가 되고 나서 생각해보기로 하고."

"그……그…… 밀사는?"

"세 사람 중에서 누가 좋겠나?"

야시로가 다시 한 번 세 사람을 둘러보았다. 세 사람은 숨을 죽이고 몸을 움츠렸다.

"하치조, 그대에게 부탁할까?"

"글쎄요, 나는 좀……"

"무거운 짐일세. 누가 가건 무거운 짐임이 틀림없지. 그러나 성의 주인이 되느냐, 아니면 평생 공납이나 받으러 다니다가 죽느냐 하는 갈림길일세."

야시로는 종이를 꺼내 셋으로 찢었다.

"제비를 뽑도록 하세. 그러면 이의가 없을 테니까."

찢은 종이를 야시로가 내밀었고, 세 사람은 더욱 움츠러들었다.

7

이제 제비는 만들어졌다. 세 개 중에서 하나만이 약간 짧게 잘려 있었는데, 그것을 뽑은 자가 밀사로 가게 될 것이었다.

세 사람 모두 표정이 굳어 있었다. 그중에서도 특히 하치조는 마음속으로 신불에게 기도했다.

얼굴만은 자못 호걸풍이었으나 흥분하면 남과는 말도 잘하지 못하는 성격이었다. 만일 자기가 뽑힌다면 밀사의 임무를 위해 가는 도중에 노부야스의 군사를 만나게 된다거나 부세츠에 겐케이가 없을 경우가 염려되었다. 시모죠 이즈라면 코슈의 대장, 그런 그를 찾아가 대등하게 말할 수 있을 것 같지도 않았다.

'상대에게 경멸이라도 당하면……'

이런 생각을 하니 손끝이 떨렸다.

"자, 어서 뽑도록. 그리고 각자가 펴보기로 하세."

하치조는 제비를 뽑아 굵고 투박한 손으로 폈다.

"앗, 내가 뽑혔군."

짤막하게 말했다.

"정말 부럽네. 내가 그 막중한 소임을 맡게 되기를 기원했는데."

쿠라치 헤이자에몬이 재빨리 말했다.

"참으로 운이 좋은 사람이군."

오다니 진자에몬도 입가에 안도의 미소를 떠올렸다.

"언젠가는 요시다의 성주도 될 거야. 운이 좋은 사람에게는 못 당하겠다니까."

"그럼, 이 막중한 임무를 맡게 된 것을 축하하는 의미에서 큰잔으로 한 잔 마시게."

5홉들이 붉은 잔이 야시로의 손에서 야마다 하치조 시게히데에게 건네졌다.

하치조는 할 수 없이 그 잔을 받았다. 결정된 이상 목숨을 걸고 해보는 수밖에 없었다. 시위를 떠난 화살은 되돌릴 수 없으니까……

"그 의기가 정말 훌륭하군."

쿠라치 헤이자에몬은 안심이 된 모양인지 갑자기 입이 가벼워졌다.

"역량으로 보나 풍채로 보나 야마다 님은 성주가 되기에 부족함이 없어."

하치조는 언짢은 기분이 들었다.

술이 거나하게 취하여 세 사람이 야시로의 집을 나선 것은 넉 점(오후 10시)이 지나서였다. 밀서를 품에 넣은 야마다 하치조는 쿠라치보다는 취하지 않았다.

현관까지 배웅한 야시로는 그것을 믿음직스럽게 여겼다.

"과연 하치조 시게히데야. 정신을 바싹 차리고 있어."

방으로 돌아와 상을 치우러 온 아내에게 말했다.

"잠시 여기 있어봐요. 오늘 밤엔 축하할 일이 있으니 내가 춤을 추겠소."

흰 부채를 활짝 펴고 「백락천白樂天」을 추기 시작했다.

"원래 이것은 중국 태자의 빈객賓客° 백락천에게서 유래된 것, 그런데 이것이 동방의 나라에……"

춤이 과연 정확한지 아니면 흥이 나는 대로 추는 것인지, 야시로의 아내로서는 백락천이란 말 자체도 알지 못했다.

"대관절 그게 무슨 흉내입니까?"

"흉내라니 한심한 소리를 하는군. 이것은 마무리야."

"마무리라니 불길한 말을 하시는군요. 마무리는 끝난다는 말이 아닌가요?"

낯을 찌푸리고 말하는 아내를 야시로는 휙 돌아보더니 갑작스럽게 큰 소리로 웃기 시작했다.

8

"하하하, 웃기는군. 하지만 무리도 아니지, 그대로서는."

야시로가 끝도 없이 웃는 모습에 아내는 다시 진지한 표정으로 돌아와 상을 치우기 시작했다. 오늘 남편이 너무 많이 취했다고 생각했기 때문이다.

"기다리라고 했잖아. 자, 그대가 한잔 따라줘."

"또 드실 생각이세요? 벌써 넉 점이 지났는데."

"난 말이야, 시간을 잊을 만큼 취하지는 않았어. 그대도 이제는 예전과 같은 아시가루의 아내가 아니야. 마무리가 무슨 뜻인가 하는 정도는 알아야 해."

"이쯤에서 끝내세요. 밤 새워 술을 마시다니, 정말 몸에 해로워요. 그리고……"

말하다 말고 그녀는 아이들이 자는 방의 기색을 살피듯이 목소리를 낮추었다.

"모처럼 출세한다고 해도 일찍 돌아가시면 아무 소용없어요. 아이들을 충성스러운 무사로 키우지 못하면 은혜를 갚지 못해요."

"와하하하……"

야시로는 다시 웃었다. 웃으면서 눈물이 쏟아질 것 같아 견딜 수 없었다.

'기르는 개처럼 자라온 것……'

그 처량함이 뼈저리게 느껴졌다.

"하하…… 이것이 출세…… 이것이 출세란 말인가, 정말 우습군."

"아무리 취했다고 그게 무슨 말씀이세요? 분수를 모르면 벌받아요. 자, 그만 주무세요."

"그대는 분수를 너무 잘 알아서 슬픈 거요. 그대를 마님이라 불리게 해주면 어떻게 하겠소? 아하하하……"

그녀는 더 이상 말하지 않았다. 서둘러 상을 들고 나가려 했다.

"오마츠, 그런 일은 하인에게나 시키도록 해."

"아뇨, 하인을 함부로 다루면 안 됩니다. 당신도 어서 옷이나 갈아입으세요."

아내의 모습이 부엌으로 사라지고 난 뒤 야시로는 또다시 큰 소리로 웃기 시작했다.

야시로는 지금 자기 대망大望의 일부만이라도 아내에게 말해주고 싶어 오금이 쑤셨다. 하지만 아직은 말할 시기가 아니었다.

'참아야 한다! 참아야 한다!'

취한 자신을 엄히 꾸짖는데, 무언가 서글픈 환희가 가슴속에서 더욱 소용돌이쳤다.

그는 다시 흰 부채를 들어 눈앞에 폈다.

"말하면 안 된다. 아직 이르다."

작은 소리로 중얼거리고 흥이 나는 대로 손을 흔들고 발을 놀렸다.

> 태평성세의 꽃구경, 달구경, 쿄토京都의 산 구경
> 도대체 이것은 누구인가, 천자를 섬기는 신하로다
> 그중에서도 고슈江州 시가志賀의 산벚꽃나무
> 지금이 만발한 때라고 들어서 아노라

어디선가 주워들은 옛 노래였는데 가락은 역시 엉망이었다. 그러나 손을 놀리고 발을 움직여 나가는 데 따라, 눈앞에 오카자키 성의 대서

원大書院과 거기서 춤을 추는 자신의 모습이 선하게 떠올랐다.

되돌아온 아내가 입구에 서서 어이없다는 듯 남편을 바라보다가 이번에는 아무 말도 하지 않고 얼른 상을 들고 나가버렸다.

완연한 봄빛
구름이 흘러가는 새벽녘
새벽녘……

 파 멸

1

츠키야마는 아침부터 코토죠를 데리고 부지런히 신변정리를 하고 있었다.

자기 운명의 큰 전환점이 왔다고 생각하니 가만히 있을 수가 없어, 정리를 하면서도 몇 번이나 카츠요리의 친서를 펴보았다.

——지난번 겐케이를 통해 보내신 서신은 잘 받았습니다……

이미 글자 하나하나의 모양까지 정확히 기억하고 있는데도 펴볼 때마다 가슴이 설레었다.

'어린아이같이……'

스스로도 자기가 우습게 생각되었다. 그런 다음에는 저절로 눈시울이 붉어졌다. 그토록 오카자키의 생활이 비참하고 불행했다고 자기 자신을 동정하는 심정이었다.

"코토죠——"

츠키야마는 세번째로 펼친 친서를 선반에 얹고 말했다.

"네 동생 키노흄乃를 토쿠히메德姬 몰래 불러오너라."

"예—"

코토죠는 대답하고 자기 주인이 무슨 생각을 하고 있을까 고개를 갸웃거리며 나갔다.

완전히 냉정을 잃고 있는 마님. 마님이 때때로 펴보는 친서의 내용도 궁금했고, 겐케이가 노부야스의 꾸중을 듣고 그대로 모습을 감추었는데도 전혀 개의치 않는 것도 코토죠에게는 납득이 되지 않았다.

'그렇게까지 총애하셨는데······'

깨끗이 잊어버릴 수 있을 정도로 여자의 마음은 냉혹한 것일까?

이런 생각이 드는 한편, 어쩌면 마님과 겐케이가 서로 짜고 이 오카자키를 빠져나가려는 것은 아닌가 싶어 소름이 끼치기도 했다.

오늘도 아침부터 두 번이나 오가 야시로에게 심부름을 다녀왔다. 그때마다 야시로는 자신이 직접 나와, 언짢은 기색으로 말했다.

"일이 바빠서 그러니 돌아가거든 없더라고 해라."

코토죠가 만일 야시로와 츠키야마의 관계를 몰랐다면, 분노를 느끼고 츠키야마에게 사실대로 말했을 것이 분명했다.

'가신인 주제에 무엄하다.'

하지만 그녀는 겐케이가 사라진 뒤부터 야시로에게 접근하는 츠키야마의 모습을 직접 보고 있었다. 그런 탓에 왠지 스스로 부끄러운 마음이 들어 야시로가 말한 대로 츠키야마에게 전했다.

코토죠가 나가자 츠키야마는 문갑 밑바닥을 뒤져 여러 가지 종이쪽지를 꺼내 읽어나갔다.

"어디 두고 보자."

그리고는 혼자 중얼거렸다.

"나는 이제 오야마다 효에小山田兵衛의 아내, 적의 딸을 그대로 두고 떠날 줄 아느냐."

적의 딸이란 토쿠히메를 가리키는 것이 분명했다. 츠키야마는 이미 오카자키에서 떠날 결심을 굳히고 있었다. 모든 것이 카츠요리의 친서 대로 되리라 믿고, 마츠다이라 가문의 옛 영지를 노리는 자가 자기 주변에 있으리라고는 꿈에도 생각지 않았다.

코토죠가 돌아왔다. 뒤에 키노가 따라오고 있었다.

츠키야마는 들뜬 목소리로 물었다.

"오다織田 님의 딸은 잘 있느냐?"

"예."

키노는 두 손을 짚고 밝은 얼굴로 대답했다.

"아스케에서 기쁜 소식이 왔습니다."

2

"뭐, 아스케에서 소식이 왔어?"

"예."

키노는 어린 얼굴에 흥분한 빛을 띠고 눈부신 듯 츠키야마를 쳐다보았다.

"용맹하신 작은 성주님은 더위를 무릅쓰고 어제 저녁에 아스케를 지키는 적장 시모죠 이즈노카미를 몰아내고 당당하게 아스케에 입성하셨다고 합니다."

"오오, 장한 일이로구나!"

츠키야마는 아스케 입성이 오가 야시로의 계략이라는 것도 모르고 칭찬했다.

"모레쯤이면 개선하겠구나. 나도 어서 준비해야겠다."

그만 무심결에 말해놓고는 깜짝 놀라 말을 바꾸었다.

"첫 출전이니 나도 성문으로 마중 나가야지."

츠키야마가 알고 있기로는, 자기들의 계략을 이에야스가 눈치 채지 못하도록 노부야스를 형식적으로만 첫 출전시킨다는 것이었다. 따라서 노부야스가 돌아오면 츠키야마가 설득하고, 자신은 코슈 군의 호위를 받으며 오야마다 효에에게 갈 작정이었다.

"그런데……"

키노가 말했다.

"작은 성주님은 아스케 성을 함락하신 것만으로는 개선하시지 않으려는 것 같습니다."

"뭐……뭣이. 더 깊이 들어간다는 말이냐?"

"예. 소식에 따르면 노신들은 개선을 권했으나 작은 성주님은 이를 받아들이지 않으셨다고 합니다. 아마도 지금쯤은 패퇴한 시모죠 이즈노카미를 추격하여 부세츠의 산길로 승승장구 진격해가실 거라고 생각합니다."

순간 츠키야마는 숨을 죽였다. 노신들이 말리는데도 듣지 않고 부세츠를 공격하다니 얼마나 무모한 일인가.

'아니, 결코 무리는 아니야……'

아직 노부야스는 어머니가 코슈의 편을 들리라고는 생각지 못하고 있다.

"그것도 괜찮겠지."

잠시 후 츠키야마는 생각을 바꾼 듯이 말했다.

"상대에게 강하다는 것을 보여주면 나중에라도 경멸당하지 않을 테니까."

이 중얼거림의 뜻을 키노도 코토죠도 이해하지 못했다.

"그 소식이 있고 나서 토쿠히메 님은 갑자기 원기를 회복하시어 코지쥬 님과 전쟁에 관한 이런저런 이야기를 하고 계십니다."

"그래, 정말 반가운 일이로구나."

츠키야마는 빈정대듯 얼굴을 일그러뜨렸다. 그러더니 갑자기 목소리를 낮추었다.

"하마마츠에서는 무슨 소식이 없었느냐?"

"성주님은 다시 나가시노로 출전하셨다고……"

말하다 말고 갑자기 생각난 듯이 말했다.

"참, 오만ぉ万 님도 임신하셨는데, 토쿠히메 님과 비슷한 시기에 출산하실 예정이라는 소식이 있었다고 합니다."

"뭐, 오만이 임신을 했다고!"

츠키야마는 잔뜩 눈썹을 치켜올렸다.

이미 버렸다고 여긴 남편이었다. 오야마다의 아내가 되었다는 생각으로 있었는데도 츠키야마의 가슴에 무서운 질투심이 치밀었다.

츠키야마는 부드득 이를 갈았다. 자기 하녀로 있으면서 남편의 사랑을 앗아간 음탕한 여자.

'그래. 그년도 살려두고는 떠날 수 없어.'

3

죽이고 죽임을 당하고, 미워하고 미움을 받는 것이 인생, 뜨뜻미지근한 인정 따위는 어리석기 짝이 없다고 츠키야마는 생각했다. 아니, 그런 마음이 들게 한 것은 바로 이에야스 자신, 그 이에야스에게 접근하여 주인을 배신한 오만도 그대로 두어서는 안 될 존재였다.

이에야스에게 복수할 수단은 이미 강구해놓았다. 설령 이에야스가 타케다 앞에 어떤 모습으로 꿇어엎드리건 자신은 거들떠보지도 않을 각오였다.

"용서해서는 안 될 자."

이렇게 말할 뿐. 그러나 오만에게는 아직 복수를 계획하지 않았다.

'뻔뻔스럽게! 오만, 네게 이에야스의 아이를 안고 살아가게 하지는 않겠다.'

츠키야마의 눈이 갑자기 인광을 발하며 불타는 바람에 코토죠는 온 몸이 굳어졌다. 그러나 평소 그녀 곁에 있지 않았던 키노는 이것을 깨닫지 못했다.

"이번에 개선하면 아기를 안아볼 수 있을까…… 성주님은 이런 말씀을 하시고 기쁜 마음으로 성을 나가셨다고 합니다."

"키노!"

"예."

"너, 하마마츠에 심부름을 다녀오너라."

"축하의 말씀을 전하시려고요?"

"하하하……"

갑자기 츠키야마는 큰 소리로 웃었다.

"그래. 너는 아주 똑똑한 말을 하는구나. 오만에게 축하의 말을 전하겠어."

"예. 기꺼이 다녀오겠습니다."

"키노, 내 말을 잘 들어라. 오만을 만나거든 축하의 말을 전하는 척하고 한칼에 젖가슴을 찔러라!"

"예? 오만 님을……"

"호호호…… 잘 생각해보아라. 그년은 원래 내 하녀, 성주에게 접근하여 나를 배신했어."

키노는 언니와 얼굴을 마주보고 저도 모르게 꿀꺽 침을 삼켰다. 탐스러운 얼굴에서 핏기가 가시고 갑자기 동공이 크게 열렸다.

"만일…… 만일…… 그 자리에서 벗어나지 못하고 도리어 죽임을 당하면……"

"바보 같은 소리! 그러면 당장 큰 소리로 외쳐라. 오만은 오카자키의 살찐 농부들과 몸을 섞은 음탕한 계집, 노부야스 님의 명에 따라 이 키노가 처단했다고 소리치면 된다."

"저어…… 그것이…… 사실인지요……"

"내가 그렇다고 말하고 있지 않느냐!"

"예…… 예. 그러면, 토쿠히메 님에게는 무어라 말하고 떠나야 할까요?"

"걱정할 것 없다. 내가 곧 그리로 가서 이야기하겠다. 그래, 빠를수록 좋겠어. 자식을 낳게 할 수는 없어."

츠키야마는 벌떡 일어나 거실을 나갔다.

키노와 코토죠는 망연히 앉아 있었다.

"언니, 이대로 있어도 돼?"

모시고 가야 하지 않겠느냐고 묻자 코토죠는 습관적으로 급히 일어났다가 생각을 바꾼 듯 선반으로 눈길을 옮겼다.

선반에는 츠키야마가 그대로 둔 카츠요리로부터의 친서가 흰 빛을 띠고 조용히 얹혀 있었다. 코토죠는 떨면서 그곳에 다가가 얼른 주위를 둘러보았다.

"언니, 왜 그래?"

의아하게 생각하고 키노가 물었으나 코토죠는 대답하지 않았다.

4

코토죠는 대답 대신 본능적으로 선반의 친서를 집어들었다. 발돋움한 다리도 그것을 집어든 손도 떨리고 있었다.

"언니……"

키노가 깜짝 놀라 다가갔다. 코토죠는 난폭하게 그 손을 뿌리치고 다시 주위를 둘러보았다.

"안 돼, 가까이 오면 안 돼!"

코토죠는 이렇게 말하고 편지를 펴서 재빨리 훑어보았다. 순식간에 안색이 흙빛으로 변하고 손은 더욱 떨렸다. 그러나 그 눈만은 잠시 동안 그 친서에서 떠나지 않았다.

이윽고 탁 소리를 내며 그것을 제자리에 놓고 비틀거리며 마루 끝까지 걸어가다가 털썩 주저앉았다.

"언니! 그 편지가 뭔데 그래?"

"쉿."

코토죠는 눈을 감고 헤엄치듯 두 손을 내저었다.

"너는 모르는 일! 넌 알 것 없어…… 절대로 내가 그것을 보았다는 말을 하면 안 돼. 그러면 우리는 살아남지 못해……"

"어머…… 언니는 그렇게 중요한 것을……"

코토죠보다 당찬 키노는 언니가 입을 열지 않을 것이라 싶어 얼른 선반으로 다가갔다.

바로 그때였다.

"아니, 마님은 어디 가셨지?"

안내를 기다리지 않고 츠키야마의 거실 입구로 들어선 사람이 있었다. 오가 야시로였다.

키노는 당황하여 언니의 아랫자리로 돌아와 머리를 조아렸다.

"마님은 토쿠히메 님에게 가셨습니다."

오늘은 당당하게 무장을 하고 들어온 야시로였다.

"여기 혼다 사쿠자에몬 님이 오시지 않았느냐?"

선 채로 오만하게 물었다.

"예. 오늘은 아무도 오시지 않았습니다."

아직도 떨리는 목소리로 코토죠가 대답했다.

"무슨 일이 있었느냐?"

야시로는 탐색하는 듯도 하고 비웃는 듯도 한 눈길로 자매를 번갈아 바라보았다.

"마님이 또 편찮으시냐?"

"아닙니다."

동생인 키노가 또렷한 어조로 말했다.

"이 키노를 하마마츠로 심부름 보내시겠다고 토쿠히메 님에게 말씀 드리러 가셨습니다."

"하마마츠로……? 무엇 때문이냐?"

"오만 님이 임신하셨기 때문에 제가 마님의 축하를 대신 전하러 가게 되었습니다."

"축하……"

받아넘기듯 내뱉었다.

"후후후, 축하가 아닐 테지. 죽이고 오라는 말을 했을 거야. 딱한 분이라니까."

그리고는 가볍게 혀를 찼다.

"음, 사쿠자에몬 님이 안 오셨다는 말이지?"

야시로는 허둥지둥 사라져버리고, 잇따라 츠키야마가 돌아오는 소리가 들렸다.

아직 흥분이 가시지 않은 듯 멀리서 외치는 소리가 들려왔다.

"키노, 키노."

두 사람은 당황하며 마루에 나가 맞이했다.

"키노, 토쿠히메의 양해를 받았다. 오늘중으로 오카자키를 떠나도록 해라. 나도 형편을 보아 여기서 떠날 생각이다."

앉기가 무섭게 츠키야마는 문갑에서 노자로 줄 돈을 꺼냈다.

5

하마마츠에서 일부러 오카자키의 수비로 배속되어온 혼다 사쿠자에몬 시게츠구本多作左衛門重次는 무기고 앞에서 오가 야시로가 부르는 소리를 듣고 입을 꾹 다문 채 무뚝뚝하게 돌아보았다. 기름 먹인 종이 두건을 쓰고 반쯤 무장한 그 가슴에는 땀이 번들거리고 가슴의 털이 드러나 보였다.

"사쿠자에몬 님, 작은 성주님으로부터 연락은 받으셨겠지요?"

야시로는 사쿠자에몬에 대해서만은 어조가 정중했다.

"저더러 보급대를 이끌고 아스케와 부세츠의 중간지점으로 오라는 지시가 내렸습니다마는."

사쿠자에몬은 대답 대신 짙은 속눈썹 사이로 흘끗 그를 노려보았다.

"그래서 떠나겠다는 말인가?"

"성질이 급하신 분이라 혹시 늦어지기라도 하면……"

사쿠자에몬은 끝까지 듣지도 않았다.

"노미의 지로 시게요시 님이나 노나카 고로도 작은 성주님을 말리지 못했다는 말인가?"

"워낙 용맹하신 분이어서."

사쿠자에몬은 상대의 말 따위는 들을 필요도 없다는 듯 눈살을 찌푸렸다.

"시치노스케(치카요시)도 작은 성주님 곁에 없으니, 내가 같이 갔어야 했는데 그랬어."

"그 점은 걱정하실 필요 없습니다. 아스케를 단번에 무너뜨린 그 기세라면 부세츠도 곧 함락될 것입니다."

"야시로."

"예."

"전쟁은 그곳에만 있지 않아."

"그것은 저도 알고 있습니다마는……"

"아스케 공략은 형식적인 것, 진정한 목표는 다른 데 있어."

"그것도 알고 있습니다……"

"나에게도 그 뒤 곧바로 주군으로부터 지시가 내렸네."

"예? 어떤 것입니까?"

야시로가 깜짝 놀라는 모습을 흘끗 보며 사쿠자에몬은 무기고 앞의 작은 그늘로 들어가 천천히 앉았다. 여전히 이마에 주름을 잡고 있었다. 무언가 깊이 생각하는 것이 있는 듯싶었다.

"성주님이 그 후에 내리신 지시란?"

"주군은 칠월 십구일에 마침내 나가시노 공격을 감행하여 불화살로 둘째 성을 불살랐다는 것이었어. 주군께서 직접 히사마久間의 나카야마中山에 성을 쌓으시고 사카이 타다츠구酒井忠次, 마츠다이라 야스타다松平康忠, 스가누마 신파치로菅沼新八郎 등과 함께 방비에 임하셨지. 이에 맞춰 적도 군사를 동원하여 카케가와掛川로부터 하마마츠를 공격하려는 기색이 있네. 그렇게 되면 하마마츠는 최전방이 되니까 작은 성주님이 귀성하는 즉시 하마마츠로 돌아가 오스가 야스타카大須賀康高, 혼다 헤이하치로本多平八郎, 사카키바라 코헤이타榊原小平太, 스가누마 사다토시菅沼定利 등과 힘을 합쳐 이에 대처하라…… 그런데 작은 성주님은 어째서 그러한 아버님의 분부를 가볍게 여기시는 것일까."

야시로는 그 한마디 한마디를 가슴에 새기고 저도 모르게 입가에 웃음을 떠올리다가 깜짝 놀라 입을 다물었다.

'귀신이라는 사쿠자에몬도 통 뭘 모른다니까……'

노부야스를 선동하여 일부러 부세츠에 몰아넣은 장본인은 다름 아닌 야시로였다. 그 야시로에게 중요한 작전을 남김없이 누설하고도 혼자 심각하게 이마를 찌푸리고 있는 모습이 우스웠다.

혼다 사쿠자에몬 시게츠구는 어느 틈에 다시 눈을 감고 무언가 망설이고 있는 것 같았다.

6

야시로는 사쿠자에몬이 무엇을 망설이는지 알고 싶었다.

노부야스를 뒤쫓아 자기도 부세츠에 가려는 것일까, 아니면 성에 남으려는 것일까. 어쨌든 나가시노, 하마마츠, 오카자키 등으로 확대된 전국戰局의 비중을 재면서 망설이고 있는 것만은 분명했다.

"성주님이 하마마츠로 돌아오라는 지시에는 기한이 있었습니까?"

야시로는 자신도 일부러 양미간을 모으면서 반문했다.

사쿠자에몬은 이 말에도 당장에는 대답하지 않고 이마에 콩알 같은 땀방울을 흘리면서 눈을 감고 있었다.

"야시로……"

이윽고 사쿠자에몬은 눈을 감은 채 말했다.

"그대는 작은 성주님께 가거든 전쟁은 그곳에만 있는 것이 아니라는 뜻을 잘 말씀 드리게."

"예."

"한시바삐 귀성하시라고. 첫 출전의 성과는 아스케만으로도 충분하다고…… 알겠나, 이것은 내가 하는 말일세."

"알겠습니다."

야시로는 대답이 약간 가벼웠다는 생각이 들어 덧붙였다.

"반드시 제가 모시고 돌아오겠습니다."

사쿠자에몬은 아무런 대꾸 없이 다시 생각에 잠겼다.

"사쿠자에몬 님은 이제부터 어떻게 하시겠습니까?"

"바로 그 점일세, 망설이고 있는 것이."

"무슨 말씀인지요?"

"작은 성주님이 돌아오실 때까지 이 성에 있으면서 과연 책임을 다할 수 있을지……"

"하마마츠 성이 우려된다는 말씀입니까?"

"야시로."

"예."

"나는 가야겠어. 주군이 본진을 나가시노 근처로 옮기셨다는 것을 알면 적은 주군께 싸움을 거는 대신 틀림없이 토토우미로 침입할 거네. 그래야 나가시노를 구원하는 것이 되니까. 더구나 침입해올 경우에는 신겐은 어떨지 모르나 그 동생인 쇼요켄逍遙軒, 야마가타 마사카게山形昌景, 바바 노부하루馬場信春 등의 정예부대일 것이 틀림없어."

야시로는 환성을 지르고 싶은 기쁨을 느꼈다.

"과연 그럴 것입니다!"

소리치는 대신 점잖게 맞장구를 쳤다.

노부야스가 돌아오기 전에 혼다 사쿠자에몬이 하마마츠로 돌아간다…… 이미 운명은 오카자키를 버리고 오가 야시로만을 위해 미소짓고 있었다.

"혼다 님이 돌아가시기 전에 내릴 지시가 있으면 지금 제게 말씀해주십시오."

"아니, 그것은 히사마츠 사도노카미久松佐渡守 님에게 말해두겠어. 그대는 작은 성주님이 한시바삐 돌아오시도록 힘써주게. 그렇지 않으면 오카자키도 마음을 놓을 수 없어."

비로소 사쿠자에몬은 눈을 뜨고 손에 든 부채로 바람을 일으켰다.

"앞으로도 이런 일은 또 있을 것이다. 그대들이 작은 성주님의 고집을 잘……"

"알겠습니다. 영특하신 분이라 결코 잘못 되는 일은 없을 것입니다."

"그럼, 잘 부탁하겠네. 나는 내일 아침 일찍 여기를 떠날 생각이야."

사쿠자에몬이 천천히 일어났을 때였다.

"아, 잠깐……"

야시로가 얼른 그를 불렀다.

마음이 들뜬 김에 무언가 아부하는 말을 하고 싶은 야시로였다.

7

야시로가 부르는 소리에 사쿠자에몬은 걸음을 멈추었다.

"무슨 할말이 남았나?"

"한 가지 마음에 걸리는 것이 있어서, 은밀히 말씀 드리려고……"

야시로는 목소리를 낮추고 가까이 다가갔다.

"츠키야마 님의 질투심에 대해서입니다."

"흠."

"하마마츠에 계신 오만 님이……"

"그래서 어쨌다는 말인가?"

"임신하셨다는 말을 들었는데, 사실인가 싶어서."

"내가 알 게 뭔가. 나는 내전에 대해서는 관계하지 않아."

"확실히 그렇다고 들었습니다마는, 그것을 축하한다는 구실로 혹시 마님이 소실에게 위해를 가하시지는 않을지……"

그 말을 듣고 사쿠자에몬은 야시로를 홀끗 노려보고는 그대로 걷기 시작했다.

'이 정도면 됐어!'

야시로는 저도 모르게 벌어지려는 입을 가까스로 참고 사쿠자에몬을 배웅했다.

츠키야마와 오만의 다툼 따위는 현재 야시로에게 아무런 흥미도 없고 이해관계도 없었다. 다만 거기까지 신경을 쓰고 있는 야시로——이런 생각을 갖게 하여 사쿠자에몬이 안심하고 성을 떠난다면 그것으로 더 바랄 게 없었다.

야시로는 발걸음을 돌렸다.

평생을 통해 이렇게 기쁜 날은 그리 많지 않다. 이런 날에는 재빨리 운을 붙들어 지체하지 않는 것이 출세하는 자의 마음가짐.

그는 먼저 식량창고 앞에서 사카타니酒谷까지 이어져 있는 수송대의 대열을 살펴보고 다시 츠키야마를 찾아갔다.

이번에 성을 나갔다가 다시 돌아올 때는 코슈 군의 안내자가 되어 있을 터. 말하자면 운명을 결정하는 출발, 그 중요한 때에 만일 츠키야마가 경솔한 언동을 하면 그야말로 큰일이었다.

이미 츠키야마는 그에게 주군의 아내가 아니었다. 자신의 음모 앞에 이용당한 멍청하고 색을 밝히는 한 여자에 지나지 않았다. 그런 여자가 멋대로 날뛰어 이쪽의 계획을 섣불리 누설하기라도 하면 방해가 될지언정 힘이 되지는 못할 것이었다.

"큰일 앞의 작은 일, 죽여 없애도 그만이기는 하지만……"

의기양양해서 부세츠 성을 공격하고 있는 동안에 오카자키가 코슈 군의 손에 떨어져 앞뒤로 협공당한다는 것을 알게 되면, 아무리 생각 없는 노부야스라도 칼을 버리고 항복할 것이 분명하다.

"굳이 마님의 설득이 필요할까."

그럴 필요가 있다면 그것은 이렇게까지 진행되기 이전의 일, 지금은 노부야스가 항복하기보다 자멸하는 편이 도리어 야시로에게는 유리하기까지 했다.

츠키야마가 있는 내전에 코토죠의 동생 키노의 모습은 보이지 않았다. 안내하러 나온 코토죠에게 야시로는 오만하게 물었다.

"키노는 하마마츠로 떠났느냐?"

"예."

"마님께, 내가 무장을 해서 그러니 정원에서 뵙겠다고 정원으로 나오시라고 해라."

"예…… 잠시 기다려주십시오."

"기다릴 수 없다. 급해."

야시로는 그대로 현관 곁 옆문을 통해 거실 앞 정원으로 향했다.

8

야시로와 코토죠는 안과 밖에서 서로 경쟁이라도 하듯 츠키야마 앞에 나타났다.

"오가 님이 정원에…… 출전을 앞두고 계시기 때문에 이미 준비를 하시고 정원에서……"

코토죠가 약간 더듬거리며 말했을 때 야시로의 모습은 이미 정원에 나타나 있었다.

"마님, 아침부터 찾으셨다는 말을 들었습니다마는."

"오오, 야시로 님이군요."

당황하며 사방침에서 몸을 일으키는 츠키야마를 보고 야시로는 성큼성큼 댓돌 위로 올라갔다.

"드릴 말씀이 있습니다. 주위를 물리쳐주십시오."

츠키야마도 얼른 자리에서 일어나 직접 마루로 나갔다.

"코토죠, 아무도 가까이 오지 못하게 하라. 야시로 님, 그동안 수고가 많았어요."

그리고는 야시로 옆에 바싹 다가앉았다.

"준비는 차질 없이 끝났겠죠? 코슈에서 나를 맞으러 오는 사람은 언제 성에 들어오나요?"

순간 야시로는 어안이 벙벙하여 츠키야마의 얼굴을 새삼스럽게 바라보았다. 미친 것 같지는 않았다. 들떠서 새어나오는 숨소리까지 젊어진 것 같고 통통하게 살이 오른 얼굴은 갓 목욕을 하고 나온 것처럼 혈색이 좋았다.

'과연 여자란 요물이야……'

약간 화가 나기도 하고 우습기도 했다. 경멸과 동정이 뒤섞여 가슴을 스치고 지나갔다.

"왜 그렇게 빤히 바라보는 거예요?"

"마님이 하도 아름다우셔서."

"또 나를 놀리는군요. 나는 이미 철 지난 늙은 벚꽃, 앞날이 걱정스럽기만 한데."

끈적거리는 교태에 야시로는 심한 혐오감을 느꼈다. 철썩 하고 따귀라도 때려주고 싶은 충동에 사로잡혔다. 입으로는 걱정스럽다고 하면서도 온몸에서 넘치는 것은 고깃덩어리에 대한 오만한 자신감이었다.

"성주님이 한탄하시겠습니다."

"내가 오야마다에게 시집간다는 것을 알면 말인가요?"

"예, 이렇게 아름다우신 마님을 다른 남자에게 안기게 하다니……성주님은 평생을 한탄하시리라 생각합니다."

"그럴 테지요. 그렇게 하지 않고는 견딜 수 없는 내 결심. 야시로 님, 이 모든 것이 그대의 은혜. 결코 그대의 충성을 잊지 않을 거예요."

"이거 참 송구스럽습니다. 남편이 되실 분에게도 잘 말씀 드려주십시오."

"입에 발린 소리가 아니에요. 내 뜻이 이루어지게 된 것은 모두 그대

덕분이에요. 카츠요리 님의 친서에도 있듯이 젊은 주군에게 이에야스의 옛 영지와 노부나가의 영지 일부를 맡기신다면 반드시 그대를 높이 등용케 하겠어요."

"예, 정말 감사합니다."

"절대로 옛날 가신들에게는 맡기지 않겠어요. 내가 사부로(노부야스)에게 잘 말해서 그대를 가신의 으뜸으로 올려놓겠어요."

야시로는 말똥 속에 처박힌 듯한 불쾌감을 느끼고 자칫하면 손이 나갈 것 같았다.

이 얼마나 기묘한 생물인가. 처음에는 이에야스를 잔인한 남편이라 생각한 일도 있는 야시로였으나, 지금은 이 뻔뻔스런 여자에게 해학과 함께 증오를 느꼈다.

9

오랫동안 책략을 다하고 완력과 기력을 닦아 살아남기 위해 싸워온 사나이. 이에 비하면 여자의 지혜나 힘은 어린아이처럼 어수룩한 데가 있다. 그런 여자가 남자와 대등한 힘의 세계에서 살아가려는 골계滑稽. 배를 끌어안고 웃으면서 그 얼굴에 침을 뱉어주고 싶은 것이 지금 야시로의 심정이었다.

이에야스의 정실 부인이었기 때문에 겐케이도 야시로도 이 여자의 방자한 육욕에 눈을 감고 있었다. 예컨대, 아무리 제멋대로인 남자라도 자기가 범한 여자 앞에서 태연히 다른 여자에게 추파를 던지는 일은 없다. 그런데 이 기묘한 생물은 자기가 품었던 남자 앞에서 아무렇지도 않게 앞으로 품게 될 남자에 대한 교태를 보여주려고 한다.

"하하하……"

마침내 야시로는 웃음을 터뜨렸다. 그녀가 뻔뻔스러우면 뻔뻔스러울수록 앞으로의 일은 우스꽝스러움을 더할 것이고 통쾌함마저 느끼게 할 것이었다.

'어느 누가 이 여자의 뜻대로……'

일이 성공했을 때 츠키야마만은 오야마다 효에한테 보내겠지만, 노부야스 따위에게 어떻게 이 미카와와 오와리를 줄 수 있다는 말인가.

'으뜸가는 중신이라……'

"어머, 야시로 님, 뭐가 그렇게 우습나요?"

"아니, 별로……"

야시로는 다시 웃었다.

"모든 일이 뜻대로 되어가는 것 같아서 그만, 하하하하."

"야시로 님."

"예."

"그대는 오늘 여기서 떠나나요?"

"예. 작은 성주님은 제가 도착하기를 기다리고 계십니다."

"그럼, 마중 오는 것은 내일일까요, 아니면 모레……"

"글쎄요, 늦어도 그 이튿날까지는 틀림없이 올 것입니다."

"기다려지는군요."

츠키야마는 철부지 소녀처럼 고개를 갸웃하고 눈을 가늘게 떴다.

"마중 오는 날 반나절쯤 일찍 나에게 몰래 알려줄 수 없을까요?"

"그게 무슨 말씀입니까, 코슈 군이 입성하기도 전인데……"

츠키야마는 녹아들 듯한 눈을 하고 고개를 끄덕였다.

그 눈길만으로 모든 것이 뜻대로 될 줄 아는 단순한 여자. 바로 그 단순함 때문에 코슈로 인질이 되어가는 것을 오야마다 효에에게 시집간다고 저렇게 기뻐하고 있을 테지만……

"전쟁터의 일이라 반드시라고는 약속할 수 없습니다마는 무엇 때문에 그러십니까?"

"성을 떠날 때는 나도 한 가지 해야 할 일이 있어요."

"성을 떠나기 전에 하실 일이라니요?"

"돌아가신 외삼촌의 원수, 노부나가의 딸인 토쿠히메를 내 손으로 죽이고 떠나고 싶어요."

그 말에 야시로는 저도 모르게 버럭 소리를 질렀다.

"멍청한 것 같으니라고, 그건 절대로 안 돼!"

꾹 누르고 있던 불쾌감이 드디어 터져나왔다.

10

뜻밖의 상황에서 뜻하지 않은 욕설을 들은 츠키야마는 갑자기 안색이 변했다.

"야시로, 나는 그대의 주인이야. 멍청이 같다니 무엄하구나."

"멍청이 중에서도 엄청난 멍청이군!"

야시로는 이미 겸손의 울타리를 허물어버렸다. 원래 엄하게 꾸짖어, 자기가 없는 동안의 경거망동을 봉쇄하고 떠나려 했던 야시로였다.

"계속 폭언을 퍼붓는구나, 야시로 어디 들어보자, 어째서 내가 멍청이인지를."

"좋다, 말해주겠다."

야시로는 어깨를 들썩이며 그녀 쪽으로 돌아앉았다. 혹시 엿듣는 자가 있지 않을까 싶어 주위에 대한 경계를 늦추지 않았다. 그러나 막상 꾸짖을 결심을 하니 이 여자는 아무리 꾸짖어도 모자랄 것 같은 생각이 들었다.

"이 야시로와 단둘이 있을 때도 너는 상전인 체했어."

"뭐……뭐……뭐라고!"

"남의 이목이 있어 나는 참고 있었다. 어째서 네가 나의 상전이란 말인가. 나는 주군의 목을 노리는 자, 너는 그런 나와 밀통하여 역시 남편에게 적의를 품은 자. 그러니 동지일망정 주종의 관계일 리는 없어."

"그럼…… 그럼…… 너는 나의 가신이 아니란 말이냐?"

"웃기는군. 동지이자 정부情夫일 뿐이다."

야시로는 우습다는 듯이 말했다.

"코슈 쪽에서 알면 좋지 않을 테니 그 다음 말은 하지 않겠다. 그러나 토쿠히메를 죽이겠다고 하는 등 멋대로 구는 것을 이 야시로는 용서하지 않겠어."

"그……그건 또 왜?"

"잘 생각해봐. 코슈 군이 이 성에 들어오고 네가 오야마다의 품에 안긴다 해도 역시 전쟁은 계속되는 거야. 여자의 얕은 생각에 토쿠히메를 죽이기라도 하면 오다 쪽의 감정은 더욱 격해질 뿐. 어째서 토쿠히메를 소중히 다루고 노부나가의 손자를 낳게 해서 두 사람을 모두 인질로 잡을 생각을 못하느냐 말이다."

"토쿠히메를 인질로……"

"물론이다. 말하자면 토쿠히메는 그 이후의 전투 때 오다 쪽을 제압하는 데 더없이 중요한 무기. 그것을 멋대로 없애버려도 된다는 말이냐. 그런 무모한 짓은 나 야시로가, 아니 노부야스와 카츠요리 님의 이름으로 결코 용서하지 않겠다. 깊이 마음에 새겨두어라."

츠키야마는 야시로의 격한 어투에 압도되어 잠시 동안 눈도 깜박이지 못하고 그를 바라보고 있었다.

"알았나?"

"……"

"일의 성공 여부가 달려 있는 중요한 갈림길, 멋대로 행동하는 것은 절대로 용서하지 못해. 만일 이 야시로의 말을 가볍게 여기고 주제넘은 짓을 한다면, 너는 물론 작은 성주님도 나도 목숨이 없다는 것을 깊이 명심해야 한다."

야시로는 벌떡 일어나 다시 한 번 무서운 눈으로 그녀를 노려보았다.

"예."

츠키야마는 저도 모르게 대답했다.

이토록 심한 질타는 이에야스로부터도 받은 적이 없었다. 그런데도 어째서 순순히 대답하는 것일까……

11

츠키야마의 정원을 나선 오가 야시로는 하늘을 쳐다보고 웃었다.

'아직은 안 돼.'

그리고는 자신을 억제하고 엄숙한 표정을 지었다. 지금 섣불리 웃기 시작하면 좀처럼 웃음이 그칠 것 같지 않았다.

잘난 체하고 남을 꾸짖을 줄밖에 몰랐던 츠키야마가 야시로의 기세에 눌려 마치 하녀처럼 대답했다. 이 얼마나 단순한가. 그 정도라면 오야마다 효에의 아내가 되더라도 자기가 인질로 잡혔다는 사실조차 깨닫지 못할지도 몰랐다.

"아니, 우스운 것은 너만이 아니야."

야시로는 저도 모르게 중얼거렸다.

"주군도 따지고 보면 형편없는 어릿광대에 지나지 않지."

천하니 국가니 하며 거창한 걸 꿈꾸다가 자기 아내를 짓밟은 결과가 이렇게 되고 말았다.

아내가 카이의 첩자와 또 자기의 가신에게 농락당하는 것도 모르고 있었다. 발 밑에 개천이 있다는 것을 모르고 별을 잡으러 쫓아가는 바보 이야기와 비슷했다.

"자기 아내도 다스리지 못하면서 어떻게 천하를 손에 넣을 수 있다는 말인가."

그의 아들 노부야스는 신바람이 나서 적의 함정에 뛰어들었고, 가신 중에서 가장 분별력이 있다고 자부하는 사쿠자에몬도 야시로에게 유리해질 것도 모르고 자진하여 오카자키를 떠나겠다고 한다…… 모든 일이 너무 쉽게 풀리는 것 같아, 한번 웃기 시작하면 도저히 멈추지 못할 것 같았다.

야시로는 사카타니에서 등짐장수들이 드나드는 문까지 이어져 있는 행렬 옆으로 돌아와 말했다.

"자, 이제 출발이다."

이미 야마다 하치조는 그의 지시에 따라 이틀 전에 부세츠로 떠났다. 그의 옆에는 심복인 쿠라치 헤이자에몬이 자기 말과 야시로의 애마愛馬를 병졸에게 끌어다놓게 하고 굳은 표정으로 그를 기다리고 있는 중이었다.

"헤이자에몬, 출발하세."

야시로는 그에게 빙긋이 웃어 보이고 훌쩍 말에 올랐다.

행렬이 움직이기 시작했다. 보급대인 것처럼 보이면서, 실은 전투부대만큼 무기를 싣고 있었다.

문을 나설 무렵에는 또 하나의 동지 오다니 진자에몬이 자못 충실한 자세로 창을 들고 서 있었다. 그는 자신의 임무를 위해 성안에 남아 있어야 했다.

"성주님이 돌아오신다!"

성안에 남아 있다가 야시로가 큰 소리로 외치며 카츠요리의 군사를 성안으로 끌어들일 때 얼른 성문을 여는 것이 그의 임무였다.

"진자에몬, 잘 부탁하네."

"알겠습니다."

진자에몬의 눈에도 또한 일이 성사되리라는 것을 확신하는 빛이 감돌고 있었다.

해는 이미 서쪽으로 기울어, 해자의 물 위로 둑에 있는 나무가 그림자를 떨구고 있었다.

무심한 성벽. 말없는 망루.

그 안에서는 머지않아 이에야스와 노부나가의 첫 손자가 태어나려하고 있는데…… 노부야스와 이에야스, 노부나가는 모두 자신의 전투에 몰두한 채, 오가 야시로의 마음에 꿈틀거리는 야심의 물결과는 다른 곳에 있었다.

"후후후."

야시로는 성을 나온 뒤 말 위에서 천천히 성을 돌아보고 웃고 나서다시 근엄하게 입을 꾹 다물었다.

 여자 자객

1

　토쿠히메의 시녀 키노는 서둘러 마련한 선물을 두 하인에게 짊어지게 하고 오카자키를 떠난 지 사흘째 되는 날 저녁, 하마마츠 성읍으로 들어서고 있었다. 새로 지은 집으로 향하는 나루터를 건널 때는 몹시 가슴이 뛰었으나 별로 의심을 받거나 하지는 않았다.

　츠키야마의 밀명으로 머지않아 이에야스의 아이를 낳게 될 오만을 죽이러 간다…… 그러나 표면적으로는 어디까지나 노부야스의 부인 토쿠히메의 시녀로, 토쿠히메가 오만에게 보내는 축하의 사자였다. 츠키야마가 보낸 사자……라고 하면 혹시 수상히 여기는 자가 있을지 몰랐다. 그러나 토쿠히메의 사자라고 하는 데에는 도중에 앞질러 간 혼다 사쿠자에몬조차도 말을 세우고, 무뚝뚝한 얼굴이었으나 위로의 말을 하고 지나갔다.

　"때가 때인 만큼 걱정도 당연하시지."

　'제발 무사할 수 있었으면.'

　키노는 이미 몇 번이나 마음속으로 계획했던 오만과의 대결광경을 새삼스럽게 떠올렸다.

아름다운 소나무 숲과 흰 모래사장을 지나 거리로 접어들었을 때 앞쪽 멀리 보이는 성은 조용히 황혼의 빛이 감돌고 있었다.

키노는 성을 향해 거리를 가로지르면서 몇 번이나 숨을 몰아쉬며 주저앉을 뻔했다. 열여덟 살 처녀에게 '자객'이란 짐은 역시 너무 무거웠다. 여자로서는 제법 무예에 익숙하다는 말을 듣고 우쭐했던 것이 후회스러웠다. 그러나 나이 탓인지 실패했을 경우에 대해서는 별로 불안을 느끼지 않았다.

성문은 어디나 경계가 엄중했다. 도마루胴丸°를 걸친 아시가루가 위엄 있게 문 앞에 서 있는 모습은 전쟁터의 분위기 그 자체였다. 성의 정문에서 한 번 길을 묻고 통용문에 다다른 것은 성안에 모닥불이 피워지기 시작할 무렵이었다.

이에야스는 지금 이 성에 없었다. 이미 7월 19일부터 나가시노 공격을 시작하여 히사마의 나카야마에 임시로 쌓은 진지 안에 있었다. 따라서 이곳 성의 수비군은 스루가에서 공격해올지 모르는 적의 습격에 대비하여 물샐틈없는 경계를 펴고 있었다.

"실례합니다."

통용문에서도 키노가 가까이 다가가기 전에 위병 두 사람이 무서운 표정으로 뛰어나왔다.

"오카자키의 작은 마님 토쿠히메 님의 심부름으로 오만 님을 만나러 왔습니다."

"뭐, 작은 마님의 심부름? 무슨 심부름이냐?"

"오만 님이 곧 출산하시게 되었다고 해서 축하 드리러 왔습니다."

"네 이름은?"

"키노라는 시녀입니다."

"잠시 기다려보아라."

단독으로는 결정할 수 없는지 위병 한 사람이 안으로 들어갔다.

"좋아, 들어가."

이렇게 말했을 때에야 키노는 안도의 숨을 내쉬며 안내자를 따라 안으로 들어갔다.

"누가 좀 안내해라. 성의 내부가 완전히 바뀌었기 때문에 혼자서는 찾아가지 못할 거야."

안으로 들어간 키노는 깜짝 놀라 걸음을 멈추었다. 츠키야마의 밀명대로 다행히 오만을 죽인다고 해도 이 엄중한 감시망을 뚫고 밖으로 나올 수 있을 것인가……? 불안이 비로소 열여덟 살인 키노의 마음을 강하게 움켜잡았다……

2

'큰일났다……'

그 불안은 견고한 성곽 사이를 이리저리 돌아 내전의 현관에 이르는 동안 키노의 발걸음을 더욱 무겁게 했다. 물론 하인 두 사람에게는 아무것도 말해주지 않았다. 따라서 그들은 어떤 처벌도 받지 않겠지만, 키노의 입장은 그렇게 단순하지 않았다.

한 여자를 찌른다…… 더구나 그 상대는 이에야스의 애첩으로 이에야스의 아기를 임신하고 있는 여자. 그 여자를 찔러 죽인다는 것은, 키노 자신도 살아서는 이 성을 나가지 못한다는 사실과 바로 연결되었다.

'아직까지 왜 그것을 깨닫지 못했을까……?'

내전에는 이미 연락되어 있었는지, 현관 앞에 하녀 다섯 명이 늘어서서 키노를 기다리고 있었다.

"작은 마님이 보내신 사자, 먼길에 수고가 많았습니다."

이렇게 키노를 맞은 것은 아직 정식으로 소실이 되지는 않았지만 이미 이에야스의 총애를 받고 있으며, 현재 내전의 일을 지휘하고 있는 사이고西鄕의 오아이お愛였다.

키노는 이 오아이에게 무슨 말을 되돌렸는지 기억하지 못했다. 츠키야마에게서는 찾아볼 수 없는 차분함과 온몸에서 풍기는 부드러움이 어린 키노를 압도하여 정신이 몽롱해지는 느낌이었다.

"오만 님은 몸이 불편하여 계속 누워 계십니다. 우선 나에게 사자로 온 뜻을 말해주면 전해드리겠어요."

일단 키노를 객실로 안내하고 조용히 상대하는 그 모습은, 비록 옷차림은 소박했으나 키노를 위압하는 기품이 있었다.

'이 여자는 오만보다 훨씬 더 아름답다!'

젊은 처녀라면 누구나 그렇듯이 키노도 마음속으로 비교하다가 그만 말을 더듬었다.

"작은…… 작은 마님의 말씀을 그대로 전하겠습니다."

"예. 어서 말해주세요."

"노부야스 님에게는 혈연이 적어 여간 쓸쓸해하시지 않았는데, 오만 님이 곧 출산하시게 되었다니 이는 가문의 번창을 가져오는 경사, 꼭 찾아뵙고 축하의 말씀을 드리고 오라……고 작은 마님께서 말씀하셨습니다."

"그 말씀을 오만 님께 그대로 전하겠어요."

오아이는 새하얀 이를 촛대의 불빛에 빛내 보이며 공손히 머리를 숙였다.

키노는 한숨을 쉬었다. 만일 병실에 안내할 수 없다고 거절당하면 무어라 말해야 할 것인가. 이런 생각만으로도 혼란을 일으킬 것 같은 키노였다.

하녀가 다과를 가지고 왔다. 그리고 오아이는 키노가 건넨 선물 목록을 가지고 오만의 방으로 향했다.

"피곤하시지요?"

나이 든 하녀가 어린 키노를 위로하듯 물었다.

"오카자키의 큰 마님도 안녕하십니까?"

"예…… 예."

"큰 마님도 기뻐하실 거예요. 오만 님은 오랫동안 큰 마님을 곁에서 모시던 분이어서."

"예…… 예…… 물론……"

키노는 허리춤에 숨겨온 단도에 손을 가져가면서 저도 모르게 숨을 죽였다.

3

오아이는 한참 동안 돌아오지 않았다.

어느새 밖은 완전히 어두워지고, 정적 속에서 더욱더 삼엄하게 경비를 서는 기척이 느껴졌다.

때때로 말 울음소리가 들리고, 모닥불이 튀는 소리에 섞여 병사들이 담소를 나누는 소리가 들리기도 했다. 아마도 성안 도처에 군사들이 배치되어 있는 것 같았다.

"오래 기다리게 해서 죄송합니다."

오아이가 돌아온 것은 반 각半刻(1시간) 남짓해서였다. 깨닫고 보니 하녀 둘이 밥상을 들고 그 뒤를 따라오고 있었다.

"오만 님은 사자의 도착을 매우 기뻐하시며, 대단히 미안한 일이지만 누워 계신 곳에서 만났으면 하십니다. 잠시 머리를 빗는 동안 식사라도 하십시오."

키노는 그때도 무어라 대답했는지 기억하지 못했다.

드디어 사태는 긴박해졌다. 이제 만날 수 있을지 없을지는 문제가 아니었다. 만나게 된다는 것은 확실했기 때문에 만나서 어떻게 죽이느냐가 문제였다.

키노는 애써 침착하려고 했다. 허기가 져서 실패하면 안 된다는 생각도 하고, 너무 배가 불러 행동이 둔해져서도 안 된다는 생각도 했다. 다행히 그다지 피로하지는 않았다. 마음의 동요만 가라앉힌다면 이 임무는 완수할 수 있을 듯했다.

그러나저러나 임무를 완수한 뒤의 문제가 더 난감했다. 도망갈 수 있으리라고는 생각되지 않았다. 그렇다면 어떻게 죽느냐가 문제였다. 물론 오만은 비명을 질러 사람을 부를 것이고, 맨 먼저 달려오는 사람은 남자가 아닐 것이다.

'나는 그 사람도……'

죽여야 할 운명에 놓이지 않을까 하는 생각에 자기 앞에 조용히 앉아 있는 오아이를 보기가 무서웠다. 아니 그보다도 키노가 더 고민한 것은 오아이의 안내로 오만의 방에 들어갔을 때의 일이었다.

오만의 방은 오카자키 성의 내전과는 비교도 안 될 만큼 검소했다. 지금도 입만 열면 이마가와 요시모토今川義元의 조카딸임을 자랑하는 츠키야마의 사치는 말할 것도 없고, 작은 마님 토쿠히메도 화려하게 꾸미고 살았다. 물론 토쿠히메는 현재 크게 세력을 펴고 있는 노부나가信長의 외동딸이므로 당연하다면 당연한 일이겠지만, 오카자키에 있는 두 마님의 거실을 궁전에 비한다면 이곳은 구조도 가구도 하녀의 방이라 할 정도로 차이가 있었다.

그 검소한 방에 누워 있었을 오만은 잠자리를 옆으로 치우고 마을 촌장 집에서나 볼 수 있을 듯한 등잔을 희미하게 켜놓고 사자인 키노를 조용히 윗자리로 맞이했다. 몹시 수척해 있었다. 아니, 만삭의 몸이라 배가 많이 불러 있어 손가락으로 건드려도 쓰러질 것처럼 보였다.

"귀한 사자를 이런 데서 맞이하게 되어 죄송합니다. 토쿠히메 님도 안녕하시겠지요?"

"예. 작은 마님께서도 곧 출산하실 것이어서 더더구나 오만 님에 대해……"

이렇게 말하면서 키노는 입구에 있는 오아이의 모습을 살짝 돌아보았다. 오아이는 가볍게 목례를 하고 일어섰다. 방이 너무 어두웠기 때문에 촛대를 가져오기 위해서인 것 같았다.

'이때다!'

생각은 그러했으나, 왠지 키노는 몸이 움츠러들고 손이 저려왔다. 죽이려 하는 상대에게 아무 원한도 없다는 것이 전율을 느끼게 했다.

4

오아이는 직접 촛대를 들고 와서 두 사람 사이에 놓았다.

방안이 밝아지면서 오만의 수척한 모습과 기뻐하는 모습이 더욱 또렷하게 드러났다. 오만은 전혀 경계심을 품고 있지 않았다. 소중한 노부야스의 부인 토쿠히메가 일부러 축하의 사자를 보내왔기 때문에 큰 기쁨과 황송하기까지 한 소박한 마음으로 가득 차 있는 것 같았다.

일단 인사를 나누고 나서 키노가 물러나려 했을 때였다.

"제발 그냥 있어줘요."

이쪽에서 상대의 가슴 밑을 노리고 있는 줄도 모르고 오만은 손을 들어 키노를 붙잡았다.

키노는 일어서면서 오만의 손을 잡아끌었다. 그리고 자기 손에 싸늘하게 닿은 상대의 가느다란 손목을 느끼고는 갑자기 온몸의 피가 끓어올랐다.

'지금이다!'

순간적으로 깨닫고, 찌른 다음에는 자기도 죽겠다는 각오가 되어 있었다.

'적이 아니다! 원한도 없다! 그런데도 찔러야 하는 몸…… 사죄하기 위해서라도 나는……'

오만이 일어나 손이 끌리는 대로 키노의 가슴 쪽으로 비틀거리며 쓰러지려는 순간이었다. 키노의 단검이 번쩍 빛났다.

"앗……"

키노와 오만은 동시에 외쳤다. 균형을 잃고 쓰러지는 오만의 우치카케打掛け° 어깨 부분이 둘로 찢어지고, 그 어깨 너머로 뻗친 키노의 손목을 오아이가 붙잡고 있었다.

오만은 비틀거리다가 그 자리에 쓰러졌다.

"이것, 놓으세요!"

붙들렸다고 깨달은 순간 키노는 미친 듯이 그 손을 뿌리쳤다.

사실 찌르려고 한 순간 오아이가 어디 있는지도 확인하지 못한 키노였다. 입구 부근에 있어 키노의 두근거리는 가슴 같은 것은 깨닫지도 못할 위치에 있다고 안심했는데 보기 좋게 간파당하고 말았다.

"소란 피우지 마세요."

오아이는 비틀거리는 키노를 부둥켜안듯이 하고 작은 소리로 귀에 대고 꾸짖었다.

"당신에게 도움이 안 돼요."

그러면서 키노의 손목을 탁 쳤다. 키노의 손에서 단검이 방바닥에 떨어지자 오아이는 그것을 장지문 쪽으로 걷어찼다.

오만은 자기가 어떤 일을 당할 뻔했는지 아직 확실히 모르는 모양이었다. 멍한 표정으로 크게 어깨를 들먹이고 있었다.

"오만 님도 소리지르지 마세요."

아직 키노를 붙든 채 오아이가 말했다.

"혼다 님, 사쿠자에몬 님, 다음 일을 맡기겠습니다."

장지문 밖에서 기침소리가 들리고, 마루 끝에서 굵은 손이 뻗어와 키노의 단검을 집어들었다.

도마루에 기름종이로 만든 두건을 쓴 혼다 사쿠자에몬이 짚신을 신은 발로 마루의 장지문을 열고 불 밑에 모습을 드러낸 것은 잠시 후의 일이었다.

사쿠자에몬은 오만 쪽은 돌아다보지도 않고 오아이에게 말했다.

"이제 됐으니 손을 놓아주시오."

그리고는 마루에 걸터앉아 엄하게 말했다.

"너는 분명 후지카와 큐베에藤川久兵衛의 딸, 아비 이름까지 알고 있으니 혀를 깨무는 것으로 끝나지는 않을 것이다."

5

오아이가 손을 놓는 순간 키노는 비틀거리다 쓰러졌다. 그리고는 사쿠자에몬과 오아이 사이에 낀 형태로 다다미에 엎드려 목놓아 울었다.

"난처하게 됐어."

잠시 후 사쿠자에몬은 오아이에게 눈짓을 했다. 일단은 키노를 조사해보아야 한다. 하지만 그 결과를 오만에게는 알리고 싶지 않다는 눈짓이었다.

오아이는 그 뜻을 알아차리고 오만을 부축해 일으켰다. 오만은 아직 영문을 모르겠다는 표정으로 부들부들 떨고 있었다. 약간의 미열微熱도 있는 모양이었다.

"사자가 무슨 짓을 했나요……?"

"나중에 알게 될 거예요. 우선 제 방으로."

오아이는 오만의 손을 잡고 방을 나갔다.

어디선가 부엉이가 울기 시작했다. 그것이 신호였는지 키노의 울음소리가 뚝 그쳤다. 눈이 충혈되고 핏기 없는 입술이 파르르 떨고 있었다. 무언가 말하려 하면서도 아직 입을 열지 못하는 흥분된 상태였다.

"뭐, 뭐라고 했느냐?"

사쿠자에몬은 상대의 입을 열게 하려고 조용히 귀를 갖다 대었다.

"네 언니는 분명 츠키야마 님을 섬기고 있지?"

키노는 갑자기 봇물이 터진 듯이 말을 쏟아냈다.

"죽여주십시오! 이 불충한 자를 죽여주십시오!"

"음, 불충하다는 것을 자신도 알고 있군."

"예. 무엄하게도 성주님의 부인을."

"죽고 싶다면 소원대로 해주겠다. 서두르지 마라!"

사쿠자에몬은 일단 꾸짖고 나서 견딜 수 없다는 듯이 혀를 찼다.

"그 전에 네 말부터 들어야겠다. 너는 마님을 죽이라는 명령을 누구에게 받았느냐?"

"제발 부탁입니다. 아무것도 묻지 마시고 죽여주십시오."

"그럴 수는 없다. 너의 언니라면 언니, 네 아비 큐베에라면 큐베에를 체포하여 처형하지 않으면 안 된다."

그 말에 키노는 다시 천치처럼 입을 부들부들 떨었다. 사쿠자에몬은 그 모습을 보았는지 못 보았는지, 계속해서 추궁했다.

"너는 남을 죽일 만한 여자가 못 돼. 그런 것도 모르고 토쿠히메 님이 너에게 명했을 리는 없어. 그렇지 않으냐?"

"예…… 예."

"네 아버지 큐베에는 의리 있는 사람, 무엇보다도 네가 남을 해칠 아이가 아니라는 것을 잘 알고 있을 테니 큐베에도 아니야. 내 말이 맞지?"

"예…… 예. 아버지는…… 아버지는 아무것도 모르옵니다."

"츠키야마 님을 모시는 네 언니는 나도 몇 번 보았다. 아직 철이 들었다고는 할 수 없지만 아무렇게나 자란 여자는 아니야. 모든 일에 정성을 다하고 두 마음을 갖지 않는 여자라고 생각했어. 그러니 언니가 시킨 것도 아닐 게다."

키노는 저도 모르게 사쿠자에몬의 무릎에 매달렸다. 이 일로 혈육에게 해를 끼치게 될 것을 얼마나 두려워하고 있는지 잘 알 수 있었다.

"옳습니다. 언니는 절대로 그런 생각을 할 사람이 아닙니다."

"그럴 것이다."

사쿠자에몬은 크게 고개를 끄덕였다.

"너는 츠키야마 마님과 성주님 사이가 좋지 않다는 것을 알고 있느냐?"

어조를 바꾸었다.

"예…… 예…… 아닙니다."

"알고 있느냐 모르느냐? 그 말에 따라 내게도 생각이 있다. 마음을 가라앉히고 정직하게 대답하여라. 그것이 네 유언이 될 수 있도록."

6

유언이 될 수 있도록——이라는 말을 듣고 키노는 사쿠자에몬의 무릎에서 손을 떼었다.

이제는 심하게 떨고 있지는 않았다. 자기 혼자 죄를 짊어지고 죽을 생각이었던 모양이다. 헬쑥해진 얼굴의 창백함이 볼의 선을 엄숙하게 만들었다.

"두 분 사이가 좋지 않다는 것은 알고 있습니다."

"그렇겠지. 알지 못했다면 바보이거나 잘 섬기지 못했다는 의미가 될 테니까. 두 분의 불화가 어느 쪽의 잘못인지 네가 생각한 대로 말해보아라."

"죄송합니다마는……"

키노는 두 손을 짚고 엎드렸다.

"성주님께 잘못이 있다고 생각합니다."

"나는 그렇게 생각하지 않는다!"

사쿠자에몬은 한마디로 대꾸했다. 그러나 왜 그렇게 생각하지 않는지에 대한 이유는 말하지 않았다.

"너는 마님의 명령에 따른 것이로구나."

"예. 성주님의 처사가 마님에게는 너무도 가혹하시기 때문에……"

"그래, 이제 알겠다. 만일 내가 너를 놓아준다면 어떻게 하겠느냐? 오카자키로 돌아가 실패했다고 마님께 그대로 보고하겠느냐?"

키노는 아직 자기가 이 일을 하게 한 사람의 이름을 말했다는 것도 깨닫지 못했다.

"아닙니다. 그렇게는 하지 않겠습니다."

분명하게 대답했다.

"그렇게 하지 않겠다니?"

"도중에 자결하겠습니다."

"음, 그렇겠군."

사쿠자에몬은 밤의 정원으로 눈길을 돌렸다.

"잘 들어라. 네게 말해줄 것이 있다."

"예…… 예."

"마음을 가라앉히고 내 말을 들어라…… 너는 이 성에 무사히 도착하기는 했다."

"예, 그렇습니다."

"그때 이미 오만 님은 이 성에 계시지 않았다."

"아니, 계셨습니다. 계셨기 때문에 제가 그런 일을……"

키노가 강하게 반발했을 때였다. 사쿠자에몬은 눈을 크게 부릅뜨고 꾸짖었다.

"닥쳐라! 너는 정말로 생각이 모자라는 계집아이로구나."

"예…… 예."

"너는 여기 오는 도중에 나를 만났었지?"

"앞질러 가셨습니다, 아카사카赤坂에서."

"그때부터 나는 네 마음을 알고 있었다. 네 짚신은 뒤축만 닳아 있더구나. 서두르는 길, 마음에 걱정이 없는 여행길에는 짚신이 발끝부터 닳는 법이다."

"……"

"알겠느냐, 네가 성에 도착했을 때 이미 오만 님은 성에 계시지 않았어. 성밖의 어느 가신 집에 마련된 산실로 옮겨가신 뒤였어. 내전의 하녀와 이 사쿠자에몬에게 선물을 맡기고 돌아왔다…… 이렇게 너에게 명한 사람에게 보고하라는 말이다. 알겠느냐?"

"예…… 그러면 이 키노를?"

"죽여도 되지. 죽여도 되지만, 그렇게 되면 너의 아버지와 언니에게도 누를 끼치게 되는 거야, 이 멍청한 것아."

사쿠자에몬은 크게 손뼉을 쳐 시녀를 불렀다.

"누가 가서 오아이 님을 불러오너라. 이제 결말을 지었다. 오만 님도 모시고 오도록."

그 말을 들으면서 키노는 새삼 생각난 듯 정신없이 울기 시작했다.

7

오아이와 오만이 다시 방에 들어왔는데도 키노는 고개를 들 수 없었다. 귀신이란 별명을 가진 사쿠자에몬이 꾸짖으면서 가르쳐준 계략이 열여덟 살의 미숙한 마음을 움직여 자꾸 눈물을 유발했다.

"오만 님도 오아이 님도 오늘 일은 이 사쿠자에몬에게 맡겨주십시오."

엎드려 울고 있는 키노의 어깨 너머로 사쿠자에몬이 불쑥 말했다.

"이 모두가 성주님을 위하고 앞으로 태어나실 아기님을 위해서입니다. 성주님께는 이 일이 알려지지 않는 편이 좋겠습니다."

오만은 오아이의 방에서 자세한 사정을 들은 듯 말했다.

"사쿠자에몬 님이 하시는 일이라면 저도 이의가 없어요."

오아이는 가만히 고개를 숙였다.

"그럼, 혼다 님, 다음 지시를."

"이번 전투가 일생 일대의 중요한 전투라 하시며 지난 한 달 동안 갑옷도 벗지 않고 계시는 성주님, 그러한 성주님이 모르시는 것을 하인들이 알게 되면 안 됩니다. 그러므로 오늘 밤 나는 오만 님을 다른 곳으로 옮기시게 하려고 합니다."

"다른 곳이라니요……?"

"그것은 말씀 드릴 수 없습니다. 이런 일이 다시는 일어나지 않도록 내가 모시고 옮기려 합니다…… 이 정도로만 알고 계시기 바랍니다."

"오만 님, 어떻게 생각하세요?"

오아이의 질문을 받고 오만은 불룩한 배를 옷소매로 가리고 매달리듯이 하며 사쿠자에몬에게 말했다.

"소중한 아기이오니 지시에 따르겠습니다."

사쿠자에몬은 그 말을 듣고 천천히 일어났다.

"절을 올려라."

키노에게 말했다.

"설마 너는 바보천치는 아닐 것이다. 알겠느냐, 오늘 밤에 나는 오만 님을 다른 곳으로 모시겠다. 너는 그 후에 성에 도착한 것으로 해야 한다."

"예…… 예. 감사합니다."

"오아이 님."

"예."

"이 처녀는 후지카와 큐베에라는 아주 성실한 사람의 딸, 끔찍한 명령을 받고 오기는 했으나 그것이 두려워 계속 떨고 있었어요. 여기 오는 길에 어쩌다가 잠시 지체되어 오만 님이 성을 떠나신 후에 도착하게 되었다, 이것은 앞으로 태어날 아기의 천운天運……이기도 하고, 이 처녀의 행운이기도 하다……는 것을 잘 설명해주시오."

"알겠습니다."

"오늘 밤은 오아이 님이 같이 데리고 주무시고, 내일 아침 토쿠히메 님의 사자라는 자격으로 성을 떠날 수 있도록 해주십시오."

"잘 알겠습니다."

"소지품은 나중에 옮기고, 오늘 밤엔 오만 님만 우선 모시기로 하겠습니다. 가마와 시동을 준비하는 동안 오만 님은 오아이 님이 잘 보호하고 계십시오."

사쿠자에몬은 촛불이 비치는 정원으로 나가 녹음 속으로 사라졌다.

"키노라고 했지?"

사쿠자에몬이 나간 뒤 오만은 비로소 키노에게 말을 걸었다.

억제하고 있던 감정의 둑이 무너지고 갸름한 얼굴이 백지장처럼 하얗게 되었다.

"츠키야마 마님은 얼마나 나를 증오하고 있을까, 악마! 뱀! 너도 그렇다고 생각하느냐?"

키노는 소리를 죽여 울고 있을 뿐이었다.

8

"왜 대답이 없어? 어째서 토쿠히메 님이 보냈다고 거짓말을 했어?"

아직도 떨고 있는 키노에게 다그쳐 묻는 오만을 오아이가 말렸다.

"그러면 몸에 해롭습니다. 자, 어서 준비를."

오아이는 사쿠자에몬이 오만을 어디에 숨기려는지 잘 알고 있었다.

유토무라雄踏村 우부미宇布見에 있는 나카무라 겐자에몬中村源左衛門의 집이었다.

나카무라 겐자에몬은 이 성이 아직 이오 부젠飯尾豊前의 거성居城이었을 때부터 벼슬을 살고 있었다. 사쿠자에몬이 이곳을 택해 오만을 옮기려 한 것은 결코 이 처녀를 구하기 위해서만은 아닌 것 같았다.

"올해야말로 내 운명이 결정되는 해."

이렇게 말하고 나가시노 공격에 전념하고 있는 이에야스의 결의에 부응하려는 준비라고 오아이는 판단했다. 이에야스의 혈육이라고는 노부야스와 카메히메龜姬 두 사람뿐, 그래서 마음이 놓이지 않아 성주를 측근에서 모시도록 오아이까지도 권한 사쿠자에몬이었다.

만약 이 하마마츠가 적의 공격을 받아 전쟁터가 되었을 경우, 오만과 그 뱃속에 있는 아이가 죽거나 적의 손에 넘어가 인질이 되거나 하면 그것은 전적으로 수비하는 장수의 책임이었다. 무사할 수 있다면 모르지만 그렇지 못한 경우를 생각하여 이오 부젠 때부터 이곳에 살고 있는 나카무라 겐자에몬을 택한 것은 현명한 일이었다.

겐자에몬이라면 만약에 이에야스가 하마마츠 성을 버리게 되었을 때라도 안전하게 그 혈통을 지킬 수 있게 해줄 유일한 사람임이 틀림없었다.

오만은 이러한 사쿠자에몬의 깊은 생각을 알지 못하는 것 같았다. 오아이가 재촉하자 오만은 겨우 키노의 곁을 떠났으나, 그래도 아직 증오가 사라지지 않은 듯 말했다.

"성주님의 아기를 성주님의 성에서 낳지 못하다니…… 찢어 죽이고 싶은 것이 내 마음이야."

오만은 감정이 가라앉지 않은 얼굴로 오아이가 건네주는 가느다란 띠를 만삭이 된 배에 매고 우치카케를 겹쳐 입었다.

사쿠자에몬이 다시 조용히 정원에 모습을 나타냈다.

"가마가 준비되었습니다. 자, 사립문 옆으로 나오십시오."

"사쿠자에몬 님, 꼭 가야만 할까요?"

사쿠자에몬은 갑자기 강한 어조로 말했다.

"태어날 아기를 위해, 성주님을 위해…… 그리고 오만 님 자신을 위해서입니다."

"예. 그러면 성주님께……"

그 뜻을 전해달라는 의미인 듯. 애처로운 눈길을 오아이에게 보내고 나서 곧 비틀거리는 걸음으로 맷돌에 내려섰다. 사쿠자에몬은 그 어깨를 부축하듯 하면서 말했다.

"오아이 님, 뒷일을."

오아이는 말없이 고개를 끄덕이다가 갑자기 두려움을 느꼈다.

'오만은 나를 미워하는 것이……?'

그럴 리가 없다. 오아이는 어디까지나 오만을 깍듯이 모셨고, 오만도 또 오아이에게 의지하는 눈치였다.

두 사람의 모습이 나무 사이로 사라졌다. 그런 뒤 이윽고 조용히 가마가 들렸다.

오아이는 가마가 움직이는 것을 확인하고 키노에게로 돌아왔다.

"자, 이제 울지 말아요. 모든 일은 다 끝났어요."

키노의 어깨에 다정하게 하얀 손을 올려놓았다.

9

오아이가 어깨에 손을 얹으며 하는 위안의 말에 키노는 더 서럽게 울었다. 오아이에게는 남을 의지하게 하거나 응석을 부리게 하는 푸근함이 있는지도 몰랐다.

"됐어요, 다 끝났어요."

"예…… 예."

"어서 눈물을 씻고 오카자키 이야기라도 들려줘요."

손을 내밀어 촛불의 불똥을 잘라내었다. 갑자기 방안이 밝아지고, 다시 어디선가 부엉이 우는 소리가 들렸다.

"오카자키 성에도 부엉이가 있겠죠?"

"예, 부엉이도 매도……"

키노는 당황하며 몸을 일으키고는 훌쩍거리면서 눈물을 닦았다.

"매가 많아지면서 다른 새들은 오지 않게 되었어요. 그래서 토쿠히메 님은 매를 싫어하게 되었지요."

"그렇군요, 매가 오면 다른 새는 쫓겨나겠지요."

오아이는 그 말을 듣고 자기는 매일까 아니면 보통 새일까 하고 생각했다.

어쩌면 자기는 오만보다 몇 배나 더 잔인한 매인지도 모른다. 왜냐하면 이에야스의 총애가 오아이에게 미쳤다는 것을 알게 된 날부터 오만의 눈이 갑자기 겁먹은 눈으로 바뀌었다. 아마도 오아이의 차분한 태도

속에 감춰진 성격이 오만을 압도했기 때문일 것이다.

"사람이나 새나 그 종류는 여러 가지인 것 같아요."

"예, 그럴 거예요."

"츠키야마 마님처럼 무섭게 성주님께 대드는 사람이 있는가 하면 오만 님처럼……"

말하다 말고 오아이는 깜짝 놀라 입을 다물었다.

이에야스의 총애가 완전히 다른 데로 옮겨가는 것이 두려워, 미워해야 할 자기에게 애처롭게 매달려오는 여자도 있다……고 말하려 했지만, 그것을 이 어린 처녀에게 말한다고 해도 이해할 리가 없었다.

"새가 없어진다고 걱정하는 것은 작은 마님의 심성이 착하시기 때문일 거예요."

"예. 그러나 심성은 아야메 님이……"

"아야메 님?"

"예. 작은 성주님의 소실입니다."

"참, 작은 성주님이 소실을 보셨다는 말은 들었어요. 그 아야메 님은 몇 살이죠?"

"열다섯입니다."

"그렇다면 작은 마님의 심기도……"

"예. 작은 성주님이 오시지 않으면 때때로 울적하신 듯 종이학을 접고 계십니다."

오아이는 미소를 띠고 고개를 끄덕였다. 열다섯 살인 정실이 같은 열다섯 살인 소실에게 총애를 빼앗겨 종이학을 접고 있는 모습이 눈에 보이는 듯했다.

여자의 슬픈 운명. 그렇다고 섣불리 반항하면 츠키야마 마님의 경우처럼 점점 더 비참한 결과가 된다.

"그대는 작은 마님의 시중을 드는 몸이라고 했지요?"

"예."

"그런데 어떻게 츠키야마 마님에게 그런 명령을 받게 되었나요? 그 이유를 알고 싶군요."

오아이는 급소를 찌르고 다시 부드럽게 웃어 보였다.

'물어야 할 것은 묻지 않을 수 없다……'

10

순간 키노의 표정이 굳어졌다. 감싸주는 듯한 오아이의 다정한 태도에 키노는 거짓말을 할 수 없었다.

"예. 그것은……"

말을 더듬으면서 사실대로 이야기했다.

"처음부터 큰 마님의 분부였습니다."

"큰 마님의 분부로 토쿠히메 님을 모시게 되었나요?"

"예, 토쿠히메 님은 오다 가문의 딸, 이마가와 가문의 혈통인 큰 마님과는 원수지간이니 방심하지 말고 지켜보라고."

"큰 마님이 직접 말씀하셨나요?"

"예. 언니가 큰 마님을 모시고 있기 때문에."

오아이는 그 말을 듣고 온몸이 오싹해졌다. 츠키야마의 심한 질투심은 오만에게만 향하고 있는 것이 아니었다. 토쿠히메에게까지 집요하게 침투해 있었다.

"저어, 키노."

오아이는 애써 미소를 지우지 않았다.

"그런 말이 성주님이나 작은 성주님 귀에 들어가면 안 되니 이 자리에서만 말하기로 해요."

"그것은 저도……"

키노는 고개를 끄덕이고 눈물이 글썽거리는 눈으로 촛불의 불꽃을 바라보았다.

바람이 조금씩 불기 시작하는 듯 멀리서 파도소리가 들려오고, 파도소리에 섞여 나뭇잎 흔들리는 소리가 들렸다.

"츠키야마 마님은 어째서 토쿠히메 님을 그토록 미워하실까……"

오아이는 다시 생각났다는 듯 불쑥 말을 꺼냈다.

"아야메 님은 마님이 작은 성주님께 권한 소실인가요?"

"예. 토쿠히메 님이 적자嫡子를 출산하시기 전에 아야메 님이 사내아이를 낳으시면 좋겠다고…… 종종 저희들에게 말씀하셨어요."

"하지만 토쿠히메 님은 곧 출산하시게 될 텐데."

"예…… 그래서 자주 밀교密教의 승려를 불러 기도 드리고 있습니다."

"순산의 기도를……?"

"아닙니다, 아드님이 아니라 따님이 태어나시기를."

오아이는 아무렇지도 않은 듯 고개를 끄덕였으나 온몸에 소름이 돋는 느낌이었다.

'이미 마님은 실성하셨다……'

이렇게 생각할 수밖에 없었다.

토쿠히메가 가엾다는 생각이, 그리고 노부야스도 슬플 것이라는 생각이 들었다. 아니, 그뿐만이 아니었다. 만일 이런 사실이 기후 성岐阜城에 있는 토쿠히메의 아버지 노부나가의 귀에 들어간다면 그야말로 무사할 수 없었다. 노부나가는 유난히 성질이 급한 사람이라는 말을 듣고 있었다.

"저어, 키노."

"예."

"오늘 밤은 여기서 나와 같이 자요. 그리고 지금 그 이야기 말인데."

"예, 지금 그 이야기라니……?"

"밀교의 승려를 불러다 기도 드린다는 이야기는 다른 사람에게는 절대로 하지 마세요."

"예…… 예."

"만약 기후의 성주님 귀에 들어가면 우리 성주님 부자의 입장이 곤란해질 테니까요."

키노는 다시 힘없이 어깨를 움츠리고 순순히 고개를 끄덕였다.

불기둥

1

초가을 밤의 모닥불은 따뜻함을 주기보다도 날벌레들을 불러들였다. 날벌레들은 파닥거리며 이상할 정도로 불을 향해 달려들다가 후드득 발 밑으로 떨어졌다. 이에야스는 결상을 끌어당기고 이들 날벌레를 유심히 바라보고 있었다.

나가시노 성 공격의 시기는 시시각각 다가오고 있었다. 처음 공격을 가한 것은 텐쇼 원년(1573) 7월 20일, 불화살을 쏘아 마침내 둘째 성을 불태워버렸다. 그러나 그것은 적이 어떻게 나오는가를 탐색하기 위한 전투에 지나지 않았다.

신겐의 죽음은 이제 확신할 수 있었다. 그러나 아직 코슈의 세력은 강대했다. 그 강대한 군사가 겨울을 맞게 해서는 안 되었다.

켄신謙信이라는 배후의 적이 눈 때문에 행동을 할 수 없게 되는 시기가 바로 카츠요리가 최대의 힘을 발휘할 수 있는 때. 따라서 추석 무렵까지는 무슨 일이 있어도 나가시노 성을 손에 넣어 코슈 군의 발판을 부술 필요가 있었다.

"성주님, 잠시 쉬시지요. 히사마의 임시진지도 조용해졌습니다."

지금 이에야스의 본진이 있는 곳은 시오자와무라鹽澤村 진지였다.

이삭이 나오기 시작한 참억새 그늘에서 오쿠보 타다요大久保忠世가 고개를 내밀었다.

"사쿠자에몬이 오카자키에서 하마마츠로 돌아갔다면서요?"

이에야스는 손에 들고 있던 채찍으로 떨어진 날벌레들을 무심코 긁어모았다.

"사부로三郎(노부야스)가 걱정되는군."

그러면서 불쑥 내뱉었다.

"자네는 가서 쉬게."

타다요는 웃으면서 천천히 고개를 가로저었다.

"주군보다 먼저 잔다는 말은 저희 오쿠보 집안에는 없습니다."

"그럼, 졸음을 쫓으려고 여기 왔나?"

"말하자면 그렇다고 할 수 있습니다."

"오늘 밤에 누가 여기 오는지 알고 있나?"

"글쎄요……"

타다요는 고개를 갸웃거리며 모닥불 건너편에 책상다리를 하고 앉았다.

"아스케 성에 처음 출전하신 노부야스 님으로부터의 소식이 아닐까요?"

이에야스는 흘끗 타다요를 바라보고 쓴웃음을 지었다.

"아니면 하마마츠로부터의 기쁜 소식일까요?"

"기쁜 소식이라니?"

"이미 오만 님은 출산하실 때가 되었습니다. 노부야스 님에게는 남자 형제가 없으니 아드님이 태어났으면 좋겠습니다."

이에야스는 다시 쓸쓸히 웃었다.

"자네도 배포가 어지간하군. 내가 기다리는 것은 그게 아닐세."

"그러면?"

"나가시노를 함락할 열쇠, 그 열쇠를 기다리고 있네."

"원, 이런."

타다요는 일부러 놀란 듯이 눈을 크게 떴다.

"그런 줄은 몰랐습니다."

"지금 시간이 어떻게 됐나?"

"곧 넉 점(오후 10시)이 될 것입니다."

"너무 늦어지는군. 도중에 아무 일도 없어야 할 텐데."

타다요는 잠자코 모닥불에 장작을 던져넣었다.

이에야스가 기다리는 사람이 누구인지 타다요는 잘 알고 있었다. 알고 있었기 때문에 혹시나 싶어 신변경호를 위해 이에야스에게로 온 타다요였다.

이에야스도 그러한 타다요의 속셈을 알고 있었으므로 물러가라는 말을 하지 않았다.

그때 임시로 만든 문의 울타리 부근에서 왁자지껄 떠드는 소리가 들려왔다.

2

"살펴보고 오게."

이에야스가 말했을 때 이미 타다요는 그 떠드는 소리 쪽으로 달려가고 있었다.

"수상한 자가 아니다. 너희 대장을 만나야겠다."

"이렇게 늦은 밤에 무슨 일이냐. 정체를 밝혀라."

울타리 밖에 있는 그림자 하나를 네다섯 명의 아시가루들이 둘러싸고 입씨름을 벌이고 있었다. 타다요는 성큼성큼 다가가 잠자코 그 사나이 앞에 섰다.

조그마한 체구에 농부의 옷을 입고 허리에 야마가타나山刀°를 차고 있었다. 그러나 예리한 눈과 다부진 몸매는 그가 뛰어난 무사임을 말해주고 있었다.

"잠깐, 성주님이 기다리시는 손님인지도 모른다."

타다요는 아시가루들을 제지하고 날카롭게 물었다.

"오쿠다이라奧平 가문 사람이오?"

"그렇게 말하는 당신은?"

"오쿠보 시치로에몬 타다요大久保七郎右衛門忠世."

그제야 상대는 엄숙한 표정으로 자신의 이름을 밝혔다.

"나츠메 고로자에몬 하루사다夏目五郎左衛門治貞."

"안내하겠소. 따라오시오."

상대는 가볍게 고개를 숙였으나 말로는 인사하지 않았다.

지금은 코슈 군에게 굴복하는 것처럼 위장하고 있는 츠쿠데 성作手城의 오쿠다이라 미마사카노카미 사다요시奧平美作守貞能의 가신이었다. 물론 은밀히 찾아오는 밀사. 이 사실을 이에야스는 가신에게도 전혀 알리지 않았을 정도로 조심성을 보였다. 아니나다를까 나츠메 고로자에몬은 이에야스 앞에 오자 타다요를 흘끗 바라보고 무뚝뚝하게 말했다.

"사람을 물리쳐주십시오."

"안 돼."

타다요는 그의 말을 튀겨내듯 말했다.

"성주님이 계신 곳에는 언제나 내가 있게 마련이오. 걱정 마시오, 때로는 귀도 입도 없는 사내니까."

"후후후."

이에야스는 웃었다.

"그 말을 들었소, 고로자에몬?"

"예, 성주님만 괜찮으시다면."

"그럼, 타다요, 그대는 누가 접근하지 못하게 잘 살피도록."

가볍게 말했다.

"수고가 많았소."

그리고는 고로자에몬을 위로했다.

고로자에몬은 굳은 자세로 한쪽 무릎을 꿇었다.

"인사는 생략하겠습니다. 성주님의 나가시노 공격이 드디어 임박했다는 것을 알고 후속 부대가 속속 미카와와 토토우미로 침입하고 있는 중입니다."

"음, 그들의 장수는?"

"미카와에서는 쿠로세黑瀨에 타케다 사마노스케 노부토요武田左馬助信豊와 츠치야 우에몬노죠 마사츠구土屋右衛門尉昌次, 츠쿠데에는 아마리 사에몬노죠 마사타다甘利左衛門尉昌忠, 또 타케다 쇼요켄武田逍遙軒, 야마가타 마사카게, 바바 노부하루, 이치죠 우에몬一條右衛門 등은 토토우미에 침입하여 모리고森鄕에 진을 치고 카케가와와 하마마츠를 노리고 있습니다."

"그럼, 카츠요리 자신은?"

"우리 주군의 말씀에는 그 이름이 없었습니다."

"음, 그렇다면 그는 에치고越後 군을 대비하고 있는 모양이군. 그 밖에는?"

이에야스가 반쯤 눈을 감으면서 말하는데, 나츠메 고로자에몬은 무릎걸음으로 다가앉았다.

"전략회의 결과, 쿠로세에 있는 타케다 노부토요와 츠치야 마사츠구는 시다라가하라設樂原로 진격하여 우선 성주님의 통로를 차단하고 나서 협공하기로 결정했다고 합니다."

"뭐, 나를 협공한다고?"

이에야스는 저도 모르게 눈을 부릅뜨고 상반신을 앞으로 내밀었다. 여기서 하마마츠와의 통로가 끊기고 협공을 당한다면 전혀 승산이 없었다.

3

이에야스에게 하마마츠와의 통로가 끊기고 배후에서 공격을 당하는 것처럼 치명적인 위험도 없다. 그래서 은밀히 오쿠다이라 미마사카노카미 사다요시를 통해 적의 동향을 살피게 한 것인데, 지금 밀사는 그것이 결코 기우가 아니라는 사실을 알려왔다.

"그렇군, 역시 그런 작전으로 나오는군."

"예. 아마도 하마마츠, 요시다, 오카자키 등을 각각 고립시켜 격파할 계획……일 것이라고 우리 주군은 내다보고 있습니다."

"그럴 테지."

이에야스는 고개를 끄덕이고 다시 평소의 표정으로 돌아왔다. 이런 때 낭패한 표정을 보이면 오쿠다이라 미마사카노카미가 거취를 결정짓지 못할 우려도 있었다.

'어려울 때일수록 침착해야 한다.'

오쿠다이라 미마사카노카미가 있는 츠쿠데의 카메야마龜山 본성에는 이미 카이 군이 들어와 있었다.

대장은 아마리 사에몬노죠 마사타다, 참모는 하지카노 덴에몬初鹿野傳右衛門. 따라서 본성을 넘겨준 미마사카노카미는 둘째 성으로 옮겨

이에야스가 승리하기를 기다리고 있었다.

"그럼, 이 일에 대해서는 그대의 주군께도 어떤 계책이 있을 텐데 그 것을 말해보오."

"황송합니다마는……"

나츠메 고로자에몬은 무섭게 빛나는 눈으로 이에야스를 똑바로 바라보았다.

"그 전에 여쭙고 싶은 것이 있습니다."

"그 전에라니…… 그게 그대의 의견이요, 아니면 미마사카노카미의 의견이오?"

"예, 문중 전체의 의견입니다."

"알겠소. 그럼 말해보시오."

"승리했을 때는 우리 영지를 그대로 보존할 수 있게 해주십시오."

"알고 있소. 염려하지 마시오. 백성들도 모두 미마사카노카미를 따르고 있을 테니."

"둘째로, 저희 작은 성주님 사다마사貞昌 님에게 따님을 출가시켜주 십시오."

"내 딸을 사다마사에게?"

이에야스는 다시 눈을 감았다.

이에 대해서는 이미 이에야스가 츠키야마와 카메히메에게도 통보를 보냈었다. 그러나 두 사람 모두 입을 맞추기라도 한 듯 강력하게 반대의 뜻을 전해왔다.

"어떻습니까?"

고로자에몬은 또다시 재촉하는 어조로 물었다.

"이 두 가지만 약속해주신다면 저의 주군 오쿠다이라 사다요시는 성주님께 목숨을 바쳐 이 전쟁을 유리하게 끌어갈 것입니다."

이에야스는 눈을 감은 채 고개를 끄덕였다.

"유리하게 이끌 방법은?"

"예, 저의 주군 오쿠다이라 사다요시가 코슈 쪽에 다른 마음을 가졌다고 사람을 시켜 참소하도록 하겠습니다."

"뭣이, 미마사카노카미가 나와 내통하고 있다는 참소를?"

"그렇습니다. 그렇게 하면 저희 성에 들어와 있는 아마리 사에몬노죠 마사타다도 쿠로세에 있는 타케다 사마노스케 노부토요도 섣불리 움직이지 못합니다. 그 사이에 성주님은 어떤 방법을 강구하실 수 있지 않겠습니까?"

이에야스는 다시 가볍게 고개를 끄덕였다.

"음, 미마사카노카미가 나에게 목숨을 바치겠다는 말이군. 좋소이다, 내 딸만으로는 부족해. 딸은 물론이고 새로 영지 삼천 관貫도 추가하겠소."

이에야스는 카메히메가 심하게 항의할 모습을 떠올리면서 이렇게 말했다.

4

나츠메 고로자에몬 하루사다는 자신의 귀를 의심한 듯 몸을 앞으로 내밀었다.

"따님만이 아니라 새로운 영지까지도?"

"그래야만 미마사카노카미의 의리에 보답하는 길이 되지 않겠소."

"황송합니다."

고로자에몬은 지금까지와는 달리 경건히 머리를 숙이고 갑자기 어깨를 들먹거리며 울기 시작했다.

이에야스는 그러는 고로자에몬의 심정을 손바닥 들여다보듯 훤히 알 수 있었다.

야마가 삼인방 중의 하나인 츠쿠데의 성주 오쿠다이라 미마사카노카미 사다요시의 일족도 또한, 이런 경우의 다른 호족豪族들의 예와 마찬가지로 도쿠가와 쪽에 가담하자는 부류와 타케다 쪽을 따라야 한다고 주장하는 부류로 나뉘어 있었다. 타케다 쪽을 따르자는 부류는 아직 신겐이 살아 있다고 믿는 자들이고, 도쿠가와 쪽에 가담하자고 주장하는 부류 중 대부분은 그가 죽었다고 믿는 자들이었다.

이에야스는 그러한 동요를 알고 신겐의 죽음이 사실이라는 소문을 계속 퍼뜨리는 한편 사다요시에게 밀사를 파견했다. 어디까지나 이에야스다운 신중성을 가지고. 이미 신겐의 죽음은 의심할 수 없는 사실이므로 8월중에는 반드시 나가시노 성을 함락시키겠다, 귀하는 절대로 무모하게 군대를 움직여 백성과 군사를 다치게 하지 말라고.

생각하기에 따라 처음부터 이에야스는 사다요시가 자기편이 될 것이라 믿고 있었다고 해석할 수도 있었다. 따라서 이 밀사는 타케다 군의 침입을 내심으로 불쾌하게 여기는 사다요시의 마음을 먼저 사로잡았을 터였다. 그렇다고 문중이 모두 이에야스를 자기편이라 믿을 리도 없을 테고, 나츠메 고로자에몬도 역시 남몰래 의심을 품기도 했을 것이었다.

카메히메를 사다마사의 아내로 삼게 해달라고 요구해온 것은 이에야스의 속셈을 읽으려는 고육책苦肉策임을 느낄 수 있었다.

이에야스는 고로자에몬이 우는 모습을 보며 눈짓으로 오쿠보 타다요를 불러 모닥불에 장작을 더 지피게 했다.

"고로자에몬."

"예."

"그대는 미마사카노카미의 중신이므로 잘 알고 있을 것이오. 오쿠다이라 문중에서 타케다 쪽에 보낸 인질은?"

질문을 받은 고로자에몬은 자신의 감상을 부끄러워하듯 웃으며 대답했다.

"사다마사 님의 부인인 오후입니다."

"음, 몇 살이신데?"

"열다섯……"

고로자에몬은 대답하다가 말에 힘을 주었다.

"그 마님 대신 따님을 보내줍시사 하는 것은 아닙니다. 한편이 되기로 결정한 이상 움직일 수 없는 혈연의 맺어짐이 필요하다는 것이 문중의 통일된 의견입니다."

"내 편을 들게 된다면 타케다 쪽에서는 그 부인을 죽일 것 아니오?"

"그렇게 될 각오를 하고 우리는 처음부터 책략을 마련했습니다."

"책략이라니?"

"원래 작은 성주님께는 부인이 없었습니다. 그래서 일족인 오쿠다이라 로쿠베에奧平六兵衛 님의 양녀와 혼례를 치른 형식을 취하고 오후를 보냈습니다."

"그럼, 진짜 부인이 아니었군."

"예. 한편이 된 이상 분명히 말씀 드리겠습니다. 실은 오후는 제 딸입니다. 제 딸로는 안 되기 때문에 일족인 로쿠베에 님의 딸이라 하여……"

고로자에몬은 입을 꾹 다물고 다시 웃었다.

5

이에야스는 조용히 고개를 끄덕였다. 고로자에몬이 고백을 하고 왜 눈물지었는지도 알 수 있었다. 도쿠가와 쪽과 내통했다는 사실이 알려지면 젊은 카츠요리는 분노를 참지 못하고 그 인질을 서슴없이 죽일 것이다.

다시 고로자에몬이 말했다.

"아까 제가 운 것을 딸을 생각해서라고는 생각지 말아주십시오."

"알고 있소. 그러나 나는 설령 그대가 딸을 생각해서 울었다고 해도 웃지는 않겠소."

"황송합니다."

"고로자에몬, 전쟁이란 잔인한 것이오."

"사실입니다."

"남자들이 목숨을 주고받는 것으로 끝나지 않고, 아녀자와 백성들까지 무서운 서리를 맞게 하는 것이 전쟁이오."

"그렇습니다."

"오후는 처녀의 몸으로 카이에 간 것이오?"

"예, 작은 성주님의 부인이라고 말하자, 울부짖는 제 어미를 나무라며 가문을 위해 희생하는 것은 기쁜 일이라고 하면서 떠났습니다."

"음, 과연 그대의 딸은 열부烈婦요!"

"그 말씀을 오후에게 전해주고 싶습니다."

"타다요, 종이를 가져오게."

이에야스는 다시 뇌리에 떠오르는 카메히메와 아직 보지 못한 오후의 모습에 새삼 애처로움을 느끼면서 마음으로부터 그 두 사람에게 사죄했다.

'카메도 오후도 용서해다오. 언젠가는 여자도 편히 살 수 있는 날이 올 것이다. 그때까지는 제물로……'

타다요는 명령대로 임시막사로 가서 종이와 필묵을 가져왔다.

이에야스는 붓을 들고 주저함 없이 카메히메와 새로운 영지 3,000관을 주겠다는 뜻의 글을 썼다. 그리고는 고로자에몬에게 주었다. 고로자에몬은 품안에서 오쿠다이라 미마사카노카미가 피로 서명한 서약서를 꺼내 이에야스에게 건넸다.

이에야스는 그것을 읽어보았다.

"수고가 많았소. 타다요, 고로자에몬을 배웅해주시오."

"예."

"그럼, 부디 승리하시기를 기원하겠습니다."

"미마사카노카미에게 안부를 전해주시오."

고로자에몬이 돌아간 뒤 이에야스는 걸상에서 일어나 모닥불 주위를 천천히 거닐기 시작했다.

계속 불에 뛰어드는 날벌레. 하늘의 별. 그리고 조금 떨어진 곳에서는 쏟아지는 듯한 벌레의 울음소리.

'그렇구나. 여기와 하마마츠의 통로를 차단하여……'

그것은 지금과 같은 상황에서라면 이에야스가 카츠요리였더라도 반드시 생각했을 묘수였다.

'그렇다면 그 의표를 찔러야 할 텐데……'

이에야스는 걷다가는 서고 섰다가는 다시 걷곤 했다.

오쿠다이라 미마사카노카미가 도리어 자기를 의심케 만들어 타케다 군의 눈을 돌리도록 하겠다고 한다…… 그동안에 일단 하마마츠로 철수할 것인가, 아니면 일거에 나가시노를 공격할 것인가?

타다요가 돌아왔을 때도 이에야스는 아직 막사에 들어가지 않고 계속 생각에 잠겨 있었다.

"타다요, 그대라면 어떻게 하겠나?"

"무슨 말씀입니까?"

"일거에 나가시노로 공격해들어갈 것인가, 일단 철수할 것인가."

"안 됩니다. 여기까지 와서 철수하다니요."

타다요는 큰 소리로 말하며 칼자루를 탁 쳤다.

6

이에야스가 타다요에게 눈길을 보낸 채 걸상에 앉았다. 타다요는 다시 퍼붓듯이 말했다.

"노부야스 님은 아스케에서 부세츠 성으로 공격해들어가고 있습니다. 적의 원군에게 시간을 주어서는 안 됩니다. 성주님 자신이 나가시노를 함락할 열쇠를 가졌다고 말씀하셨습니다. 그 열쇠가 손에 들어오지 않았습니까?"

"으음."

"더 이상 적의 원군이 접근하기 전에 단번에 나가시노를 공격해야 할 때입니다. 이미 나가시노에는 군량이 없습니다."

이에야스는 조용히 미소를 띠었다.

"그렇군, 지금이 공격할 때라는 말이지."

고개를 끄덕이면서도 아직 미마사카노카미에게 일말의 불안을 느끼는 이에야스였다. 물론 미마사카노카미를 의심하는 것은 아니었다.

나가시노를 이에야스에게 함락당하지 않으려고 대군을 미카와에 투입한 카츠요리. 타케다 노부토요를 비롯하여 츠치야 마사츠구, 아마리 마사타다와 같은 타케다의 가신 중에는 미마사카노카미의 책략을 쉽게 간파할 자가 있을 것 같은 생각이 들었다.

미마사카노카미의 책략을 간파한다면 그들은 즉시 미마사카노카미를 죽이고 행동을 일으켜 이에야스와 하마마츠, 요시다의 고립을 도모할 것이 분명했다. 따라서 미마사카노카미의 인품은 믿지만 그 힘은 믿음직스럽지 못하다는 것이 지금 이에야스의 마음에 걸리는 하나의 문제점이었다.

"타다요."

"예."

"그대는 오쿠다이라 미마사카노카미를 어떻게 생각하나?"

"이상한 말씀을 하시는군요. 나가시노를 함락할 열쇠는 다름 아닌 야마가 일당을 제압하는 것, 그래서 성주님은 카메히메 님까지……"

"잠깐, 그 일을 말하는 것이 아니야."

이에야스는 쓴웃음을 지었다.

"과연 타케다의 원군을 속일 지략이 있느냐 하는 것일세."

"그렇다면 더욱 이상한 일이군요."

타다요는 일부러 이맛살을 찌푸렸다.

"그럴 지략이 없다고 보셨다면 왜 글을 써주셨습니까?"

"음, 자네는 그럴 지략이 있다고 보는군."

"무릇 지략이 성공을 거두고 못 거두는 것은 잔재주가 아니라 그의 근성에 달려 있다고 생각합니다."

"그래, 미마사카노카미의 근성은 믿을 수 있지."

"그렇다면 기회를 잡아야 합니다. 사자의 말은, 미마사카노카미는 자기한테 반심叛心이 있는 것처럼 소문을 퍼뜨려 원군의 주의를 츠쿠데 성으로 돌림으로써 그들의 행동을 견제한다, 그동안에 주군께서는 나가시노 성을 함락하여 후일에 대비하도록 하시라는 것으로 들었습니다마는."

"그래, 그대로일세."

이에야스는 생각난 듯 달을 쳐다보며 일어났다.

18일의 달이 어느 틈에 우레宇連, 묘진明神, 시라쿠라白倉 등의 산맥을 환하게 비쳐주고 있었다.

"그러면 앞으로 이틀 동안이 승부의 갈림길이 되겠군."

"결국 대공세를 취하시럽니까?"

"그대가 기회를 잡아야 한다고 하지 않았는가. 타다요, 나는 이제부터 잠을 자겠네. 날이 밝기 전에 타다츠구(사카이 사에몬노죠酒井左衛門

尉), 야스타다康忠(마츠다이라 코즈케노스케松平上野介), 신파치로新八郎
(스가누마菅沼) 등의 진지에 전령을 보내게. 내가 직접 진두에 서서 적극
적으로 공격하겠다고 말일세."

"알겠습니다."

타다요는 무릎을 탁 치고 고개를 끄덕였다.

"사부로도 어딘가에서 저 달을 보고 있겠지. 아름다운 달이야."

이에야스는 천천히 임시막사 안으로 들어갔다.

7

산의 짙은 안개가 사람도 건물도 나무도 골짜기도 젖을 뿌려놓은 듯
뿌옇게 만들어놓고 있었다. 그 안개 속에서 말 울음소리가 요란하게 들
렸다. 이곳은 나가시노 서북쪽에 있는 츠쿠데의 카메야마 성.

본성에는 타케다의 대장 아마리 사에몬노죠 마사타다와 그 하타모
토가 들어가 있었다. 그래서 성주인 오쿠다이라 미마사카노카미 사다
요시는 그 아들 사다마사와 함께 둘째 성에 기거하고 있었다.

남보다 아침 잠이 적은 사다요시는 벌써 반 각(1시간) 전에 정원으로
나가 두 간짜리 창을 늠름하게 꼬나들고 있었다.

두 해 전에 타케다 신겐의 침입으로 부득이 항복하기는 했으나, 산에
서 자란 이 외고집의 사나이는 그것이 일생 일대의 치욕으로 여겨져 견
딜 수 없었다. 키는 작았으나 어깨가 떡 벌어지고 가슴의 근육도 다른
사람을 능가할 정도였으며 긴 눈썹에는 흰 털이 한두 개 섞여 있었다.
이것이 그의 눈을 더욱 빛나 보이게 했고, 의지와 뱃심이 강한 사나이
로 보이게 했다.

"얏!"

때때로 기성을 지르며 허공을 찌르고는 다시 눈에 보이지 않을 정도로 재빠른 동작으로 창을 끌어당겼다.

"아뢰옵니다."

"무어냐, 식사는 나중에 하겠다. 아직 아침 단련이 끝나지 않았어."

"나츠메 고로자에몬 님이 뵙기를 청하고 있습니다."

"뭣이, 고로자에몬이? 어서 이리 오라고 해라."

그렇게 말했으나 자세는 바꾸려 하지 않았다.

이윽고 고로자에몬이 복도를 지나 가까이 와서 창을 휘두르고 있는 미마사카노카미를 보고 그대로 정원으로 내려왔다. 어제의 농부 차림과는 달리 옷을 갈아입은 그의 풍채는 미마사카노카미보다 훨씬 더 훌륭했다.

"성주님, 무사히 돌아왔습니다."

"당연하지. 이 부근을 내 가신이 무사히 지나오지 못한다면 어디 말이나 되느냐. 그래, 성주의 서약서는 받아왔겠지?"

"예, 이것을 보십시오."

고로자에몬이 한쪽 무릎을 꿇고 서약서를 꺼냈다. 그때에야 비로소 미마사카노카미는 창을 놓았다.

"허어, 새로운 영지 삼천 관을 딸과 함께 주겠노라고 했군. 그렇다면 만족했던 모양이구나."

"예. 의리에 보답하지 않을 수 없다고 했습니다."

"음, 의리라고 했다는 말이지."

그제야 비로소 가만히 미소를 떠올렸다.

"이것은 의리가 아니라 고집일세, 고로자에몬."

"고집이라니요?"

"다른 사람은 없지만 목소리를 낮추게. 이것 보게, 나는 평생에 단한 번 본의 아니게 절개를 굽히고 머리를 숙였어. 타케다 쪽에 말이야.

그게 원통해! 알겠지? 그래서 자손에게 그 보상을 해주려는 거네. 좋아, 이것으로 됐어. 도쿠가와 이에야스의 외동딸을 맞아들인다면 우리 집안은 단순한 가신이 아니야. 도쿠가와 일가의 친척이 되는 거야. 그 친척을 위해 일한다면 그것으로 명분이 서고, 평생에 처음으로 당한 치욕도 약간은 씻을 수 있을 것일세."

미마사카노카미는 서약서를 깊이 품속에 넣었다.

"고로자에몬, 나도 이제는 떳떳하게 죽을 수 있게 됐구나."

한쪽 뺨을 일그러뜨리고 눈을 가늘게 떴다.

8

미마사카노카미는 고로자에몬이 물러가자 얼른 자세를 바로 하고 하늘과 땅에 절을 했다. 세상에서는 오쿠다이라 미마사카노카미 부자가 도쿠가와 집안의 가신이 되었다고 할 테지만.

'그러면 어떠냐!'

미마사카노카미는 이렇게 생각했다. 단지 둘밖에 없는 이에야스의 자식 중에서 딸을 맞이한다는 생각을 해도, 또는 그것이 인질이라고 생각해도 그의 고지식한 마음은 흐뭇하기만 했다.

"이제부터가 중요하다."

창을 들고 마루에 올라 직접 중방에 걸고 나서 앞으로 도쿠가와 가문의 사위가 될 아들의 거실로 들어갔다.

아들인 쿠하치로 사다마사九八郎貞昌는 남향으로 난 서원의 창을 향해 앉아 열심히 『주역周易』의 점괘를 보고 있었다.

"쿠하치로, 오늘 점괘는?"

쿠하치로는 탁상의 점괘에서 눈길을 떼지 않았다.

"우선…… 성공이라고 생각됩니다마는."

"도중에 무슨 어려움이라도 생긴다는 말이냐?"

"그럴 것 같습니다."

"당연한 일이지. 그런 것이 없다면 너무 싱거워. 어떠냐, 신겐의 죽음을 점쳤을 때처럼 단정할 수 없겠느냐?"

그러면서 품속에서 이에야스의 서약서를 꺼내 산통 위에 놓았다.

사다마사는 그것을 무표정한 얼굴로 펼쳐보았을 뿐 별로 감상은 말하지 않았다.

"쿠하치로."

"예."

"곧 데리러 올 것이다. 이것이 이별이 될지도 모르겠다."

"조심하십시오. 쿠로세에 있는 타케다 노부토요의 진중에는 약발이 좀 지나칠 것 같습니다."

"말하지 않아도 알고 있다. 그러나 도쿠가와 쪽과 내통한 장본인이 내통했다는 소문을 퍼뜨리고 있을 줄은 모를 것이다. 그리고 보니 나도 당당한 군사軍師가 된 기분이다. 후후후……"

미마사카노카미가 낮은 소리로 웃었다.

"아버님, 경우에 따라서는 저쪽에서 다른 인질을 내놓으라고 할지도 모릅니다."

사다마사는 그것이 걱정스럽다는 듯 말했다.

"점괘에 그렇게 나와 있느냐?"

"예, 무사히는 끝나지 않을 것이라고……"

"알고 있다, 염려하지 마라. 가령 내 목이 떨어진다고 해도 나가시노만 떨어뜨린다면 목적은 달성된다. 그렇게 되면 이 츠쿠데 성이 우려되어 더욱더 나가시노에는 원군을 보낼 수 없겠지. 참, 로쿠베에를 이리 불러오너라."

"로쿠베에를 데려가시렵니까?"

"로쿠베에라면 몰라도 다른 사람은 마음을 놓을 수 없어."

아버지와 아들은 고개를 끄덕이고 다 같이 미소를 떠올렸다.

"총포와 다른 무기를 잘 점검해놓아라."

"알겠습니다."

"내가 죽었다는 것을 알게 되면 그것이 신호, 만일 무사히 돌아온다 해도 그것이 신호가 된다."

"차질 없이 준비하겠습니다."

"여자들을 데리고 적시에 철수하도록 해라. 시기를 놓치면 이에야스 님께 비웃음을 당할 것이다. 너는 이에야스 님의 사위, 이번 일처리가 네 생애를 좌우하게 된다."

사다마사가 다시 웃으면서 고개를 끄덕였을 때 부르러 보내려던 오쿠다이라 로쿠베에가 사색이 되어 들어왔다.

"무슨 일이냐, 왜 그렇게 서두르고 있느냐?"

미마사카노카미가 낯을 찌푸리고 꾸짖었다.

9

"세상에는 불혹不惑의 나이를 넘긴 사나이가 그토록 사색을 지어야 할 일이란 없는 게야. 무슨 일이냐?"

꾸중을 들은 로쿠베에는 더욱 세게 고개를 가로저었다.

"쿠로세의 타케다 노부토요 님에게 갔던 아마리 마사타다 님이 급히 사람을 보내왔습니다."

"바로 내가 기다리던 것. 내가 도쿠가와 쪽과 내통했다는 의심 때문일 테지."

"그렇습니다. 곧 쿠로세의 막사로 오시라고 합니다."

"알고 있어! 그래서 그대와 같이 가려고 지금 사다마사와 상의하고 있는 중이었어. 그런데 이렇게 당황해서야 어디……"

"성주님은 침착하게 말씀하시지만, 그냥 오시라는 것이 아닙니다. 여러 장수들과의 상의를 거쳐 인질을 동반하라고 합니다."

"뭐야……!"

인질이라는 말에 미마사카노카미는 흘끗 아들을 돌아보았다.

"그것도 놀랄 일은 아니야."

그러더니 한숨을 쉬었다.

"도대체 누구를 보내라는 것이냐?"

"막내아드님 센마루千丸 내외를 보내라고 합니다."

"뭐…… 센마루와 그 아내를?"

순간 신음하듯 말했으나 곧 딱딱한 웃음으로 변했다.

"하하하, 그래? 타케다 쪽에도 신중한 사람이 있군. 그렇다고 놀랄 것은 없어. 그렇지 않느냐, 사다마사? 점괘에 그렇게 나와 있으니까."

"예, 점괘에도 그렇게……"

"아, 그래. 센마루를 이리 불러라. 안식구는 앓아 누웠으니 낫거든 보내기로 하겠다. 센마루에게 쿠로야 진쿠로黑屋甚九郎를 딸려 나보다 한 걸음 먼저 보내기로 하겠다."

"아버님."

참다못해 사다마사가 말했으나 미마사카노카미는 듣지 않았다.

지금 인질로 보낸다는 것은 이미 사다마사의 아내로서 보낸 오후와 같이 죽음을 각오해야 하는 일. 그렇다고 망설인다면 이에야스에 대한 의리가 서지 않는다. 벌써 이에야스는 나가시노 성에 총공격을 가하고 있을 것이었다.

'삼천 관이 막내의 목숨으로 바뀌고 말았구나.'

울컥 치미는 울분을 삭였다.

"쿠로야 진쿠로와 센마루를 불러오너라."

"예."

오쿠다이라 로쿠베에는 침통한 얼굴로 일어났다. 일단 말을 꺼내면 뒤로 물러서는 미마사카노카미가 아니었다. 그러나저러나 이 얼마나 잔인한 난세의 풍습인가.

올해로 열세 살인 막내아들 센마루는 미마사카노카미에게는 그야말로 눈에 넣어도 아프지 않는 존재였다. 누구보다도 글이 뛰어나고 무예에서는 특히 활쏘기에 능했다. 용모도 형제 중에서 으뜸이었고 막내로서 늙은 아버지에게 어리광을 부릴 때는 더없이 사랑스러웠다.

"아버님!"

"왜 그러느냐?"

"센마루를 죽이실 생각입니까?"

"바보 같은 녀석, 참는 것은 누구나 할 수 있다."

이때 센마루와 쿠로야 진쿠로가 로쿠베에의 안내를 받고 들어왔다.

노신인 쿠로야 진쿠로는 이미 로쿠베에에게 이야기를 들은 듯 눈에 침통한 빛이 감돌고 꾹 다문 입에서는 굳은 의지가 떠올라 있었다. 센마루는 아직 아무것도 모르고 있는 모양이었다.

"아버님, 형님, 안녕히 주무셨습니까?"

아버지와 눈길이 마주치자 뺨에 보조개를 새기고 생긋 웃었다.

10

"센마루……"

미마사카노카미도 목소리가 떨려나왔다. 그러나 눈만은 그 반대로 크게 빛나고 있었다.

"너는 누구의 아들이냐?"

"예, 이 센마루는 오쿠다이라 미마사카노카미 사다요시의 아들입니다. 그리고……"

말을 이으면서 큰형 쪽을 보았다.

"오쿠다이라 쿠하치로 사다마사奧平九八郎貞昌의 동생입니다."

"음. 그렇다면 묻겠는데, 너는 이 아비와 형이 의리를 알고 의지가 굳은 무사라고 생각하느냐?"

"야마가 일파 중에서도 이름이 알려진 명예로운 무사라고 생각합니다."

"으음."

미마사카노카미는 한숨을 쉬었다.

"가르침이 좀 지나쳤던 것 같구나. 너무 영리해졌어…… 내가 가르친 할복하는 방법도 잊지 않았겠지?"

이 말에 센마루도 그만 표정이 굳어졌다.

"잊는다면 무사가 아니다……고 이 센마루는 생각하고 있습니다."

"그러냐, 그 말만 들어도 충분하다. 아비나 형의 이름을 더럽히지는 않을 것 같구나. 실은 말이다, 진쿠로."

미마사카노카미는 비로소 쿠로야 진쿠로에게 눈길을 보냈다.

"그대에게 수고를 끼치지 않을 수 없게 됐어."

"성주님! 더 이상 말씀하시지 마십시오. 이 진쿠로는 이미 각오가 되어 있습니다."

"그래? 아니, 알고 있었어. 여기 들어올 때 그대의 눈을 보고 알았어. 센마루를 코후에 맡기기로 했다. 별로 어리석은 아이로 태어났다고는 생각지 않지만, 약간 응석받이로 키운 면은 있어. 어떤 경우에라도 웃음거리가 되지 않도록 그대가 잘 가르쳐주게."

"잘 알겠습니다."

"센마루……"

"예."

"지금 들은 바와 같이 너를 당분간 코후에 맡기게 되었다. 단단히 수련하고 돌아오너라."

엄한 표정으로 말하는 아버지의 말을 듣고 센마루는 공손히 두 손을 짚었다. 이미 인질이 된다는 것을 알았던 모양이다. 처녀처럼 맑은 눈동자로 조용히 아버지를 쳐다보았다. 심한 가슴의 고동소리가 들리는 것 같았다.

"센마루……"

이번에는 형이 말했다.

"코후는 여기보다 산이 더 깊다. 추위도 더위도 심할 것이니 몸조심하여라."

"예…… 예."

"눈물을 흘려서는 안 된다. 아버지가 늘 말씀하셨듯이 남자는 눈으로 울어서는 안 되는 거야!"

"알고 있어요. 운 것이 아니에요."

"그럴 것이다. 오쿠다이라 가문에는 울보가 없어. 어머님께 인사 드리고 건강하게 다녀오너라."

"예. 센마루는 씩씩하게 다녀오겠습니다. 아버님도 형님도……"

"알겠다. 진쿠로, 잘 부탁하네."

사다마사의 눈에도 자기의 눈에도 눈물이 글썽거릴 것 같아 미마사카노카미는 가볍게 말했다.

"그럼, 센마루 님, 이 늙은이가 모시겠습니다."

진쿠로는 센마루를 재촉하여 자리에서 일어났다.

로쿠베에는 차마 고개를 들지 못하고 숙인 채 눈물짓고 있었다.

"아, 배가 고프구나."

발소리가 멀어지자 미마사카노카미는 이렇게 말하고 익살스럽게 배를 두드렸다.

"밥을 물에 말아먹고 쿠로세까지 한바탕 말을 달려야겠어. 로쿠베에, 그대도 같이 가세. 우선 배부터 채워두게."

11

미마사카노카미가 츠쿠데의 둘째 성을 나온 것은 다섯 점(오전 8시) 무렵. 이미 산의 안개는 걷혀 있었다. 높은 하늘이 가을의 향기를 풍기고 있었고, 여기저기서 갈대의 하얀 이삭이 바람에 나부끼고 있었다.

"가을이구나, 로쿠베에."

"그렇습니다."

"센마루의 눈에도 이 가을의 경치가 남아 있겠지……"

말하다 말고 로쿠베에의 말 곁으로 바싹 다가갔다.

"어쩌면 나도 마지막으로 보는 경치가 될지도 몰라. 그렇다고 당황하지는 말게."

"알고 있습니다."

"쿠로세에 도착하면 나는 타케다 노부토요와 당당히 맞서겠어. 그대도 담력을 갖도록 하게. 어떤 일이 있어도 안색이 변해 우리 속셈을 읽게 해서는 안 돼."

"예. 이 로쿠베에도 성주님의 가신, 단호하게 결심했습니다."

"틀림없이 그대에게도 여러 가지 유도하는 말을 걸어올 것일세. 그러나 우리 주군은 도쿠가와 쪽과 내통할 사람이 아니다! 이런 자세를 가지고 상대를 하지 말게."

"잘 알겠습니다."

"그리고 말일세, 혹시 이 미마사카노카미가 내통했다고 자백했다, 그래서 죽여 없앴다……고 말할지도 몰라. 그럴 때는 웃어넘기게. 나의 목을 직접 보기 전에는 절대로 죽었다는 생각은 하지 말게."

로쿠베에는 이렇게 말하는 미마사카노카미의 눈이 긴 눈썹 아래에서 웃고 있는 것을 보고 자기도 웃으려 했으나 그렇게 되지 않았다. 한발 먼저 호라이 사鳳來寺로 보낸 센마루와 쿠로야 진쿠로의 모습이 아직 뚜렷이 뇌리에 남아 있었다.

이윽고 두 사람의 눈앞에 맑은 칸사가와寒狹川의 물줄기가 빛나 보였다.

쿠로세에 있는 타케다 노부토요의 진지가 가까워짐에 따라 수많은 깃발이 나부끼는 모습이 보였다. 노부토요는 나가시노가 총공격받고 있는 줄도 모르고 이렇게 진을 치고 미마사카노카미 부자의 진퇴에 신경을 쓰고 있었다.

"저것 보게. 저것들이 모두 나가시노에 가서 방해를 했더라면……"

미마사카노카미는 다시 한 번 호탕하게 웃었다.

"로쿠베에, 서두르세."

그리고는 말에 채찍을 가했다.

아니나다를까, 노부토요의 진지에 도착했을 때 미마사카노카미 주종의 동반은 허락되지 않았다. 맨 처음 울타리에서 로쿠베에는 저지당하고, 미마사카노카미 혼자 안내를 받아 본진이 있는 세번째 울타리 안에 이르렀다.

"여어, 나타났군."

미마사카노카미가 천천히 본진의 배치를 살펴보면서 임시막사 앞에 다다랐을 때 입구에서 노부토요가 굳은 얼굴에 감정을 억제한 목소리로 그를 맞이했다.

"그대는 요즘 도쿠가와 쪽에 가담했다고?"

그 옆에는 노부토요의 원로 코이케 고로자에몬小池五郎左衛門과 타미네田峰의 원로 키도코로 미치토시城所道壽 역시 딱딱하게 굳은 표정으로 서 있었다.

"허어, 그런 소문이 돌다니 정말 이상한 일도 있군."

"이상한 일이다, 전혀 그런 사실이 없다, 그 증거로 호출을 받자 곧 달려오지 않았느냐……고 변명하고 싶을 테지."

"뜻밖의 인사를 하는군. 비아냥거리는 것도 때가 있게 마련, 여간 섭섭하지 않은걸."

"어쨌든 좋아, 들어가세. 서서 이야기할 수는 없으니까."

노부토요는 신발 끄는 소리를 내면서 먼저 안으로 들어갔다.

두 사람의 원로도 미마사카노카미 뒤에서 감시하듯 따라 들어왔다.

12

활 스무 자루, 총포 다섯 정, 창 마흔 자루를 배치하고 있는 노부토요의 임시막사 뜰에는 첩자인 듯한 두 사람이 뒤로 손을 결박당한 채 노송나무에 묶여 있었다. 밝은 햇빛 밑에서 본 탓인지 미마사카노카미의 눈에는 몹시 동물적인 모습으로 보였다.

미마사카노카미는 유유히 막사의 마루에 책상다리를 하고 앉아 걸상에 앉는 노부토요를 바라보았다.

"농담이라면 그래도 좋아. 하지만 진정으로 그렇게 믿고 의심하는 것이라면 나로서는 여간 억울하지 않아."

"허어, 도리어 따지고 들 셈인가?"

"그럴 수밖에 없지. 막내아들 센마루를 인질로 보낸 것이 언제인데."

"미마사카노카미, 그대는 화를 내고 있나?"

"화를 내지 않을 수 없지 않아? 설마 이것이 신겐 공의 지시는 아닐 테지."

신겐은 이미 죽었다——고 확신하면서 미마사카노카미는 배짱 좋게 대꾸했다.

노부토요는 문득 쓴웃음을 지으며 코이케 고로자에몬과 키도코로 미치토시를 돌아보았다.

"미마사카노카미의 고집은 여전히 대단해."

"유명하잖아!"

"그럼, 전혀 그런 일이 없다는 말인가?"

"노부토요, 증거가 있거든 우선 그것부터 내놓으시지. 무장에게 공연히 의심받는 것처럼 불쾌한 일도 없네. 입장을 바꾸어, 누가 그대에게 반심을 품었다고 하면 어떻게 하겠나?"

"으음, 증거를 대라는 말이로군."

"그래, 증거를 제시해보게. 눈에 넣어도 아프지 않은 막내를 인질로 빼앗겼는데 바로 그 후 이처럼 소문을 믿고 나를 힐문하다니…… 원래 야마가 일파 중에는 우리를 좋게 보지 않는 자가 있다는 건 그대도 알고 있을 터. 그건 하고 싶은 말을 거침없이 하는 나에 대한 아무 근거도 없는 반감, 그런 것을 사실로 믿을 그대가 아닌 줄 알았는데."

미마사카노카미가 이렇게 말했을 때였다. 노부토요는 느닷없이 웃기 시작했다.

"하하하…… 이건 약효가 지나쳤군. 여봐, 고로자에몬, 아까 말한 바둑판을 이리 가져오게."

"예."

코이케 고로자에몬은 대답하고 밖으로 나갔다.

"미마사카노카미, 사실은 그대와 바둑을 한판 두려고 부른 것일세."

"뭐, 바둑 상대로……?"

"도쿠가와도 제법 끈질긴 데가 있어. 좀처럼 나가시노에 접근하지 못하게 한단 말일세. 그래서 지루한 나머지 오늘은 기분전환을 하고 싶어 자네를 부르러 보냈던 것일세. 알겠나?"

미마사카노카미는 노골적으로 낯을 찌푸리고 혀를 찼다.

"그렇더라도 농담이 너무 심하군. 하기야 흥분이 지나친 나에게도 잘못은 있지만……"

미마사카노카미는 갑자기 태도가 돌변하여 막사가 울릴 정도로 큰 소리로 웃었다.

바둑판이 나오자 노부토요는 걸상을 치우고 시동에게 갑옷을 벗기게 했다.

"오랜만에 자네를 괴롭혀봐야겠어."

"어림없네, 지지 않을 거니까."

미마사카노카미는 백, 노부토요는 흑을 잡고 바둑을 두기 시작했다. 키도코로 미치토시가 가만히 미마사카노카미의 뒤로 돌아가 서며 칼에 손을 얹었다. 코이케 고로자에몬은 첫번째 울타리에 대기시켜놓은 오쿠다이라 로쿠베에를 살펴보러 간 모양이었다.

바둑을 두는 동안 침착성을 잃거나 로쿠베에가 자백을 하면 살려 돌려보내지 않을 속셈인 것 같았다.

13

첫번째 울타리에서 주인을 기다리고 있는 오쿠다이라 로쿠베에에게 타케다 노부토요의 중신 코이케 고로자에몬이 온 것은 주인들의 바둑이 중반전에 들어섰을 무렵이었다.

로쿠베에가 미마사카노카미의 밤색 말을 손질하고 자기 말의 목을 쓰다듬고 있을 때였다.

"그대가 오쿠다이라 미마사카노카미를 따라온 사람인가?"

고로자에몬이 거만하게 물었다.

"그렇소, 나는 오쿠다이라 로쿠베에요."

"자네는 머리가 잘 안 도는 것 같군."

로쿠베에는 흘끗 그쪽을 바라보았다.

"카이에는 돈 사람이 많은가 보죠?"

능청스럽게 되받아쳤다.

"돌았다는 게 아니라 머리가 나쁘다고 한 거야."

"그게 어떻다는 말이오?"

"돌아갈 때도 말이 두 필이나 필요할 것 같나?"

"두 필이 왔으니 두 필이 돌아가는 것은 당연한 일 아니겠소?"

"오쿠다이라 미마사카노카미가 그대와 함께 무사히 돌아갈 수 있을 것 같은가?"

"아니, 우리 주군이 무사히 돌아가지 못한다는 말이오?"

"이 친구, 정말 멍청하군."

고로자에몬은 일부러 껄껄 웃었다.

"목 없는 사람이 말을 타고 가는 것을 본 적 있나?"

그러면서 상대의 표정을 읽으려 했다.

로쿠베에는 이때라고 생각했다.

"여기는 진중이오, 허튼소리는 그만두고 일이나 열심히 하시오."

"흥, 아무것도 모르는 모양이군."

"알고 모르고가 무슨 상관이오. 우리 문중에서는 말을 손질하는 것도 무사가 할 일, 쓸데없는 농담으로 남의 일 방해하지 마시오."

"그대는 오쿠다이라 로쿠베에라고 했지?"

"그렇게 묻는 당신은 도대체 누구요?"

"이름 같은 것은 아무래도 좋아. 그대가 불쌍해서 가르쳐주는 거네. 그대의 주인은 방금 목이 잘렸어."

"말도 안 되는 소리. 어째서 우리 성주님이 그런 일을 당하신다는 말이오?"

"그래서 가르쳐준다고 하지 않았나. 사실은 그대의 주인은 도쿠가와 쪽과 내통했네."

이렇게 말하고 빤히 쳐다보는 고로자에몬에게 로쿠베에는 큰 소리로 웃어 보였다.

"하하하, 터무니없는 말을 하는군요. 도쿠가와 쪽과 내통한 사람이 나 하나만을 데리고 일부러 여기까지 찾아온다는 말이오? 나를 꿇려주고 싶거든 좀더 그럴 듯한 말을 하구려."

"모처럼 가르쳐주었는데도 믿지 않는군."

"아, 믿겠소, 믿겠소. 이젠 됐소?"

로쿠베에는 귀찮다는 듯이 말하고, 이번에는 부근에 있는 풀을 뜯어다 주인의 말에게 먹였다.

코이케 고로자에몬은 잠시 동안 그 모습을 지켜보고 있다가 중얼거렸다.

"어이없는 친구로군. 도무지 나를 상대하려 하지 않다니."

일단 그대로 돌아섰다. 그러나 이번에는 울타리 안에서 로쿠베에를 바라보았다. 그러나 로쿠베에의 태도에서는 아무런 변화도 찾아볼 수 없었다.

이윽고 로쿠베에는 땅에 앉아 멍하니 하늘을 쳐다보았다. 투명하게 맑은 하늘에는 구름 한 점 없고, 귀를 기울이면 멀리서 공격을 받고 도주하는 나가시노 성의 비명소리가 들려오는 듯했다.

로쿠베에는 꾸벅꾸벅 졸기 시작했다.

14

코이케 고로자에몬은 고개를 갸웃거리며 노부토요 곁으로 돌아왔다. 조금이라도 수상쩍은 점이 있으면 당장 붙잡아 규명할 생각이었으나, 로쿠베에의 말에서나 거동에서는 전혀 단서를 잡을 수 없었다.

'주인이 그런 큰일을 저질렀는데도 이렇게 침착할 수 있는 것일까?'

가령 미마사카노카미에게 내통의 사실이 있다고 해도 로쿠베에는 그것을 모르고 있다고 단정할 수밖에 없었다.

고로자에몬이 돌아왔을 때 막사에서는 이미 첫 대국이 끝나고 두번째 대국을 벌이고 있었다.

아마도 미마사카노카미가 승리한 듯.

"와하하하, 역시 실력의 차이는 어쩔 수가 없군. 그렇다고 이번에도 또 이기면 그대에게 미안하겠는데."

방약무인하게 웃었다. 노부토요는 일부러 불쾌한 체하고 있었다.

그 노부토요의 눈길이 자기에게 향하기를 기다렸다가 코이케 고로자에몬은 가만히 고개를 가로저어 보였다.

"으음."

키도코로 미치토시가 뒤에서 신음소리를 냈다. 두 사람의 대국을 보고 있는 척하면서, 그 역시 미마사카노카미에게서 아무런 혐의도 찾아볼 수 없다고 눈짓으로 신호했다.

두번째 대국에서는 노부토요가 넉 집을 이겼다.

미마사카노카미는 아깝다는 듯 혀를 찼다.

"이것으로 무승부가 됐군. 그럼, 한 판 더."

노부토요는 웃으면서 손을 흔들었다. 이미 해는 한낮에 가까워 있었다. 햇볕이 뜨겁게 내리쬐는 뜰의 나무 밑에서 잡혀와 묶여 있는 사람이 묘한 소리로 신음했다.

"오늘은 이것으로 끝내세. 내일은 마침내 나가시노 공격, 이제부터 작전회의를 열 텐데, 자네한테도 도움을 청하게 될지 몰라."

노부토요가 이렇게 말했을 때 미마사카노카미는 온몸의 힘이 빠져나가는 것을 느꼈다.

"정말 유감이로군, 전쟁중이라 다시 두자고 할 수도 없고."

바둑판을 정리하고 있을 때 오야마다 노부시게小山田信茂와 아마리 하루요시甘利晴吉가 단단히 무장을 한 채로 들어왔다.

노부토요의 말대로 드디어 그들도 도쿠가와 군의 포위를 뚫고 나가시노 성으로 달려가게 되는 모양이었다.

"그럼, 나중에 다시."

마침내 호랑이 굴을 벗어났다. 막사로 들어온 두 사람과 인사를 나누고 밖으로 나온 미마사카노카미는 저도 모르게 비틀거렸다.

그 순간 심술궂은 오야마다 노부시게의 목소리가 들렸다.

"여보게 키도코로, 오쿠다이라 님을 부르게."

"예. 그런데 무슨 일로?"

"곧 점심때가 된다고 노부토요 님이 식사를 대접하시겠다는군. 우리도 같이 먹을 테니 불러오게."

미마사카노카미는 속으로 투덜거리며 입술을 깨물었다.

'제기랄, 오야마다 녀석……'

아직 의혹이 풀리지 않았던 것이다. 끝까지 집요하게 물고 늘어질 모양이었다.

"오쿠다이라 님."

부리나케 쫓아오는 키도코로 미치토시를 돌아보고 미마사카노카미가 말했다.

"알았네, 알았어. 점심을 대접하겠다는 것이겠지. 이제 살았군! 사실은 진중이라 참고 있었지만 시장해서 죽을 뻔했네. 정말 고맙네!"

15

미마사카노카미는 그들과 나란히 담소하면서 물에 만 밥을 세 공기나 비웠다. 세번째에는 염치없다는 표정으로 눈을 가늘게 뜨고 웃으면서 말했다.

"웃지 말게. 이렇게 많이 먹기 때문에 아직 젊은이 못지않게 전쟁터를 달리고 있는 것일세."

그 말에 모두 웃음을 터뜨렸다.

결국 미마사카노카미는 끝까지 자기 속셈을 상대에게 드러내지 않고 다섯 사람의 눈에 안도의 빛이 감도는 것을 보고 막사를 나왔다.

로쿠베에로부터 고삐를 받아들고 훌쩍 올라탔을 때 또다시 막내아들 센마루의 웃는 얼굴이 눈앞에 떠올랐다. 나중에 도쿠가와 편에 가담했다는 것을 알면, 센마루도 오후도 예사 형벌로는 끝나지 않을 것이다. 카이에는 끓는 솥에 던져넣는 형벌과 화형에 처하는 형벌이 있다고 했다.

'센마루, 용서해다오.'

양쪽에 장작을 쌓고 불을 질러 푸른 하늘로 타올라가는 불기둥이 눈에 선하게 보이는 것 같았다.

'흥!'

미마사카노카미는 자신을 비웃었다.

'이것이 난세에 태어난 업보 아닌가.'

"성주님."

"왜 그러나, 로쿠베에?"

"무사하신 모습을 대하니 갑자기 온몸에서 힘이 빠져나갔습니다."

"바보 같은 소리!"

미마사카노카미는 반쯤 웃으면서 큰 소리로 말했다.

"우리가 할 일은 이제부터일세. 서두르세."

"예."

주종은 쿠로세를 벗어나자 말에 채찍을 가했다. 눈에 익은 산길이었으나 살아서 돌아온다는 생각을 하니 더없이 더디기만 했다.

'사다마사 녀석, 무사히 돌아온 나를 보면 어떤 표정을 지을까.'

츠쿠데 성에 돌아온 것은 이미 날이 저물어, 산맥 위에 빨간 석양이 꼬리를 끌고 있을 때였다.

본성에 들어가 있는 아마리 하루요시는 아직 쿠로세에서 돌아오지 않았다.

"아버님, 정말 기적적으로 살아 돌아오셨군요."

완전무장을 하고 다가오는 쿠하치로 사다마사.

"일은 잘 됐다. 준비는 되었느냐?"

"물론입니다."

"좋아, 내 갑옷과 칼과 창을…… 총포도 준비되었겠지?"

말하기가 무섭게 거실로 들어가 무장을 하기 시작했다.

사다마사가 총포대를 데리고 뒤뜰로 왔다.

불과 스무 자루로 무장한 총포대였으나, 그것은 미마사카노카미의 울적한 분노를 풀어줄, 없어서는 안 될 귀중한 무기였다.

"아녀자들도 준비를 시켰느냐?"

"예, 차질 없습니다."

"무기와 다른 장비들은?"

"하나도 남기지 않고 챙겼습니다."

"좋아, 이 오쿠다이라 미마사카노카미 사다요시가 어떻게 싸우는지 보여주겠다. 총포를 쏘아라!"

"예."

대답과 함께 스무 자루의 총포가 그 총구를 정든 본성으로 돌렸다.

치지직 화승火繩에 불이 당겨지는 것과 동시에 화약냄새가 퍼지고, 잘 훈련된 200기騎의 군사가 성문을 열고 숨을 죽인 채 기다리고 있었다.

"탕 탕 탕!"

먼저 열 자루가 불을 뿜었다. 이어서 나머지 열 자루도.

그것이 신호였다.

"오쿠다이라가 모반했다, 오쿠다이라……"

기습을 당하고, 벌집을 쑤신 듯이 허둥대는 본성의 소란을 뒤로 하고, 오쿠다이라 군은 숙연히 성을 나섰다. 행선지는 자기들의 타키야마 성瀧山城이었다.

두 가지 책략

1

이에야스가 바라고 바라던 나가시노 성을 함락시킨 것은, 오쿠다이라 미마사카노카미 부자가 타케다 군의 추격을 교묘히 따돌리면서 이와사키야마岩崎山를 지나 타키야마 성에 들어간 텐쇼 원년(1573) 8월 20일이었다.

코슈에서 일부러 달려온 타케다 카츠요리의 원군이 이에야스의 군건한 수비와 오쿠다이라 부자의 책략에 넘어가 여러 곳으로 분산되고 있는 동안, 성주인 스가누마 신파치로 마사사다菅沼新八郎正貞는 성을 버리고 호라이 사로 도주하고 말았다.

이에야스는 곧바로 나가시노 성에는 마츠다이라 게키 타다마사松平外記忠昌를 들여 놓고, 타키야마 성에는 마츠다이라 토노모노스케 코레타다松平主殿助伊忠, 히라이와 시치노스케 치카요시, 혼다 분고노카미 히로타카本多豊後守廣孝 등 세 사람을 보내 오쿠다이라 부자를 돕도록 했다.

나가시노 방면 전투에서는 완전히 도쿠가와 쪽으로 주도권이 넘어가고, 이것은 아스케와 부세츠 방면으로 진출한 노부야스의 전투에도 영향을 미치게 되었다.

아스케 성을 함락한 노부야스는 하즈가타케粤ヶ岳 기슭을 지나 부세츠를 향해 진군하고 있었다. 오카자키 성으로 타케다 카츠요리를 끌어들이려고 획책하고 있는 오가 야시로는 보급대를 이끌고 그와 적당한 거리를 두고 뒤쫓듯이 따라갔다.

야시로에게 그것은 자신의 운명을 건 대망의 행군이었다. 하지만 그가 자신의 음모를 위해 한 걸음 먼저 보낸 밀사가 반드시 적임자라고는 할 수 없었다.

츠키야마를 보낼 곳은 정해져 있었고, 카츠요리를 오카자키에 입성시킨 뒤의 야시로의 지위도 확고하게 보장되어 있었다. 나머지 일은 시나노와 미카와의 접경에서 밀사인 야마다 하치조 시게히데가 아스케 성을 버리고 부세츠에 웅거한 시모죠 이즈에게 밀서만 건네면 모든 일은 끝난다. 그런데 그 야마다 하치조 시게히데는 그제서야 겨우 노부야스의 대열을 피해 부세츠의 성문에 도착한 참이었다.

어제까지 맑게 개어 있던 하늘이 오늘은 가느다란 가을비를 뿌리고 있었다. 날씨의 영향을 많이 받는 북쪽지방의 기온은 갑자기 겨울을 맞이한 듯 추워져서 군졸들에게 자꾸만 고향에 두고 온 가족들을 생각나게 했다.

"누구냐!"

성문으로 다가가 말을 걸려고 하는 순간, 갑자기 망을 보던 무사가 소리질렀다.

하치조는 깜짝 놀라 그 자리에 무릎을 꿇고 말했다.

"부탁이 있습니다."

상대는 하치조의 말을 들으려고도 하지 않았다.

"성 주위에서 서성거리는 수상한 자, 너는 내가 계속 뒤를 밟아왔다는 것을 깨닫지 못했겠지."

체격은 하치조와 비슷하고 창을 든 주먹의 크기는 하치조보다 컸다. 턱수염을 기른 얼굴에 눈을 빛내고 있는 그의 모습에 하치조는 기죽지 않으려고 외치듯이 말했다.

"타케다 카츠요리 님을 만나러 왔소!"

"뭣이, 이런 미친놈을 봤나."

그는 눈을 부릅뜨고 호통을 쳤다.

"카츠요리 님이 이런 산속의 작은 성에 계실 줄 아느냐?"

"그럼…… 그럼, 시모죠 이즈 님을."

"이즈 님은 아직 이 성에는 오시지 않았다."

"그렇다면 겐케이 님은 계실 것 아니오? 오카자키에서 오신 겐케이 님 말이오."

"뭐, 오카자키라고…… 이놈 점점 수상하구나."

어느 틈에 하치조 주위에는 창을 든 병졸들이 둘러싸고 있었다.

2

바로 이 점에 또 한 가지 오가 야시로 일당의 불운한 오산이 있었다. 야시로와 야마다 하치조는 겐케이가 무사히 코슈에 돌아가 카츠요리와 함께 있으리라 믿어 의심치 않았다.

이미 겐케이는 노부야스의 명을 받은 노나카 고로 시게마사에게 살해되고, 그 목은 오카자키 성 한 구석에 몰래 매장된 상태이다. 그 뿐만 아니라 이 산성의 무사가 적지에 들어가 있던 한 첩자의 이름 따위를 알 리 없었다.

"겐케이 님을 모른다는 말입니까? 카츠요리 님의 밀명을 받고 오카

130

자키 성안에 들어갔던 겐케이 님을."

주위를 둘러싼 창의 울타리에 겁을 먹으면서 하치조는 다시 큰 소리로 말했다.

"그 겐케이가 어쨌다는 말이냐?"

"만나면 아시게 됩니다. 중대한 일로 찾아온 사람이니 만나게 해주십시오."

무사는 고개를 갸웃하고 비웃었다.

"역시 머리가 돌았어."

자기 머리를 손으로 가리키며 병졸들을 돌아보았다.

"전쟁 때는 흔히 이런 자들이 생기게 마련이지. 겁이 많으면 이렇게 돼."

"그게 무슨 말씀이오. 나는 절대로 미친 사람이……"

"미친 사람이 아니라면 목을 벨 텐데 그래도 좋다는 말이냐?"

"당……당……당치도 않습니다. 카츠요리 님에게는 아주 중요한 나를 그렇게……"

"미친 게 틀림없군. 어쩐지 이상하다고는 생각했어. 여봐라, 이 녀석을 당장 쫓아버려라!"

"그런 난폭한 짓을……"

"난폭이 아니라 자비를 베푸는 거다!"

무사가 이렇게 말하고 문 안으로 들어가자 상황은 더욱 나빠졌다. 뒤에 남은 병졸들은 하치조의 말을 전혀 들으려 하지 않았고, 듣는다 해도 이해할 수 있는 자들이 아니었다. 조심하기 위해 도중에 농부 차림의 옷으로 갈아입은 하치조, 병졸들은 창끝으로 하치조의 옷깃을 건드리며 조롱하기 시작했다.

"다섯을 셀 동안 꺼져버려. 그렇지 않으면 이 창이 사방에서 네 목을 찌를 것이다."

"무……무……무례하다!"

"와하하하, 이 친구가 무례하다는 말을 하는군, 무례하다고."

"자, 모두 눈을 감도록 하세. 눈을 감고 하나, 둘 하고 세다가 다섯 하면 찌르세. 알겠나, 하나, 둘, 셋, 넷……"

하치조는 저도 모르게 얼른 일어나 뛰었다.

'이런 어처구니없는 일이 있을 수 있단 말인가……'

타케다 일족의 운명을 결정할 정도로 중요한 밀사, 그런 밀사를 들개나 다름없는 병졸들이 조롱하다니……

하지만 어떻게 해서 이런 일이 벌어졌는지 하치조로서는 도무지 짐작조차 할 수 없었다.

좌우간 다섯! 하는 순간 태연히 창으로 찌를 자들인 이상 도망가지 않으면 생명이 위태로웠다. 목숨을 잃으면 출세도 승진도 아무 소용이 없었다. 그러나저러나 일이 이렇게 된 것이 하치조로서는 여간 저주스럽지 않았다.

"와아!"

웃어대는 병졸들을 돌아보고 하치조는 볼멘 소리로 말했다.

"다시 오겠다. 나중에 후회하지 마라, 이놈들아."

그러나 더 이상 그 자리에 버티고 있을 수 없어 마구 달려가면서 소리쳤다.

"잘 기억해두어라!"

비는 점점 더 싸늘하게 들을 적시고, 산으로부터 골짜기에 걸쳐 저녁 안개가 끼기 시작했다.

야마다 하치조 시게히데는 숲속으로 들어가 무의식적으로 비가 떨어지지 않는 삼나무 그늘을 찾았다.

"엉엉……"

그리고는 마음놓고 큰 소리로 울기 시작했다.

3

실컷 울고 난 야마다 하치조는 갑자기 시장기를 느꼈다. 그러고 보니 오늘 아침 농부의 집에 부탁하여 만든 주먹밥을 아직 먹지 않고 허리에 차고 있었다.

하치조는 삼나무 그루터기에 걸터앉아 얼른 그 꾸러미를 풀었다. 거무스레한 현미밥에 소금을 발라 볶은 주먹밥이었는데, 주먹밥을 둘로 쪼개자 꾸르륵 하고 배에서 소리가 났다.

'밥을 먹고 가는 것인데 그랬어.'

시장했던 탓에 서두른 나머지 그만 일을 그르쳤다는 생각을 하면서 얼른 주먹밥을 입에 넣었을 때였다.

"여보게, 농부 양반."

뒤에서 부르는 소리가 있었다. 하치조는 주위를 돌아보았다. 그칠 것 같지 않은 빗줄기 너머 굵은 모밀잣밤나무에 등을 기댄 채 두 발을 쭉 뻗고 앉아 비 멎기를 기다리는 승려가 그 목소리의 주인이었다.

"난 또 누군가 했지. 스님이로군. 깜짝 놀랐소."

얼른 주먹밥을 입에 밀어넣었다.

"지금 시각이 얼마나 됐을까요, 스님?"

"이럭저럭 일곱 점 반(오후 5시)은 됐을 테지. 그런데 당신은 농부가 아닌 것 같군."

"그……그것을 어떻게 알았소? 그럼, 무엇으로 보입니까?"

"나는 관상, 골상, 손금 등을 잘 볼 뿐만 아니라, 역술易術도 배웠지. 천지간의 일은 거의 모두 알고 있는데, 그대는 무사, 그것도 큰 뜻을 품고 있는 사람……으로 보이는군."

"으음, 이거 정말 놀랍군!"

하치조는 새삼스럽게 승려를 바라보았다. 대오리로 짠 삿갓에 다 헤진 짚신, 검은 옷소매에서 드러나 보이는 팔뚝은 힘깨나 쓰는 것 같고, 한 일자로 다문 입도 아주 컸다. 나이는 27, 8세쯤 된 것 같으나 어떻게 보면 35, 6세가 되어 보이기도 했다.

"스님은 나의 운세를 알 수 있다는 말이오?"

"운세뿐만이 아니지. 내가 이렇게 앉아 있으면 전생에서부터 인연이 있는 사람이 나타나 밥을 주려 할 테니 이곳에서 움직이지 말라는 계시도 들었네."

"계시…… 누가 계시를 내렸다는 말이오?"

"내가 평생토록 몸을 바쳐 섬기는 부처님이지."

"음, 밥을 주려 하는 사람…… 그렇다면 스님도 배가 고픈 모양이군요?"

"아, 그래."

상대는 크게 고개를 끄덕였다.

"하지만 그대가 부처님이 계시한 당사자라는 것을 알기 전에는 절대로 그 주먹밥을 받지 않을 것일세."

"아니, 내가 언제 주겠다고 했단 말이오?"

"물론."

하치조는 고개를 갸웃하고 두번째 주먹밥을 둘로 쪼갰다. 아직 일곱 개가 남아 있었다.

"스님."

"왜 그러나?"

"우리는 이 깊은 산속에서 우연히 만났소. 여기는 좀처럼 사람들이 오지 않는 곳이오. 그 계시의 당사자가 나라고는 생각지 않소?"

"그럴지도 모르고 아닐지도 몰라."

"좌우간 주먹밥 두 개를 드리리다. 내 운세를 점쳐주지 않겠소?"

"부탁하면 할 수 없지. 부처님은 모든 중생의 고뇌를 풀어주라고 명하셨으니까."

하치야 시게히데는 고개를 끄덕이고 주먹밥을 들고 일어났다. 우선 두 개를 승려 앞에 놓았다. 그러더니 생각이 바뀌었는지 다시 하나를 더 놓았다.

"스님의 성함은?"

"일정한 곳에 머무르지 않고 천하를 두루 편력하고 있는 즈이후隨風 일세."

<h1 style="text-align:center">4</h1>

즈이후는 공손히 주먹밥을 집어 재빨리 입에 넣었다. 그는 하치조 이상으로 배가 고팠던 모양인지 두 개를 먹을 때까지는 거의 숨도 쉬지 않았다.

"두 개를 주겠다고 하면서 세 개 준 것을 보니 틀림없는 계시의 주인 공, 참으로 기특한 일일세."

세 개째를 집으면서 즈이후는 엄숙하게 변명하고 그것도 얼른 먹어 치웠다.

하치조 시게히데는 그가 먹는 모습을 물끄러미 바라보다가 자기도 세 개를 먹고 나서 다시 꾸러미를 허리에 찼다.

"스님은 내가 큰 뜻을 품었다고 했지요?"

"그랬지, 분명히 그랬어. 지금은 그 대망이 큰 구름에 막혀 있네."

"큰 구름이라니?"

"새카만 먹구름 말일세. 오늘의 비는 거기에서 쏟아지는 눈물이라 생각해도 좋아."

"으음."

하치조는 신음했다.

"그럼, 나의 큰 뜻은 먹구름에 막혀 이루어지지 않을 것이란 말이오?"

"인연으로 만난 양반, 광대무변한 부처님의 뜻을 그렇게 단정적으로 말할 수는 없지. 일이 이루어지지 않는 것이 도리어 자비일 때도 있으니까."

즈이후는 비로소 미소를 띠었다.

"그러나 관상은 좋아. 마음속에 불심佛心을 지니고 있어 언제나 부처님의 가호를 받을 관상일세."

"가호를……"

"그래. 그러니 절대로 낙담하지 말고, 이것이 부처님의 길이라고 믿는 올바른 방향으로 마음을 돌려나가는 게 좋을 것일세."

배가 부르자 즈이후는 어느새 못 말릴 수다쟁이로 돌아가 있었다. 그로서는 이 순박한 시골무사 한 사람쯤 농락하는 것은 식은 죽 먹기와도 같았다. 길을 가다 날이 저문 숲속, 도리어 좋은 상대를 만났다는 생각을 하니 저절로 혀가 움직였다.

"좌우간 인연으로 만난 양반, 이렇게 우리가 만난 인연을 잘 살리지 않으면 안 돼. 이 즈이후를 만나 이야기할 수 있는 기회는 그리 쉽게 얻을 수 있는 게 아닐세. 내 말 한 마디 한 마디는 그대로 부처님의 말씀이야. 사양하지 말고 무엇이든 물어보게. 위로는 천문天文, 아래로는 지리地理, 천하의 모든 일을 손바닥처럼 알고 있으니까."

"으음."

다시 하치조는 한숨을 쉬었다.

"그럼, 스님께 묻겠는데……"

"그래, 무엇인가?"

"이번 전쟁은 어느 쪽이 이기겠습니까? 카이의 타케다와 미카와의 도쿠가와 중에서."

"아, 그런 것은 이미 말할 필요도 없는 문제지…… 나는 지금 자네가 어느 쪽 무사인지 몰라. 자네 편이 진다는 말을 한다고 해도 화를 내면 안 돼."

"그건 충분히 알고 있소."

"아마 부처님의 뜻일 것일세. 알겠나, 부처님의 뜻이야. 승자는 도쿠가와가 될 거네."

그 말에 하치조는 얼굴이 새파랗게 질렸다.

"어째서 도쿠가와 쪽이 이긴다는 말입니까?"

"신겐 공의 죽음은 확실하고, 카츠요리와 이에야스는 그릇이 달라. 관상, 골상이 모두 달라…… 아니, 그 이상으로 중요한 것은 몇 대에 걸친 부계와 모계의 불심佛心이 양적으로 다르다는 점일세…… 그것은 매우 중요한 일이야. 이승의 성쇠盛衰는 모두 그로써 결정되는 것일세. 물론 범용한 사람의 눈에는 안 보이겠지만……"

이미 즈이후의 혀는 스스로도 멈출 수 없을 정도로 움직이고 있었다.

비가 계속 내리는 가운데 주위는 점점 어두워갔다.

5

"그건 그렇고, 오늘 밤엔 어디서 묵을 생각인가?"

갑자기 시무룩해져 입을 다문 하치조 시게히데에게 즈이후는 다시 생각난 듯이 말을 걸었다.

"내 눈이 정확하다면, 자네는 지금 운명의 큰 갈림길에 서 있어. 자네에게 내 의견을 말해주고 싶지만 이미 날이 저물었으니 그럴 수도 없네. 이만 헤어져야 할 것 같군."

말과는 달리 즈이후는 별로 일어서려는 기색은 보이지 않고 얕보는 듯한 표정으로 생각에 잠긴 하치조를 바라보았다.

하치조의 짙은 팔자수염이 부르르 떨렸다. 도쿠가와 쪽이 이긴다고 한 마디로 단정한 즈이후의 말이, 풍채와는 달리 소심한 그의 마음을 크게 뒤흔들었다.

'오늘 부세츠 성에 들어가지 못한 것은 즈이후의 말처럼 신불의 가호였는지도 모른다.'

이런 생각이 드는 한편, 자기를 이렇게 중요한 밀사로 보낸 오가 야시로의 자신만만한 얼굴도 떠올랐다. 일이 잘 풀려 밀서를 전달하고 나서 타케다 쪽이 전쟁에 진다면 자기는 어떻게 될 것인가. 타케다의 영지로 도망치면 일신의 안전만은 보장받을 수 있을지 모른다. 그러나 오카자키에 두고 온 처자는 어떻게 될 것인가?

말주변으로는 하치조와 비교도 되지 않는 오가 야시로였다. 야시로는 하치조를 모반자로 몰아 그의 처자를 처형하는 것으로 일을 마무리 짓지는 않을까……?

생각이 이에 미친 하치조는 저도 모르게 몸서리가 나려고 하여 이를 악물었다.

즈이후는 이러한 하치조의 마음을 읽은 듯 다시 그 특유의 거침없는 예언을 시작했다. 아니, 예언을 하는 것이 아니라 주먹밥을 준 이 우직한 사나이에게 오늘 밤의 숙소 마련까지 떠넘기기 위한 것인지도 몰랐다.

"몸조심해야 하네. 지금 자네는 자칫 잘못하면 평생토록 헤어나지 못할 늪에 빠지게 될 것일세. 언제나 인생은 오늘 하루가 중요하다는 것을 마음에 새겨야 해. 그럼, 밤도 다 되었으니 이만 헤어지세."

즈이후가 일어나 두서너 걸음 떼어놓았을 때, 아니나다를까 하치조 시게히데는 매달리듯 말을 걸어왔다.

"스님, 잠깐만."

"왜, 아직 볼일이 남았나?"

"오늘 밤 비를 피할 숙소는 내가 마련하지요. 스님께 좀더 물어볼 것이 있어요."

"그래? 그렇다면 자네한테 맡기겠네. 인연이 있어 만난 사이니까."

즈이후는 웃지도 않고 공손하게 염주를 굴리면서 하치조에게 합장했다.

하치조는 얼른 일어나 앞장을 서서 숲을 빠져나왔다.

빗속에서 보는 부세츠 성은 안개로 덮여 있고, 그쪽으로는 불빛 하나보이지 않았다. 하치조는 성을 등지고 남쪽으로 향했다. 골짜기에 흐르는 작은 개천을 건너면 오른쪽 산 밑의 작은 분지에 대여섯 채의 농가가 마을을 이루고 있었다. 거기서 희미하게 불빛이 새어나오고 있었다.

"전쟁터가 가까운데 재워줄지 모르겠는걸……"

즈이후의 말에 하치조는 고개를 숙인 채 가만히 자기 가슴에 손을 얹었다.

"돈을 주면 되지요. 나는 그걸 가지고 있소."

"정말 다행이로군. 역시 자네와는 깊은 인연이 있었던 것 같아."

"스님!"

하치조는 결심했다는 듯 즈이후를 불렀다. 눈썹도 수염도 비에 젖어울고 있는 악동과도 같은 얼굴이었다.

6

마음에 망설임이 있을 때일수록 인간의 약점은 겉으로 잘 나타난다. 지금의 하치조는 누가 보기에도 송장이었다.

히에이잔比叡山에서 손꼽는 기인奇人이자 괴승怪僧인 즈이후는 이

하치조로부터 주먹밥을 빼앗아먹고 또 농부의 집으로 안내를 받으면서 도 양심의 가책을 느끼지 않았다.

방황하는 자에게는 언제나 암시가 필요하다. 따라서 그 망설임의 내용에는 개입하지 않고 상식의 테두리를 벗어나지 않는 한에서 조언하는 것이야말로 명승名僧이자 고승高僧. 지금의 하치조에게는 절대로 조언이 필요하다고 즈이후는 꿰뚫어보고 있었다.

"아니, 걸음을 멈추면 안 돼. 이야기는 숙소에서도 얼마든지 할 수 있어. 너무 비를 맞으면 몸에 해롭지."

그 말을 듣고 하치조는 강아지처럼 얌전히 고개를 끄덕이고 농가 안으로 들어갔다.

농가에서는 하치조 뒤에 있는 승려의 모습에 별로 의심도 하지 않고, 선뜻 두 사람을 화롯가로 맞아들였다.

"조밥이라도 괜찮다면 주무시고 가시지요."

아직 전운戰雲은 이 근처 농부에게는 별로 큰 공포심을 주지 않는 듯했다.

저녁으로 차려내온 좁쌀 죽을 먹으면서 화롯불에 옷을 말린 뒤 하치조는 매듭이 굵은 손으로 약간의 돈을 꺼내 마흔 살 가량 된 이 집 주부에게 건넸다. 그리고 다시 즈이후 앞에 은전 한 닢을 내놓았다.

"이것은 시주입니다."

"원, 이런. 그대에게 행운이 있기를."

"스님."

"망설이지 말고 어서 말하게. 무슨 일이건 내 그대에게 부처님의 뜻을 전해주겠네."

"가령 내가 지금부터 어떤 주인을 섬기려 한다면 어느 분이 가장 적당할까요?"

"아, 그 일이라면 아까 말한 그대로일세. 이 미카와에서는 도쿠가와 미카와노카미 이에야스德川三河守家康, 그 이에야스 님의 문중 사람이라면 누구든지 괜찮아."

하치조는 흘끗 즈이후를 쳐다보고 저도 모르게 후유하고 한숨을 쉬었다. 도쿠가와 문중의 어떤 사람이 아니라 하치조 시게히데는 그 이에야스를 직접 섬기는 몸이 아니었던가……

"도쿠가와 문중을 제외하고는 누가 좋을까요?"

"그럼, 자네는 도쿠가와 편에서 도망쳐나왔다는 말인가?"

"아……아닙니다."

하치조는 당황했다.

"단지 마음을 결정할 수 없는 사정이 있어서 물어본 것뿐입니다."

"글쎄, 이에야스 님의 문중을 제외한다면…… 미노의 오다 가문이 좋겠지."

"타케다 쪽은…… 내게 적합하지 않을까요?"

즈이후는 비로소 하치조의 속셈을 알고 하마터면 웃음을 터뜨릴 뻔했다.

"타케다 쪽은 생각지 않는 것이 좋아. 지금은 커다란 해가 떨어진 뒤일세. 화려하게 보인 것은 신겐이라는 태양이 떨어지는 저녁놀이었다네. 우선 자네의 성미에 맞지 않을 거야. 자네는 자신의 정직성을 잘 알고 받아들이는 사람을 주인으로 모셔야 하는 사람일세."

이런 말을 하고 있을 때 농가의 처마 밑으로 들어오는 또 한 사람이 있었다.

"산에서 길을 잃고 비를 만나 고생하는 사람이오. 하룻밤 신세를 질 수 없겠소?"

그 목소리에 문 쪽을 돌아본 하치조는 저도 모르게 목을 움츠리고 고개를 떨어뜨렸다.

"앗!"

입구에 선 사나이도 먼저 와 있는 두 사람을 보고 깜짝 놀란 모양이었다.

나이는 25, 6세 정도, 옷차림은 바늘이나 잡화를 파는 행상인처럼 꾸미고 있었으나, 이에야스가 히쿠마노曳馬野(하마마츠) 공격 때 고용한 이가의 첩자임이 분명했다.

하치조는 잔뜩 몸을 움츠리고 화롯불의 재를 뒤적거리면서 주인여자와 나그네의 대화에 귀를 기울였다. 이부자리도 대접할 것도 없으므로 옷을 입은 채 새우잠을 잘 각오가 되어 있다면 묵어도 좋다고 주인여자는 대답했다.

"예, 그래도 좋습니다. 지금 신슈에서 오는 길인데 도중에 혼이 났습니다. 철수하는 타케다 군과 딱 마주치는 바람에."

새로운 손님은 이렇게 말하고 화로 옆으로 왔다.

"하룻밤 벗이 될 수 있게 해주십시오."

"철수하는 타케다 군을 만났소?"

말하기 좋아하는 즈이후는 한눈에 이 사람도 상인이 아니라는 것을 알아차렸다.

"그럼, 결국 나가시노 성도 함락되었군요. 그렇지 않으면 타케다 군이 부세츠를 버릴 리가 없지."

"예. 나가시노가 이십일에 함락되었다고, 보급대 일꾼들이 하는 소리를 들었습니다."

"허어. 아니, 그것은 당연한 일이지."

즈이후는 하치조보다는 그가 더 좋은 이야기 상대가 될 것이라 생각한 듯 물었다.

"그렇다면 미카와노카미 이에야스 님으로부터 노부야스의 진중으로 사자가 왔겠군.”

“허어!”

상대는 시치미를 떼며 즈이후를 바라보았다. 어쩌면 그 자신이 그 밀사였는지도 몰랐다.

“스님이 어떻게 그런 것을 다 아십니까?”

“하하하…… 나에게는 사소한 욕심 따위는 없소, 큰 욕심은 있지만. 그래서 부처님이 이렇게 하면 저렇게 된다고 가르쳐주시지요.”

“그럼, 그 사자는 어떤 사명을 가졌을까요?”

“그야 뻔하지. 빨리 오카자키로 철수하라, 그러나 부세츠 산성을 그대로 두고 가면 나중에 시끄러워진다, 불을 지르고 철수하라…… 하는 것일 테지.”

“아니, 불을 지르고?”

상대는 번쩍 눈을 빛냈으나, 얼른 다시 상인의 태도로 돌아와 젖은 토시를 벗어 불에 쬐었다.

“애써 지은 성을 불태우다니 아까운 일이군요.”

“바로 그것이 문제요. 하지만 현재의 도쿠가와 군으로서는 군사를 나누어 배치할 여유가 없거든. 산성 하나를 불태워 주변 백성들을 전화戰禍에서 구하고, 앞으로 주된 전쟁터를 자신에게 유리한 나가시노 부근으로 삼는다면 그것도 중요한 일이 되겠지.”

“언제쯤 성에 불을 지를까요? 스님도 그것까지는 모르실 겁니다.”

“모르기는 왜 몰라.”

즈이후는 다시 웃었다.

“부세츠 성에서 농성하던 타케다 군이 철수했다고 하면, 빠르면 오늘 밤, 늦어도 내일 밤에는 불을 지를 것일세.”

야마다 하치조 시게히데는 이미 아무 말도 하지 않았다. 잔뜩 어깨를 움츠리고 눈을 내리깐 채 이가의 첩자에게 자기 정체가 드러나지 않게 하려고 신경을 쓰는 것이 고작이었다.

'도대체 나는 무엇을 위한 사자였을까.'

이런 생각을 하니 그만 눈물이 쏟아질 것 같았다.

"그럼, 먼저 자겠소."

그래서 화로 곁을 떠나 얼굴을 돌리고 더러운 멍석 위에 누웠다.

8

부세츠 성에 불길이 오른 것은 하치조가 자리에 드러누운 지 반 각(1시간)쯤 지나서였다. 갑자기 들개가 요란하게 짖어대는가 싶더니 대여섯 채쯤 되는 농가에서 사람들이 술렁거리기 시작했다.

"불이야, 불이야! 성에서 불이 났다."

그 소리를 듣고 하치조 시게히데는 정신없이 밖으로 뛰어나갔다.

빗발은 상당히 가늘어져 있었으나 앞은 전혀 보이지 않았다. 비는 그대로 안개가 되고, 북쪽 하늘이 온통 빨갛게 물들어 있었다.

'저 스님은 무서운 사람이다……'

후들후들 떨리는 무릎을 주체하지 못하고, 하치조는 그의 뒤를 따라나온 즈이후와 그 밖의 사람들에게서 일부러 떠났다.

즈이후의 말은 하치조에게 비판의 여지가 없었다.

하치조가 성문에서 쫓겨난 것은 이미 성병이 성을 버리기로 결정하고 어두워지기를 기다리던 때였던 것 같다. 즈이후는 일이 성사되지 않는 것이 오히려 부처의 자비인지도 모른다고 했는데, 만일 무사히 성문을 지나 밀서를 전했더라면 도대체 나는 어떻게 되었을까? 온몸에 소름이 돋았다.

나가시노 성을 함락시킨 이에야스로부터 노부야스에게 성을 불태우

144

고 철수하라는 명령이 내려졌다는 것도 이미 의심할 나위가 없었다.

'……빠르면 오늘 밤……'

이렇게 성이 불탈 시기까지 정확히 예언한 즈이후였다.

'오가 님…… 대관절 앞으로 어떻게 되는 것입니까……?'

하치조는 속으로 중얼거리다가 당황하며 떨리는 발을 고쳐 디뎠다.

오가 야시로는 반드시 타케다 군이 이긴다고 했다. 카츠요리가 하타모토를 거느리고 와 있을 것이라고 했고, 젠케이가 틀림없이 부세츠 성에 있을 것이라고도 했다.

그런데 지금 그 성은 이렇게 하늘을 물들이며 불타고 있다.

하치조는 점점 더 야시로가 미워졌다. 한낱 아시가루에 지나지 않던 자가 스무 고을을 다스리는 중신으로까지 승진했으면서 그 은혜는 생각지도 않고 이에야스를 배반하려 하다니. 이렇게 되는 것이 당연했는지도 모른다.

'틀림없이 천벌이야……'

즈이후가 한 말을 되새기며 하치조는 부드득 이를 갈았다.

'그 악당 놈이……'

그 악당의 말에 놀아나 역모에 가담한 것은 또한 누구였던가……?

'아니야…… 아니야……'

하치조는 당황하여 고개를 가로젓고, 이번에는 뚝뚝 눈물을 흘리며 울기 시작했다.

'나에게는 아직 부처님의 가호가 있다. 스님이 그렇게 말했다.'

자기가 부처님께 버림받지 않기 위해서 할 일은 하나밖에 없을 것 같았다. 얼른 오카자키로 돌아가 야시로의 음모를 노부야스에게 고하는 일이었다.

자신은 그 음모의 내용을 알기 위해 가담하는 척했다고 하면 된다. 아니, 처음부터 그러한 하늘의 뜻에 따라 신불이 자신을 야시로에게 접근시켰다고 생각하면 된다……

　'나는 악당이 아니다! 나는 신불에게 버림받지 않았다……'

　하늘을 더욱 빨갛게 물들인 불길 밑에서 하치조는 언제까지나 똑같은 말을 되풀이했다.

가을 하늘

1

츠키야마는 아까부터 마루에 나와 반 각(1시간) 가까이나 꼼짝 않고 양지 쪽에 앉아 있었다.

하늘은 더없이 푸르고, 느티나무 가지에 때까치가 와서 앉아 찢어질 듯이 울어댔다. 그 모습을 때때로 쳐다보며 츠키야마는 한숨을 쉬었다. 노부야스는 어제 무사히 귀환하여 오늘은 본성에서 주연을 베풀 예정이었다.

그 전에 오가 야시로를 만나고 싶었다.

대관절 코슈 군은 어떻게 되었을까? 카츠요리는 어디서 어떻게 나를 맞이하겠다는 것일까?

노부야스가 사자로 보낸 노나카 고로 시게마사는 츠키야마에게 이렇게 보고했다.

"마침내 나가시노를 함락하여 고이五井의 마츠다이라 게키 님으로 하여금 수비케 하시고, 성주님은 일단 하마마츠로 돌아가셨습니다. 작은 성주님께서도 크게 공을 세우셨습니다. 마님, 정말 경사스러운 일입니다."

노부야스가 무사한 것은 물론 기쁜 일이었다. 하지만 그렇다면 나의 계획은 어떻게 되는 것일까?

야시로를 은밀히 부르러 보냈던 키노의 언니 코토죠는 아직 돌아오지 않았다.

츠키야마는 다시 한숨을 쉬었다. 물론 전쟁이 끝난 것은 아니다. 나가시노 성을 탈환하기 위해 타케다 군은 더욱 공세를 강화할 것이므로 행운이 언제까지나 이에야스 편에만 있다고는 할 수 없었다.

조용히 옆방의 장지문이 열렸다.

"코토죠냐?"

"아니, 키노이옵니다."

츠키야마는 엄한 표정으로 돌아보았다.

"무슨 일이냐?"

나무라는 투로 물었다.

일부러 하마마츠까지 갔으면서도 오만에게는 손도 대지 못한 키노에게 츠키야마는 아직도 화를 누그러뜨리지 못하고 있었다.

키노는 겁먹은 듯이 츠키야마를 쳐다보았다.

"저어, 토쿠히메 님이 무사히 순산하셨습니다."

"뭣이, 순산을?"

"예…… 예."

"아들이냐, 딸이냐?"

"따님이옵니다."

"그래? 딸이라……"

안심한 듯 중얼거리고 다시 거친 목소리로 말했다.

"키노, 작은 성주에게 축하한다고 전해라. 나중에 나도 대면하겠다고 하고."

"예."

키노가 조용히 장지문을 닫았을 때 정원에서 츠키야마에게 말을 건네온 사람이 있었다.

"어째서 그렇게 안색이 안 좋으십니까?"

츠키야마가 기다리던 야시로였다.

"오, 야시로. 그런데 코토죠는?"

"만나지 못했습니다. 지금까지 작은 성주님과 무기를 점검하고 있었습니다."

야시로는 그대로 마루 위로 올라와 두 손을 짚고 절했다.

"무엇보다도 작은 성주님과 성주님이 무사히 개선하신 것을 축하 드립니다."

그 어조가 너무나 쌀쌀했기 때문에 츠키야마는 순간 깜짝 놀랐다.

"거듭되는 기쁨은 토쿠히메 님의 출산…… 이것으로 가문은 만만세입니다."

"야시로."

"예."

"가문이 만만세라니…… 그렇다면 야시로, 그대의 계획은 어떻게 되는 거요?"

다그쳐 묻는 츠키야마에게 야시로는 더욱 쌀쌀하게 되물었다.

"계획이라니요?"

2

츠키야마는 너무나 뜻밖인 야시로의 반문에 잠시 동안 말도 못하고 입술을 부르르 떨면서 상대를 노려보고 있었다.

야시로는 그 눈길을 충분히 의식했다.

"오, 때까치가 시끄럽게 울어대는군요."

하늘을 쳐다보고 눈을 가늘게 떴다.

"말씀을 삼가십시오."

그리고는 꾸짖듯이 나직하게 말을 이었다.

"누군가 작은 성주님께 고자질을 해서, 방금 무기고 앞에서 뜻하지 않은 말을 듣고 왔습니다."

"사부로에게……"

"예. 나에게 오가 야시로가 반심을 품었다고 밀고해온 자가 있다, 만일 그것이 야시로가 아니었다면 그대로 믿었을지도 모른다, 앞으로는 그런 미움을 사지 않도록 조심하라……는 말씀이었습니다."

야시로는 하늘을 쳐다보며 단숨에 말하고 눈길을 츠키야마에게로 돌렸다.

"작은 성주님은 매우 기분이 좋으셔서 저에게까지 수고가 많았다고 선물을 주셨습니다."

츠키야마는 참다못해 물었다.

"카츠요리 님은 무어라고 하셨나요?"

"성주님과 작은 성주님의 무용이 두려워 어느 전쟁터에도 모습을 나타내지 않는다는 소문입니다."

"어느 전쟁터에도…… 그럼, 겐케이는?"

야시로는 그 말에 눈을 치뜨고 조소를 떠올렸다.

"녀석은 보기와는 달리 겁이 많아, 작은 성주님의 의심을 받을 것이 두려워 어디론가 잠적해버린 줄로 압니다."

츠키야마는 내뱉듯이 말하는 야시로의 대답에 무심코 눈을 부릅뜨고는 무릎걸음으로 다가왔다.

"야시로."

"예."

"나에 대한 약속은 대관절 어떻게 되는 거예요?"

"약속이라니, 누구의?"

"카츠요리 님의 서약서 말이에요. 나를 코슈로 맞이하여 오야마다에게 출가시키겠다고 한 그……"

"마님!"

야시로는 낯을 찌푸리고 입술을 일그러뜨리면서 혀를 찼다.

"말씀을 삼가십시오. 이 야시로는 그런 서약서 따위의 일은 전혀 알지 못합니다."

"뭣이, 지금 뭐라고 했나요? 그 서약서를 모르다니?"

"쉿. 딱한 말씀을 하시는군요. 전쟁에는 승패라는 것이 있습니다. 앞으로는 어떻게 될지 모르나, 현재로서는 나가시노를 비롯하여 이 가문의 승승장구, 패하는 전쟁이라면 대장으로서 목숨을 잃을 수도 있는 게 아닙니까."

"그 말을 들으니 더욱 마음에 걸리는군. 그럼, 카츠요리 님이 전사했다는 소문이라도?"

야시로는 탁 무릎을 쳤다.

"더 이상 이 일에 대해서는 말하지 않겠습니다. 시기를 기다리는 것이 좋을 듯합니다."

다시 하늘로 눈길을 돌렸다.

"오늘은 보기 드물게 활짝 갠 날. 곧 본성에서 주연을 베푸실 시각입니다. 작은 성주님의 씩씩한 모습을 뵈러 가야겠습니다."

야시로는 가만히 혼자 중얼거렸다. 그리고 츠키야마 앞에 두 손을 짚었다.

"그럼, 안녕히 계십시오."

츠키야마는 쏘는 듯한 눈길로 야시로를 노려보았다. 야시로는 츠키야마의 당황하는 모습이나 분노 따위는 잊은 듯이 태연한 태도로 다시 천천히 정원을 돌아 밖으로 나갔다.

3

츠키야마는 온몸을 부르르 떨면서 허공을 바라보고 있었다.

언제 보아도 싱싱하던 피부가 오늘은 네댓 살은 더 늙은 것처럼 축 늘어져 보였다. 그러나저러나 이 얼마나 사람을 무시하는 야시로의 태도인가. 이미 이곳에서는 마음이 떠나, 카츠요리가 마중올 것을 고대하며 코슈에 대한 꿈을 부풀리고 있는 츠키야마였다.

'일상용품까지 챙기고 몰래 준비하고 있었는데……'

전쟁에는 물론 예측을 불허하는 사태가 있다. 이길 줄 알았던 코슈 군의 전세가 불리해져 예정한 지점까지 나오지 못하는 경우도 있을 법한 일. 그렇다고 해서 오가 야시로가 쌀쌀맞게 자기를 박대하다니 이 얼마나 건방진 태도란 말인가.

'마치 자기 여편네나 하녀처럼……'

이런 생각에 더더욱 몸이 떨리고, 분한 생각이 가슴을 죄어왔다.

'야시로 녀석, 자세한 사정은 알지도 못하는 주제에.'

츠키야마는 비틀거리며 일어났다. 그리고 떨리는 손으로 문갑 밑바닥에서 카츠요리의 서약서를 꺼내 갈가리 찢어버리려다가 생각을 바꾼 듯 다시 펼쳤다.

——지난번 겐케이를 통해 보내신 서신은 잘 받았습니다.

어떻게 해서라도 아드님 사부로(노부야스) 님으로 하여금 이 카츠요리의 편을 들도록 하십시오. 계략이 성공하여 노부나가와 이에야스가 멸망했을 때는 이에야스의 영지는 물론이고 노부나가의 영지 중에서 원하시는 한 곳을 할애해드리겠습니다.

다음에 츠키야마 님에 대해서는, 오야마다 효에라는 장수가 지난 해에 상처하고 홀아비로 살고 있으므로 그의 아내가 되시면 좋겠습니다. 노부야스 님과 상의가 끝나시면, 곧바로 츠키야마 마님을 코슈로 모시겠습니다.

카츠요리 수결手決

읽어내려가는 동안 츠키야마의 눈에서 주르르 눈물이 흘렀다. 이 증서 한 장에 츠키야마의 모든 꿈이 걸려 있었다.

남편 이에야스에 대한 복수, 외삼촌 요시모토를 죽인 노부나가에 대한 원한…… 이것을 이 세상 어딘가에서 큰 소리로 웃어주지 않으면 죽어도 눈을 감지 못할 망집妄執의 귀신이 되어 있었다.

츠키야마는 그 서약서를 다시 조용히 말기 시작했다. 지금은 코슈 군이 불리하여 아스케와 나가시노도 모두 가증스러운 남편의 손에 떨어졌으나, 이것으로 전쟁이 끝난 것은 아니었다. 반드시 타케다 군은 이 오카자키로 들어온다——아니면 그 역시 미진한 꿈에 대한 집념일까.

서약서를 다 말고 나서 츠키야마는 공손히 받들었다. 그날이 오기를 남몰래 비는 것만이 지금의 츠키야마에게는 유일한 위안이었다.

'그때는 야시로 녀석도 그냥 두지 않겠다.'

살아 있으면서도 지옥에 사는 츠키야마는 다시 그것을 문갑 깊숙이 감추고 마르기 시작한 눈물을 닦았다.

이때 야시로를 부르러 갔던 코토죠가 돌아왔다. 그녀는 츠키야마가 지금 문갑 깊숙이 감춘 것이 무엇인지 잘 알고 있었다.

"지금 돌아왔습니다."

두 손을 짚고 말하면서도 코토죠는 부들부들 떨고 있었다.

4

코토죠의 눈에 비친 츠키야마는 온몸에 소름이 끼칠 정도로 처참한 귀신의 형상이었다.

지금까지도 몇 번 그런 일이 있었으나 오늘은 유별났다. 잔뜩 치켜올라간 눈이 야릇하게 빛나고 입술이 흙빛으로 변해 있었다. 그런 그녀가 침착성을 잃고 눈길을 사방으로 굴리면서 코토죠가 가장 두려워하는 그 밀서를 문갑에 감추고 있는 중이었다.

코토죠의 목소리에 깜짝 놀라 돌아본 츠키야마도 한 순간 숨이 끊어지는 것 같았다.

전에는 깜빡 잊고 선반에 올려놓았다가 코토죠에게 읽히게 했을 정도로 부주의했던 츠키야마도, 지금은 험악해진 주위의 분위기 때문에 의심의 화신이 되어 있었다.

"코토죠냐……"

몹시 다급한 목소리로 말했다.

"너, 보고 있었구나."

츠키야마는 문갑 옆을 떠나 대들기라도 할 듯이 한쪽 무릎을 세우고 있었다.

코토죠는 차라리 눈을 감고 싶었다. 떨지 않으려 해도 떨림이 멎지 않고 대답하려고 해도 소리가 나오지 않았다. 단지 카츠요리로부터의 밀서를 본 것만이 아니라, 하마마츠에 다녀온 동생 키노로부터 그곳의 일을 소상하게 들어 알고 있었기 때문이다.

키노는 하마마츠에서 만난 오만에 대해 이렇게 말했다.

"사심 없는 분."

그리고 오아이에 대해서는 눈물을 흘리면서 극구 칭찬했다.

"마음씨 착한 훌륭한 여장부."

그런 고백을 한 키노의 말도 코토죠에게는 큰 부담이었다. 적에게 은혜를 입고 돌아온 동생. 동생의 마음은 이미 츠키야마보다 오아이 쪽으로 기울어 있는지도 몰랐다.

"코토죠!"

"예."

깜짝 놀라 대답하고 코토죠는 웃으려 했다. 그렇게 하지 않으면 자기 하나만이 아니라 동생의 목숨까지 위험해진다는 것을 본능적으로 깨닫고 겁을 먹었다.

"보았거든 보았다고 해라."

"예, 보……보……보지는 못했습니다마는…… 겐케이 님으로부터 무슨…… 좋은 소식이라도?"

눈길을 피해서는 안 된다고 생각하며 다시 웃었다.

순간 츠키야마의 표정이 부드러워졌다. 이같은 표정의 급격한 변화도 코토죠에게는 두렵게 느껴졌다.

'미치기 시작한 것은 아닐까……'

이런 불안이 계속 고개를 들었다…… 츠키야마는 갑자기 눈물을 글썽거렸다.

"코토죠."

"예."

"성주님이 드디어 나가시노 성을 손에 넣으셨다는구나."

코토죠는 그 말을 어떻게 받아들여야 할지 몰라 당황했다.

"그렇습니까?"

"그리고…… 오만도 지금쯤은 이미 출산했을 거야."

"그런 소식이 있었나요?"

"있을 리 없지. 나는 오만을 미워했으니까. 아들일지 딸일지……?"

그렇게 말하고 이번에는 상냥하게 웃으며 옷깃을 여몄다.

"코토죠, 머리가 흐트러졌으니 좀 빗겨주지 않겠느냐?"

5

코토죠는 옆방에서 거울을 가져왔다. 츠키야마의 뒤로 돌아가 검은 머리를 풀기 시작했다. 거울 속에서 마주친 눈길이 눈물을 머금은 채 힘없이 웃고 있었다.

"코토죠—"

"예."

"나는 하마마츠의 성주님께 사죄를 해야겠지?"

코토죠는 당황하여 눈길을 피했다. 순간 가슴이 뭉클했다.

늘 감정의 굴곡이 심한 마님. 무서울 때는 귀신처럼 보이고 악마처럼도 보였으나, 그것이 어떤 순간에는 더없이 애처롭고 가련한 모습으로 바뀌었다.

'어느 쪽이 진정한 마님의 모습일까……?'

계속 조마조마해하며, 코토죠는 그 어느 쪽도 거짓이라 할 수 없는 면이 있다고 생각했다.

"왜…… 그런 약한 마음을 가지십니까?"

츠키야마는 대답 대신 가만히 눈물이 맺힌 눈꺼풀을 눌렀다.

"오만의 출산도 진심으로 축하해줄까 생각한다. 성주님이 기뻐하신다면…… 코토죠, 그런데 성주님은 정말 나를 미워하실까?"

"아닙니다, 그럴 리가……"

대답하다 말고 코토죠는 깜짝 놀라 입을 다물었다.

'무엇 때문에 그런 말을 묻는 것일까?'

이것을 확인하지 않고 섣불리 말했다가는 나중에 어떻게 변할지 무서웠다.

"그렇지 않을 거라고 너도 생각하느냐?"

"예…… 예. 그럴 까닭이 없다고……"

"그래? 이만 됐다. 아주 잘 빗었구나. 치워도 좋아."

"그러면……"

코토죠는 살얼음판을 걷는 심정으로 도구를 정리했다. 그동안 츠키야마는 사람이 달라진 듯이 부드러운 태도로 고쳐 앉았다.

"나도 이제 마음을 바꾸겠어. 카메히메를 만나고 싶구나. 이리 들라고 해라."

코토죠는 시키는 대로 자리에서 일어나 복도로 나오면서 저도 모르게 고개를 갸웃했다.

주위의 사정이 츠키야마에게 결코 호전되고 있다고는 할 수 없었다.

겐케이로부터 그 후에 소식이 있었던 것 같지도 않고, 야시로는 츠키야마에게 몹시 쌀쌀맞았다. 노부야스의 부인 토쿠히메는 무사히 딸을 낳았고, 늘 미움의 대상이었던 하마마츠의 오만에게도 전혀 손을 쓸 수 없었다.

이러한 일들이 거꾸로 츠키야마의 마음을 진정시켜 깊이 생각하는 계기를 만들어준 것일까?

만일 그렇다면 코토죠도 키노도 마음의 무거운 짐을 덜 수 있을 텐데……

둘째 성에 있는 노부야스의 누나 카메히메의 방에 왔을 때 그녀는 언짢은 얼굴로 외출준비를 하고 있었다. 지금까지 노부야스에게 불려가 있었는데, 이제부터 어머니를 찾아가려 하고 있던 참이었다.

"어머님의 심기는?"

"예, 좋으십니다."

코토죠가 이렇게 대답하자 카메히메는 안타깝다는 듯 혀를 찼다. 몹시 기분이 나쁜 것 같아 준비가 끝날 때까지 코토죠는 몸을 움츠리고 있었다.

6

노부야스의 누나 카메히메는 장성함에 따라 점점 더 눈에 띄게 버릇이 나빠져갔다. 천성적으로 억센 성격이라기보다도 어머니의 영향을 받은 듯 종종 하인들을 무섭게 꾸짖고는 곧 사과하곤 했다.

그런 만큼 성안에서는 노부야스의 부인 토쿠히메, 때에 따라서는 아야메보다도 가볍게 취급당했다. 우선은 몸집이 작은 탓이었고 마음먹은 것을 그대로 입밖에 내는 탓도 있었다. 이런 카메히메는 노부야스보다 어리게도 보였다.

그 카메히메가 찾아오자 츠키야마는 녹아들듯이 웃었다.

"이번엔 경사가 겹쳤어."

이런 것도 전에는 없던 일이었다. 카메히메는 눈을 크게 뜨고 앉기가 바쁘게 버릇없이 물었다.

"경사가 겹치다니요?"

"작은 성주는 무사히 개선하고 성주님은 나가시노 성을 손에 넣으셨어. 그리고 작은 마님과 오만이 출산을…… 이 얼마나 경사스러운 일인지 몰라."

카메히메는 고개를 끄덕였다. 그 일이라면 별로 이의가 없다는 표정이었다.

"어머님, 제 혼담이 결정된 모양이에요."

그러나 곧 잔뜩 부은 얼굴로 던지듯이 내뱉었다.

"저는 어디까지나 작은 성주나 아버님의 의사에 따르기로 작정하고 모든 것을 포기했습니다."

"오쿠다이라 집안으로?"

카메히메는 다시 아무렇게나 고개를 끄덕였다.

"조금 전에 작은 성주가 찾아와, 아버님의 분부이시니 다른 생각은 말라고 엄한 얼굴로 말했습니다."

"사부로가 직접 찾아와서?"

"예. 기후의 성주님이 중매한 것이므로 괜히 고집을 부리면 오다와 도쿠가와 양가 사이에 균열이 생길 테니 단단히 각오하라면서."

카메히메의 말을 들은 츠키야마의 얼굴이 갑자기 파랗게 질렸다. 오다라는 말은 어떤 경우에도 츠키야마 앞에서는 입밖에 내어서는 안 되는 것이었다.

문 앞에 선 채 코토죠는 저도 모르게 마른침을 삼켰다.

'오다의 성주님이 중매를 했다니 이 얼마나 얄궂은 일인가……'

조마조마해하면서 츠키야마의 기색을 살폈다.

이토록 마음에 거슬리는 일이 계속되어서는 나중에 닥칠 폭풍이 걱정이었다. 그런 어머니의 동요를 모를 리 없는데도 카메히메는 다시 서슴없이 말을 내뱉었다.

"어머님도 저도 따지고 보면 말 한 필이나 칼 한 자루처럼 취급당하고 있어요. 공을 세운 가신에게 주는 선물에 지나지 않아요."

코토죠는 더 이상 츠키야마의 얼굴을 쳐다볼 수 없었다. 언제나 그런 사실들에 대해 심한 저주의 말을 퍼붓고 미쳐 날뛰는 츠키야마가 아니었던가……

"카메히메 ──"

잠시 후 츠키야마는 약간 떨리는 목소리로 딸에게 말했다.

"그런 말을 하면 안 돼."

"왜죠?"

"그것은 사부로나 아버님이 나빠서 그런 것은 아니야. 그러지 않고는 살아남지 못할 더 가혹한 세상이 있기 때문에……"

코토죠는 깜짝 놀라 츠키야마를 쳐다보았다. 지금까지 누가 그런 말을 해도 절대로 들으려 하지 않은 츠키야마였다. 그 츠키야마의 입에서 나온 뜻밖의 말에 코토죠는 자기 귀를 의심했다.

카메히메 역시 의아하다는 얼굴로 어머니를 보고 있었다.

7

츠키야마는 고개를 갸웃하는 카메히메의 모습을 지그시 바라보다 말했다.

"내 말을 수긍할 수 없는 모양이로구나……"

그리고는 가만히 사방침을 앞으로 가져다놓았다.

"이 어미도 지금까지는 잘못 생각하고 있었어. 이 세상의 바람은 남자들에게보다 여자에게 더 가혹하다. 아니, 여자에게 가혹한 바람을 보내는 것은 남자들이라고 생각했었어."

츠키야마의 어조가 너무나 진지했기 때문에, 카메히메의 얼굴에는 무슨 말을 하려는 것일까 하는 호기심 어린 표정이 떠올랐다.

코토죠는 숨을 죽이고 모녀를 번갈아 쳐다보고 있었다.

"이 바람은 남자들에게 더 가혹하다는 것을 알았어. 여자는 그런대로 출가한 곳에서 살 수 있어. 그러나 남자들에게는 모든 것이 생사의 갈림길이라는 현실을 알았지……"

카메히메는 소리내어 웃기 시작했다.

"카메히메, 뭐가 우습다는 것이냐. 이 어미가 여태껏 걸어온 길을 말하고 있는데."

"그럼, 어머님은 이제 아버님을 용서하셨나요?"

"용서하고 말고 할 것도 없는 일을 가지고 혼자 애를 태웠다는 사실을 깨달았지. 카메히메, 이 어미가 부탁하겠다. 아버님이나 사부로의 뜻에 거슬리는 짓은 하지 말기 바란다."

"그런 말씀을 하시면서도 사실은…… 터놓고 하실 말씀이 있는 것이겠죠, 어머님?"

"무……무……무슨 말이냐, 그것이."

"괜찮아요. 어머님 마음은 저도 대충 짐작하고 있어요. 그래서 상의드리려고 온 거예요."

카메히메는 흘끗 코토죠를 바라보고는 목을 움츠렸다.

"어머님, 저는 작은 성주에게 뜻대로 하라는 말을 남기고 왔어요."

"그래야지, 그래야 해."

"중매인은 기후의 성주님, 그래서 저는 혼담이 진행되어 시집가기로 정해진 날에 깜짝 놀랄 일을 벌일 거예요. 그게 최선이죠! 그렇죠, 어머님?"

"아니…… 그런."

깜짝 놀라 몸을 앞으로 내미는 츠키야마 앞에서 카메히메는 재미있다는 듯이 몸을 흔들며 웃고 있었다.

"아버님도 깜짝 놀라실 것이고 기후의 성주님 체면은 납작해질 거예요. 어머님, 저는 어머님 딸이에요. 어머님께 억울한 일은 저에게도 억울해요. 아버님 마음대로는 하지 않겠어요."

코토죠는 소스라치게 놀라 자신도 모르게 고개를 숙였다가 다시 겁먹은 눈길로 모녀의 모습을 살폈다. 갑자기 사람이 달라진 듯한 어머니와, 그 어머니의 이전 모습을 그대로 드러내는 딸의 대결. 얄궂다기보다도 어떻게 될 것인가 하고 마른침을 삼키게 되는 장면이었다.

"아니면 어머님께 더 좋은 수단이라도 있으신지……"

"카메히메!……"

"예."

"너는 이 어미의 말을 순순히 받아들이지 않는구나."

"후후후, 말씀보다도 더 깊은 곳을 보고 있습니다."

"……"

"어머님, 무언가 생각하시는 것이 있지 않아요? 저에게 말해주세요. 어머님답지 않으시군요!"

그 말을 들은 츠키야마의 눈에는 다시 반짝반짝 이슬이 빛났다.

8

코토죠는 여전히 마른침을 삼키고 있었다. 만일 카메히메의 관찰이 정확하여, 츠키야마가 무언가 다른 생각을 갖고 있다면 그것은 코토죠 자매의 운명과도 관계가 있었다.

'마님의 눈물은 무엇을 의미하고, 눈물 속에 숨은 눈빛은 무엇을 말하는 것일까?'

"어머님, 저도 생각은 하고 있어요. 마침내 시집가게 될 때 모두의 체면을 납작하게 만들어줄 것인가, 아니면 태연히 시집을 갔다가 깜짝 놀라게 만들 것인가."

카메히메는 도리어 즐겁다는 듯이 말을 이었다.

"어머님 같으면 어떻게 하시겠어요? 물론 저는 어머님 말씀대로 할 것인지 아닌지는……"

그리고는 고개를 갸웃하고 웃었다.

"카메히메!"

츠키야마는 믿어지지 않을 정도로 엄한 목소리로 꾸짖었다.

"그러면 안 돼. 인생이란 장난이 아니야."

"물론 장난이 아니에요. 바로 그래서 남자들이 마음대로 하는 장난감은 되지 않겠다는 거예요."

"너는 이 어미가 후회하고 있다는 것을 모르느냐?"

"후후후, 잘 알고 있어요. 후회하는 것처럼 꾸며 적을 방심하게 만들려는 계획, 저는 그것이 못마땅하여……"

"말조심해!"

그 말에 카메히메보다 코토죠 쪽이 더 놀라 머리를 조아렸다. 조아린 그녀의 귀에 요란한 때까치소리가 다시 들려왔고, 어머니와 딸은 계속 아무 말도 없었다.

이윽고 카메히메가 벌떡 자리를 차고 일어섰다.

"어머님까지 그런 생각이시라면 저는 앞으로 누구도 의지하지 않겠어요. 제 생각대로 하겠어요."

"카메히메!"

"안녕히 계세요. 코토죠, 이만 돌아가야겠다."

코토죠는 황망하게 일어나 현관까지 그녀를 배웅했다.

"카메히메 님, 그러면 마님께서는……"

현관 마루에 이르렀을 때 겨우 이 말을 꺼내자 카메히메는 뒤를 돌아보고 목을 움츠리며 키득 웃었다. 그리고는 다시 얼굴에 노기를 띠고 사라져갔다.

코토죠는 그 모습이 보이지 않을 때까지 지켜보다가 조심스러운 발걸음으로 되돌아왔다.

츠키야마는 마루에 나와 기둥에 손을 대고 서 있었다. 코토죠가 돌아왔는데도 돌아보지 않고 나무 사이로 뚫린 푸른 하늘을 뚫어지게 쳐다보고 있는 듯했다.

코토죠는 소리가 나지 않도록 조심하면서, 카메히메가 손도 대지 않고 남겨둔 찻잔과 과자그릇을 치우기 시작했다.

술은 창고를 지키는 아시가루에게까지 돌아간 모양인지 그쪽에서 왁자하게 떠드는 소리와 함께 손뼉 치는 소리가 들려왔다.

"코토죠……"

"예…… 예."

코토죠는 정리를 끝내고 츠키야마 뒤에 공손히 대령하고 있었다. 츠키야마는 기둥에 이마를 대고 중얼거렸다.

"저 깊고 푸른 가을 하늘이 나를 빨아들이는 것 같구나…… 부축해다오, 너만은 나를 꼭 부축해다오."

코토죠는 얼른 일어나 그 말에 따라 츠키야마의 팔을 어깨로 부축해주었다. 다시 아시가루들의 요란한 웃음소리가 들렸다.

차남 탄생

1

나가시노에서 하마마츠로 철수한 이에야스는 온몸에 마른풀과 말가 죽 냄새를 풍기며 쉴 틈도 없이 일했다.

오랫동안 전쟁터에서 지냈기 때문에 분명히 여윈 모습일 줄 알았는데, 밭갈이용 밤색 말을 연상케 하는 씩씩한 모습으로 돌아온 그는 돌아온 그날부터 사방팔방으로 사람을 보내 영내의 경작상황을 조사하게 했다.

"이 정도면 평년작 이상이다."

물론 그가 없는 틈을 이용하여 공격하려 했던 타케다 군은 모리고森 鄕까지 들어왔으면서도 손을 쓰지 못했다. 오스가 고로자에몬大須賀五 郎左衛門, 혼다 사쿠자에몬, 혼다 헤이하치로, 사카키바라 코헤이타 등 최정예 맹장들을 성에 남겨둔 탓도 있었다. 그러나 당장에라도 철수할 것같이 보이고는 엔슈遠州(토토우미의 딴 이름)에 있는 적의 배후를 휘저 어 거꾸로 나가시노 성에 총공격을 가한 그의 놀라운 전략이 타케다 군 에게 움직일 기회를 주지 않았다고 해도 좋았다.

타케다 군은 나가시노 함락을 계기로 조금씩 이동하기 시작했다. 그 이동에는 젊은 대장 카츠요리의 분노가 담겨 있었다.

성의 수비대장 혼다 사쿠자에몬 시게츠구는 이에야스의 귀성과 동시에 나가시노 함락을 축하하는 주연이 베풀어질 것을 예상하고 술을 준비시켜놓았다. 그런데 이에야스는 좀처럼 그것을 내놓으라고 하지 않았다.

"성주님, 탁주가 식초로 변하겠습니다."

사쿠자에몬은 이에야스와 함께 동북으로 이어진 성곽의 방어태세를 점검하면서 슬쩍 운을 떼었다.

햇볕에 타서 눈까지 황금빛으로 보이는 이에야스.

"그게 무슨 상관인가."

가볍게 넘겨버렸다.

"성터에 풀이 자라게 하기보다는 식초를 만드는 편이 더 좋아, 사쿠자에몬."

사쿠자에몬은 그의 성격상 바로 승복하지는 않았다.

"식초는 사기를 오르게 하지 못합니다. 어떤 일에나 나름대로의 이치가 있습니다."

말하고 나서 어떤 꾸중이 돌아올까 하고 잔뜩 부릅뜬 눈으로 이에야스를 바라보고 있었다.

"그래? 그렇다면 좋도록 하게."

이에야스는 무표정하게 고개를 끄덕였다. 그리고는 얼른 다른 곳으로 걸어갔다.

'많이 성장했어, 그 어린 성주가……'

그날 밤 사쿠자에몬은 성주의 이름으로 모두에게 술을 내놓았다.

성안에는 터질 듯한 활기가 넘치고, 이때에도 코헤이타와 헤이하치로가 이에야스 앞에서 거침없이 춤을 추었다.

이에야스는 싱글벙글 웃으면서 바라보고 있었으나 자기 앞에 놓인 잔에는 입을 대지 않았다.

츠쿠데의 카메야마 성에서 타키야마 성으로 들어간 오쿠다이라 사다요시 부자를 도와 타케다 군을 물리치고 돌아온 히라이와 시치노스케 치카요시에게 부드러운 목소리로 이렇게 말하고 있었다.

"시치노스케, 내일이라도 오카자키에 가서 사부로를 잘 일깨워주게. 전쟁은 이제부터라고."

그 이튿날 아침이었다.

사쿠자에몬은 성안을 순시하고 있었다. 구석진 빨래터에서 오아이가 아직 물이 차게 느껴질 계절도 아닌데 더운물로 무언가를 열심히 빨고 있었다. 사쿠자에몬이 가까이 가자 오아이는 얼굴을 붉혔다.

"성주님의 내의, 저어, 이가……"

사쿠자에몬은 모른 체하고 그 자리를 떠나 저도 모르게 웃음을 터뜨렸다. 술잔은 입에 대지 않으면서도 이는 분명히 오아이에게 옮기고 있었다.

'그렇군, 이라는 말을 들으니 생각이 나는군.'

사쿠자에몬은 아직 오만의 출산을 이에야스에게 알리지 않았다.

2

오전에는 활짝 개어 있었으나 오후부터 하늘에 낮게 구름이 깔리기 시작했다.

하마나浜名 호수에서 그 외해外海에 걸쳐 납빛 파도가 흰 거품을 일으키고 있었다. 소나무에 와닿는 매서운 바람에 싸늘한 가을 기운이 담겨 있었다.

"사쿠자에몬, 이 부근의 성곽에 자네 이름을 붙일까 하네."

여전히 진바오리陣羽織° 차림의 조심성 많은 이에야스. 성주는 언제쯤이나 낮에 갑옷을 벗을까.

'그렇게까지 하지 않아도……'

사쿠자에몬의 생각이었다. 그러나 이것은 어쩌면 모두에게 마음의 긴장을 늦추지 말라는 훈계가 아니라, 자기 자신의 마음에 가하는 채찍질인지도 몰랐다. 그러고 보니 가신들을 꾸짖는 태도가 전보다 한결 부드러워졌다.

"그 정도로 이 사쿠자에몬의 방어태세가 마음에 드십니까?"

"그러네, 그대들의 고심을 잊어서는 안 되지."

"성주님 ──"

사쿠자에몬은 일곱번째 군용 우물을 유심히 들여다보는 이에야스의 뒤에서 말했다.

"저는 아직 오만 님에 대한 말씀을 드리지 않았군요."

"음, 유토雄踏의 나카무라 겐자에몬이 보살피고 있다지? 지금쯤은 해산할 때가 되었을 텐데."

"성주님, 벌써 출산하셨습니다."

상대의 말이 담담했기 때문에 사쿠자에몬도 담담하게 말했다.

"뭐, 낳았어?"

이에야스는 깜짝 놀란 듯이 사쿠자에몬을 돌아보았다.

"사내아이인가, 여자아이인가?"

"성주님, 우선 앉으십시오. 성주님이 너무 바쁘신 것 같아 그만 보고가 늦어졌습니다."

사쿠자에몬은 조금 떨어진 곳에 있는 망루 옆의 돌 위에 자기 손수건을 폈다.

이에야스는 주위를 살펴보고 나서 그곳에 앉아 다시 물었다.

"아들인가, 딸인가?"

"예, 아드님이긴 합니다마는……"

"합니다마는……? 사쿠자에몬, 아들이라면 조심해야 돼."

"조심하다니 누구를 말씀입니까?"

"또 능청을 떠는군. 그대는 능청스런 늙은이야. 오아이에게 어렴풋이 들은 말도 있고 하니 명심하게."

"허어, 그럼 성주님은 벌써 오아이 님에게 다녀오셨군요. 참으로 빠르십니다."

"그런 농담은 하지 말라고 했을 텐데, 사쿠자에몬."

"예."

"나는 츠키야마를 가엾은 여자라 생각하고 있네."

"이 또한 뜻밖의 말씀이군요!"

"세상에는 사랑하고 싶어도 사랑할 수 없는 여자가 있어. 그녀는 그런 사람 중의 하나이지."

"과연 그럴까요?"

"만나기만 하면 늘 대드는 거야. 정보다 원한이 앞선다면, 여자는 자기보다 나은 남자는 만나지 못해. 서로 부딪치면 남자는 성급해지게 마련이야. 세상 일, 전쟁으로 바쁘기 때문에 성급해진다는 것을 여자 쪽에서 알아야 해."

"성주님! 저더러 마님께 그런 말씀을 드리라는 것입니까?"

"아니, 그렇지는 않아. 그런 여자이기 때문에 조심하라는 것일세. 경우에 따라서는 당분간 딸이라고 속이고 키우는 것이 좋을지도 몰라. 어쨌든 사내아이임에는 틀림없겠지?"

이에야스의 말에 사쿠자에몬은 정중하게 고개를 끄덕였다.

"예. 확실히 사내아이와 사내아이…… 성주님, 사내아이가 한 사람만이 아닙니다."

3

뜻하지 않은 사쿠자에몬의 대답이었다.

"또 농담을 하는군……"

이에야스는 낯을 찌푸렸다가 얼른 진지한 표정을 지었다.

"쌍둥이란 말인가, 사쿠자에몬……?"

"그렇습니다. 도련님 두 분이 동시에 태어나셨습니다."

"으음, 둘이 나왔다는 말이지……"

"성주님, 곧 성으로 맞아들여 형제의 서열과 이름을 정하십시오."

"으음."

이에야스는 고개를 갸웃하고 다시 한 번 한숨을 쉬었다.

"놀라게 만드는군, 태어날 때부터…… 그러고 보니 배가 여간 아니
게 불렀던 것 같기도 해."

"성주님, 설마 두 아기 모두를 따님으로 키우려는 것은 아니시겠지
요? 저는 성주님의 그러한 마음가짐이 못마땅합니다."

"못마땅하다니, 츠키야마를 꺼리는 일 말인가?"

"그렇습니다."

사쿠자에몬은 얼른 대답하고 무릎걸음으로 다가앉았다.

"성주님은 마님을 언짢게 여기고 계십니다마는, 마님을 그렇게 만드
신 죄는 바로 성주님께 있다고 저는 생각합니다."

이에야스는 그 말에는 대꾸하지 않고 다시 한 번 심각하게 말했다.

"그랬구나, 쌍둥이였구나."

"성주님!"

"말해보게, 사쿠자에몬."

"이번 일을 계기로 더 이상 마님을 멀리하지 마십시오. 뱀을 설 죽이
면 도리어 화가 돌아온다는 속담도 있습니다. 억척스럽고 성가신 분이

라 하여 멀리하신다면 더욱 성질을 돋우게 됩니다."

이에야스는 쓴웃음을 지으면서 점점 더 흐려지는 하늘을 올려다보았다.

"그러면 좀더 엄하게 대하라는 말인가?"

"그렇습니다."

사쿠자에몬은 강요하는 듯한 어조였다.

"겉으로만 냉담한 것처럼 하면 결국 상대를 혼란에 빠뜨려 점점 더 죄를 짓게 만듭니다. 그러는 것보다는 차라리 이렇게 하겠다! 저렇게 하겠다! 불만이 있느냐! 하고 강하게 나가시는 것이 자비라고 생각합니다."

"이제 그만 하세."

이에야스는 사쿠자에몬을 제지하고 다시 무언가를 생각하는 표정이 되었다.

물론 사쿠자에몬이 하는 말을 이해하지 못하는 이에야스가 아니었다. 사람과 사람이 만나면 그 가운데서 저절로 상하관계의 서열이 생겼다. 이에야스는 슨푸에 있는 동안 츠키야마에게 필요 이상으로 콧대를 높여주어 우두머리가 둘인 집안으로 만들어버렸다. 다투기가 싫은 탓이었으나, 결국 그것이 츠키야마를 멀리하는 원인이 되기도 했다.

'그 억척스러운 것이 슨푸를 떠나 이 낯선 오카자키에서 살게 되었으니……'

이렇게 여기며 꾹 참아왔고, 이마가와 일족의 전성기를 생각하여 꾸짖는 것도 자제해왔다. 그것은 분명히 이에야스의 실수여서, 그럴 때마다 츠키야마의 반항이 심해졌다.

'사쿠자에몬의 말대로 무섭게 꾸짖고, 꾸짖고 나서 사랑했더라면 좋았을 텐데……'

이제는 그 골이 너무 깊어졌다. 오만을 나카무라 겐자에몬의 집에 숨기게 된 사정도 어렴풋이 오아이에게 들어 알고 있었다. 그런 만큼 사내아이가 태어나면 얼마 동안 딸이라고 속여 키워야지…… 이런 식으로 생각했던 것인데, 사태는 이에야스의 조심성보다 더 기묘한 진전을 보이게 되었다.

'그랬구나, 사내아이 쌍둥이였구나……'

이에야스는 다시 한 번 마음속에서 중얼거리고 하늘을 달리는 검은 구름을 뚫어지게 바라보고 있었다……

4

"성주님, 노부야스 님도 형제가 늘었다고 기뻐하실 것입니다. 지금 마님을 두려워하시면 훗날 분란의 씨앗이 됩니다. 확실하게 마음을 정하십시오."

사쿠자에몬은 다시 재촉했으나 이에야스는 대답하지 않았다.

서쪽에서부터 비가 내리기 시작하는 모양이었다. 산은 모습이 완전히 감춰지고 성곽 언저리에서 까마귀의 목쉰 울음소리가 뒤섞여 들리기 시작했다.

"사쿠자에몬."

"결심하셨습니까?"

"아니, 나는 내가 태어났을 때와 이번에 아이가 태어났을 때의 차이를 생각하니 녀석이 여간 불쌍하지 않아."

"그래서 성주님은 태도를 분명히 하셔야 합니다."

"내가 태어날 때는 생모를 비롯하여 아버지와 가신들도 모두 신불에게 기도 드리며 기다렸다고 하더군…… 그런데 태어나기 전부터 저주받고 목숨을 노리는 자가 있는가 하면 더더구나 쌍둥이라니."

"성주님은 짐승이나 쌍둥이를 낳는다는 속된 말에 신경을 쓰고 계시는군요."

"아니, 그렇지 않아. 나는 그렇지 않지만 츠키야마를 비롯하여 욕을 퍼붓는 자가 없지 않을 것일세."

"그러시면 한 아기는 남에게 맡겨 키우도록 하십시오. 그러나 한 아기만은……"

"사쿠자에몬, 그렇게 서두를 것 없네."

이에야스는 사쿠자에몬의 말을 가로막고 가볍게 눈을 감았다.

이에야스의 기억에 있는 아기 얼굴은 카메히메와 노부야스뿐이었는데, 그 노부야스의 빨간 얼굴 둘이 나란히 뇌리에서 움직이고 있었다.

"여보게, 사쿠자에몬. 나는 확실히 츠키야마를 잘못 다루었어. 그렇다고 지금 오만이 쌍둥이를 낳았다고 알려 펄펄 뛰는 모습은 차마 볼 수가 없네."

"역시 마님을 두려워하시는군요."

"사쿠자에몬, 그대는 이성을 잃은 여자가 무슨 말을 할지 예상할 수 있나?"

"무어라 하건 상대하시지 않으면 됩니다."

"지난번에도 츠키야마는 오만이 살찐 농부들과 간통한 음탕한 계집이라고 소문을 퍼뜨렸어. 그렇게까지 매도하던 여자의 배에서 이번에는 쌍둥이가 나왔단 말일세."

이에야스는 얼굴을 돌렸다.

"태어난 아이들이 불쌍하지 않은가. 더구나 실성한 여자의 증오로 목숨까지 위험할 뻔했으니 말일세."

사쿠자에몬은 안타깝다는 듯 혀를 찼다. 이에야스가 이렇게까지 자세히 말하는 이상 자신의 말을 들어줄 리 없다고 내다보았기 때문이다.

"그럼, 성주님 마음대로 하십시오."

이에야스는 눈을 감은 채 가볍게 두서너 번 고개를 끄덕였다. 사쿠자에몬은 입을 다물고 이에야스의 다음 말을 기다리고 있었다.

"뱀을 설 죽였다가는 도리어 화를 당한다고 했지, 사쿠자에몬?"

"그렇습니다."

"그러면 일단 악마가 되어보세. 내 허락도 없이, 내가 없는 동안에 나카무라의 집에 멋대로 가서 아기를 낳았다는 것은 방자하기 이를 데 없는 일."

"성주님…… 도대체 그것은 누구를 가리키는 말입니까?"

"오만일세. 그런 여자가 낳은 아기 따위는 이 이에야스가 알 바 아니라고 하게."

사쿠자에몬은 넋이 나간 듯 이에야스를 쳐다보고 나서 잔뜩 얼굴을 찌푸리고 침을 탁 뱉었다.

5

새삼스럽게 물어볼 필요도 없이 사쿠자에몬은 이에야스의 마음을 읽을 수 있었다. 쌍둥이라는 것을 알고 갑자기 불길한 생각이 든 모양이었다. 아니, 그 이상으로 무언가를 생각하고 있는지도 몰랐다.

지난 1년 반 동안 이에야스는 거의 이 성에서 한가롭게 지낼 틈이 없었다. 그리고 오만의 성격은 오아이와는 달리 사람을 잘 따르고 외로움을 잘 느끼는 성격이었다. 그래서 누구에게나 말을 잘 걸었고, 이것이 도리어 말괄량이로 보이게 했다. 정원을 손질하러 오는 정원사에게 말을 걸거나 순찰 도는 가신들에게 차를 대접하기도 했다.

사쿠자에몬은 그런 것을 이에야스가 좋아하지 않을 거라고 은근히 주의를 준 일도 있는데, 이것과 츠키야마를 꺼리는 마음이 하나가 되어 갓 태어난 아기를 냉담하게 생각하게 된 모양이었다.

"두 아기를 그대로 방치하시겠다는 말씀입니까?"

"그러는 편이 아이들을 위해서도 나을 것 같아."

"성주님!"

"왜 그러나?"

"성주님은 질투심이 강한 분이군요. 또 고집이 세고 제멋대로이고."

"허어, 도대체 무슨 말이 하고 싶은가?"

"마님만 하더라도 뜻대로 되지 않으니까 우선 질시를 받게 되시고, 거기에 고집까지 부려서 물리치셨습니다. 일단 물리치고는 사과도 할 수 없고 해서 크게 꾸짖을 뿐 이쪽으로 마음을 돌릴 수단도 갖지 못하셨습니다. 좋지 못한 성격이라 생각지 않으십니까?"

"용서하게. 천성인 걸 어떻게 하겠나."

"성주님! 이번에 태어난 아기들이 성장하여 오늘 성주님이 하신 말씀을 듣게 되면 어떻게 생각하겠습니까?"

사쿠자에몬은 눈썹 밑으로 이에야스를 흘끗 쳐다보았다.

"태어나기 전부터 저주를 받은 가엾은 녀석이라고 하신 것은 새빨간 거짓말입니다."

어느 틈에 한두 방울씩 비가 떨어지기 시작하고, 바다 위로 조금 보이던 푸른 하늘까지 어두워져 있었다.

"성주님! 제가 이렇게 무엄한 말을 하는데도 노하지 않으십니까? 제 말이 너무 옳아 하실 말씀이 없으십니까?"

이에야스는 한 손으로 비를 받으면서 천천히 일어났다.

"사쿠자에몬, 그만 가세. 아직 돌아볼 곳이 남았네."

"성밖에 있는 나카무라 겐자에몬의 집도 돌아보시겠습니까?"

"사쿠자에몬."

"왜, 그러십니까?"

돌 위의 손수건을 집어 허리에 찔러넣은 사쿠자에몬은 아직도 대들 것 같은 기세였다. 혹시 이에야스가 오만의 정조를 의심하는 것이 아닌가 생각하니 태어난 아기를 위해서라도 분노하지 않을 수 없는 사쿠자에몬이었다.

"나가시노 성에는 누구를 보내는 것이 좋을까?"

"성주님은 말씀을 돌리려 하시는군요."

"역시 자식 생각을 하고 있는 것일세. 카메히메를 출가시켜 오쿠다이라 미마사카노카미 부자에게 성을 맡기는 것이 어떨까 하고…… 그대는 어떻게 생각하나?"

화를 삭이지 못하고 있는 사쿠자에몬을 돌아보며 부드럽게 말했다.

"화는 내지 말게, 사쿠자에몬. 나는 훌륭한 가신을 가진 것을 기쁘게 생각하고 있네. 그대가 하려는 말은 잘 알고 있어."

6

'이 성주가! 이 성주가 어느 틈에……'

혼다 사쿠자에몬 시게츠구는 마음속으로 똑같은 말을 되풀이하면서 두 번 다시 이에야스 앞에서는 아기에 대한 말을 꺼내지 않았다. 어느 틈에 이에야스는, 사쿠자에몬의 의견에 똑같이 반응하여 자신을 드러내 보이던 이전의 이에야스가 아니었다.

어디가 어떻게 성장했다고 말해야 할까?

어쨌든 사쿠자에몬이 생각하는 것 정도는 나도 생각하고 있다는 유연성을 가지고 사쿠자에몬에게 전혀 대꾸를 하지 못하게 했다.

나가시노 성에 관한 일.

오카자키, 요시다 두 성의 방어에 관한 일.

노부나가에 관한 일.

타케다 군의 저항에 관한 일.

이런 중대한 문제를 하나하나 이야기하면서 날이 저물 때까지 가랑비를 맞아가며 성의 방비태세를 돌아보고 다녔다. 그래도 무슨 지시가 있을 것 같아 마지막으로 발을 씻을 때까지 곁에 있었다.

"수고가 많았네."

이에야스는 발을 씻고 나서 한마디 하고 천천히 안으로 들어갔다. 사쿠자에몬은 오기로라도 이 문제에서 손을 뗄 수 없었다. 오만을 성밖으로 옮기도록 한 것은 다름 아닌 자기 자신이었다.

'그냥 두었더라면 아이들이 여기서……'

그런 생각을 하자 화가 치밀었으나, 당사자는 무엇을 생각하고 있는지 전혀 속마음을 파악할 수 없었다.

'이대로 그냥 있을 수는 없다……'

밤이 되기를 기다렸다가 사쿠자에몬은 말을 타고 성밖으로 나갔다.

갓 태어난 아이들에게는 생각이 있을 리 없으나 그들을 낳은 오만도, 돌보고 있는 나카무라 겐자에몬도 성주로부터의 연락을 기다리고 있을 것이었다.

말을 유토의 나카무라네 집으로 달리면서 사쿠자에몬은 몇 번이나 한숨을 쉬고 혀를 찼다. 이미 첫 이레가 지났는데도 이름조차 갖지 못한 쌍둥이. 겐자에몬에게는 있는 그대로를 말할 수 있지만, 산욕기產褥期에 있는 오만에게는 이에야스가 오늘 한 말을 이야기할 수 없었다.

"제기랄, 이 사쿠자에몬이 거짓말을 해야 하다니……"

태어난 아이들도 가여웠으나, 이런 처량한 심부름을 해야 하는 자기 자신도 한심스러웠다.

"귀신이라는 소리를 듣는 나도 울고만 싶다."

혼자 중얼거리면서 겐자에몬의 집 앞에 이르렀을 때였다.

"누구냐?"

빗속에서 묻는 자가 있었다. 오만이 아이를 낳았기 때문에 겐자에몬이 일부러 부하들을 시켜 집 주위를 경비하고 있는 모양이었다.

"수고가 많다, 혼다 사쿠자에몬이다."

"아, 그러십니까. 어서 들어가십시오."

사쿠자에몬은 문 안으로 들어가 말에서 내렸다.

"아니……?"

고개를 갸웃하고 얼른 입구의 기둥에 말고삐를 매었다.

집안이 이상할 정도로 밝고 어디선가 향을 피우는 냄새가 코를 찔러왔다. 그는 가슴에 치미는 불안을 눌렀다.

"게 누구 없느냐."

말보다 먼저 입구의 문을 열었다.

7

사쿠자에몬의 모습에, 안채 중앙에 제단 비슷한 것을 차려놓고 그 앞에 앉아 있던 겐자에몬이 벌떡 일어나 다가왔다.

"사람을 보냈는데 만나셨습니까, 사쿠자에몬 님?"

사쿠자에몬은 잠자코 고개를 가로저었다.

"성에서 곧바로 나왔네. 숨이 끊어진 모양이군?"

겐자에몬은 침통하게 고개를 숙이는 것으로 대답을 대신했다.

"아기일 테지, 오만 님은 아닐 것이고."

"그렇습니다, 먼저 태어난 아기가."

"그럼, 다른 아기는 잘 있나?"

"예, 건강하기는 합니다마는……"

사쿠자에몬은 양미간을 모으고 자기도 모르게 한숨을 쉬었다.

"이럴 줄 알았다면 쌍둥이라는 말은 하지 않았을 텐데."

"무어라 하셨습니까, 사쿠자에몬 님?"

"아니, 아무것도 아닐세. 그럼, 어쨌든 그 불행한 영혼에게."

사쿠자에몬은 얼른 위로 올라가 조그마한 제단 앞에 무릎을 꿇었다.

제단이라고는 하지만 작은 탁자 하나. 미나모토노 요리토모源賴朝의 동생 노리요리範賴의 7남 마사노리正範 이래 계속 이 고장에서 행정관을 지내온 나카무라 집안이었다. 따라서 안채의 정면에 한 단 높게 대기실이 만들어져 있었다. 어린 영혼은 흰 천에 덮인 채 북쪽으로 머리를 두고 있었다. 성안에서는 아무런 지시도 없었으나 어쨌든 미카와, 토토우미의 패자覇者 도쿠가와 이에야스의 아들이었다.

"사쿠자에몬 님, 시신을 즉시 성안으로 옮겨주시겠지요?"

사쿠자에몬은 못 들은 체하고 향을 피운 뒤 합장을 하면서 말했다.

"같은 어머니의 배에서 나왔으니, 그대도 뒤에 남은 아기를 지켜주도록."

"사쿠자에몬 님."

사쿠자에몬은 손을 흔들고 작은 탁자 옆을 지나 상단에 있는 죽은 아기 곁으로 다가갔다. 얼굴에 씌운 흰 천을 들치고 보니, 쪼글쪼글한 살덩어리가 촛불이 흔들림에 따라 웃기도 하고 얼굴을 찌푸리기도 하면서 움직이는 것처럼 보였다.

'이것을 보면 성주는 무어라 할 것인가.'

이런 생각을 하면서도 쌍둥이라고 말한 꺼림칙한 마음이 아직 그대로 남아 있고, 인생의 짓궂음에 그만 화가 났다.

"으앙."

갑자기 힘찬 울음소리가 어딘가에서 들렸다.

"허어!"

사쿠자에몬은 저도 모르게 눈을 가늘게 떴다.

"저 울음소리의 주인공을 만나보고 상의하기로 하세. 이 안쪽이지?"

겐자에몬은 고개를 끄덕이며 촛불을 들고 안내했다.

다시 바람이 불기 시작했는지 하마나 호수의 물결소리가 발 밑을 스치듯 들려왔다.

"갑작스런 일이라 산실을 지을 틈도 없이 노인의 방을 깨끗이 치우고 그대로……"

이렇게 말하는 겐자에몬에게 사쿠자에몬은 겸사의 말을 했다.

"아니, 너무 많은 폐를 끼쳤네."

그리고는 환하게 밝은 방안에서 불빛에 흔들리고 있는 오만의 그림자를 보고, 장지문 밖에서 말했다.

"사쿠자에몬입니다. 우선 건강한 아기부터."

"아, 사쿠자에몬 님이신가요?"

안에서 애원하는 듯한 오만의 맑은 목소리가 들렸다.

8

"한 아기는 그만 눈을 감았습니다. 그러나 한 아기는 이렇듯 건강하게……"

사쿠자에몬의 모습을 보고 이부자리에서 일어나 앉은 오만은 무슨 말부터 호소해야 할지 몰라 마구 몸을 흔들었다.

"성주님은 무어라 말씀하시던가요? 딸인 줄 알았는데 아들이라고…… 아니 태어날 때부터 한 아기는 약하고, 그 대신 한쪽은 울음소리가 우렁차고 움직임도 활발하다고……"

사쿠자에몬은 손을 들어 그녀를 제지했다.

멋대로 성밖으로 나가 낳은 아기이므로 모른다고 해라——이렇게 말한 이에야스의 말이 떠오르면서 더없이 마음이 무거웠다.

"우선 아기부터 보시지요."

오만을 시중들던 겐자에몬의 딸이 아기를 안고 와서 내밀었다.

"음, 이거 참."

사쿠자에몬은 뜻도 없는 말을 했다.

"과연, 으음."

몸집은 확실히 죽은 아기보다 컸다. 그러나 건강하다는 느낌은 들지 않았다. 자신의 아들 센치요仙千代가 태어났을 때에 비해 3분의 2밖에 되지 않았다. 과연 이 아기가 제대로 자랄 것인가? 이런 생각을 하면서, 축하의 말을 해야 할지 애석하다는 말을 해야 할지 모르는 사쿠자에몬이었다.

"오만 님."

"예."

"성주님은 아기의 탄생을 여간 기뻐하지 않으셨습니다. 그러나 아시다시피 츠키야마 마님과의 일도 있고 하여…… 아시겠지요?"

"예."

"당분간은 아기의 탄생을 표면화하지 않는 편이 좋겠다고 말씀하셨습니다. 아기의 안전을 위해서입니다. 만일의 경우가 생기면 안 되니까 오만 님이 계시는 곳도 비밀, 아기의 탄생도 비밀로 해야 합니다. 세상을 떠난 아기에 대해서는 앞으로 제가 이 집 주인과 상의하여 해결할 것이니 그렇게 아시고 이대로 여기서 정양하도록 하십시오."

"저어, 그대로 이 집에서……"

사쿠자에몬은 머리를 끄덕이고 얼른 겐자에몬의 팔에 안긴 쪼글쪼글한 아기에게로 눈길을 돌렸다.

"그럼, 도련님. 젖 많이 드시고 어서 건강하게 자라십시오. 이만 실례합니다."

"아······"

오만이 다시 무슨 말을 하려고 손을 들었을 때, 사쿠자에몬은 이미 앞장서서 안채 쪽으로 걸어가고 있었다. 겐자에몬이 촛대를 들고 그 뒤를 따랐다.

"사쿠자에몬 님, 무슨 곡절이 있는 것 같군요."

의아하다는 듯이 물었다.

"들은 그대로일세. 알고 있을 텐데."

"그럼, 눈을 감은 아기의 장례는?"

"아직 핏덩어리이니 그대와 내가."

"으음. 그리고 살아 있는 아기의 이름은?"

"그대가 임시로 짓도록 하게."

"사쿠자에몬 님도 남은 아기가 쌍둥이의 반쪽이라 살지 못할 것이라고 생각하십니까?"

"반드시 그런 것은 아니지만······"

"알았습니다, 잘 알았어요!"

나카무라 겐자에몬은 약간 노기를 띤 어조였다.

"어떤 분이 저주하고 있다는 말은 들었어요. 좋습니다! 이 겐자에몬이 목숨을 걸고라도 쌍둥이의 반쪽을 건강하게 키우겠습니다."

"겐자에몬, 이해해주게. 성주님은 말일세, 미카와 토토우미의 태수가 되고도 자기 아들을 아들이라 부르지 못하는 불쌍한······ 아니, 겁쟁이일세!"

사쿠자에몬은 얼굴을 돌리고 입술을 깨물었다.

업화業火

1

오다 노부나가織田信長는 토라고제야마虎御前山 진지에 있는 막사의 뜰에 서서, 아까부터 아사이 나가마사淺井長政 부자가 웅거하고 있는 오다니 성小谷城 여기저기서 깜빡거리는 불빛을 바라보며 생각에 잠겨 있었다.

하늘에는 별이 반짝이고 있었으나 달은 없었다. 8월 26일 저녁 때였다. 때때로 주위의 어둠 속에서 말 울음소리가 들렸다.

옆에는 성姓 키노시타木下를 하시바羽柴로 바꾼 히데요시秀吉와 니와 고로자에몬丹羽五郎左衛門이 대령하고 있었으나 모두 오늘 저녁에는 입을 다물고 있었다. 임시막사 안에 있던 시바타 카츠이에柴田勝家가 노부나가를 채근했다.

"성주님, 막사 안으로 들어오시지요."

"흥."

노부나가는 코웃음치듯 대답했을 뿐 돌아보지도 않았다.

카츠이에의 아랫자리에는 사쿠마 노부모리佐久間信盛와 마에다 토시이에前田利家가 역시 시무룩한 표정으로 앉아 있었다.

"멍청한 녀석이야, 중요한 우군友軍 아사쿠라朝倉가 망했는데도."

다시 카츠이에가 중얼거렸지만 대답하는 사람이 없었다.

미카와의 이에야스가 나가시노 성을 함락한 8월 20일은 노부나가에게도 잊을 수 없는 날이었다.

아사이 부자와 손을 잡고 기어코 노부나가를 쓰러뜨리려고 계획했던 에치젠越前의 아사쿠라 요시카게朝倉義景가 쫓기던 끝에 자결하고 그 목이 노부나가의 손에 들어온 날이었다.

그날 노부나가는 아사쿠라의 반신叛臣인 아사쿠라 시키부노다이부 카게아키라朝倉式部大夫景鏡 등으로부터 에치젠의 이노야마 성亥山城에서 요시카게의 목을 건네받았다. 노부나가의 맹렬한 공격을 받고 사방으로 쫓겨다니던 마흔한 살의 요시카게.

칠전팔도七顚八倒
40년 생애 통틀어
나도 없고 남도 없다
인간 세상은 모두 공空이로다

종이에 이런 지세이辭世°를 써서 남기고 깨끗이 사라졌다.

부인 또한 그 이틀 후 성밖에 있는 어느 농부의 집 우물에 몸을 던져 죽었다.

살다 보면 좋은 구름도 나쁜 구름도 생기게 마련
이제는 숨어드는가, 저 산으로 이지러진 달이

그녀는 농가의 벼루를 빌려 종이조각 끄트머리에 애절한 지세이를 써놓았다.

외아들인 아이오마루愛王丸도 에치젠 북쪽에서 니와 고로자에몬에게 살해당했다.

이로써 아사쿠라 가문은 완전히 멸망했다.

노부나가는 갑옷을 벗을 여유도 없이, 항복한 적장 마에나미 요시츠구前波吉繼를 성주 대리로 삼고, 부교奉行°로 아케치 미츠히데明智光秀, 츠다 모토히데津田元秀, 키노시타 이에사다木下家定 등 세 사람을 남기고 급히 오미近江로 돌아왔다.

물론 아사이 부자의 무모한 반격을 봉쇄하기 위해서였으나, 가능하다면 막내여동생 오이치お市의 남편과 손을 잡았으면 하는 희망을 가지고 있었다. 제아무리 발버둥을 친다고 해도 이미 아사이의 무력과 노부나가의 무력은 비교가 되지 않았다.

'이번에는 눈을 뜨게 되겠지.'

이렇게 생각하고 오늘 아침 이 성채에 도착하는 즉시 사자를 보냈으나 상대의 회답은 여전했다.

"우리 아사이 부자는 의리를 지키기 위해 오다 님과 일전을 불사할 각오이니……"

짓밟아버리기는 쉽다. 게다가 이 회답이 매제인 비젠노카미 나가마사備前守長政가 아니라 완고하기 이를 데 없는 그의 아버지 시모츠케노카미 히사마사下野守久政의 의견임을 알았을 때는 참을 수 없을 정도로 분노가 끓어올랐다.

분노를 참지 못하고 여동생과 그 세 딸을 모조리 태워 죽인다면 아마도 히사마사는 빈정거리는 웃음을 떠올리면서 다음과 같은 말로써 노부나가를 경멸하면서 죽을 것이 분명했다.

"이것이 바로 오다 공의 잔인한 본성."

그 빈정거리는 웃음이 눈에 보이는 듯했다.

2

목숨이 아까워 아첨하는 자들은 그럭저럭 처리할 수 있었다. 사사건
건 노부나가를 방해하던 히에이잔의 승도僧徒들도, 깊은 신앙 따위가
어디 있느냐고 일소에 부치고 불살라버린 노부나가였으나, 히사마사
부자는 달랐다.

완고한 것은 아버지 히사마사. 하지만 그 아들 나가마사 역시 목숨을
아끼는 자가 아니었다. 효도를 더 없는 덕德으로 생각하고 깨끗이 히사
마사와 운명을 같이할 그런 사람이었다.

"토키치로藤吉郎!"

노부나가는 잠시 뜰을 서성거리고 나서 하늘의 별을 쳐다보면서 하
시바 히데요시를 불렀다.

"아사이 부자는 결심한 것 같네."

"그렇습니다. 항복할 가능성은 없는 것 같습니다."

노부나가의 고충을 잘 알고 있는 히데요시는 침통한 목소리로 대답
했다.

"오이치 님도 세 따님도 운명을 같이할 것 같습니다."

"그대는 어째서 그렇게 생각하나?"

"황송합니다마는 죽이는 자는 죽임을 당하게 마련이라고, 중 냄새
풍기는 야유를 성주님께 던지고 싶을 테지요."

"그럴까?"

노부나가는 다시 묵묵히 별을 쳐다보다가 오다니小谷의 불빛을 노려
보며 걸었다. 히데요시에게 물어볼 것도 없이 그런 것은 너무나 잘 알
고 있었다. 알고 있으면서도 물어본 것은, 요즘 노부나가는 그렇게 함
으로써 자기 의견에 더 무게를 두려 하고 있었다.

"어떤가, 마에다 마타자에몬前田又左衛門, 어떻게 항복을 받을 방법

이 없을까?"

"글쎄요, 아들은 몰라도 아버지가……"

"고집불통이라 어렵다는 말이지?"

"그렇습니다."

"성주님! 어떻겠습니까, 만일 부인과 딸들을 살려주면 아사이 부자의 목을 베지 않겠다고 제의하시면……"

사쿠마 노부모리가 입을 열었다.

"그대는 잠자코 있어!"

노부나가는 버럭 소리질렀다. 그런 것으로 말을 들을 상대가 아니라는 불만 외에, 에치젠에서의 사쿠마에 대한 분노도 섞여 있었다.

"이렇게 된 이상 이 노부나가도 오기가 있다."

"예."

"시바타 곤로쿠로柴田權六郎, 오이치와 딸들을 구할 방법은?"

"저로서는 묘안이 없습니다."

"홍, 섣불리 대답했다가는 꾸중을 들을 것 같아 조심하는 거로군. 그대가 몸을 사린다면 니와 고로자에몬은 더더구나 입을 열지 않을 테지."

"침통하신 심정을 잘 알고 있습니다."

니와 나가히데丹羽長秀는 이렇게 대답하고 조용히 고개를 숙였다.

"좋아, 토키치로!"

"예."

"그대는 이 성채를 쌓은 장본인, 여러 가지 생각이 있을 것이야. 타케나카 한베에竹中半兵衛와 상의해보게. 내 체면도 설 수 있도록."

히데요시는 싸늘해지기 시작하는 땅에 두 손을 짚고 신중하게 대답했다.

"분부시라면."

노부나가는 그들에게서 휙 등을 돌리고 저도 모르게 싱긋 웃었다.

"자신이 있는 모양이구나, 원숭이!"

"예, 조금은."

"멍청이 같은 것! 조금은 안 돼. 무엇 때문에 그대만이 에치젠으로 돌아왔다는 말이냐. 좋아, 오늘은 이대로 쉬고 내일부터 전쟁이다!"

그 말끝은 쏘아붙이듯이 매서웠다.

3

히데요시는 노부나가의 오기와 초조감을 잘 알고 있었다.

에치젠의 아사쿠라 집안과 친척인 혼간 사本願寺 코사光佐는 키이紀伊의 승도에게 원조를 청하여 아사이 부자가 패하기 전에 카와치河內에서 거사하려 하고 있었고, 오미의 나마즈에 성鯰江城에서는 롯카쿠 요시스케六角義弼가 다시 불온한 움직임을 보이고 있었다.

노부나가가 만일 사사로운 정에 사로잡혀 이 전쟁을 지연시키면 츄고쿠中國와 시코쿠四國는 물론 북부 이세伊勢의 정세도 심상치 않게 바뀔 것이었다. 노부나가로서는 전쟁에 이긴 대군을 일단 토라고제야마에 집결시키는 것만으로써 아사이 부자의 항복을 받고 싶었다.

히데요시는 노부나가가 임시막사로 들어가는 것을 보고 자기 막사로 돌아와 즉시 타케나카 한베에를 불렀다.

"전략회의는 어떻게 되었습니까?"

한베에는 들어오자마자 히데요시가 펼치고 있는 오다니 성의 지도를 들여다보았다.

"역시 오이치 님을 구하고 싶으신 거로군요."

"무리가 아니야."

히데요시는 한베에의 얼굴도 보지 않았다.

"오이치와 그 아이들을 죽여 없애면, 후세 사람들이 우리 대장은 형제의 정애情愛를 모르는 짐승 같은 자라고 손가락질할 것이 아닌가."

한베에는 웃으면서 고개를 끄덕였다.

"시모츠케노카미 히사마사도 그것을 간파하고 있습니다. 히사마사는 성과 더불어 운명을 같이할 것입니다."

"이봐 한베에, 그렇게 한가한 소리를 하고 있을 때가 아니야."

히데요시는 얼굴을 들고 진담인지 농담인지 알 수 없는 표정으로 말했다.

"우리 대장이 짐승 취급을 당하게 되면 곤란해. 이 히데요시에게도 이번이 내 운을 시험할 때야."

한베에는 다시 가만히 웃었다. 히데요시에게는 언제 어디서나 운의 시험장 아닌 곳이 한 번도 없었다. 이 사자는 언제나 토끼를 잡는 데 전력을 다해왔다.

"한베에, 이 히데요시가 오이치에게 반했다고는 생각지 말게."

"이런 마당에서도 농담을 하시다니 놀랍습니다."

"어때, 히사마사를 깜짝 놀라게 할 방법이 없을까?"

"깜짝 놀라게 할 사람은 히사마사가 아닙니다."

"그럼 누구냐, 나가마사라는 말인가?"

"아니, 우리 대장인 노부나가 님이 아니면 안 됩니다."

"그래, 그래야만 하겠지. 좋아, 그럼 군사軍師 양반, 우선 이 제자의 생각을 먼저 말해보겠네. 잘못된 점이 있거든 지적해주게."

히데요시는 부채 끝으로 오다니 성의 구조를, 산꼭대기의 본성에서부터 밑으로 짚어내려왔다.

"어떨까, 이 츠부라가오카粒羅岡에 있는 쿄고쿠 성京極城을 새벽에 공격하면? 여기가 본성에 있는 아들과 산노 성山王城에 있는 아버지와의 사이에 쐐기를 박을 수 있는 다시 없는 장소라고 생각하는데."

타케나카 한베에는 고개를 끄덕였다.

"분명히 그곳을 지키는 장수는 미타무라 사에몬노스케三田村左衛門佐와 오노키 토사小野木土佐, 그리고 아사이 시치로 등 세 장수일 것이오. 하지만 그 츠부라가오카를 점령한다고 해서 오이치 님의 목숨을 구할 수 있겠습니까?"

"목숨을 구한다고? ……그럴 생각은 없네."

히데요시는 잔뜩 얼굴에 주름을 잡고 비로소 큰 소리로 웃었다.

"그 완고한 늙은이에게 구명救命을 제의해보게. 그야말로 통쾌하다는 듯이 우리 대장을 매도하는 것이 고작일 거야."

4

"상대는 오이치 님 모녀를 지옥까지 데리고 가서 우리 대장에게 짐승이라는 누명을 씌우려는 히사마사일세. 구명 같은 것은 소용없는 짓이야."

히데요시는 다시 지도로 부채를 가져가 성채의 길을 이리저리 더듬어나갔다.

표고 450미터인 오다니야마小谷山는 문자 그대로 산 전체가 성곽이며 요새였다.

성주인 나가마사는 맨 위의 본성에 있었고, 그 밑 둘째 성과 쿄고쿠 성을 사이에 두고 아버지인 히사마사의 산노 성이 있었다. 그리고 다시 그 아래 산기슭에는 아카오 성赤尾城이 인접하여 그것을 지키고 있었다. 아카오 성에는 중신인 아카오 미마사카노카미赤尾美作守가 버티고 있었다.

히데요시는 우선 성곽의 허리에 해당하는 츠부라가오카의 쿄고쿠 성을 맨 먼저 공격하여 본성에 있는 나가마사와 산노 성에 있는 히사마사의 연락을 끊어놓자는 것이었다.

"구명을 청하지 않고 달리 무슨 방법이……"

한베에는 기색을 살피듯 히데요시를 바라보았다.

히데요시는 예의 그 농담하는 듯한 얼굴로 말했다.

"쿄고쿠 성을 함락시킨 뒤 바로 산노 성과 아카오 성 사이에 군사를 투입하자는 것일세."

"아카오 성은 무척 견고할 텐데요."

"용맹한 하치스카 코로쿠蜂須賀小六에게 공격을 맡기면 쐐기를 박을 수 있다고 생각하는데."

"산노 성의 히사마사를 고립시킨다는 말씀이로군요."

한베에는 비로소 밝은 미소를 떠올렸다.

"저도 대체로 그와 비슷한 생각을 하고 있었습니다."

"그래? 하하하, 이만하면 나도 상당한 군사軍師라 할 수 있겠어."

두 사람은 함께 웃으면서 내일 아침부터 실행에 들어갈 병력배치에 대한 상의를 시작했다.

우선 아버지 히사마사가 있는 산노 성을 고립시키고 항복을 권하는 사자를 보낸다. 그러면 무엇보다도 굴욕감이 강한 히사마사는 당장 자결할지도 모른다. 그것으로 족하다. 만일 자결할 경우 그것을 본성의 나가마사에게는 비밀로 하고 사자를 보낸다.

"산노 성은 함락된 것과 다름없다. 아버지의 생명을 구하고 싶거든 일족이 모두 항복하거나, 아니면 오이치 모녀를 넘겨달라."

목숨을 살려달라고 애걸하는 것이 아니라, 어디까지나 강경하게 요구하여 노부나가의 체면을 세우려 하는 히데요시였다.

한베에와 상의를 끝낸 히데요시는 즉시 장수들을 집합시켰다. 틀림없이 그렇게 될 것이라 생각하고 오늘 밤은 일찍 인마人馬를 휴식시킨 채 대기하고 있었다.

맨 처음 츠부라가오카를 공격할 군사는 2,000명. 히데요시가 직접 이들을 지휘하기로 했다. 산기슭에서부터 몇 겹으로 쌓아올린 성채를 밑에서부터 공격해올라가는 데에도 자신이 있었다. 히데요시는 지난 몇 년 동안 이런 일에만 전념해온 부대를 가지고 있었다.

"그럼, 새벽이 되기를 기다리도록. 우리 대장의 명령은 반드시 안개가 걷히기 전에 내릴 것이다."

히데요시는 이렇게 말하고 부하들을 각각 작전지점에 배치하고 나서 다시 한 번 오다니야마를 바라보았다.

오이치가 있는 본성의 창은 여전히 밝기만 했다. 어쩌면 그 안에서 며칠밖에 남지 않은 성의 운명을 깨닫고 부녀와 부부가 끝없는 이야기를 나누고 있는 것이 아닐까……?

이런 생각에 거칠게 날뛰는 히데요시의 가슴에도 한 가닥 허무한 느낌이 후두득 가을비를 뿌렸다.

'별로 좋은 세상이 아니야……'

5

히데요시가 생각했던 대로 노부나가는 날도 밝기 전에 히데요시의 막사로 말을 달려왔다. 언제나 꾸짖는 듯한 어조로 말을 시작하는 노부나가였다. 그러나 이미 출전준비를 갖추고 명령이 내리기만을 기다리고 있는 히데요시의 부대 모습을 보고는 달빛에 눈을 빛내며 아무 말도 않고 히데요시 앞에 말을 세웠다. 히데요시는 그의 앞에서 어젯밤부터 자신이 계획한 책략을 꼼꼼히 설명했다.

"쿄고쿠 성으로 진격하여 본성보다 먼저 노인이 웅거해 있는 산노성의 급소를 찌르는 것이 선결문제라고 생각합니다."

노부나가는 대답 대신 흘끗 오다니 성을 바라보았다.

"그래도 나가마사가 말을 듣지 않거든 밑에서부터 불을 질러라! 한 사람도 남기지 말고 태워 죽여라."

말을 마치고 휙 말머리를 돌려 어둠 속으로 사라져갔다.

물론 그것은 노부나가의 본심이 아니었다. 은퇴한 히사마사의 급소를 찔러 항복을 권유해도 오이치와 어린 딸들을 넘겨주려 하지 않으면 그때는 망설이지 말라는 의미였다. 그렇기는 하나 노부나가의 말에는 언제나 복선이 깔려 있었다.

히데요시는 노부나가의 모습이 사라지자 저도 모르게 크게 한숨을 쉬었다.

노부나가의 말대로 만일 오다니 성을 밑에서부터 순차적으로 불태우지 않을 수 없게 되어 그 업화業火 속에 오이치와 어린 딸들이 모두 죽는다면 아마 히데요시도 살아남지 못할 것이다. 아니, 목은 달아나지 않는다고 해도 그 실패로 인해 노부나가의 신임을 잃고 그 대신 뿌리깊은 증오가 남게 될 터.

노부나가의 성격을 너무도 잘 아는 히데요시는 한숨을 쉬고 나서 즉시 행동을 개시했다.

노부나가로부터 공격개시 명령이 내렸을 때는 이미 츠부라가오카로 나가 적군의 이동을 봉쇄하고 있었다. 새벽의 공격이라기보다 야습에 가까웠다.

타나카 한베에를 불러 몇 마디 상의하고 나서 히데요시는 2,000의 군사를 이끌고 선두에 서서 토라고제야마를 달려내려갔다.

카토 토라노스케加藤虎之助, 후쿠시마 이치마츠福島市松, 카타기리 스케사쿠片桐助作, 이시다 사키치石田佐吉 등 용맹한 부하들이 눈을 빛내며 히데요시 주위에서 행동을 같이했다.

선두가 오다니야마 기슭에 도착했을 때는 아직 머리 위에 별이 있었다. 소라고둥도 불지 않고 북소리도 아침 이슬 속에 숨을 죽인 채 첫번째 성채 밑에 당도하여 날이 밝기를 기다렸다.

이윽고 별이 숨어들고, 가을의 산 안개가 골짜기에서 나무들 사이로 하얗게 퍼져나가기 시작했다. 이때 토라고제야마에 있는 노부나가 본진에서는 진군의 소라고둥소리가 계속 울려퍼졌다.

그것은 아사이 군에게도 예정된 일로 받아들여졌을 터. 오다니 성 여러 망루에서 바라보았다면, 네 길로 나누어진 오다 쪽 여러 장수들의 깃발이 안개를 뚫고 오다니 성으로 육박해들어오는 모습이 보였을 것이다.

이때 갑자기 츠부라가오카 밑에서 히데요시 군의 함성이 터져나왔다. 아니, 함성이 터져나왔을 때는 이미 선두에 섰던 부하들이 앞을 다투어 성채의 돌담을 기어오르고 있었다.

쿄고쿠 성은 꿈을 깬 순간부터 정신을 잃고 혼란에 빠졌다.

"아, 호리병박 깃발이다. 벌써 성에 침입했다. 도대체 이게 어찌된 일인가."

쿄고쿠 성의 대장 오노키 토사는 도마루를 입으면서 역시 대장인 아사이 시치로淺井七郎에게로 달려갔다.

6

아사이 시치로는 오노키 토사보다 먼저 달려온 미타무라 사에몬노스케와 서원의 마루에서 큰 언월도偃月刀를 짚고 무언가 이야기를 나누고 있었다.

오노키 토사는 그들 앞으로 달려가 뒤따라온 부하의 손에서 창을 받아들었다.

"여러분, 전사할 때가 왔소. 각자 최후의 결전을 벌입시다."

"기다리시오, 오노키 님."

시치로가 손을 들어 그를 제지했다.

"기다리라니?"

"보다시피 아군에게는 투지가 없소."

"그 역시 각오했던 것이오."

"아니, 이것 보시오."

이번에는 사에몬노스케가 엄숙한 표정으로 고개를 가로저었다.

"이 성에서 투지가 있는 분은 성주님 부자밖에 없소. 그래서 이 점에 대해 생각해야 할 일을 상의하고 있던 중이오."

"생각해야 할 일이란?"

"……이 성을 순순히 하시바 히데요시에게 넘겨주는 것이 상책 아니겠소?"

"농성을 하다가 전사하자고 한 것은?"

"우선 내 말부터 들어보시오."

아사이 시치로는 침통한 표정으로 말을 이었다.

"이곳을 히데요시 군에게 넘겨주면 성주님 부자간의 연락이 끊어집니다. 두 분이 하나가 되면 멸망할 수밖에 없으나 따로 떨어져 있으면 혹시 두 분의 눈이 뜨일지 몰라요……"

오노키 토사는 고개를 가로저었다.

"아니, 그런 부자간이 아니오."

"누구보다도 자식에 대한 고민이 크신 분, 그리고 사이가 좋기로 소문난 마님은 노부나가 공의 여동생이오. 그렇지 않소, 미타무라?"

"그렇소. 투지도 없는 자들을 억지로 사지死地에 몰아넣으면 도리어 부하들 중에 주군을 해치려는 자가 나타나지 않는다고 장담할 수도 없는 일이오. 그렇게 되면 후세에까지 웃음거리가 될 것이오."

"와아!"

그들이 얘기를 나누고 있는 사이에 함성이 마침내 건물 주위를 둘러싸기 시작했다.

과연 두 사람이 말한 것처럼 선잠을 깬 병사들이 무기도 들지 않고 문밖으로 뛰어나가 우왕좌왕하는 모습이 보였다.

다시 함성이 건물 입구 근처에서 들렸다.

"지체할 여유가 없소. 성주님은 오다 가문의 사위요. 결단을 내립시다, 오노키 님."

"목숨이 아까워 항복하자는 것이 아니오. 주군을 생각해서……"

오노키 토사는 힘없이 창을 내던졌다.

투지가 없는 것은 병졸들만이 아니었다. 하지만 이것도 무리가 아니었다. 한쪽은 에치젠의 대군을 섬멸시키고 파죽지세로 밀어닥치고 있었다. 이에 비해 이쪽은 십중팔구 처음부터 승산이 없는 전투라 계산하고 있었다. 그런 전투를 굳이 하려고 했던 것이 이미 무모한 일이었는지도 몰랐다.

"알겠소. 알았으니 내가 가겠소!"

오노키 토사는 이렇게 외치고 일단 버렸던 창을 다시 집어들었다. 그리고 허리에 두르고 있던 흰 천을 풀어 떨리는 손으로 창끝에 묶었다.

"전사할 준비가 항복준비로 바뀌었군."

얼굴을 잔뜩 찌푸리고 두 눈을 빛내면서 건물로 쳐들어온 하시바 군을 향해 그대로 달려갔다.

"항복하겠소. 항복할 테니 히데요시 님의 본진으로 나를 데려가주시오. 항복하겠소."

7

어떤 전투에서든 반드시 패한다는 믿음이 널리 퍼져 있을 때 가신에
서 병졸에 이르기까지 일사불란하게 뜻이 통할 리 없었다. 그런 의미에
서 아사이 부자는 지휘를 잘못하고 있었다. 그들은 자신의 깨끗한 마음
이 일개 병졸들에게까지 받아들여지고 있다고 믿어 성과 더불어 죽을
결의를 지나치게 드러내고 있었다.

히데요시와 타케나카 한베에는 그러한 부자의 성격을 예리하게 꿰
뚫어보고 군사를 쿄고쿠 성으로 진입시켰다. 그러면서도 이곳에 쐐기
를 박기까지는 당연히 2, 3백 명의 희생은 감수해야 한다고 생각하고
있었다. 그런데 성을 지키는 세 장수가 아직 아무 희생도 치르기 전에
항복해왔다.

정오에 쿄고쿠 성은 완전히 히데요시의 손에 들어왔다. 히데요시와
한베에는 성안으로 호리병박 깃발을 들여보내고 그 밑에서 담소를 나
누면서 점심식사를 했다.

물론 이것으로 끝날 전쟁이 아니었다. 오다니야마를 빽빽이 에워싼
오다 쪽 여러 장수들이 지켜보는 가운데 히데요시는 오이치를 구출하
지 않으면 안 되었다.

점심을 끝낸 뒤 곧 하치스카 코로쿠 마사카츠蜂須賀小六正勝가 히데
요시 앞으로 불려왔다.

"코로쿠, 아사이 노인이 있는 산노 성과 아카오 미마사노카미가 지
키는 아카오 성 사이를 차단하는 데 자네 힘으로는 얼마나 걸리겠나?"

하치스카 코로쿠 마사카츠는 큰 얼굴을 일그러뜨리고 히죽 웃었다.
히데요시의 어조에는 언제나 반쯤 농담 비슷하면서도 교묘한 선동이
숨겨져 있다.

"글쎄요, 이 각刻(4시간) 정도면 가능할 것 같습니다."

"그런가, 참 빠르군. 그럼, 당장 시행하게."

히데요시는 진지한 표정으로 한베에를 돌아보았다.

"코로쿠가 이 각이면 군사를 들여놓을 수 있다고 하는군. 나 같으면 일 각 반이면 가능할 것 같지만 그런대로 괜찮겠지."

코로쿠는 입술을 일그러뜨리고 외쳤다.

"주군!"

히데요시는 태연하게 말했다.

"알고 있네. 특별히 선발한 정예로 일거에 아카오 성을 공격하는 것처럼 보이도록 하게. 우리도 그 뒤를 따르는 것처럼 하겠다, 알겠나. 그리고 적이 성을 사수할 결의를 굳혔을 무렵 슬쩍 산노 성과 아카오 성 중간으로 나가는 거야. 어느 쪽도 저편에서 먼저 치고 나올 우려는 없어. 사방이 우리 편 깃발로 가득 들어차 있으니까. 그럼 코로쿠, 이 각이야, 알겠지?"

"주군이라면 일 각 반이라."

코로쿠는 쓴웃음을 띠고 내뱉듯이 중얼거리며 발에 힘을 주고 일어났다.

이번에는 소라고둥소리에 이어 징과 북소리가 함께 터지며 산 전체를 진동시켰다.

하치스카 군 약 1,000여 명이 만卍자 깃발을 앞세우고 아카오 성을 향해 일제히 달려내려가기 시작했다.

이때 산노 성에 있는 나가마사의 아버지 히사마사는 거실 밖의 마루에 늘어놓은 국화 화분을 손질하고 있었다. 마루에 앉아 바라보고 있던 히사마사가 총애하는 코와카幸若° 춤꾼 츠루와카다유鶴若大夫가 깜짝 놀라 일어섰다.

"시모츠케노카미 님, 저것은, 저 소리는?"

시모츠케노카미는 일부러 돌아보지 않고 태연하게 가위질만을 계속

했다.

"다유, 오다 님은 인생 오십이라며 곧잘 「아츠모리敦盛」°를 춘다고 하더군……"

허리를 굽힌 채 말했다.

8

다시 함성이 울렸다. 아카오 성 쪽에서 화살이 날아오고, 총포소리도 섞였다.

그러나 국화의 떡잎을 자르고 있는 히사마사의 태연한 모습을 보는 한 더할 나위 없이 상쾌한 가을이었다. 정원의 그림자가 뚜렷이 드리워진 연못 맞은편에 희고 붉은 싸리꽃이 만발해 있었고, 연못에서는 잉어가 유유히 흰 구름에 반사되며 헤엄치고 있었다.

"큰일이 난 것 같습니다, 시모츠케노카미 님."

다시 츠루와카다유가 말했다.

"다유, 인생을 오십 년으로 본다면 나는 그 나이를 살았어."

히사마사는 조용히 얼굴에 미소를 떠올렸다.

"내 평생은 숭고했다. 내가 옳다고 믿는 것 외에는 절개를 굽히지 않고 살아왔어."

"그 말씀은 이미……"

"그것을 안다면 끝까지 국화를 가꾸는 내 마음도 알 수 있겠지. 나는 패배해서 죽는 것이 아닐세."

"그러시면…… 싸워보시지도 않고."

"하하하……"

히사마사는 비로소 등을 펴고 웃었다.

200

"싸워보지도 않고라니…… 다유, 나는 언제나 싸우고 있네. 새삼스럽게 창을 들거나 칼을 휘두를 것도 없이."

이렇게 말하고 다시 큰 소리로 웃었을 때였다.

"큰 성주님!"

황급하게 복도를 달려온 것은 오랫동안 히사마사의 오토기슈御伽衆˚ 역할을 해온 후쿠쥬안福壽庵이었다.

"적이 드디어 아카오 성을 공격하기 시작했습니다. 쿄고쿠 성은 완전히 점령당했습니다."

늘 짓토쿠十德˚를 입고 다도茶道를 벗삼기에나 어울릴 예순이 넘은 노인이, 도마루를 입고 머리띠를 두른 모습에 창을 들고 눈초리를 치뜨고 있었다.

"후쿠쥬안!"

"예."

"그대는 누구 허락을 받고 그런 용맹한 차림을 했는가?"

"이미 적이……"

"닥쳐!"

"예."

"나는 적이 우리를 포위하거든 깨끗이 할복하겠다고 그토록 말했는데도 잊었단 말인가? 안타깝군."

"무장도 하지 않으시고."

히사마사는 천천히 마루에 걸터앉았다.

"무장할 정도라면 무엇 하러 국화를 손질하겠나. 나는 오다의 병졸한두 명을 죽이기보다는 내가 좋아하는 국화의 성장에 마음을 남기고 떠나고 싶어."

후쿠쥬안은 얼굴을 돌렸다. 그러나 다시 생각난 듯 두 손을 짚었다.

"부탁이 있습니다."

"새삼스럽게 무슨 부탁인가?"

"그 심정을 모르는 바 아니오나, 아직 춘추가 한창이신 성주님을 위해, 또 세 명의 손녀를 위해 생각을 바꾸시기 바랍니다."

"허어, 그렇다면 그대는 이런 용맹한 차림으로 나에게 항복을 권하러 왔다는 말인가?"

"가문을 위해서입니다."

"멍청이 같으니라고!"

히사마사는 그 허약한 몸의 어디에서 그런 소리가 나올까 싶을 정도로 날카로운 목소리로 꾸짖었다.

9

아사이 후쿠쥬안은 히사마사의 질타를 각오하고 있었던 듯.

"당연한 꾸중이십니다. 그러나 큰 성주님이 말씀하셨듯이 오다 성주가 잔인하고 냉혹한 성격이라면 큰 성주님도 성주님도, 또 마님도 손녀들도 모두 불태워 죽이고 시원하게 잘 처리했다고 기뻐할 뿐…… 저는 그것이 원통합니다."

히사마사는 이 말에는 대답하지 않고 하늘에 떠 있는 하얀 가을 구름을 쳐다보고 있었다.

함성은 아까보다 약간 멀어지고, 화창한 햇빛이 주위를 환하게 비추고 있었다.

"부탁입니다! 아무쪼록 아사이 가문의 대가 끊기지 않도록 사자를 보내십시오."

"후쿠쥬안."

"예."

"그대도 약간 망령이 든 것 같군."

"예. 이 늙은이의 망령을 이번만은 가납해주십시오."

히사마사는 다시 침착한 어조로 말했다.

"그대도 과거에는 불문佛門에 들었던 사람, 우선 그 무장을 풀고 이 상쾌한 가을 기분을 맛보는 것이 좋겠네."

"황송합니다마는, 저는 국화나 나무의 생명보다 가문의 일이 더 걱정스럽습니다."

"후쿠쥬안, 더 이상 말하지 말게. 알겠나, 이 히사마사의 마음을 그대들의 말로 움직일 때는 이미 지났어."

"가문이 어떻게 되건 상관없으십니까?"

"용서하게. 어쩌면 천하를 제패하려는 노부나가의 꿈도 업화, 이에 항거하여 아사이 가문을 멸망으로 이끄는 히사마사의 고집도 그 이상의 업화일지 몰라."

후쿠쥬안은 힘주어 입술을 깨물었다.

그가 생각하기에도 히사마사의 고집은 이미 이성의 영역을 벗어나 있었다. 자기가 아무리 노부나가를 싫어한다고 해서 그 때문에 자식과 손자와 며느리를 죽여도 된다는 말인가. 히사마사는, 자기가 죽이는 것이 아니라고 착각하고 있었다. 노부나가는 야심을 위해 육친인 여동생을 적에게 시집보내고 그것도 모자라 죽여버린 악마였다고 후세 사람들에게 믿게 하여 자신의 고집을 관철시키려는 것 같았다.

후쿠쥬안에게는 그것이 얕은 생각으로 여겨졌다. 노부나가는 부자의 생명은 빼앗지 않겠다는 사자를 자주 보내왔다. 그러므로 일부러 일족을 죽이는 것은 노부나가가 아니라 히사마사라는 생각이었다.

"후쿠쥬안, 알겠지? 누가 옳았나 하는 것은 후세 사람들이 판단할 걸세. 어서 그 답답한 무장을 벗어버리고, 마침 츠루와카다유도 있으니 차라도 함께 마시세."

후쿠쥬안은 맥없이 자리를 떴다.

그때 일단 멀어졌던 함성이 이번에는 방향을 바꾸어 점점 가까이 다가왔다. 히사마사는 다시 가위를 들고, 곁에 츠루와카다유가 있다는 것도 잊은 듯 국화를 한 그루 한 그루 찬찬히 살펴보기 시작했다.

"아뢰옵니다!"

요란한 발소리와 함께 이구치 에치젠노카미 마사요시井口越前守政義가 무장한 모습으로 달려왔다.

"오오, 마사요시로군. 적이 가까이 온 모양이지?"

"그렇습니다. 적의 선봉은 아카오 성을 공격하는 체하다가 도중에 방향을 바꾸어 이 산노 성을 목표로 하고 있습니다."

"그래, 알고 있었다. 그러나 마사요시, 내 인생은 재미있었어."

"예……?"

"좋아. 센다 우네메노쇼千田采女正와 협력하여 잡인들이 이 안에 들어오지 못하게 하라."

10

이렇게 하여 27일은 하시바 군의 하치스카 부대가 아카오 성과 산노 성 사이에 군사를 진입시키는 것으로 끝났다.

날이 밝으면 텐쇼 원년(1573) 8월 28일.

새벽부터 오다니 성은 격렬한 공방전의 전쟁터로 화해 있었다. 오다 군은 하시바 군이 먼저 빼앗은 쿄고쿠 성을 발판으로 하여 나가마사와 히사마사를 따로따로 공격해갔다.

이미 함락은 시간문제라 해도 좋았다.

산노 성의 히사마사는 그날도 무장을 하지 않았다. 시시각각 들어오는 아군의 고전소식을 듣고도 수고했다는 한 마디뿐, 결코 항복을 허락하지 않았고 낯빛도 변하지 않았다.

"그래? 수고했다."

사시巳時(오전 10시)가 지나 온몸에 세 개의 화살을 맞은 센다 우네메노쇼가 달려왔다.

"드디어 산노 성의 일각이 무너지기 시작했습니다."

센다 우네메노쇼의 보고에 히사마사는 웃었다.

"그럼, 우리도 나갈 준비를 해야겠군."

옆에 있는 모리모토 츠루와카다유森本鶴若大夫와 후쿠쥬안을 조용히 돌아보았다.

후쿠쥬안은 무장武裝 대신 오늘은 가사袈裟를 걸치고 있었다. 츠루와카다유는 히사마사의 침착성에 영향을 받았는지, 비록 안색은 창백했으나 체념 뒤의 고요함을 되찾고 있었다.

"우네메, 부탁일세. 우리는 떠난다고 마사요시에게도 말해주게."

우네메노쇼는 순간 치켜뜬 눈을 깜박였다.

"마음을 편히 가지십시오. 그럼!"

다시 칼을 들고 달려갔다.

"후쿠쥬안, 잔을 가져오게."

"예, 곧 가져오겠습니다."

"어떤가, 오늘은 하늘도 맑지만 우리 마음 역시 활짝 개었어."

후쿠쥬안도 츠루와카다유도 그 말에는 대답하지 않고 고개를 수그린 채 작별의 잔을 준비했다.

술은 히사마사가 평소에 아끼던 윤기 있는 호리병박에 이미 준비되어 있었다. 잔을 든 히사마사는 홀가분한 기분으로 츠루와카가 따라주는 술을 석 잔 마셨다.

"자, 후쿠쥬안. 이번에는 자네 차례일세."

후쿠쥬안은 흘끗 히사마사를 쳐다보고 얼굴에 의미심장한 미소를 떠올렸다.

그는 어젯밤, 히사마사를 죽이고 아사이 가문의 안태安泰를 도모하는 것이 어떨까 하고 여러 번 칼에 손을 가져갔다. 그러나 그것도 소용없는 짓이라 체념하고 오늘을 맞이했다. 그 역시 아사이 가문의 일족이었다. 만일 그의 의사가 나가마사에게 잘못 전해져 사리사욕을 위한 반역으로 오해받는다면 더욱 웃음거리가 될 뿐이었다.

후쿠쥬안도 또한 격식대로 석 잔을 마시고 웃으면서 츠루와카에게 잔을 돌렸다.

"자, 그대에게는 이 후쿠쥬안이 따라주겠네."

"고맙게 받겠습니다."

미소를 띤 채 츠루와카가 잔을 비우기를 기다렸다가 후쿠쥬안은 히사마사에게 마지막 말을 하고는 옷의 앞가슴을 벌리고 담담한 표정으로 아랫배를 칼끝으로 푹 찔렀다.

"큰 성주님, 불문에 몸담은 제가 먼저 이슬로 돌아가겠습니다."

히사마사는 그 모습을 보고 만족한 듯 고개를 끄덕였다.

"츠루와카, 카이샤쿠介錯°를 하게. 역시 후쿠쥬안, 내 마음을 잘 알고 있었어."

11

인간은 결국 아집我執의 미망에서 벗어나지 못하는 동물인지도 몰랐다. 후쿠쥬안의 할복은 히사마사에 대한 분노와 주변 정세에 대한 체념을 포함하고 있었으나 히사마사는 그렇게 받아들이지 않았다.

츠루와카다유의 카이샤쿠로 후쿠쥬안의 목이 문지방 쪽으로 굴러 떨어졌다.

"알겠나, 후쿠쥬안. 이것으로 나는 노부나가에게 이긴 것일세."

미닫이에서 방바닥에 이르기까지 피가 홍건한 곳에서 히사마사는 입을 크게 벌리고 웃고 있었다.

"자, 이번에는 내 차례야."

웃고 나서 잠시 눈을 감았다가 천천히 웃통을 벗었다. 속옷은 순백색 이었고 태도도 당당했다.

히사마사는 눈을 감은 채 칼을 집어들었다.

"드디어 적이 현관에 난입한 모양이군."

혼잣말처럼 중얼거리고 칼끝을 왼쪽 옆구리에 푹 찔렀다.

"카이샤쿠를……"

츠루와카다유가 말했다.

"필요없어!"

히사마사는 외치듯이 말하고 앉은 채로 오른쪽 무릎을 세우고 얼굴을 일그러뜨리면서 단숨에 칼을 오른쪽으로 그었다. 동맥이 끊어진 모양이었다. 허리에 감았던 흰 헝겊이 순식간에 빨갛게 물들고 히사마사의 얼굴은 흙빛으로 변해갔다.

"하하하……"

히사마사는 웃었다. 츠루와카다유에게 무슨 말을 하고 싶었던 듯, 하지만 그것은 말이 되어 나오지 않았다. 마침내 히사마사는 점점 번져가는 다다미 위의 핏속으로 털썩 엎어져 숨이 끊어졌다.

츠루와카다유는 히사마사의 죽음을 확인하고는 칼을 든 채 마루에서 두서너 번 아래위로 뛰어다녔다.

이미 적은 눈앞에 다가와 칼 부딪치는 소리와 고함소리가 그를 몰아세웠다. 물론 히사마사를 따라 죽을 마음은 굳히고 있었으나, 이 경우 난입해온 적과 싸우다 죽을 것인지 아니면 할복할 것인지 망설여졌다.

세번째로 다시 서원으로 돌아온 츠루와카다유의 뒤에서 병졸 하나가 창을 꼬나들고 따라붙었다.

"얏!"

병졸이 뒤에서 찌르는 창이 츠루와카의 옷소매를 꿰뚫었다. 옷이 찢어지는 소리가 나고 츠루와카다유의 몸은 정원으로 날았다.

"잠깐, 잠깐만 기다려."

쫓아오는 병졸에게 츠루와카다유는 칼과 목소리로 위협도 하고 애원도 하는 형상이 되었다.

"큰 성주님의 할복을 지켜보고 나서 함께 저승길에 모시려는 우리, 굳이 창으로 찌를 것 없지 않느냐. 가까이 오지 마라, 다친다."

병졸은 한 걸음 물러나, 방안에 이미 숨이 끊어져 있는 두 구의 시체와 목 하나를 보고는 얼른 창을 내리고 방으로 뛰어들어갔다. 뒹굴고 있는 목을 히사마사의 것인 줄 알았던 모양이다.

그 사이에 츠루와카다유는 정원석에 걸터앉아 자기 배에 칼을 대었다. 그리고 그의 몸이 앞으로 푹 고꾸라졌을 때는 이미 적과 아군으로 주위가 가득 차 있었다.

이렇게 해서 난세의 업화는 히사마사와 후쿠쥬안 그리고 츠루와카다유에게는 한 가닥의 감상도 남기지 않고 더욱 격렬한 불길로 번져나갔다.

운명의 사자使者

1

오다 군의 공격은 현재의 성주 나가마사가 지키는 본성에도 쉴새없이 계속되었다. 이미 일곱 점 반(오후 5시)이 되려 하고 있었다. 나가마사 역시 죽음을 각오하고 있었다. 검은 실로 미늘을 엮은 갑옷에 황금색 비단 가사를 걸치고 붉게 칠한 언월도를 손에 든 그는 지금 망루에 서 있었다.

산기슭으로 피어오르는 안개가 차차 시야를 흐리게 하여, 쿄고쿠 성이 적의 수중에 떨어졌다는 것은 알 수 있었으나, 그 밑의 산노 성과 아카오 성은 어떻게 되었는지 알 길이 없었다.

이 전투는 오다니야마에 3대에 걸친 아사이 가문의 무인으로서 그 기개氣槪를 남기려는 비원悲願의 전투. 그것도 한 걸음 한 걸음 종말을 향해가고 있고, 이미 히사마사는 그 시체를 적에게 짓밟혔으나, 이곳에서는 연락두절로 그 사실조차 모르고 있었다.

갑자기 발 밑에서 쌍방이 질러대던 함성이 그쳤다. 또다시 사자使者가 온 모양이었다. 나가마사는 손을 이마에 얹고 혀를 찼다.

그는 600의 군사를 다섯으로 나누어 적이 접근할 때마다 한 부대씩 내보내 맞아 싸우게 하고 있었다. 그 한 부대 사이를, 계란을 연상케 하는 둥글고 살갗이 흰 노부나가의 사자가 침착한 모습으로 성문을 향해 다가오는 것이 나무 사이로 보였다.

벌써 이틀 전부터 세 번이나 이곳을 찾아왔던 후와 카와치노카미不破河內守였다.

인간에게는 누구나 대하기 힘든 상대가 있는 법이었다. 만지면 미끄러질 것 같은, 목소리마저 둥글둥글한 느낌이 드는 카와치노카미는 솔직한 사람인 듯했지만 왠지 나가마사로서는 상대하기가 거북했다.

그는 나가마사가 무슨 말을 하건, 또 아무리 심하게 이맛살을 찌푸리건 전혀 개의치 않았다. 다만 부드러운 어조로 끈질기게 노부나가의 말을 전하기만 했다.

처음에는 아사이 가문을 배후에서 위협하고 있던 아사쿠라 집안이 이미 멸망했으니 앞으로는 형제의 의리에 따라 노부나가가 아사이 가문을 지원하겠다, 무익한 전쟁은 중지하고 어서 이 땅에 평화를 이룩하자고, 설교에 능한 승려가 신자인 선남선녀를 설득하는 듯한 어조로 말했다.

두번째 왔을 때는 아버지 히사마사의 목숨을 구하고 아사이 가문을 번영케 하는 유일한 길은 오직 나가마사의 결단에 달려 있다고, 뻔한 사실을 한참 동안이나 되풀이해서 말했다.

세번째는 오늘 아침(28일)이었다.

쿄고쿠 성은 이미 함락되었다. 그런데도 여기서 일족을 모두 죽이는 고집을 부림은 의리를 지키는 것 같지만 실은 무위무책無爲無策, 어찌할 바를 몰랐다는 평을 듣게 될 것이다. 노부나가는 결코 나쁘게는 처리하지 않을 것이니 농성을 풀어라……고.

나가마사는 세 번 모두 그 제의를 단호하게 거절했다.

"우리 부자는 이미 이곳을 죽을 장소로 결정했으니 그런 설득은 필요없다. 우리도 힘껏 싸울 것이니 마음대로 공격하도록 하라."

그 후와 카와치노카미가 네번째로 사자가 되어 찾아왔다. 이번에는 틀림없이 오이치와 딸의 이야기를 꺼낼 것이 분명했다.

나가마사는 머리끝까지 화가 치밀었다.

이미 남편이나 시아버지와 같이 이 성에서 죽기로 결심한 오이치와 딸들의 마음을 뒤흔들게 될 것이 참을 수 없었다. 나가마사는 연락이 오기를 기다리지도 않고 언월도를 거머쥔 채 입을 꾹 다물고 망루에서 내려왔다.

2

나가마사는 이제 인간의 사자와 만나고 있을 때가 아니라고 생각했다. 보다 큰 운명의 사자가 그들 일족을 위해 지금 서방정토西方淨土, 아니면 허공에서 마중하기 위해 소달구지를 보내놓고 있었다. 그것이 도착하는 대로 할아버지도 손녀도 부부도 같이 타야 했다.

망루에서 내려온 나가마사는 무사들의 대기소로 돌아와 잠시 숨을 돌리고 있는 후지카케 미카와노카미藤掛三河守에게 명했다.

"후와 카와치노카미가 또 찾아왔네. 만날 필요가 없다고 하고 쫓아보내게."

그리고는 세 딸과 오이치가 있는 안채 복도로 향했다.

오늘 새벽에 이미 다시는 돌아오지 못할지도 모른다고 스스로 다짐하고 건너왔던 복도였다. 한낮이라면 여기서도 산기슭까지 한눈에 굽어볼 수 있으나, 지금은 안개와 저녁의 어스름으로 시야가 좁았다. 적의 손에 떨어진 쿄고쿠 성 근처는 화재인가 싶어 발걸음을 멈출 정도로 환했다. 전쟁에 이긴 오다 군이 피운 모닥불이 안개에 반사되며 새빨갛게 타오르고 있었다.

"아, 아버님이……"

나가마사의 모습을 발견한 어린아이의 목소리가 불빛도 없는 방에서 들려왔다.

일곱 살의 맏딸 챠챠히메茶茶姬였다.

"어디, 어디 있니……?"

이번에는 챠챠히메에게 매달린 좀더 작은 모습이 복도 끝에서 떠올랐다. 여섯 살인 타카히메高姬였다.

"아, 정말 아버님이 오신다."

나가마사는 천천히 다가와 언월도를 왼손으로 바꿔 쥐고 타카히메를 안아올렸다. 스물아홉 살, 한창 나이인 나가마사는 안아올린 작은 인형의 뺨을 비볐다.

"타카히메, 울지 않았니?"

"예, 착한 아이라서 잘 놀고 있었어요."

대답한 것은 아이들의 말을 듣고 얼른 일어나 나온 오이치였다.

두 사람의 눈길이 마주치자 약속이나 한 듯 서로 얼굴을 빨갛게 물들이고 웃었다. 어젯밤, 이것이 마지막 맺어짐이라 여기면서 나눈 관계가 아직 부부의 가슴에 안타까이 남아 있었다. 앞으로도 계속 살아 있을 것이라 생각했다면 서로에게 아집도 있었을 테지만, 죽음을 결심한 부부에게는 어린 날의 꿈 그대로의 화합이 있었다. 다만 맏딸 챠챠히메만은 부모의 화목함에서 심상치 않은 무언가를 깨달았는지 눈을 크게 뜨고 숨을 죽인 채 두 사람을 바라보았었다.

안채에서 이별의 자리를 마련한 것은 26일.

그때는 아래성에서 일부러 히사마사도 츠루와카다유를 데리고 찾아왔고, 오이치도 쟁箏°의 스승에게 지도를 받아가며 오래간만에 춤을 추고 연주도 했다.

"아직 아래성에는 이상이 없나요?"

"음, 아버지도 잘 버티고 계신 것 같아. 아버지가 세상에 계시는데 우리가 먼저 죽어서는 안 돼. 챠챠히메, 너는 왜 그렇게 언짢은 얼굴을 하고 있냐?"

언월도를 중방에 걸고 갑옷에 가사를 걸친 차림 그대로 나가마사는 자리에 앉았다. 그를 향해 맏딸 챠챠히메가 심각한 얼굴로 물었다.

"아버님, 언제 전사하세요?"

3

나가마사는 깜짝 놀라 오이치와 서로 마주보았다. 그리고 전보다 더 태연스럽게 웃어 보였다.

"왜 그런 것을 묻느냐?"

둘째딸 타카히메는 아버지 무릎에 자랑스러운 듯이 올라앉아 생글생글 웃고 있었으나, 챠챠히메의 눈동자는 어른들의 속마음까지 꿰뚫어보는 눈빛이 되어 있었다.

"아버님은 다시는 만나지 못할 것이라고 오늘 아침에 말씀하셨어요. 그런데 어떻게 다시 돌아오셨나요?"

"왜 돌아왔느냐고? 그것 참 따끔한 질문을 하는구나."

나가마사는 웃으면서, 정말 자기가 왜 돌아왔는지 자문해보지 않을 수 없었다.

아름다운 아내에게 아직 미련이 남았기 때문일까?

세 딸에 대한 애정 때문일까……?

"글쎄, 너는 왜 돌아왔다고 생각하느냐?"

챠챠히메는 여전히 날카로운 눈길을 아버지에게서 떼지 않은 채 또박또박 말했다.

"모두 같이 죽게 하려고 돌아오신 것이겠죠? 어머님도 챠챠도 타카도 타츠히메達姬도…… 모두 죽게 하려고……"

나가마사는 저도 모르게 놀라는 눈으로 맏딸을 노려보았다. 뜻밖의 말을 듣고 순간 그 의미를 이해하지 못했다.

"너는 화를 내고 있는 게냐?"

"아니에요."

대답과는 달리 그 눈은 여전히 대드는 눈이었고, 그 표정은 무언가 불안해하고 또 항의하는 것임이 분명했다.

"타카히메를 데려가시오."

나가마사는 챠챠히메에게 확실하게 설명해줄 수밖에 없다는 생각을 하고 둘째딸을 아내에게 넘긴 뒤 가만히 맏딸을 손짓하여 불렀다.

"싫어요."

챠챠히메는 고개를 가로젓고 뒤로 물러났다.

"싫다니, 내가 무서우냐?"

챠챠히메는 고개를 끄덕였다.

"저는 죽기 싫어요, 저는 할아버님이 미워요!"

"그러면 못써……"

오이치는 깜짝 놀라 챠챠히메를 꾸짖었다. 그러나 챠챠히메에게는 일단 말을 꺼내면 끝까지 하지 않고는 못 배기는, 그녀가 밉다고 한 할아버지와 똑같은 고집이 있었다.

"저는 안 죽겠어요! 싫어요, 싫어! 싫어!"

나가마사는 망연자실하여, 아버지의 결정에 온몸으로 항의하는 어린것을 바라보고 있었다.

나가마사가 없는 동안에도 이런 일이 있었던 듯, 오이치가 깜짝 놀라 옷소매로 얼굴을 가렸을 뿐만 아니라, 깨닫고 보니 옆방에서도 시녀들이 이를 악물고 우는 소리가 들려왔다.

"오이치……"

"예."

"챠챠는 죽은 다음에 가게 될 극락정토가 있다는 것을 모르는 모양이지?"

그러면서 흘끗 맏딸의 기색을 살폈으나 일곱 살 된 항의자는 눈썹 하나 까딱하지 않았다.

'이러다가는 일이 닥쳤을 때 오이치의 힘으로는 감당하지 못하게 될 것 같다……'

그렇다, 그때는 끝까지 이곳을 수비할 키무라 타로지로木村太郞次郞에게 죽이라고 명할 수밖에 없다 ─이렇게 생각했을 때 당사자인 키무라가 툇마루에 두 손을 짚고 말했다.

"오다의 사자 후와 카와치노카미가 아까부터 객실에서 기다리고 있습니다."

4

"사자는 만나지 않을 것이다. 분명히 전하라고 명했을 텐데."

나가마사는 내뱉듯이 말했으나 키무라 타로지로는 단지 고개를 끄덕였을 뿐이었다.

"그 일이라면 저희가 입을 모아 말했습니다마는 카와치노카미는 도무지……"

"돌아가려는 기색이 없다는 말이지?"

"꼭 말씀 드려야 할 중요한 일이 있다고 하면서."

"뻔한 일이야. 나에게 귀순을 권하는…… 그 일밖에 다른 말은 있을 수 없어."

어느 틈에 촛대가 마련되고, 주위는 완전히 밤이 되어 있었다.

오이치도 딸들도 나가마사의 음성이 높아지자 불안스럽게 타로지로와 나가마사를 번갈아 바라보고 있었다. 시녀들 중에도 평소처럼 명랑하게 보이는 사람은 하나도 없었다.

죽음을 결심한 성주—아니 그보다 죽지 않으면 안 될 성주로서는 이러한 모습이 자연스러울 것이었다. 아무것도 모르는 사람이 있다면 둘째딸 타카히메와 유모에게 안겨 있는 네 살 된 타츠히메뿐이었다.

"황송합니다마는."

타로지로는 도마루 자락에 붙은 마른 풀잎을 떼면서 말을 이었다.

"오늘 밤은 더 이상 공격하지 않겠다고 말했습니다."

"무엇 때문에 그런다는 말이냐. 마음대로 공격하라고 해라."

"아직 아녀자들이 성안에 많이 보인다, 오늘 밤에는 공격하지 않을 것이니 피난시킬 사람은 피난시키라면서."

"닥쳐라!"

나가마사는 당황하여 상대의 말을 가로막았다. 흘끗 오이치를 바라보니, 그녀보다도 유모와 그 뒤에 있는 시녀들이 눈을 빛내며 타로지로를 지켜보고 있었다.

"이미 농성하고 있는 이상 아녀자들이라 해서 구별할 것 없다. 쓸데없는 걱정 말라고 단호하게 거절해서 돌려보내라."

"예……"

"어서 가라, 더 이상 볼일이 없지 않느냐."

"황송합니다마는 다시 한 번 고려해주시기 바랍니다."

"무엇을 고려하라는 말이냐, 적에게 항복하라는 말이냐?"

"상대는 오다의 군사 삼 만을 뒤에 두고 있는 사자입니다. 단순히 만나지 않겠다는 말만으로는 돌아가지 않을 것입니다. 제발 면담하십시오. 그런 뒤 마음에 드시지 않으면 베어버리십시오…… 그렇지 않으면 병졸들이 마음의 갈피를 잡지 못하고 점점 더 그 수가 줄어들 우려가 있습니다."

나가마사는 그 말을 듣고 갑자기 벌떡 일어섰다.

"만나겠다. 죽여도 좋다고 했지?"

오이치가 칼걸이에서 칼을 꺼내 건네주었다.

"모두 얌전히 있거라."

타카히메의 머리를 쓰다듬고 밖으로 나갔다. 챠챠히메는 아직도 아버지에게 반항적인 눈길을 보내고 있었기 때문에 쓰다듬어주고 싶어도 손을 내밀 수 없었다.

키무라 타로지로가 허둥지둥 나가마사의 뒤를 따라 사라졌다.

"오늘 밤에 공격을 않는다고 하니…… 앞으로 하루는 더 살 수 있겠구나."

유모는 타츠히메의 잠든 얼굴에 뺨을 비비며 입술을 깨물고 울기 시작했다.

5

오이치가 유모를 꾸짖었다.

"운다고 무슨 소용이 있겠느냐. 참아야 한다."

그러면서 울 수 있는 사람은 아직 행복하다는 생각을 하지 않을 수 없었다.

솔직히 말해서 앞날에 어떤 희망이라도 있다면 오이치도 이처럼 침착할 수 없었을 것이다. 살고 싶다고 몸부림치고, 죽어야만 되는 처지를 한탄하며 광란하고 있었을지도 몰랐다. 그러나 사정은 그런 몸부림을 허용하지 않을 정도로 절망의 병풍을 몇 겹이나 두르고 있었다.

'살아남는다 해도 그 앞에 무엇이 있다는 말인가……'

시아버지와 남편의 결심을 움직일 힘이 오이치에게 있을 리 없고, 혼자 살아남는다고 해도 그것은 단지 절망적인 삶의 연장에 불과하다는 생각이었다.

'다시 어딘가로 시집가서 똑같은 고통을 거듭할 뿐……'

시아버지를 원망할 생각도 없거니와 남편이나 오빠를 미워할 수도 없었다.

다만 세 아이 생각을 하면 참을 수가 없었다. 무수한 바늘이 한꺼번에 가슴을 찔러오는 심경이었다. 하지만 그토록 사랑하는 자식을 어머니조차 절망한 이 참담한 세상에 그대로 남겨두어도 될까? 처음에는 남겨두어야 한다……고 생각했으나 지금은 그 생각이 달라졌다.

"챠챠히메, 이리 가까이 오너라."

아직도 아버지가 사라진 쪽을 뚫어지게 노려보고 있는 맏딸을 부르며 오이치는 웃고 있었다. 지금으로서는 하다못해 모두가 웃는 얼굴로 이 세상을 떠나고 싶었고 또 떠나가게 하고 싶었는지도 몰랐다.

부름을 받은 챠챠히메는 순순히 어머니 곁으로 왔다.

"아버님은 외삼촌의 사자를 베어버릴까요?"

고개를 갸웃했다.

뛰어난 감수성을 지닌 이 아이는 벌써 아버지와 가신의 대화까지 파악하고 있었다. 오이치는 챠챠히메의 삼단 같은 머리에 손을 얹었다.

"아버님은 그런 난폭한 일은 하시지 않아. 심성이 착하신 분이니까."

"하지만 화를 내고 나가셨어요. 죽여도 좋으냐고 하시면서……"

"챠챠히메."

"예."

"너는 아버님과 내가 죽더라도 혼자 살아 있고 싶으냐?"

챠챠히메는 대답 대신 어머니를 노려보았다. 어린 생명의 본능적인 저항인 것 같았다.

"그렇구나. 살고 싶다는 말이로구나."

오이치는 혼잣말 비슷하게 말했다.

"무리가 아니지. 여자의 일생이 어떤 것인지 모르니까."

챠챠히메는 경계하듯 가만히 어머니 곁을 떠났다. 크게 뜬 눈에 촛대의 불빛이 반사되어, 거기에서 말로는 형용할 수 없는 저항의 화살이 잇따라 날아오는 느낌이었다.

'이대로 두어서는 안 되겠다!'

오이치는 당황했다. 어린것의 눈동자가 다시 어머니를 무섭게 나무라고 있었다.

'챠챠히메, 용서해라……'

오이치는 공포 속에서 마음을 정했다.

'이 아이 하나 때문에 모두의 죽음이 무의미해져서는……'

6

어느 틈에 성 안팎이 조용해졌다.

객실에서는 후와 카와치노카미와 나가마사 사이에 어떤 이야기가 교환되고 있을까?

밥상이 들어왔기 때문에 오이치는 어린 딸을 그 앞에 앉게 했다. 밥상 앞에 앉은 챠챠히메와 타카히메의 태도는 완전히 달랐다. 한쪽은 평소와 다름없이 천진스럽고 맑은 표정이었으나, 다른 쪽은 붙들려온 새처럼 잔뜩 겁을 먹고 경계를 늦추지 않고 있었다. 밥 한 공기를 먹는 둥

마는 등 하고 곧 젓가락을 놓았다.

"챠챠, 왜 그러느냐?"

챠챠히메는 원망스럽다는 듯이 말했다.

"내일이면 죽을 것 아니에요?"

"아니, 아직 내일이라고는 정해지지 않았다. 자, 챠챠. 어서 더 먹도록 해라."

이렇게 말했으나 가슴이 메어지는 것 같아 자기가 먼저 옆방으로 얼른 건너가고 말았다.

하다못해 저녁이라도 즐겁게 먹도록 하고 그 뒤 베개를 나란히 하고 자야지. 아니…… 무심히 잠든 틈을 보아 챠챠만은 오늘 밤 안으로…… 그렇게 생각했는데, 어린 영혼의 거울에는 이것이 똑똑히 비치는 모양이었다.

'과연 내 손으로 아이의 가슴을 찌를 수 있을까……?'

오이치는 옆방에서 눈물을 닦고, 울고 있다는 것을 깨닫지 않게 하려고 자기 손으로 과자를 들고 돌아왔다.

"자, 이것을 하나씩 먹어라."

챠챠히메는 과자에도 손을 대지 않았다.

독을 경계하는 것일까? 그런 이야기를 언제 누가 이 아이에게 해준 적이 있었을까……?

"왜 먹지 않느냐, 너는?"

"배가 불러요."

오이치는 마침내 챠챠히메가 미워졌다.

마음을 독하게 먹고…… 생각하는 순간 저절로 손이 품속에 숨겨둔 단검 쪽으로 갔다.

"어머님!"

갑자기 작은 몸이 어머니에게 덤벼들었다. 동시에 어머니 무릎 옆에 울컥 하고 무언가를 토해냈다. 지나치게 긴장한 나머지 먹은 것을 그대로 토해냈으나 챠챠히메는 그렇게 생각하지 않았다.

밥에 독이 들어 있다고 생각했는지 울며 매달려왔다.

"잘못했어요! 잘못했어요! 어머님, 저도 죽겠어요. 어머님과 같이 죽겠어요."

오이치는 단검에서 손을 떼고 정신없이 챠챠히메를 끌어안았다.

'이토록 싫어하는 것을 죽게 하다니, 과연 그래도 되는 것일까?'

어린것이 앞으로 살아가야 할 모습이 가엾어 같이 죽으려 한 것은 과연 잘못이 아닐까……?

우는 일이 버릇처럼 되어 있는 이 집안은 이를 계기로 다시 오열의 도가니로 변했다. 바로 이때 복도에서 발소리가 들렸다.

"성주님이 사자와 함께 오시는 중입니다."

후지카케 미카와노카미와 키무라 코시로木村小四郎가 몹시 상기된 표정으로 나타났다.

"아니, 성주님이 사자와 함께?"

"예, 어서 방을 정리하십시오."

시녀들이 허둥지둥 밥상과 과자를 옆방으로 옮겼다. 이와 때를 같이 하여 나가마사와 후와 카와치노카미가 들어왔다.

나가마사의 표정은 나갈 때와는 달리 이마에서 입술까지 파란 물감을 칠한 듯이 창백했다.

7

"그대는 이쪽으로. 다른 사람들은 모두 물러가라."

나가마사는 자신과 같은 위치에 노부나가의 사자 후와 카와치노카미를 앉게 하고 침통한 목소리로 말했다.

챠챠히메도 타카히메도 모두 밖으로 나갔다.

촛대 너머로 남편의 모습을 바라본 오이치는 가슴이 터지는 것 같았다. 남편은 굳게 입을 다물고 때때로 눈길을 허공에 보내고 있었다. 침착한 나가마사로서는 보기 드문 일이었다.

"부인."

갑자기 후와 카와치노카미가 직접 오이치에게 말을 걸었다.

오이치는 남편의 안색을 살피면서 대답하는데 더듬었다.

"예…… 예."

"성주님께서는 저희들의 청을 받아들여 이 성을 버리고 토라고제야마로 가시게 되었습니다."

"……"

"성주님 앞에서 드리는 말씀, 거짓이 아닙니다. 부인께서도 따님들과 함께 떠나실 준비를 하십시오."

오이치는 자기의 귀를 의심했다. 당혹감을 금치 못하고 눈길을 남편에게서 카와치노카미에게로, 다시 카와치노카미에게서 남편에게로 옮겼다.

"그것이…… 그것이…… 사실입니까?"

"준비하시오."

이번에는 나가마사가 한숨 섞인 소리로 말했다.

"사정이 바뀌었소. 산노 성의 아버님은 이미 토라고제야마에 있는 노부나가 님의 본진으로 향하셨다고……"

"그럴 수가!"

오이치는 비로소 남편이 침울해 있는 원인을 알았다.

'어쩌면 그토록 완고하신 시아버님이……'

믿을 수 있을 것 같기도 하고 믿지 못할 것 같기도 하여 섣불리 감정을 나타낼 수 없었다.

그 당황하는 모습을 보고 나가마사가 다시 중얼거리듯이 말했다.

"아버님도 그대와 아이들이 가련하여 마음을 바꾸셨을 것이 분명하오. 나도 곧 뒤따라 갈 것이니 그대들은 먼저 가서 무사한 모습을 아버님께 보여드리도록 하시오."

오이치는 문득 챠챠히메의 시무룩했던 얼굴을 떠올렸다. 부모가 결심한 죽음에 대해 온몸으로 반항하던 어린것의 불안한 얼굴을. 그러나 입에서는 전혀 반대되는 말이 봇물이 터지듯 터져나왔다.

"싫습니다! 모처럼 결심하고 이 오다니야마의 흙이 되려고…… 싫습니다! 이제 와서 구차하게 목숨을 구걸하기는…… 저는 노부나가의 여동생이 아닙니다. 아사이 비젠노카미의 아내입니다."

나가마사는 이렇게 말하는 아내를 망연히 바라보기만 하고, 후와 카와치노카미는 연신 고개를 끄덕이고 있었다.

"오이치……"

"싫습니다. 저와 아이들은 이대로 여기서……"

"오이치!"

나가마사는 갑자기 언성을 높였다.

"그대는 아버님이 노부나가 님의 손에 목숨을 잃어도 좋다는 말이오?"

"예? 그럼, 우리가 산에서 내려가지 않으면……"

"아버님의 목숨과 관계되는 일이오. 어서 내 말대로 아이들을 데리고 먼저 산을 내려가시오. 나도 곧 뒤따르겠소."

나가마사는 이렇게 말했다.

"후지카케 미카와노카미, 키무라 코시로, 그대들은 즉시 마님과 아이들을 토라고제야마로 데려가도록 하라."

단호한 목소리로 명했다.

8

"그렇지만……"

또다시 오이치가 입을 열려 했다.

"서두르라고 하지 않았소."

나가마사는 엄한 소리로 꾸짖었다. 그러나 다음에는 곧 목소리를 낮추어 부드럽게 말했다.

"자 어서…… 아버님이 기다리시고…… 노부나가 님도 고대하고 있소. 알겠소? 마음을 진정시키고."

오이치는 맥없이 마음이 꺾이는 것을 깨달았다. 왠지 크게 소리내어 통곡하고 싶어졌다.

부자연스럽다고 생각하면서도 모두 죽기를 각오하고 있는 동안에는 마음 어딘가에 오기가 살아 있었다. 그것이 지금은 거품처럼 사라지고 있었다.

'이것으로 딸들은 살 수 있다.'

당연히 기뻐해야 할 일일 텐데도 도리어 마음은 불안으로 떨었다. 인간이란 죽으려고 결심하고 있을 때보다 살아야 할 때 더 겁쟁이가 되는 모양이었다.

세 채의 가마가 준비되었다.

제일 앞의 가마에는 오이치, 다음 것에는 챠챠히메와 타카히메가 탔다. 마지막 가마에는 타츠히메를 안은 유모가……

나가마사는 본성 문까지 배웅했다. 맨 앞에는 후지카케 미카와노카미, 맨 뒤에는 키무라 코시로가 횃불을 들고 따라갔다. 성문을 나섰을 때 오이치는 남편을 돌아보았다.

나가마사는 붉게 칠한 언월도를 짚고 서서 뚫어지게 아내의 얼굴을 바라보고 있었다.

"그럼, 먼저."

"나중에 나도 가겠소. 아이들을 잘……"

오이치는 가슴이 메어 눈물을 흘렸다.

"가거라!"

"예…… 예."

행렬이 움직이기 시작했다. 휴전령이 내렸는지 어디나 모두 조용하기만 했고, 오이치의 모녀를 맞이하는 오다 쪽 군사들은 길 양쪽에 도열하여 일행을 통과시켰다.

"챠챠……"

뒤따라오는 가마를 향해 말했다.

"예."

타카히메와 같이 대답하는 소리가 들렸다.

"이제는 죽지 않아도 될 모양이구나."

오이치는 이렇게 말하고 비로소 조용히 눈을 감았다. 어린 생명을 죽이지 않게 되었다는 안도감이 드디어 온몸을 따뜻하게 감쌌다.

오이치로서는 어떻게도 할 수 없었던 전쟁터에서 한 걸음 한 걸음 봄의 꽃밭으로 걸어가고 있었다. 슬픈지 기쁜지도 모르는 채 마음이 설레었다.

쿄고쿠 성 부근에 이르렀다.

맨 앞에 있는 후지카케 미카와노카미가 무어라 말하고 있었다. 행렬이 멎었다. 오이치의 가마 옆으로 작은 체구의 사나이가 다가와 말을 걸었다.

"이치히메(오이치) 님!"

"아니…… 그대는."

"하시바 히데요시입니다. 이제는 걱정하실 것 없습니다. 오오, 따님들도 건강하시군요."

히데요시는 이렇게 말하면서 환한 웃음을 횃불에 떠올리며, 크게 턱으로 지시했다.

"어서 통과하라."

운명의 행렬은 다시 하시바 군이 도열한 가운데 서서히 움직이기 시작했다. 이미 산노 성이 가까워 계곡의 물소리가 희미하게 들렸다.

낙화落花의 향기

1

아사이 비젠노카미 나가마사는 오이치와 딸들의 가마를 밝히는 횃불이 쿄고쿠 성의 모닥불에 섞여들어가는 것을 확인하고 나서 부하들을 집합시켰다. 본성을 적에게 넘기고 그 역시 산을 내려가 토라고제야마에 있는 노부나가의 본진에 가기로 약속했다.

"준비가 되었거든……"

여전히 감정을 드러내지 않는 후와 카와치노카미가 계란을 연상시키는 둥근 얼굴로 나가마사를 재촉했다. 나가마사는 보이지 않을 정도로 약간 입술을 일그러뜨리고 말했다.

"섭섭하기 짝이 없으나 산을 내려갈 수밖에 없겠지."

"그 심중 잘 이해합니다."

나가마사는 다시 입술을 일그러뜨리고 웃으면서 끄덕였다.

나가마사를 따르는 자는 100여 명, 나머지는 대관절 어떻게 되었을까? 전사한 사람도 있을 것이지만 항복한 자, 도망친 자는 그보다 더 많을 것이 분명했다.

카와치노카미의 배려로 나가마사도 그를 따르는 자도 무기는 그대로 가지고 있었다. 오다 군의 전령이 그들보다 먼저, 양자 사이에 충돌이 생기지 않도록 각 지휘자에게 달려갔다.

밤은 이미 삼경三更(오후 11시~오전 1시)에 가까워 있었다. 행렬 뒤에는 카츠기被衣°를 쓴 16, 7명의 여자들이 따르고 있었다.

성문을 나와 망루 앞에 다다른 나가마사는 자신도 모르게 걸음을 멈추고 할아버지 때부터 3대에 걸쳐 살아온 오다니 본성을 쳐다보았다. 아직 군데군데 불이 켜져 있기는 했으나, 밤하늘에 솟은 새카만 지붕은 무언가를 나가마사에게 말해주는 듯이 보였다.

나가마사는 다시 가슴을 펴고 묵묵히 산을 내려가기 시작했다. 바로 뒤에서 따라오는 냉정 그 자체인 후와 카와치노카미에게 무언가 격한 말을 퍼붓고 싶었으나 그것도 지금에 와서는 무의미했다.

'아버지가 노부나가에게 항복했다고 거짓말을 하다니……'

나가마사는 카와치노카미의 말 따위를 믿었던 것은 아니었다. 어떤 일이 있어도 노부나가 앞에 끌려가 목숨을 구걸할 아버지가 아니었다 —그것을 너무나 잘 알고 있으면서도 믿는 체하지 않을 수 없었다.

'아버지는 이미 자결하셨다!'

오히려 나가마사는, 카와치노카미가 한 말의 뒤에 숨어 있는, 아버지가 살아 있지 않다는 사실을 분명히 깨달았다.

'아버지는 돌아가셨다……'

완강한 딸들이나 싸울 의사가 없는 자기 군사들을 죽음의 동반자로 삼는다면 사나이 된 나가마사의 체면이 용서치 않는다. 무엇보다도 나가마사를 놀라게 한 것은 맏딸 챠챠히메의 말이었다.

"……아직 전사하시지 않았어요?"

이 말을 들었을 때 나가마사는 눈앞이 캄캄했다. 이보다 더 통렬한 신의 계시가 또 있을 것인가.

무장과 무장의 고집을 내세워 아무 생각도 없는 자까지 희생해서 좋을 까닭이 없었다.

'아버지는 이미 돌아가셨다……'

나가마사는 그것을 깨달은 순간 아버지의 고집에서 자기 고집으로 한 걸음 내디뎠다.

아내도 살리자. 아이들도 살리자. 한 사람이라도 더 많이 가신과 부하들을 살리자……

이러한 나가마사의 속마음은 아무도 모를 터. 당사자인 후와 카와치노카미는 감쪽같이 나가마사를 속인 줄 알고 있을지도 몰랐다. 뻔뻔스럽게도 무감동한 표정으로 어느새 나가마사와 어깨를 나란히 하고 있었다.

'이놈을 어디서 베어버릴까.'

나가마사는 횃불이 카와치노카미의 옆모습을 비출 때마다 그것을 생각했다.

2

일행은 조금 전에 오이치와 딸들이 지나간 쿄고쿠 성에 접어들고 있었다.

이번에도 하시바 히데요시가 나가마사를 마중했다. 승리에 도취한 공격군의 대장이란 오만한 태도는 찾아볼 수 없었고, 어디까지나 주군인 노부나가의 일족을 대하는 태도로 속삭이듯 말했다.

"성주님, 부인과 따님들은 모두 무사히 토라고제야마에 도착하셨습니다."

나가마사는 갑자기 눈시울이 뜨거워졌다.

아버지의 고집도 잘 알고 자신이 취할 길도 정해놓고 있으면서도, '정세의 흐름이 변했다……' 는 것을 절감했다.

고집에 죽고 고집에 사는 엄격한 무인의 상식에, 마구 날뛰는 노부나가나 히데요시의 생활 방식이 새로 그것을 대신하려 하고 있었다. 더구나 그 속에는 빈축을 받아야 마땅한 살벌한 비인도성非人道性과 뜻하지 않은 인정이 야릇하게 뒤섞여 교차되고 있었다.

히에이잔을 불태우고 학살을 감행하여 전국을 진노케 한 노부나가는 그야말로 악마이고 악귀였으나, 그 노부나가가 이번의 오다니 공격 때 보인 태도는 전혀 다른 사람이라는 느낌을 주었다.

나가마사는 히데요시를 보았을 때,

"아버지는 어떻게 하고 계신가?"

이렇게 마음껏 조소하고 싶었다. 그러나 히데요시는 그럴 틈을 주지 않았다.

"토라노스케, 비젠노카미 님의 통행에 지장이 없도록 그대가 직접 산노 성으로 모셔라."

카토 토라노스케에게 명하고 극진하게 예의를 갖추었다.

나가마사는 히데요시의 진지를 벗어나자 다시 분노가 치밀었다. 누구에 대한 분노인지 알 수 없었다. 노부나가에 대해서도 아니고 아버지에 대해서도 아니었다. 그렇다고 자기 자신에 대한 분노도 아니었다. 굳이 말한다면 이 천지에 사는 인간의 삶에 대한 견딜 수 없는 짜증이라 할 수 있었다.

그 짜증이 드디어 후와 카와치노카미에게 폭발한 것은, 이 역시 적의 손에 들어간 산노 성 옆을 지나 아카오 성에 가까워졌을 때였다.

아카오 성은 아직 아군이 지키고 있었다. 수비하는 장수인 아카오 미마사카노카미는 히사마사의 유지遺志를 굳게 받들어 이곳을 죽음의 장소로 정하고 있었다. 모닥불이 점점이 나무 사이의 어둠을 빨갛게 물들이고 있었다.

"카와치노카미."

나가마사는 침착하기만 한 후와 카와치노카미를 돌아보았다.

"그대는 이 나가마사를 감쪽같이 속인 줄 알고 있겠지?"

후와 카와치노카미는 천천히 나가마사를 쳐다보고 웃었다.

"당치도 않습니다. 비젠노카미 님은 저 같은 사람에게 속을 분이 아닙니다."

"뭣이! 그럼, 전에 한 말은?"

"히사마사 님이 항복하셨다고 하지 않으면 부인과 따님의 목숨을 구할 방법이 없었기 때문입니다."

나가마사는 크게 눈을 부릅뜨고 저도 모르게 언월도를 고쳐 쥐었다.

후와 카와치노카미는 나가마사가 아버지의 항복을 믿지 않을 것을 알면서도 태연히 거짓말을 했다. 그렇다면 나가마사는 계란을 연상시키는 이 사나이에게 뱃속을 읽힌 셈이었다.

끝까지 침착한 상대의 모습에 나가마사의 피가 거꾸로 흘렀다.

"건방진 것. 그렇다면 아버님이 산노 성에서 자결하셨다는 것을 너는 알고 있었구나."

"물론입니다."

카와치노카미는 여전히 표정을 바꾸지 않았다.

3

담담하게 대답하는 후와 카와치노카미의 말에 나가마사는 다그치듯 물었다.

"그럼, 속이라고 명한 것은 노부나가란 말이냐?"

카와치노카미는 천천히 고개를 가로저었다.

"우리 대장님은 다만 성주님 부자의 목숨을 구하라고만 하셨을 뿐입니다."

나가마사는 언월도로 힘껏 땅을 쳤다.

"그 후의 지시는 누가 한 것인가?"

"저와 하시바 님입니다."

"나를 속인 보복, 각오는 하고 있겠지?"

"물론입니다. 언제라도 상대해드리겠습니다."

나가마사는 발을 굴렀다.

"내가 만일 토라고제야마에 가지 않겠다면 어떻게 하겠느냐?"

카와치노카미는 비로소 굳은 표정이 되었다.

"성주님이 순순히 가시리라고는 처음부터 생각지 않았습니다."

"뭣이! 알고 있으면서도 나를 여기까지 안내했다는 말이냐?"

"성주님……"

카와치노카미는 다시 어조를 누그러뜨렸다.

"뜻대로 무장의 의지를 관철시키십시오. 우리 대장님은 그런 훌륭한 아버지를 둔 자식이라고 따님들을 자랑스럽게 양육하실 것입니다."

나가마사는 나직하게 신음했다.

이때처럼 노부나가와 그 심복의 긴밀한 유대를 부럽게 생각한 적이 없었다. 그들은 이미 나가마사가 무엇을 생각하고 무엇을 바라며 이 전투에 임했는지를 손바닥 들여다보듯 훤히 알고 있었다……

아버지가 항복했다고 말하러 온 카와치노카미의 허를 찔러, 아카오 성과 합심하여 대대적으로 복수전을 치를 생각으로 산에서 내려온 나가마사의 속셈을……

"그렇구나…… 알고 있었구나."

"수비하는 아군이 의심할지 모릅니다. 우선 ─"

일행은 다시 걷기 시작했다.

나가마사는 검은 하늘을 잔뜩 노려보고 걷다가 아카오 성과의 갈림 길에 이르러 묵묵히 왼쪽 길로 접어들었다. 오른쪽으로 가면 토라고제 야마에 있는 노부나가의 본진과 곧장 통했다.

후와 카와치노카미는 그러는 나가마사를 제지하려 하지 않았다.

'나가마사 님의 죽음을 방해할 수는 없다.'

아버지의 죽음을 알고 노부나가에게 항복할 나가마사가 아니라는 것을, 노부나가도 히데요시도 카와치노카미도 분명히 알고 있었다. 요 컨대 오이치와 그 딸들을 구출할 구실을 나가마사에게 주기만 하면 되 었다.

아카오 성에서는 나가마사의 갑작스런 하산에 놀라기도 하고 환성 을 지르기도 했다.

"성주님! 큰 성주님은 어제 그만……"

"원통한 일입니다!"

여기저기 모여 있던 군사들이 일제히 일어나 성 안팎이 갑자기 소란 스러워졌다.

나가마사는 그러는 사람들에게 일일이 고개를 끄덕이면서 천천히 안으로 들어갔다. 다시 카와치노카미와 딸들, 아버지와 히데요시의 얼 굴이 유성처럼 뇌리를 스치고 지나갔다.

드디어 아카오 성을 죽음의 장소로 정할 운명이 확정되었다.

'노부나가도 훌륭했다! 져서는 안 된다.'

죽음을 장식하는 것이 아니라 한 인간의 근성을 그 죽음에 새겨두고 떠나지 않으면 안 된다고 나가마사는 생각했다.

아카오 성에서 나가마사가 최후의 반격을 명한 것은 그 이튿날 아침 여섯 점(오전 6시)이 채 되지 않았을 때였다. 그는 붉게 칠한 언월도를 종횡으로 휘두르며 세번째 공격자들 속으로 쳐들어갔다.

4

오다 군도 파도처럼 서로 교대해가며 아카오 성을 공격했다. 그리고 그 한 파도가 밀려올 때마다 아사이 군의 피해가 두드러지게 눈에 띄었다. 전사하는 자, 상처를 입고 포로가 되는 자, 도망을 시도하는 자, 항복하는 자⋯⋯

아사이 나가마사는 그러한 혼란 속에서 거실로 돌아와 명했다.

"화상和尚은 어디 계신가, 화상을 모셔오라."

오늘도 가을 하늘은 지상의 싸움을 외면하고 한없이 맑기만 했다. 미풍에 싸리가 한들한들 흔들리고 철 지난 나비 한 마리가 유유히 날고 있었다.

키무라 타로지로가, 나가마사가 귀의해 있는 유잔雄山 화상과 함께 급히 달려왔다. 칼자루에 피가 묻어 있고 왼쪽 허벅지를 흰 헝겊으로 동여매고 있었다.

"오오, 화상이시군요. 가까이 오십시오."

나가마사는 미소를 짓고 귀를 기울였다.

"세 번씩이나 공격을 했으니 이제는 적도 내가 할복할 것이라 알고 있는 모양일세. 공격해오는 소리가 멎었어."

"예."

키무라 타로지로는 대답했다.

"마음을 편히 가지십시오. 카이샤쿠는 제가 하겠습니다."

나가마사는 고개를 끄덕였다.

유잔 화상은 그러는 두 사람을 보는 둥 마는 둥 하며 나가마사 옆에 앉았다.

"따님들에게는 마님이 계십니다. 무언가 하실 말씀은?"

"별로 없소."

"그러면 유언으로 남기실 말씀은?"

나가마사는 흘끗 푸른 하늘을 바라보았다.

"그것도 없소."

"묘지로는 어디를 바라십니까?"

"글쎄."

나가마사는 천천히 칼을 뽑았다.

"스물아홉 해의 생애, 꿈속의 꿈……"

가만히 중얼거리고 다시 한 번 바깥의 웅성거리는 소리를 듣는 표정이었다. 가증스러울 정도로 나가마사의 마음을 꿰뚫고 있는 오다 군은 이미 잠잠해져 있었다.

"적도 아군도 없고 원한도 없고 슬픔도 없으며, 그렇다고 기쁨도 없었소…… 참, 묘지는 비와호琵琶湖의 밑바닥이 좋겠소."

유잔 화상은 천천히 고개를 끄덕였다.

"성주님이 좋아하시던 치쿠부시마竹生島의 앞바다에."

"그렇게 해주시오."

"계명戒名은 토쿠쇼지덴 텐에이소세이 다이코지德勝寺殿天英宗清大居士라고 제가 지었습니다마는."

"어마어마한 이름이군요. 하하하…… 그럼, 타로지로."

타로지로는 피묻은 칼자루에 손을 얹고 소리 없이 울고 있었다.

적도 아군도 없고, 슬픔도 원한도 없다는 스물아홉 살 된 나가마사의 죽음은 원한에 맺힌 아버지 히사마사의 죽음과는 비교도 되지 않을 만큼 큰 슬픔을 내포하고 있었다.

"그럼……"

"안녕히 가십시오."

옆구리를 푹 찌르는 키무라 타로지로의 피묻은 칼이 번쩍 빛났다. 유잔 화상은 눈을 부릅뜨고 그 모습을 조용히 지켜보면서 특별히 합장도

하지 않았다.

다시 싸리가 살랑살랑 흔들리기 시작했다. 길 잃은 나비가 차양에서
마루로 들어왔다가 다시 푸른 하늘로 훨훨 날아갔다.

5

이곳은 토라고제야마 본진이 있는 임시막사.

측근들을 물러가게 한 노부나가 앞에는 막내를 안고 있는 오이치와
챠챠히메, 타카히메가 인형을 나란히 놓은 것처럼 앉아 있었다. 챠챠히
메는 언니 구실을 하느라 타카히메에게 과자도 주고, 막사 앞에서 꺾어
온 가을꽃을 나눠주기도 하였다.

노부나가도 오이치도 그 티없는 모습을 아까부터 묵묵히 바라보고
있었다.

9월 1일의 정오가 되어가고 있었다. 이미 오다니 성은 완전히 오다
쪽에 들어와, 화살이 날아가는 소리 대신 졸음을 유발하는 듯한 정적이
감돌고 있었다.

"아뢰옵니다. 아사이 이와미노카미 치카마사淺井石見守親政, 아카오
미마사카노카미 키요츠나赤尾美作守淸綱를 본진으로 데려왔습니다."

근시가 마루 끝에 와서 보고했다.

아카오 성에서 나가마사가 자결한 후 포로로 잡은 적장들이었다.

노부나가는 고개를 끄덕였을 뿐 여전히 눈길을 여동생인 오이치에
게 보내고 있었다.

오이치는 피부만이 아니라 육체까지 투명해 보일 정도로 애처로운
모습으로 조용하게 아이들을 지켜보고 있었다.

"오이치……"

"예."

"아이들을 위해 살겠다……는 것은 결코 무의미한 일이 아니야."

"이미 답은 드렸습니다."

"분명히 죽지 않겠다, 자결하지 않겠다고 결심했다는 말이지."

"예. 아무도 오빠의 말을 거역하지 못합니다."

노부나가는 혀를 찼다.

"그만 애를 태워라. 네 얼굴에는 아직도 죽겠다고 씌어 있어."

오이치는 홀끗 오빠를 쳐다보고 다시 눈길을 품에 안은 아기에게로 떨어뜨렸다.

"너는 그토록 나가마사에게 빠져 있었다는 말이냐!"

"……"

"나가마사는 너희들을 살리기 위해 자기 스스로 항복하겠다고 말했어. 너희들을 속인 것은 내가 아니라 나가마사야."

"아니에요."

오이치는 천천히 고개를 가로저었다.

"시아버님이 항복했으니 항복하라고 한 것은 오빠였어요."

노부나가는 이를 부드득 갈고 혀를 찼다. 아무도 노부나가의 말을 거역하지 못한다——고 하면서도 감시를 게을리 하면 자결할 결심인 오이치였다. 그것을 분명히 알고 있으면서도 어쩌지 못하는 안타까움이 노부나가 같은 맹장猛將을 꼼짝 못하게 만들고 있었다.

"너는 강한 여자로구나!"

"아니, 아무 힘도 없는 약한 여자예요."

"그…… 약하다는 것이 바로 강한 거야. 약한 자가 강하다는 것은 정말 화가 나는 일이야."

다시 이를 갈려다가 노부나가는 생각을 바꾸었다. 고집을 부리면 부릴수록 오이치의 결심은 굳어질 뿐이라는 것을 깨달았기 때문이다.

"오이치."

"예."

"너는 열녀라고 생각하느냐?"

"아닙니다. 다만 죽은 남편에게 진심으로 사죄할 뿐이에요."

"좋아, 그토록 못 잊어 한다면 나가마사에게 보내주겠다. 남의 손을 빌릴 것도 없이."

이렇게 말하는 노부나가는 진심으로 자기 동생이 미워졌다.

6

오이치는 잠자코 있었다.

죽이겠다는 말 대신 나가마사에게 보내주겠다고 했기 때문에 예민한 챠챠히메도 눈치채지 못했다. 아니, 챠챠히메의 감수성은 이곳에 온 이후 이제는 생명의 위험이 사라졌다고 안심하고 있는 것 같았다.

"오이치, 왜 대답이 없느냐? 나가마사에게 가게 된다면 불안은 없을 테지."

오이치는 흘끗 오빠를 쳐다보고 다시 아이들에게로 눈길을 돌렸다.

"나는 부처를 섬길 생각이에요."

"또 마음이 변했다는 말이냐?"

오이치는 천천히 고개를 가로저었다. 울지 않으려고 결심했으나 다시 눈앞이 뿌옇게 흐려지고 화초를 가지고 노는 두 아이의 모습이 보이지 않았다.

"오빠 말에는 뭔가 꿍꿍이가 있어요."

"꿍꿍이라니 그게 무슨 소리냐? 네 희망대로 저세상에 보내주겠다고 했다."

238

"감사하게 생각합니다…… 나를 위해…… 나를 살리려고 화를 내기도 하고 달래기도 하고……"

오이치의 말에 노부나가는 낯을 찌푸렸다.

"못된 것!"

그리고는 내뱉듯이 말했다.

"너는 이 노부나가의 마음을 읽고 있어. 죽이지 못할 것을 알고 오기를 부리는구나. 오이치, 나가마사는 네가 살아 있기를 바랐어. 그것을 모르는 네가 가증스럽다."

"그래서 부처님을 섬기겠다고 한 거예요."

"그 말에 거짓은 없겠지? 중이 되어 딸들이 성장하는 모습을 지켜보겠다는 말이냐?"

"예……"

오이치는 가볍게 대답하고 옷소매로 조용히 눈물을 닦았다.

노부나가는 어떻게 하든 오이치를 살리려고 초조해하고 있다. 그러나 오이치로서는 살아갈 수 있는 힘이 자기에게 있는지 없는지조차 알 수 없었다.

자신이 생각하기에도 이상했다. 원해서 시집갔던 것도 아니었다. 시집갔을 당시에는 싫기까지 했다. 그러한 남편이 어느 틈에 확실하게 자기 마음을 붙들어 꼼짝도 못하게 했다. 나가마사의 우람한 가슴에 타오르기 시작한 애정 때문이었을까.

유별나게 달콤한 말을 교환한 것도 아니고, 말로써 위로를 하지도 않았다. 그런데도 자기 몸을 따스한 안개 같은 것으로 감싸주어, 여기가 아니고는 사는 보람이 없다고 저절로 믿게 하는 마음이 나가마사에게는 있었다.

마지막으로 나가마사는 처자를 살아남게 하려고 한층 더 높은 사랑을 보여주고 떠나갔다. 그것이 오이치에게는 안타까웠다.

'남편의 사랑에 보답하기 위해 나도 살아 있지 않겠다.'

이렇게 결심한 이면에는 살아 있는 데 대한 두려움이 있었다. 살아 있으면 재혼문제도 생길 터. 오이치로서는 두 남편을 섬긴다는 것은 생각할 수도 없는 두려움이었다. 그래서 부처를 섬기겠다는 핑계를 대어, 당장에는 노부나가의 심한 추궁을 벗어날 생각이었는데……

노부나가는 여동생의 마음을 손바닥 들여다보듯이 알 수 있는 모양이었다.

"좋아, 그러면 불문에 들어가게 해주겠다."

노부나가는 무심히 놀고 있는 아이들 쪽을 보면서 전과 다름없이 큰 목소리로 옆방을 향해 소리쳤다.

"이것으로 결정은 났다! 누구 없느냐, 히데요시를 불러오너라."

7

노부나가는 근시가 히데요시를 불러올 때까지 오이치와는 한마디도 나누지 않았다. 자기 혈육인 여동생을 이토록 크게 매료시키고 죽은 나가마사의 혼백에 대해 오기로라도 지지 않겠다는 묘한 감정이 가슴속에서 소용돌이쳤다.

'나가마사 녀석, 마누라 하나만은 확실하게 붙잡아놓고 있었구나.'

끝내 천하의 대세를 내다보지 못하고 부자의 정에 사로잡혀 생명을 떨군 나가마사였다. 그 순수성은 인정할 수 있으나 배포의 크기는 인정할 수 없었다. 노부나가가 생각했던 것보다 훨씬 그릇이 작다고 경멸도 하고 낙담도 했는데, 그런 나가마사가 어떻게 오이치를 그토록 확실하게 붙잡아놓고 있었을까……?

노부나가의 마음에 불현듯 혈육의 애정이 사라지고 짓궂은 생각이 꿈틀거리기 시작했다. 자기도 다루기 힘든 오이치를 히데요시 녀석은 어떻게 다룰 것인가 하는 짓궂은 호기심이었다.

"부르셨습니까?"

히데요시는 무장한 채 정원으로 들어와 노부나가의 대답도 기다리지 않았다.

"오, 정말 귀엽구나!"

눈을 가늘게 뜨고 마루에 있는 챠챠히메 곁으로 갔다.

"마치 인형과도 같습니다."

실눈을 뜨고 두 아이의 머리를 쓰다듬으면서 말했다.

"부럽습니다! 저에게는 아이가 없어요. 나가마사 님은 이처럼 아름다운 생명의 핏줄을 세상에 남기셨습니다. 이 아이들이 자라서 어떤 훌륭한 아기들을 낳게 될지……"

"토키치로."

"예."

"그대가 오이치를 노부카네信包에게 데려가도록 하게."

"알겠습니다."

"자네가 세상을 떠나게 만든 나가마사의 유족일세. 더구나 오이치는 나가마사의 뒤를 따르겠다고 완강하게 고집하고 있어. 이 점을 충분히 염두에 두고 데려가도록."

히데요시는 흘끗 오이치를 바라보고 정중하게 고개를 숙였다.

"오이치는 말이다, 말로는 죽지 않겠다고 했어. 그러나 말과 마음이 다른 여자일세."

"그 무슨 지나친 말씀을."

"나는 있는 그대로를 말하고 있는 거야. 알겠나, 오이치는 나하고 약속했어. 불문에 들어가겠다고."

히데요시는 안타깝다는 듯 양미간을 모으고 다시 한 번 오이치를 바라보았다. 오이치는 도자기와 같은 표정으로 여전히 아이들에게 눈길을 보내고 있었다.

"그런데 그게 새빨간 거짓말이야. 당장 이 자리를 모면하기 위한 구실이야!"

"설마 그럴 리가……"

"잠자코 듣기만 하게. 구실이라는 것을 알고는 있으나 일단 약속한 이상 그대로 지키도록 하겠다. 절은 나중에 내가 지정하겠어. 그 사이 단식을 시도하여 죽으려 할 테지만 그렇게 하도록 놔둬서는 안 돼. 그럴 경우에는 입을 벌려서라도 먹이도록. 분명히 그대에게 명한다."

히데요시는 순간 입을 멍하니 벌리고 노부나가를 바라보았으나 곧 묘한 소리를 내고 웃었다.

"이거 황송합니다. 설마 부인께서 이 히데요시에게 입에 손을 대게 하시지는 않겠지요. 좌우간…… 알겠습니다. 어김없이 모시고 가겠습니다."

정중하게 대답하고 다시 숱이 많은 챠챠히메의 머리를 쓰다듬었다.

8

결국 오이치는 자결하겠다는 생각을 버리지 않은 채 히데요시의 호송으로 기후에 있는 오다 노부카네에게 맡겨지게 되었다. 코즈케노스케 노부카네上野介信包는 노부나가의 수많은 동생 중의 하나로 오이치에게는 오빠가 되었다. 남매 중에서 오이치의 불행을 가장 동정할 수 있는 사람으로 보고 맡긴 셈이었다. 노부나가의 뜻은 어떻게 해서든지 자결을 단념케 하려는 데에 있었다.

그것을 알고 있는 히데요시는 도중에 그녀의 마음을 바꾸게 하려고 일부러 노부나가의 본진에서 자신의 본진까지 오이치를 두 딸과 함께 걸어가게 했다.

오다니 성을 공격하기 위해 히데요시가 닦아놓은 길이었다. 단단하게 다져진 황톳길 양쪽에는 보랏빛 도라지꽃, 노란 마타리꽃에 섞여 싸리 이삭이 하얗게 자라고 있었다.

챠챠히메와 타카히메는 그 자연 속에 천진난만하게 녹아들어 걸어가고 있었다. 새가 있다면서 소리지르고 들국화가 피었다고 달려가서 꺾었다. 그러나 어머니 오이치는 전혀 그런 풍경을 보려 하지 않았다. 막내딸은 따로 유모와 같이 가마를 타고 갔기 때문에 카츠기 사이로 드러나 보이는 단아한 얼굴은 두 딸의 어머니라기보다 언니처럼 보였다.

"하시바 님……"

길을 반쯤 왔을 때였다. 갑자기 오치이가 떨리는 목소리로 말했다.

"남편의 목은 어찌 되었는지 알고 계시나요?"

히데요시는 잔인할 정도로 무뚝뚝하게 고개를 끄덕였다.

"지금쯤 우리 대장님에게 바쳐졌을 것이라 생각합니다."

오이치는 그 이상 말을 않고 입을 다물었다.

"부인……"

히데요시는 도리어 말을 걸고 싶은 마음이 들었다.

"부인의 심경은 잘 알고 있습니다. 이런 입장이라면 부인이 아니더라도 살고 싶은 생각이 없을 것입니다."

"하시바 님은 이해할 수 있나요?"

"굳게 결심을 하셨다면 자결할 기회는 얼마든지 있습니다. 염려하지 마십시오."

히데요시는 이렇게 말하면서 속으로는 전혀 반대되는 환상을 그리고 있었다. 오이치가 오늘 일을 깨끗이 잊고 자기 곁에서 아내로서 자기를 대해주는 환상이었다.

'만일 그렇게 될 운명이라면 집에 있는 아내는 어떻게 되지?'

히데요시는 쓴웃음을 지으면서 고개를 가로저었다. 어이없는 공상이 우습기도 하고 또 두렵기도 했다.

"죽은 사람의 목을 확인하는 잔인한 일은 언제부터의 습관일까요?"

다시 생각났다는 듯이 오이치가 말했다.

"죽은 사람을 욕되게 하다니, 부처님의 마음은……"

"아니, 그렇지 않습니다. 인간의 육체란 요컨대 악취가 나서 코를 들수 없는 구더기의 집, 빨리 보지 않으면 이미 썩어 분간할 수 없습니다. 더러운 것만 생각하다 죽은 시체니까요."

그 말을 듣고 오이치는 눈썹을 치켜올렸다. 분노를 못 이겨 숨을 몰아쉰다는 것을 알 수 있었다.

"가령 부인만 해도 시체가 되시면 악취와 구더기로 가득 찰 것입니다. 그것이 엉뚱한 일에 집착하는 인간에 대한 부처님의 벌입니다."

오이치는 이미 히데요시를 피해 멀리 골짜기 쪽으로 눈길을 던진 채걷고 있었다. 그 눈동자에는 조금 전의 분노는 없고, 무어라 말할 수 없는 두려움이 가을 햇빛과 함께 가득 차 있었다.

히데요시의 경우

1

아사쿠라, 아사이 양가의 멸망은 노부나가의 패업覇業을 확정적인 것으로 만들었다. 아시카가 바쿠후足利幕府°는 더 이상 쿄토에 없었고, 눈 위의 혹과도 같았던 타케다 신겐武田信玄의 죽음은 이미 의심할 여지가 없었다.

신겐의 아들 카츠요리는 아직 아버지의 유신遺臣들을 거느리고 강대함을 과시하고 있었다. 그러나 그에 대해서는 이에야스가 강력한 방풍림 역할을 해주고 있었다.

그동안 노부나가가 해야 했던 것은 혼간 사와 그 세력 아래 있는 잇코一向 종도들의 그칠 줄 모르는 반항을 진압하는 일이었다. 이에는 이, 피에는 피로.

신앙이라는 눈에 보이지 않는 힘을 무기삼아 반항해오는 잇코 종도들에게 노부나가는 그 증오를 터뜨릴 시기를 잡았다.

당면한 문제는 이세의 나가시마長島에 웅거한 종도들을 토벌하여 이시야마石山 혼간 사(오사카 소재)의 한쪽 팔을 끊어놓는 일이었다. 이때의 그의 진퇴 역시 여전히 제삼자의 상상을 조롱하는 듯한 움직임을 보였다.

9월 4일 시바타 카츠이에로 하여금 나마즈에 성의 롯카쿠 요시스케를 토벌케 하여 그대로 카와치로 진입하는 것처럼 했다. 그리고는 6일부터 재빨리 군사를 수습하여 기후로 개선하고 말았다.

개선할 때 히데요시는 노부나가 앞에 나가 오다니 공격의 논공행상에 대한 감사의 말을 했다. 그 전투에서 히데요시가 발군의 공을 세웠다 하여, 노부나가는 아사이의 옛 영지 18만 석을 고스란히 히데요시에게 주고 오다니 성주로 삼았다.

"그대는 곧 영내를 돌아보고 좀더 사나이다운 면모를 보여주게."

노부나가는 이렇게 말한 뒤, 음성을 낮추었다.

"어때, 오이치는 괜찮던가?"

히데요시를 통해 노부카네에게 보낸 오이치가 죽을 염려 없느냐는 의미였으나, 히데요시는 애매한 표정으로 고개를 갸웃했다.

"괜찮냐니요?"

"자결을 단념했느냐고 묻는 것일세."

히데요시는 비로소 깨달았다는 듯이 머리를 끄덕였다. 그리고는 눈이 부신 듯 대답했다.

"아, 그 말씀이시군요. 그 점에 대해서는 걱정하실⋯⋯"

"그대는 도중에 무어라고 설득했나?"

"어찌 감히 설득할 수 있겠습니까. 저는 단지 모시고 갔을 뿐입니다."

노부나가는 얼굴을 찌푸리고 혀를 찼다. 무슨 말을 하면 의표를 찌르는 대답을 하려고 하는 히데요시, 그런 태도를 노부나가가 좋아한다는 것을 알고 있는 히데요시. 문득 건방지다는 생각을 하면서 노부나가는 물었다.

"그럼, 처음부터 자결할 마음이 없었더라는 말이지?"

"있었다고도 할 수 있고, 없었다고도 할 수 있습니다."

"답답하군. 그런데 지금은 없어졌다는 것인가? 어째서 자결을 단념했느냐고 나는 묻고 있는 게야."

히데요시는 고개를 갸웃했을 뿐 대답하지 않았다. 노부나가는 여자의 마음을 알지 못한다——고 말하고 싶었다. 그러나 그렇게 딱 잘라 말하면 노부나가도 오이치도 가엾다는 생각이었다.

"왜 잠자코 있나, 토키치로?"

"예. 그것만은 저도 모르겠습니다. 다만 제가 모시고 가는 도중에 생각이 변하셨습니다…… 물론 제가 변하게 한 것은 아닙니다마는."

히데요시는 진지한 얼굴로 대답했다. 그리고는 탐색하듯 노부나가를 쳐다보았다.

2

평소와는 달리 아주 신중하게 대답하는 히데요시를 지그시 바라보던 노부나가는 흘끗 좌우를 돌아보았다.

"너희들은 잠시 나가 있거라."

서기 세키안夕菴과 시동들에게 턱으로 지시했다.

"토키치로……"

"예."

"그대는 내가 오다니 성과 아사이의 영지를 모두 주겠다고 했을 때 감사하다는 말을 했지?"

"그렇습니다. 진심으로 고맙게 생각하고 있습니다."

"그대는 이 십팔만 석에 혹이 달렸다는 것을 모르겠나?"

"예?"

순간 히데요시의 표정이 변했다. 그 모습은 평소의 히데요시와는 전혀 다른 날카롭고 채찍과도 같은 얼굴이었다.

"그대는 오이치가 싫은가……?"

"……"

"솔직히 말해보게. 나는 그 아이가 불쌍해서 못 견디겠어. 오이치를 살릴 능력이 있는 사나이, 그 사나이 옆에서 조용히 아이를 키우게 하고 싶은 게야. 어때, 싫은가?"

"그야…… 아……아……아주 좋아하고 있기는 합니다마는."

어느새 히데요시의 눈시울은 붉어져 있었다. 수치 때문이 아니었다. 상상만 해도 가슴이 설레는 아름다움에 대한 동경이고, 그 아름다움의 소유자가 처한 신세에 대한 감상感傷이기도 했다.

"아주 좋아한다면, 어떤가, 오이치를 맡아주지 않겠나?"

히데요시는 고개를 수그렸다. 왠지 모르게 눈물이 무릎에 뚝뚝 떨어졌다. 절세미인이라고 해도 좋을 오이치의 미모. 그러한 그녀가 죽음을 생각하며 황톳길을 걷는 모습이 눈물 속에 아른거렸다.

노부나가는 똑바로 히데요시를 바라보며 대답을 기다리고 있었다.

"황송합니다마는……"

"맡아주겠나? 그대에게는 야에八重(네네寧寧)란 아내가 있어. 그러니 정실로 삼아달라는 것은 아닐세."

"거절하겠습니다."

히데요시는 똑바로 고개를 들고 얼른 손끝으로 눈물을 털었다.

"싫은가, 토키치로?"

"황송합니다마는 오이치 님은 대장님의 혈육, 이 히데요시는 아시가루의 자식에 지나지 않습니다."

"그것이 어쨌다는 건가?"

"대장님은 모르십니다. 제 마음이 혼란을 일으킵니다."

"혼란을 일으키다니……"

"대장님은 이 히데요시에게는 유일한 태양이십니다. 무엇과도 바꿀 수 없습니다! 솔직히 말해서 저는 오만 석에서 십팔만 석으로 출세하게 되어…… 그것조차도 황송하게 생각하고 있습니다. 그런데 대장님의 혈육까지…… 그로 인해 자만심은 생기지 않을 테지만 세상에서는 그렇게 보지 않을 것입니다. 문중을 생각하여 하고 싶은 말도 할 수 없게 됩니다. 충성에 금이 갈 것입니다. 아니, 그보다도 이 히데요시에게는 오이치 님이 너무 과분하여…… 그 일에 대해서는 분명히 거절하겠습니다."

"그런가……"

이번에는 노부나가가 눈을 감았다.

"대장님, 그 대신 만일에 따님들을 키우라고 하신다면 이 히데요시는 성심성의껏 돌보겠습니다. 그러니 이 일만은……"

히데요시는 다시 손끝으로 눈물을 털었다.

3

노부나가는 웃지도 않았으나 꾸짖지도 않았다. 히데요시의 말에서 추호도 거짓을 느낄 수 없었기 때문이다.

확실히 히데요시는 노부나가를 세상에 둘도 없는 절대적인 존재로 섬겨왔다. 그 노부나가의 혈육을 맞이한다면 문중의 시기를 받게 되어 마음먹은 것을 말할 수 없게 된다──이것은 얄미울 정도로 노부나가의 급소를 찌른 말이었다.

"그렇구나…… 싫지는 않지만 노부나가의 여동생이기 때문에 거절하겠다는 말이구나."

"대장님!"

히데요시는 두 눈에 눈물을 적신 채 손을 내저었다. 오이치를 맡아달라…… 이 말을 들은 것은 히데요시로서는 아사이 가문의 18만 석을 고스란히 주겠다고 했을 때보다 더 기뻤다. 그토록 신임받고 있다는 생각을 하니 오이치의 처지와 함께 하염없이 눈물이 쏟아져내렸다.

"오이치 님은 분명히 돌아가시지 않습니다. 이 히데요시가 그렇게 믿는 이유를 숨김없이 말씀 드리겠습니다."

"그렇다면 역시 도중에 무언가 설득한 모양이군."

"아닙니다. 설득하는 대신 추한 것을 보여드렸습니다."

"추한 것이라니?"

"적병이 죽어서 썩은 시체입니다."

"음, 그 시체를 보여주었다는 말이지?"

"그 시체에는 가을 파리들이 잔뜩 달라붙어 있어 마치 검게 타죽은 사람같이 보였습니다. 저는 그 파리들을 쫓아버리고 보여드렸습니다. 윙 하고 파리들이 날아가자 새카만 시체가 갑자기 하얗게 되고 그것이 일제히 꿈틀거리기 시작했습니다."

"시체가 꿈틀거리다니?"

"구더기가 말입니다. 이미 썩은 살을 파먹는 백골 위의 구더기…… 오이치 님은 그것을 눈도 까딱하지 않고 보고 계셨습니다마는 어느 순간 얼굴을 가리고 따님들 쪽으로 달려가셨습니다. 그때부터 죽음을 멀리하셨다……고 이 히데요시는 생각합니다."

노부나가는 얼굴을 찌푸리고 웃으려다 말고 그대로 크게 고개를 끄덕였다.

"그렇군. 그럼, 이제 더 이상 오이치 이야기는 그만두기로 하세."

"대장님……"

"왜 그러나?"

"오이치 님은 맡을 수 없으나 그 대신 오이치 님을 기억하기 위해 따님 한 분을 이 히데요시와 제 아내에게 주실 수 없겠습니까?"

"안 돼!"

노부나가는 한마디로 딱 잘라 말했다.

"십팔만 석을 준 것으로도 자네를 시기하는 사람이 있을 것일세. 그대를 위해 주지 않는 게 좋겠다……고 나도 지금 깨달았네."

노부나가는 곧 출발준비를 시작했다.

그때 히데요시는 안도의 숨을 내쉬었다. 그러나 지금은 자기 거성으로 정해진 오다니 성을 순찰하러 가는데 왠지 모르게 몹시 쓸쓸한 마음이었다. 이 성에 오이치와 그 딸들이 없다는 것만 생각해도 성의 가치가 반으로 줄어드는 듯했다.

'나는 이 성을 함락시키기 전부터 어쩌면 오이치에게 반해 있었는지도 모른다……'

히데요시는 타케나카 한베에와 어깨를 나란히 하고 걸으면서 마음속으로 중얼거렸다.

'오이치 님, 부디 행복하십시오.'

4

히데요시와 타케나카 한베에의 뒤를 이시다 사키치가 따르고 있었다. 아직 관례를 치르지 않은 사키치는 히데요시의 뒷모습을 보고 때때로 고개를 갸웃거렸다.

이카고리伊香郡 후루하시무라古橋村에 있는 산쥬인三珠院의 동승童僧으로 있던 사키치는 놀랄 정도로 눈치가 빨랐다. 이러한 그의 눈에 히데요시가 갑자기 크게 변한 사람으로 보였다. 어쩌면 나가하마長浜

의 5만 석에서 오다니의 18만 석 성주로 발탁된 까닭인지도 몰랐다. 오토기슈에서 시동侍童, 아시가루에 이르기까지 친구 대하듯 하는 말투로 가끔 사람들을 웃기고 눈을 가늘게 뜨곤 하던 히데요시가 갑자기 신중해졌다.

'이런 변화가 과연 성주님을 위해 바람직한 것일까······?'

사키치는 하시바羽柴 일족의 결속은 무슨 일에도 구애받지 않고 거침없이 말하는 히데요시의 활달한 성격에서 오는 것이라 생각하고 있었는데······

히데요시는 며칠 전까지만 해도 아사이 나가마사와 오이치가 살던 본성 앞에 이르러 문득 걸음을 멈추고는 물끄러미 성곽을 쳐다보았다. 감개무량한 모양이었다.

무리가 아니라고 생각하면서도 사키치는 히데요시의 어깨에서부터 허리에 걸쳐 무어라 말할 수 없는 외로움이 서려 있다고 느꼈다. 그래서 조금 떨어진 곳에서 토라고제야마로부터 나가하마로 이어지는 폭 18자인 한길을 바라보고 있는 타케나카 한베에에게 다가가 조심스럽게 말을 걸었다.

"타케나카 님, 성주님께선 몸이 불편하신 게 아닐까요?"

한베에는 사키치를 돌아보지도 않고 말했다.

"약간 그런 것 같다."

"타케나카 님께 어디가 불편하다고 말씀하시던가요?"

"그렇지는 않지만 짐작은 할 수 있어."

"혹시 십팔만 석이 부담돼서······"

"사키치."

한베에는 그의 말을 가로막았다.

"너는 어린아이답지 않은 말을 하는구나."

"아주 신중해지셨다······고 생각했더니, 그런 게 아니라 원기가 없어지신 것 같아서요······"

한베에는 여전히 눈길을 돌린 채 고개를 끄덕였다.

"어른은 때때로 그런 병에 걸리는 거야. 걱정할 것 없다."

"그러시면 혹시 아사이 비젠노카미 님의 미망인에게······"

그때 한베에가 이쪽을 바라보고 있는 히데요시에게 성큼성큼 걸어갔기 때문에 사키치는 다시 고개를 갸웃거리며 그 뒤를 따라갔다.

"군사軍師 양반."

히데요시는 한베에가 가까이 오자 혼잣말처럼 중얼거렸다.

"인간에게는 태어나면서부터 가지고 나온 지위가 있는 것 같아."

"그렇습니다. 태어날 때부터 가지고 나옵니다."

"그럼, 그 지위에 위압당하는 경우도 있겠지?"

한베에는 그 말을 들었는지 못 들었는지 말머리를 돌렸다.

"오늘 성내의 순시가 끝나면 곧 영내를 돌아보도록 하십시오."

"음, 그 일도 서둘러야 한다고는 생각하지만."

"아니, 그 일이 더 급할지도 모릅니다. 내일부터 즉시······"

"알겠네. 그대가 하라는 대로 하기는 하겠네만, 지위에 위압당하면 그 사람의 싹도 더 이상 자라지 못할 거야."

일찍이 들어본 적이 없는 약한 소리를 하는 히데요시, 한베에의 낯빛이 흐려졌다.

5

어떤 경우에도 사람을 사람으로 여기지 않는다는 점에서는 노부나가에 버금가는 히데요시였다. 상대가 누구이건 거침없이 말하고 조금도 거리감을 느끼게 하지 않았다. 노부나가의 말 속에는 격한 반골叛骨

의 의지가 드러나 보이지만, 히데요시의 그것에는 꾸밈없는 솔직함이 있어 나중에 반감을 갖지 않게 했다.

태어난 그릇으로 본다면 히데요시가 노부나가보다—이렇게 생각하는 한베에였다. 따라서 사키치의 말이 아니더라도 히데요시의 변모는 한베에의 눈에 먼저 띄었다.

'남자란 이상한 것이야⋯⋯'

늘 자신감에 넘치는 히데요시가 여자의 아름다움 앞에서 꼼짝도 못하고, 공연히 자기와 오이치와의 신분 차이를 생각한다. 여기에 히데요시의 생애를 결정하는 위기와 함정이 숨겨져 있는 것 같았다.

타케나카 한베에는 일단 찌푸렸던 이맛살을 다시 펴고 히데요시와 나란히 섰다.

"성주님, 성주님은 자신의 타고난 천분, 혜택받은 운을 의심하시는 것 같습니다."

"아니, 별로 의심하는 것은 아니야. 아시가루의 아들이 십팔만 석 성주가 되었으니까."

한베에는 히데요시의 눈을 빤히 바라보며 천천히 고개를 저었다.

"이 한베에는 고작 십팔만 석에 만족하는 성주시라면 섬기지 않겠습니다."

"허어."

"걸으면서 이야기하겠습니다. 성주님은⋯⋯"

이번에는 격의 없는 미소를 떠올렸다.

"어디까지 운이 따를 것인지."

히데요시의 눈이 휘둥그레졌다.

"이거 놀랐는걸. 군사 양반이 묘한 소리를 하다니."

한베에는 그 말에는 직접 대답하려 하지 않았다.

"솔직히 말해서 이 한베에는 과연 성주님답다고 새삼스럽게 쳐다보았습니다."

"뭘 말인가……?"

"오이치 님을 단호하게 거절하신 것 말입니다."

"군사 양반, 솔직히 말하겠네. 실은 미련이 많지만…… 인간에게는 삼가는 일도 있어야 한다고…… 아니, 역시 지위에 억압되는 것이 두려워서 그랬던 것일세."

"새삼스럽게 쳐다보았다고 한 것은 그래서입니다."

한베에는 갑자기 어조에 힘을 주었다.

"아니, 운도 좋으십니다! 혜택받은 분이십니다."

히데요시는 익살스런 표정을 짓고 묵묵히 걸었다. 한베에가 무슨 말을 하려는지 잘 이해되지 않는 모양이었다.

"이 한베에라도 역시 거절했을 것입니다."

한베에는 반쯤 혼잣말을 하듯 말했다.

"더 큰 인물이 되셨을 때 곤란합니다…… 오이치 님은 노부나가 님의 여동생이기는 하지만 아사이 나가마사의 미망인이니까요."

히데요시는 깜짝 놀라 그를 돌아보았다.

'더 큰 인물이 되었을 때 곤란하다……? 이 얼마나 놀라운 말인가.'

한베에가 말하려는 뜻을 비로소 깨닫고 저도 모르게 안도의 숨을 내쉬었다.

"성주님……"

"응……"

"곧 이 성으로 기후에 계신 마님을 부르시렵니까?"

"네네 말인가? 글쎄, 어떻게 했으면 좋을지……"

"아니면, 시중을 들 여자를 따로 구하시렵니까? 어쨌든 이대로는 좀 적적하실 테니까요."

한베에는 평소의 그답지 않게 소리내어 웃었다.

6

히데요시는 한베에의 웃음소리에 반감을 느꼈다. 그러나 옆에서 눈을 반짝이고 있는 사키치가 있었다.

"와하하하……"

그래서 실없이 웃으며 그 자리를 얼버무렸다. 얼버무려 그 자리를 넘겼지만, 기분은 더욱 쓸쓸해졌다. 전략이나 세상의 형세를 내다보는 데 대해서는 누구보다도 한베에를 높이 평가하고 있었다. 그렇다고 지금의 자기 심경을 곁에 여자가 없기 때문이라고 단정하는 것은 몹시 불쾌한 일이었다.

"한베에, 그것은 그대가 알 수 없는 일이야. 더 이상 말하지 말게."

이렇게 말해주고 싶은 것이 본심인데도 애매한 웃음으로 얼버무린 것은 어딘가 한베에에게 압도되어 있었기 때문인지도 몰랐다.

'나는 비굴하고 지나치게 마음이 약하다.'

히데요시는 생각했다.

좀더 마음이 강했다면 노부나가의 말대로 오이치를 맞아들여 태연히 시바타도, 아케치도, 사쿠마도, 니와도 제압할 수 있었을 텐데……

키노시타木下란 성을 하시바羽柴라고 바꾼 것에도 후회가 없지 않았다. 니와 나가히데의 충성과 시바타 카츠이에의 용맹을 본받아 니와丹羽의 하羽와 시바타의 시바柴를 따서 하시바로 성을 바꾸었다. 그때는, 성명이란 인간의 부호가 아닌가, 그렇게 함으로써 문중의 질투를 피할 수 있다면 이 역시 일종의 처세술…… 이렇게 대범한 생각을 했다. 그런데 지금 되돌아보니 여기에도 다름 아닌 자신의 비굴함이 낙인찍힌 것처럼 생각되기도 했다.

그날 밤 히데요시는 이미 수리를 시작한 본성 앞 임시막사에서 잠을 잤다. 밤중에 두 번 정도 잠이 깨어 눈을 떴다. 그때마다 깜짝 놀란 것은 자신이 오이치의 꿈을 꾸고 있었기 때문이었다.

　'이런 일은 좀처럼 있을 수 없다……'

　꿈이라면 언제나 전쟁에 대한 것이었고, 또 쌀의 공납 아니면 산이나 하늘을 달리는 것이었는데……

　한베에는 날이 밝자마자 곧 새로운 영내를 순시할 준비를 하고 히데요시를 찾아왔다.

　영내 순시에는 두 가지 방법이 있었다. 우선 위풍당당하게 순시하여 난세의 백성들에게 안도감을 갖게 하는 것이 그 하나이고, 또 하나는 가벼운 옷차림으로 친근감을 갖게 하는 것이었다. 어느 방법을 택하든 그것은 히데요시의 의사에 달려 있었다.

　그런데 한베에는 진바오리에 노바카마野袴° 차림으로, 수행할 사람까지 정해놓고 있었다. 카토, 후쿠시마, 카타기리, 이시다 등 시동 출신인 측근무사에 한베에와 히데요시를 합친 인원, 매사냥을 나간다고 해도 초라해 보일 정도였다.

　"성주님의 무용武勇은 아사이 가문을 멸망시켰다는 것만으로도 온 오미近江에 널리 알려져 있습니다."

　한베에는 이 정도의 인원으로 충분하다는 말은 생략하고, 출발을 재촉하며 웃고 있었다.

　"출발하시지요, 성주님."

　히데요시는 울화가 치밀었다.

　새로운 영지에 위풍을 떨치고…… 아니 그보다는 당당한 행차를 통해 오이치에 대한 환상을 쫓아버리려 했는데. 그러나 히데요시는 이때도 자기 감정을 억제했다. 그렇지 않아도 기세를 올리고 있는 시동들 앞에서 히데요시가 한베에를 꾸짖기라도 한다면 뒷날 결속에 금이 가게 된다.

　1개군郡에 이틀씩 모두 6일에 걸쳐 아사이, 이카, 사카타坂田 등 3개군을 순시하는 일정이었다.

성을 나온 히데요시는 어제보다도 더 말이 없었다. 그래서 측근들에게 사람이 달라진 것 같은 느낌을 좀더 확실하게 느끼게 해주었다.

말을 탄 사람은 히데요시와 한베에 두 사람. 키노모토木之本에서 시즈가타케賤ヶ岳를 넘어 시오츠鹽津로 나왔으며, 이어 핫타고리八田郡, 다시 나가하라永原 강변을 끼고 스가우라菅浦로 나왔다. 그리고 오늘의 숙소로 정해진 부농富農의 집인 듯한 큰 집 앞에 섰을 때 히데요시는 눈이 휘둥그레졌다. 뜻하지 않은 미인이 주위의 저녁 어스름을 쫓듯이 하며 문 밖으로 마중 나왔다.

7

그날의 일정은 빠르면 스가우라에서 츠즈라오자키葛籠尾崎를 거쳐 다시 시오츠로 돌아오게 짜여 있었다. 따라서 반드시 스가우라에서 숙박한다고는 정해져 있지 않았다.

히데요시는 문 앞에 나와 영접하는 미인과 타케나카 한베에를 날카로운 눈으로 번갈아 바라보았다.

'한베에 녀석, 무언가 속셈이 있었구나.'

이번에는 그냥 웃어넘길 수 없다고 여겼다.

"토라노스케!"

걸어서 따라오는 카토 토라노스케를 엄한 소리로 불렀다.

"오늘 밤의 숙박준비가 되었는지 알아보고 오너라."

말하기가 무섭게 문 앞에서 한베에를 향해 타고 있던 말의 머리를 돌렸다.

바로 눈앞에는 저물어가는 저녁놀을 반사하는 아름다운 호수가 반짝이고 있었다.

"한베에!"

"왜 그러십니까?"

"여긴 누구 집이냐?"

한베에는 허리춤에서 일정표를 적은 장부를 천천히 꺼내들었다.

"쿄고쿠 와카도지마루京極若童子丸의 집입니다마는 건물이 약간 낡았습니다."

"건물을 말하는 게 아니야. 쿄고쿠 와카도지마루라면 쿄고쿠 가문의 일족인가?"

한베에는 히데요시가 재촉할수록 더욱 차분해졌다.

"원 이런, 아직 모르고 계셨습니까?"

"알고도 묻는 줄 아느냐? 그 일족이냐?"

"일족 정도가 아니라 쿄고쿠 가문, 즉 명문 오미 겐지近江源氏인 사사키 노부츠나佐佐木信綱의 적류적류嫡流입니다."

"뭣이……?"

히데요시는 깜짝 놀라 다시 한 번 지붕 위로 풀이 자란 문을 쳐다보았다. 과연 건물은 너무 낡아 있었다. 그러나 그것은 처음부터 농가가 아니라, 어딘가에 몰락한 흔적을 남긴 명문의 집이었다.

"사사키 노부츠나는 쿄토의 쿄고쿠에 저택을 가지고 있었습니다. 그후 사사키를 쿄고쿠라고도 불렀습니다. 아시카가 바쿠후의 집사執事, 아홉 개 지방의 성주, 고호쿠江北 여섯 개군의 태수였으나, 가신이던 아사이에게 영지를 빼앗기고 이처럼 호숫가에 숨어살고 있지요…… 마치 영고성쇠榮枯盛衰의 꿈속을 여행하는 듯한 기분입니다."

히데요시는 뚫어지게 한베에를 쳐다보고 있을 뿐이었다.

그 역시 아사이 가문의 성주가 누구였는지는 잘 알고 있었다. 쿄고쿠, 아사이…… 그리고 지금은 자기가 차지하게 되었다.

카토 토라노스케가 시무룩한 표정으로 문을 나왔다.

"아무 대접도 못하지만 준비는 되어 있으니 언제든지 좋다고 합니다."

"누가 말하더냐?"

"예, 집주인은 아직 어리므로 그 누이가 대접하겠다고……"

"누이…… 말도 제대로 못하는 녀석이로구나, 토라노스케."

쿄고쿠 가문의 종손이라면 존댓말을 써야 하지 않겠느냐……고 생각하면서, 히데요시는 조금 전에 흘끗 보았던 여자의 모습을 떠올렸다.

히데요시가 이 세상에서 본 가장 아름다운 여자가 오이치라고 한다면 이 여성은 두번째로 아름답다고 할 수 있었다. 아니, 나이는 오이치보다 적었다. 따라서 더 젊고 싱싱하다고도 생각되었다.

"한베에, 도대체 그대는 무엇 때문에 여기를 나의 숙소로 정했나? 그 대답에 따라 이 집에서 잘지 어떨지를 정하겠다."

히데요시는 전에 없이 감정을 드러내고 따지는 어조로 말했다.

8

한베에는 천천히 말에서 내려 고삐를 근시의 손에 건네주었다. 일단 감정을 폭발시켰다가도 그 후 깊이 반성하곤 하는 것이 히데요시의 성격임을 너무도 잘 아는 한베에였다.

"무언가 마음에 안 드시는 점이라도 있습니까?"

태연히 히데요시를 쳐다보았다.

"저는 지방관에게 숙소를 선택하도록 맡겨두었는데…… 아마도 이 집 남매가 숙적인 아사이 가문을 멸망시킨 성주님이기 때문에 반갑게 맞아주리라 믿고 선택한 것 같습니다."

히데요시는 아직도 탐색하듯 한베에를 살피고 있었다. 이때 이시다 사키치가 성큼성큼 다가와 재촉했다.

"성주님, 고삐를 이리 주십시오."

한베에는 다시 히데요시에게라기보다, 예사롭지 않은 분위기에 놀라고 있는 근시들에게 들려주는 어조로 말했다.

"시오츠까지 돌아가려면 밤이 된다. 무엇보다도 아직은 새로운 영지이니 혹시 괴한이 숨어 있을지도 몰라. 이 집은 말이다……"

"……"

"주인은 와카도지마루로 열서너 살, 그 동생인 키치도지마루吉童子丸는 열한두 살, 그리고 누나 한 사람이 있다. 그 누나 후사히메房姬는 와카사若狭의 성주 타케다 마고하치로 모토아키武田孫八郎元明에게 시집갔다가 자기 스스로 돌아온 유명한 여장부야."

"그럼, 아까 문 앞에서 우리를 맞이했던 그 미인이……"

옆에서 사키치가 입을 열었다.

한베에는 담담하게 고개를 끄덕였다.

"후사히메는 북오미에서 제일가는 미인이어서 와카사의 타케다에게 시집가게 되었는데, 시집갈 때 한 가지 조건을 내세웠다더군. 그 조건은 할아버지와 아버지의 원수를 갚아달라는 것이었어. 그 원수란 말할 나위도 없이 아사이 부자. 남편인 마고하치로 모토아키는 아침저녁으로 졸라대는 성화에 못 이겨 그만 진절머리가 났던 모양이야. 후사히메는 모토아키에게 그럴 뜻이 없다는 것을 간파하고 몇 달 만에 몸도 허락하지 않고 친정으로 돌아왔다더군. 그러한 가문이기 때문에 성주님의 숙소로서는 안성맞춤……이라고 이 한베에는 보고 있는데 모두 어떻게 생각하나?"

이 말에 평소에는 입이 무거운 토라노스케가 성큼성큼 사키치 옆으로 걸어왔다.

"이제 납득이 가는군요. 성주님, 말에서 내리십시오. 이 집 주인의 누나 되는 사람도 자기 원수를 갚아준 성주님이 오셨다고 기쁜 마음으로 영접할 것입니다."

히데요시는 혀를 찼다.

"토라노스케 녀석, 마치 자기 부하에게 하듯이 말하는군."

훌쩍 말에서 뛰어내려 크게 기침을 하고 얼른 한베에 앞에 섰다.

이미 해는 떨어져 호수의 반이 어둠으로 그늘져 있었다. 안으로 들어서는데 남쪽에 심은 조릿대가 미풍에 흔들리고 있었다.

'한베에 녀석, 역시 속셈이 있었던 거야……'

오이치를 아사이의 미망인이라고 말한 의도를 이제야 알 수 있었다. 그리고 보면 아사이 일족은 쿄고쿠 가문의 중신에 지나지 않았다……

오와리 나카무라尾張中村에 살던 농부의 아들, 대대로 오다 가문을 섬기던 아시가루의 아들. 그런 자기가 지금 아사이 일족의 주인이었던 쿄고쿠 가문의 후예에게 새로운 권력자로서 환영받고 있다……는 생각이 드는 순간 히데요시의 핏속에 천성적인 장난기가 무럭무럭 되살아났다.

이러한 히데요시를 후사히메는 눈을 빛내며 조용히 바라보고 서 있었다.

9

"어서 오십시오."

히데요시가 눈앞 열두서너 걸음쯤 되는 위치로 다가섰을 때 후사히메는 또렷한 어조로 말하고 고개를 숙였다.

"이 집 주인 와카도지마루는, 누추한 집을 찾아주신 성주님께 무언가 대접해야 한다고 하인과 함께 고기를 잡으러 가서 아직 돌아오지 않았습니다. 그래서 제가 대신 나왔습니다. 저는 와카도지마루의 누나로 후사房라고 합니다. 이 아이는 와카도지마루의 동생 키치도지마루입니다."

히데요시는 여기서도 한베에의 계략을 깨달았다. 마중 나온 후사히메는 검은 머리를 곱게 빗고 은근한 향내를 풍기고 있었다. 어스름 속에서 본 탓인지, 약속을 지키지 않아 시가에서 돌아왔다는 이야기에서 연상되는 억센 여자가 아니라 박꽃을 바라보는 듯한 순박한 아름다움을 지니고 있었다.

"음, 이 집 주인이 나를 위해 일부러 고기를 잡으러 갔다는 말인가?"

"예. 저의 집안으로서는 더없이 고마우신 분, 소홀히 대접하면 조상의 영혼이 꾸짖을 것 같아서입니다."

"고마운 말이로군. 그럼, 신세를 지기로 할까."

히데요시는 한베에와 함께 반짝반짝 길이 든 현관으로 올라가면서 옆에 있는 키치도지마루의 머리를 쓰다듬어주었다.

이 무렵부터 묘하게도 히데요시의 마음은 가벼워졌다. 호수가 바라다보이는 안방으로 안내받았을 때에는 자기가 먼저 한베에에게 말을 걸게까지 되었다.

"보기 드물게 아름다운 경치…… 한베에, 저것이 치쿠부시마竹生島로군."

후사히메는 두 사람을 안내하고는 곧 물러갔다.

"성주님……"

"왜 그러나, 군사 양반?"

"마음에 드십니까?"

"무엇이 말인가?"

"이 집에서 바라보는 경치 말입니다."

"생각보다는 나쁘지 않지만……"

"무릇 생명이란 탐욕스러운 것입니다."

"뭐, 생명…… 이 히데요시처럼 말인가?"

"군무軍務가 바쁠 때는 마음에 여유가 생기지 않습니다. 내 생명 하나를 어떻게 살아남게 하느냐가 선결문제이기 때문에……"

"그럴지도 모르지."

"약간 여유가 생기면 자기 생명만으로는 만족하지 못하고 아들을, 손자를 미래에 살리려는 맹목적인 의지가 활동하게 됩니다."

"알겠네. 그것이 색정色情의 원인이란 말이지?"

"그래서 색정은 가능한 한 떳떳하게 나타내셔야 합니다."

"허어, 군사 양반의 말이 묘하게 바뀌는군."

"시야는 넓게, 그리고 마음은 깊이 가지시고 좋은 상대를 택하지 않으면……"

"알겠어, 알겠네."

히데요시는 손을 흔들어 제지하면서, 왜 그런지 이 집 문 앞에 섰을 때처럼 화가 치밀지 않는 것이 이상하다고 생각했다. 한베에는 히데요시의 제지를 무시하고 말을 이어나갔다.

"분별을 잃은 색정도 자식은 낳을 수 있겠지만, 언젠가는 그 자식을 낳게 한 생명까지도 위협받는 원인이 될 수도 있습니다. 가령…… 몸도 마음도 죽은 남편에게서 떠나지 않는 허물벗은 매미와 같은 여자와, 성주님에게 오직 한결같은 감사를 드리는 여자가 있다면, 성주님은 어느 쪽을 택하시겠습니까? 맹목적인 의지의 활동이니…… 역시 끊임없는 분별이……"

히데요시는 다시 한 번 손을 내저었다.

"그만 하게, 군사 양반. 그대는 마치 이 집 여자가 나를 흠모하고 있기라도 한 듯이 말하는군."

이때 발을 씻은 젊은이들이 잇따라 들어왔다.

10

모두가 히데요시를 에워싸듯이 하고 앉았을 때 집 주인인 와카도지 마루가 마을 처녀들에게 촛대를 들리고 나타났다. 아직 앞머리를 올리지 않은 앳된 얼굴로 절을 했다. 과연 명문의 후예답게 어딘지 모르게 기품을 풍기고 있었으나 복장은 누나와 달리 아주 소박했다.

"음, 그대가 와카도지마루로구나."

히데요시는 가볍게 절을 받으면서 이 자리에 다시 후사히메가 나타나기를 기다렸다.

'노부나가에게 추천하여 가문을 다시 일으킬 수 있도록 해주어도 좋겠어……'

이 말은 어린 집주인보다 누나에게 해주고 싶은 말이었다. 그러나 후사히메는 모습을 나타내지 않고, 이윽고 마을 처녀들이 밥상과 술을 날라왔다.

촛불이 밝아지면서 차츰 창 밖이 어두워졌다. 멀리서 파도소리가 희미하게 들려왔다.

토라노스케 등 젊은이들은 술은 사양하고 허기진 듯 밥을 먹기 시작했다.

히데요시는 어느 틈에 싱글벙글 웃는 얼굴이 되었다.

"정성을 다해 요리한 이 잉어가 정말 맛있다. 너희들 모두 먹어보도록 하라."

이렇게 말하고 저도 모르게 큰 귀에 손을 가져갔다. 열세 줄로 된 거문고 뜯는 소리가 별실에서 흘러나왔다.

한베에가 흘끗 히데요시를 바라보고 혼잣말처럼 중얼거렸다.

"저 곡은 쿠모이雲井°인 것 같군요."

"음……"

"후사히메는 거문고 솜씨가 뛰어나다는 말을 들었습니다마는, 일부러 자리를 피해 환대하는 것 같습니다."

"음."

히데요시는 국그릇을 상에 놓고 와카도지마루를 돌아보았다.

"어떤가, 누나가 여기서 거문고를 탈 수는 없을까?"

한베에도 그 뒤를 이어 말했다.

"성주님의 희망이시니 누나에게 전해주지 않겠나?"

"예, 전하겠습니다."

와카도지마루가 사라진 뒤 곧 거문고 소리가 멎고 아랫자리에 촛대가 더 준비되었다.

"잉어도 그렇고 거문고도 그렇고, 이 집에서는 성주님이 오신 것을 이토록 기뻐하고 있습니다."

한베에는 또 혼잣말처럼 중얼거렸다. 후사히메는 마을 처녀들에게 먼저 거문고를 옮기게 하고 자기는 나중에 들어왔다. 그러한 동작의 하나하나에까지 미리 그 효과를 잘 계산해놓은 듯했다.

"오!"

사키치와 이치마츠市松가 동시에 탄성을 질렀다. 그늘에서 거문고를 탄다고는 하지만 후사히메는 이미 옷을 갈아입고 더욱 아름답게 화장하고 있었다.

"말씀을 거역할 수 없어 서툰 솜씨이오나……"

후사히메는 부끄러운 듯 고개를 숙여 보이고는 거문고 앞에 앉아 곧 타기 시작했다.

달도 숨는구나 저 산마루로
서로 헤어져 떠도는 구름을 보면
내일의 이별도 그와 같은 것
가슴에서 떠나지 않으리, 저 짙은 보랏빛의
…………

히데요시는 어느 틈에 몸을 앞으로 내밀고 옆에 한베에가 있다는 것
도 잊고 있었다.

'이것이 성주…… 이것이 사나이다……'

한베에는 호수 위에 달이 떠오른 것을 깨달으면서 조용히 눈을 감고
거문고보다도 히데요시 마음의 움직임에 흥미를 느꼈다. 무뚝뚝한 젊
은이들도 얌전히 무릎에 손을 얹고 눈 하나 까딱하지 않고 거문고 가락
에 도취되어 있었다.

11

후사히메는 두 곡을 끝내고 물러갔다. 겸손하다기보다는 히데요시
의 관심을 끌려는 동작 같아 보이기도 했다.

마을 처녀가 거문고를 들고 나간 뒤 히데요시는 휴우 하고 크게 한숨
을 쉬었다.

"군사 양반."

"왜 그러십니까?"

"과연 세상은 넓어."

"달이 떴으니 창을 열까요?"

"아니, 후사히메를 불러 술잔을 건네면 안 될까?"

한베에는 이제 됐다고 생각했다.

"일부러 그럴 필요는 없을 것 같습니다마는……"

"아니야, 그래서는 미안하지. 불러오게."

"성주님……"

한베에는 희미하게 미소를 떠올렸다.

"갑자기 기운이 나셨군요. 와카도지마루, 성주님이 이렇듯 원하시니 다시 한 번 누나를 이리 불러오너라."

와카도지마루는 공손하게 고개를 수그리더니 일어나서 누나를 부르러 갔다.

"이제 모두들 물러가서 쉬도록 해라. 내일은 다시 일찍 출발해야 하니까."

히데요시는 마침내 이전의 뻔뻔스런 히데요시로 돌아간 모양이었다. 젊은이들을 물러가게 하고 후사히메에게 도대체 무슨 말을 하려는 것일까?

한베에는 웃음을 참고 후사히메가 오기를 기다렸다. 오래지 않아 후사히메가 다시 들어왔다.

"후사히메! 그대의 솜씨가 내 혼을 빼놓아 그만 잔을 주는 것까지 잊게 만들었어. 자, 이리 가까이. 좀더 가까이……"

히데요시는 직접 잔을 들어 후사히메에게 건네었다.

"군사 양반도 이토록 놀라운 가락, 이토록 아름다운 목소리를 처음 듣는다고 칭찬하고 있어. 아니, 이 히데요시도 처음이야! 자, 이리 더 가까이."

히데요시는 한베에가 하지 않은 말까지 태연히 입에 올리면서 말을 이끌어나갔다.

"……그런데 후사히메, 모든 일은 서로간에 상의한 후에 결정해야 하겠지만."

"예?"

"그대의 원수 아사이 일족은 이 히데요시가 멸망시켰어. 그러나 그 것으로 만족하지는 않겠지. 이제 쿄고쿠 가문을 다시 일으켜야 하지 않 겠나?"

"예, 그것은……"

"어떤가, 이 히데요시가 동생을 기후의 대장님께 천거하면?"

후사히메는 깜짝 놀라 히데요시를 쳐다보았다.

"그 말씀이 진정인지요?"

"내가 왜 허튼소리를 하겠나. 그래서 모든 일은 상의해야 한다고 말 했던 것 아닌가?"

"상의라니……"

"원래 그대는 오다니 성에서 살아야 할 사람. 어떨까, 그대가 오다니 성에 오겠다고 하면 이 히데요시가 와카도지마루를 책임지고 천거할 생각인데?"

한베에는 참다못해 웃었다.

"후후후."

"왜 웃나, 한베에?"

"아니, 웃은 것이 아닙니다. 과연 성주님다운 용기라고 감탄하고 있 습니다."

히데요시는 그 말이 채 끝나기도 전에 다시 재촉했다.

"어떤가 후사히메, 오다니 성에 들어가 살 생각은?"

"오다니 성에 들어간다는 것은……?"

말하다 말고 후사히메는 비로소 그 의미를 깨달았는지 귀까지 빨갛 게 되어 고개를 수그렸다.

"싫지는 않겠지, 후사히메? 거짓말이 아니야. 반드시 그대 오누이를 위해 도움이 될 거야. 어떤가, 이 히데요시로는 부족한가……?"

12

한베에는 끈질긴 히데요시의 설득에 후사히메가 무어라 대답할지 흥미를 느끼고 저도 모르게 옆에 있는 와카도지마루를 돌아보았다.

와카도지마루 역시 깜짝 놀란 모양이었다. 아직 앳된 티가 가시지 않은 눈을 크게 뜨고 얼굴이 빨갛게 되어 굳어진 자세를 바로잡고 있었다. 후사히메와 와카도지마루 사이에 이런 이야기가 나오지 않았다는 증거였다.

"한베에, 자네도 한마디 하게."

후사히메가 잠자코 생각에 잠겨 있었기 때문에 히데요시의 예봉이 한베에에게로 돌려졌다.

"그대에게도 전혀 책임이 없지는 않아. 그렇다고 내가 십팔만 석에 만족하고 있는 것은 물론 아니야. 이 부근을 제이의 발판으로 삼아 크게 도약하겠어. 떨어지는 저녁 해를 감상하기보다는 새벽의 아름다움을 감상해야 하는 것이었어."

"성주님 말씀을 저는 잘 알아듣지 못하겠습니다."

한베에는 웃으면서 가볍게 고개를 흔들어 보였다.

"모른다니 말도 안 돼. 그대의 충고를 나는 마음에 새기고 있네."

"석양보다는 새벽이라고 말씀하셨지요?"

"그래. 멸망한 가신보다는 남아 있는 주군의 가문을 말일세."

"갑자기 계산이 밝아지셨군요. 그 점에 대해서는 저도 어떻게 할 수가 없습니다. 성주님 생각대로 하십시오."

한베에가 시답잖게 대답하자 히데요시는 다시 후사히메 쪽을 돌아보았다.

"성급한 제안이어서 경솔하다……고 생각하면 잘못이야. 좋은 것은 좋다, 싫은 것은 싫다고 분명하게 말하는 것이 내 성격이니까. 어떤 대답을 하건 나는 놀라지 않겠어. 물론 듣고 싶지 않은 대답을 들으면 실망하겠지만."

이미 히데요시는 오이치에 대한 감상에서 해방되어 원래의 타산적인 사람으로 돌아와 있었다.

'이것이 히데요시의 진면목이다……'

그렇기는 해도 인간관계에는 '인연'이라는 무형의 것이 따르게 마련이었다. 한베에는 그 '인연'이 있는지 없는지를 냉정하게 바라보고 있었다.

문득 후사히메가 고개를 들었다. 오이치보다 더 건강의 혜택을 받은 탐스러운 얼굴이 굳어지고 입술 언저리의 근육이 가볍게 바르르 떨리고 있었다.

'거절할 생각일까?'

한베에는 생각했다.

"그렇게까지 말씀하신다면……"

"승낙한다는 말이지?"

히데요시가 앞으로 몸을 내밀었다.

"거절하면 은혜를 저버리는 것 같아서……"

"그래, 히데요시나 되는 사나이가 이렇게 부탁하는 것이니까."

"부탁이시라니…… 무슨 그런 농담을."

"그럼, 결정됐어. 이봐, 술병을 이리 주게. 약속의 잔은 내가 직접 따르겠어."

한베에는 웃는 대신 정중하게 고개를 숙였다.

"우선 축하 드립니다."

"운일세. 역시 부딪쳐봐야 부서지는 거야. 그렇지, 후사히메?"

히데요시는 눈앞에 있는 잔을 들어 오들오들 떨고 있는 후사히메에게까지 동의를 구했다.

후사히메는 술잔을 받았다. 조상의 원혼을 달래기 위해 타케다 마고하치로에게 일단 출가했던 후사히메, 드디어 자기 가문을 다시 일으키기 위해 히데요시에게 몸을 맡기기로 결심했다.

히데요시는 녹아들 듯한 눈길로 후사히메를 바라보며 잔이 비워지기를 기다렸다.

13

하늘은 삶이냐 죽음이냐에 익숙해 있는 사나이에게 사랑의 순수성을 추구할 여유를 주지 않았다. 만약 그것을 추구하고 있었다면 아마도 그 후의 히데요시는 큰일을 하지 못했을 것이 분명했다.

후사히메가 물러간 뒤 히데요시는 다음과 같이 솔직하게 술회했다.

"때때로 나도 바보가 되는 모양일세."

그 태도가 너무도 진지했기 때문에 한베에는 바로 물어보고 싶은 생각이 들었다.

"무슨 뜻입니까? 설마 후사히메의 일로……?"

"아니, 오이치 님을 말하는 것일세. 대장님께는 일단 거절하기는 했으나 다시 한 번 나에게 달라고 부탁하려 했었어."

그 일이었구나 하고 한베에는 안도했다.

"그것도 성주님의 한 단면이라 할 수 있지요. 바보이기는커녕 훌륭하신 점입니다."

"아니야."

히데요시는 손을 내저었다.

"맞아들였다면 많은 사람들로부터 원한을 샀을 거야."

"과연 그럴까요?"

"물론이지. 오이치 님은 시바타 님과 어울려. 대장님도 틀림없이 시바타 님에게 주실 거야. 하마터면 위험할 뻔했어."

사랑의 감상에서 해방된 히데요시의 눈은 이미 주위의 분위기를 정확히 꿰뚫어보고 있었다. 한베에가 생각하기에도 히데요시에게 거절당한 오이치는 시바타 카츠이에에게 보내질 것 같았다.

"군사 양반."

"왜 그러십니까?"

"달빛이 아주 밝군. 호수 가득히 황금빛 물결이 넘실거리고 있어."

히데요시는 어린아이 같은 몸짓으로 일어나 창을 열었다.

"나도 이제는 하찮은 인간이 아니야. 앞으로는 사사키 겐지의 명문 쿄고쿠 가문의 딸을 소실로 두게 되었네."

"그렇습니다……"

훌륭한 노리개를 손에 넣었습니다…… 라고 말하려다 한베에는 얼른 입을 다물었다. 후사히메에게는 그녀 나름의 목적이 있을 것이고, 히데요시 역시 비록 노리개라 해도 마음에 들기만 한다면 절대로 소홀히 다룰 사나이가 아니었다. 청순한 사랑은 아니라 해도, 서로를 위하여 불행한 결합은 되지 않을 것 같았다.

"마음이 변하면 안 되니 오늘 당장 첫날밤을 치르겠네. 그러나 정식으로 오다니 성에 들여놓을 때는 당당하게 맞이하겠어."

"후사히메도 기뻐할 것입니다."

"내 곁에 온 뒤부터는 무어라 부르면 좋을까? 후사 마님……으로는 안 돼. 역시 여자이니까 쿄고쿠 마님이라 부르는 것이 좋겠어."

한베에는 다시 미소를 떠올렸다.

'이것이 한없이 공상의 나래를 펴는 히데요시의 진면목이다.'

이런 생각과 함께 한베에는 입이 가벼워졌다.

"성주님, 맞아들이실 때 그 행렬의 규모에 대해서는 아직 말씀하시지 마십시오."

"부러운가, 군사 양반?"

"아닙니다, 그 말씀은 나중에 잠자리의 정담으로 삼으십시오."

"하하하하…… 이거, 참으로 좋은 밤이로구나. 군사까지 마음이 들뜨다니. 저것 보게, 호수에서 물고기가 마구 뛰어오르고 있네."

히데요시는 갑자기 진지한 표정을 지었다가 다시 후사히메 이야기로 돌아왔다.

"그건 그렇고, 언제 성으로 맞이하면 좋을까?"

대지의 탄식

1

오다니 성에서 히데요시가 쿄고쿠 마님을 소실로 맞이하여 마음껏 공상의 나래를 펴고 있을 무렵!

코후 성에서는 이미 출전준비를 끝낸 카츠요리가 잇따른 패보敗報에 애를 태우며, 자기 거실에서 눈을 치뜨고 입을 꾹 다문 채 전령의 보고를 듣고 있었다.

10월이 다 된 산간지방의 가을은 이미 서리를 맞고 있었다. 창 밖의 푸른 나뭇잎은 시시각각 붉은 빛을 더하여 머지않아 다가올 추운 겨울을 예고하고 있었다.

나가시노 성을 이에야스에게 빼앗겼을 뿐 아니라 배신자인 오쿠다 이라 사다요시 부자를 추격하던 타케다 군은 5,000 가까운 군사를 잃었으면서도 부자가 지키고 있는 타키야마 성 하나도 함락시키지 못했다는 보고였다.

"사부로베에는 그때 무엇을 하고 있었다는 말이냐?"

카츠요리가 엄한 소리로 묻자 타케다 사에몬다이부 노부미츠武田左

衛門大夫信光의 진중에서 온 스물네다섯 살 가량인 전령은 마치 카츠요리에게 반항하기라도 하듯이 가슴을 떡 폈다.

"나가시노가 함락당한 뒤부터 계속 의기소침해 있습니다."

"노부하루(바바)는?"

"맨 먼저 나가시노를 버리고 호라이 사의 초입인 후타츠야마二ッ山로 후퇴한 이후……"

"사기가 떨어졌다는 말이지?"

"그렇습니다. 이치죠 우에몬 님도 쇼요켄 님도 사람이 변한 것 같다고 저희 주인은 말씀하십니다."

카츠요리는 그 말을 듣고 분노를 억제하기 위해 잠시 입을 다물고 거실 한 구석을 노려보았다.

"그대는 카타야마라고 했지?"

"예, 카타야마 칸로쿠로片山勘六郎입니다."

"그대는 모두의 사기가 그토록 떨어진 이유가 어디에 있다고 생각하나?"

"황송합니다마는 그것에는 두 가지 원인이 있다고 생각합니다."

"그 하나는?"

"원래 도쿠가와 쪽 편을 들었던 적이 있는 야마가의 무리들이라 언제 배반할지 모른다고 그것을 우려하기 때문에……"

"알겠다. 스가누마 이즈뽐沼伊豆도 신파치로도 믿을 수 없다는 말이로군."

"아닙니다. 지금은 일단 물러선 호라이 사나 그 주변의 노부시野武士°, 농민들도 방심할 수 없는 세력이라고 했습니다."

"알겠다. 그 정도면 더 이상 설명하지 않아도 알겠어."

카츠요리는 두번째 원인은 굳이 물으려 하지 않았다. 만약 묻는다면 이 젊은이는 큰 소리로, 그것은 신겐의 죽음이 누설된 때문이라고 말할 것이 뻔했기 때문이다. 카츠요리가 생각해도 아버지는 확실히 위대했다. 그 위대한 아버지가 이런 모양으로 아들을 괴롭히게 될 줄은 생각지도 못했다.

코슈 군의 사기가 떨어진 것도, 점령지의 민심이 흐트러진 것도 따지고 보면 카츠요리의 인물을 평가한 결과로 나타난 불신이었다……

'아버지가 너무 위대했다.'

그렇다고 지금 병력을 철수시키면 모든 게 이에야스의 뜻대로 되어갈 뿐이었다……

"호라이 사 부근의 농민들까지도 경계해야 한다는 말이지?"

"예, 분명히 그렇습니다."

"그 농민들은 내가 누르겠다. 좋아, 이만 물러가거라."

카츠요리의 말에 상대는 크게 불만인 모양이었다. 아직도 하고 싶은 말이 남아 있는 것 같았다. 그러나 이것도 아버지가 살아 있을 때와 카츠요리 치세의 비교가 된다…… 이렇게 생각하고 카츠요리는 모른 체하고 얼굴을 돌렸다.

2

카츠요리는 자신의 분노와 탄식의 원인이 대지의 탄식과 이어진다는 것을 미처 깨닫지 못했다. 단지 신겐의 죽음에 의한 것이라고만 가볍게 생각했다. 이런 생각에 분한 마음은 몇 배 더 커졌다.

아버지만은 못하다 해도 결코 범용한 카츠요리가 아니었다. 그런 만큼 일족이나 가신들의 신뢰를 받지 못하는 원통함이 무섭게 가슴을 태웠다……

'그렇구나…… 모두 나를 그토록 미덥지 못하게 여기고 있구나.'

신뢰를 받지 못하면 신뢰를 받을 때까지 물러나야 한다고 생각해야
할 분별심을 분노의 구름이 가리고 있었다.

전령을 내보낸 카츠요리는 잠시 사방침에 주먹을 세우고 묵묵히 앉
아 있었다.

"정원 쪽 장지문을 모두 활짝 열어라."

시동에게 명하는 그의 눈에는 핏발이 서 있었다.

시동은 시키는 대로 장지문을 열었다. 싸늘한 바람과 함께 정원의 단
풍나무 잎 하나가 방안으로 날아들어왔다.

"어디 편찮으십니까?"

아토베 오이노스케跡部大炊助가 오른쪽에서 물었다.

"바람이 좀 찬 것 같습니다마는."

카츠요리는 그 말을 들었는지 못 들었는지, 시동 카츠마루勝丸에게
명했다.

"쇼지 스케자에몬庄司助左衛門한테 가서 오쿠다이라 부자의 인질을
끌어오라고 일러라."

"시로四郞 님, 여기서 인질을 베시렵니까?"

카츠요리는 이 말에도 대답하지 않았다. 시로 님——하고 일부러 친
밀하게 부른 것도 아버지의 죽음을 숨기기 위해서였으나, 카츠요리는
도리어 그렇게 부른 것에 화가 치밀었다.

3년 동안 죽음을 비밀에 부치라고 한 것은 아버지의 유언이었다. 그
러나 그 유언마저도 장수들의 사기에 심대한 영향을 주고 있었다. 아버
지 신겐의 죽음을 비밀로 해두는 3년 동안 가신의 거취를 확인하고 천
하의 동향을 주시하라는 의미라고, 카츠요리 자신은 그 뜻을 분명히 알
고 있는데도 일족의 장수들은 그렇게 받아들이지 않았다. 신겐의 죽음
을 알면 노부나가와 이에야스는 켄신과 동맹하여 침입할 것이므로 섣
불리 발표해서는 안 된다……는 식으로 몹시 소극적으로 받아들이고

있었다.

옥리獄吏 쇼지 스케자에몬이 손을 뒤로 묶은 한 여인을 두 사람의 부
하에게 끌게 하고 정원으로 들어왔다.

아직 열다섯 살에 지나지 않는 나츠메 고로자에몬의 딸 오후였다. 아
니, 여기서는 고로자에몬의 딸이 아니었다. 오쿠다이라 사다요시의 일
족 로쿠베에六兵衛의 딸이고 사다요시의 적자嫡子 사다마사의 아내였
다. 따라서 사다요시 부자가 츠쿠데作手 성을 나와 코슈 군에게 일격을
가할 때까지는 그 대우도 제법 융숭했다.

"꿇어앉아!"

옥리는 날카로운 소리로 꾸짖고 나서 카츠요리에게 허리를 굽혔다.

"명하신 자를 여기 대령시켰습니다."

카츠요리는 성큼성큼 마루로 걸어나가 윽박지르는 소리로 물었다.

"오후, 너는 무엇 때문에 묶여왔는지 알고 있느냐?"

오후는 고개를 끄덕였다. 열다섯 살인데도 눈썹을 밀고 이를 검게 물
들인 오후는 어린 나이에 검은 머리를 깎아버린 요승妖僧 같은 애처로
운 모습이었다.

3

"너는 오쿠다이라 사다마사의 아내, 몸짓으로 대답하지 말고 입으로
대답하라."

카츠요리는 소리쳤다.

오후는 그러한 카츠요리의 분노를 전혀 깨닫지 못하는 듯 밧줄에 묶
인 채 가만히 무릎을 꿇었다. 그리고 천천히 고개를 들어 감정을 죽인
목소리로 조용히 대답했다.

"저는 작은 성주의 아내가 아닙니다."

"뭣이, 사다마사의 아내가 아니라고?"

"예, 이름도 없는 가신의 딸입니다."

카츠요리는 당황하며 주위를 돌아보았다.

"그럼, 너는 아직 사다마사와 혼례를 올리지 않았다는 말이냐, 그런 뜻이냐?"

"아닙니다."

오후는 다시 천천히 고개를 가로저었다. 매우 기질이 강한 것인지 아니면 옥에 갇힌 불행에 겁을 먹은 탓인지 그 어느 쪽으로도 해석할 수 있는 태도로 말했다.

"저는 지금까지 속여왔습니다. 제가 처형될 때는 큰 성주님의 소원이 이루어졌을 때…… 그때까지 작은 성주님의 아내로 행세하라는 분부를 받고 왔습니다."

"뭐……뭣이! 사다마사의 아내로 행세하라고……"

"예."

카츠요리는 몸을 와들와들 떨기 시작했다. 그렇지 않아도 분노를 참을 수 없을 지경이었는데, 오물 속에 얼굴을 처박은 듯한 굴욕감이 더해졌다.

"그럼, 오쿠다이라 부자 놈은 너를 코후로 보낼 때부터 모반을 꾀하고 있었다는 말이냐?"

"아닙니다."

오후는 다시 무표정하게 고개를 흔들었다.

"그보다 훨씬 이전부터입니다."

"스케자에몬, 어서 저 년을 베어라!"

참다못해 소리질렀다.

"아니, 잠깐!"

서둘러 앞에 한 말을 취소했다.

'이 어린 계집까지도 나를 멸시하고 있다.'

카츠요리의 마음속에서 분노가 잔인한 수성獸性의 불길로 변했다.

매서운 산악지대의 바람이 대지를 박차고, 단풍잎이 오후 주변으로 날아왔다. 그리고 그 하나가 오후의 머리에 떨어졌다. 이것은 농부의 머리에 꽂힌 꽃장식을 연상케 했다.

"하하하……"

갑자기 카츠요리가 웃기 시작했다. 그리고 전과는 딴판인 부드러운 태도로 말했다.

"좋아, 밧줄을 풀어주어라."

옥리는 고개를 갸웃하며 오후의 젖가슴으로 파고든 밧줄을 풀어주었다. 오후는 자유로워진 손으로 두 어깨를 주무르기도 하고 두 손을 비벼보기도 했다.

카츠요리는 그런 오후의 모습에서 눈길을 떼지 않고 뚫어지게 바라보고 있었다.

"오후."

"예."

"너는 열다섯 살이라지?"

"예."

"대관절 너는 누구의 딸이냐?"

카츠요리는 다시 사방침이 있는 곳으로 돌아가 턱을 괴었다.

"네가 사다마사의 아내가 아니라면 죽여도 소용없다. 살려서 네 부모에게 돌려보내겠다. 도대체 이 계략을 누가 세웠느냐? 사다요시냐, 아니면 사다마사냐?"

오후는 멍하니 카츠요리를 쳐다보았다. 그러더니 다시 천천히 고개를 가로저었다.

4

"사다요시도 사다마사도 아니란 말이냐?"

카츠요리는 오후의 동작이 지나치게 느린 것에 공연히 화가 치밀었다. 사다마사의 아내로서 인질이 되었을 때에 비해 너무나 사람이 달라진 것처럼 보였다. 이런 농부의 딸 같은 것에게 감쪽같이 속았다는 생각을 하니 어수룩했던 자신이 새삼스럽게 후회되었다.

오후는 천천히 고개를 가로저었다.

"큰 성주님도 작은 성주님도 처음에는 반대하셨습니다."

"왜 반대했느냐?"

"이 오후가 가엾다고 하시면서."

"그렇다면 누가 권했다는 말이냐?"

"저의 친아버지입니다."

"친아버지의 이름은?"

"잊었습니다."

카츠요리의 아름다운 눈썹이 다시 꿈틀 하고 경련을 일으켰다.

"잊었다니, 말하지 못하겠다는 말이로구나. 좋아, 그럼 묻지 않겠다. 그런데 네 아비는 뭐라고 하면서 권하더냐?"

"타케다 가문은 신겐 공이 있어 버티어왔다고 했습니다."

카츠요리는 가신들이 옆에 있었기 때문에 오후에 대한 질문을 중단할 수도 없었다.

'여기에도 복병이 있었구나.'

생각하면서, 이 복병을 보기 좋게 이겨야 한다는 마음이 들었다.

"하하하……"

카츠요리는 웃었다.

"너는 정직한 여자로구나. 아버님은 이 성에서 요양중이신데, 그건 그렇다 하고. 그 다음에는?"

"예."

오후의 얼굴에 겨우 혈색이 돌기 시작했다.

"카츠요리 공은 무용에서는 아버지에게 뒤지지 않으나 생각은 한참 미치지 못하므로, 인질로는 오후를 보내도 충분히 속일 수 있다. 먼저 오후를 코후로 보내고 나서 하마마츠의 이에야스 님이 우리편이 되도록 확실하게 마음을 결정하시라고……"

"음, 그 책략도 재미있군. 그래서 네 아비는 네게 뭐라고 하더냐? 코후에 죽으러 가라고 하더냐?"

"예."

"너도 죽을 생각을 하고 왔느냐?"

"예. 그것도 그냥 죽는 것이 아니라 화형火刑을 당하거나 톱으로 잘려 죽든가…… 이런 것까지도 각오해야 한다고."

오후는 여전히 남의 일인 것처럼 담담하게 대답했다. 카츠요리는 갑자기 속이 뒤집혔다.

"너는 그것이 두렵지 않았느냐?"

"두려웠습니다."

"그런데 왜 이런 일을 맡았느냐?"

"어쩔 수 없었습니다."

"어쩔 수 없다니, 아비의 명이기 때문에 어쩔 수 없었느냐?"

"아닙니다. 자식에게 그런 일을 명하지 않을 수 없는 아버지가 가엾어서…… 역시 어쩔 수 없었습니다."

"너는……"

말하다 말고 카츠요리는 꿀꺽 울화를 삼켰다.

"멍청이냐, 아니면 영리하게 태어났기 때문에 선택된 것이냐?"

"처형당할 운명을 갖고 태어났다고 우시후세牛伏せ의 노파가 말했습니다."

"우시후세의 노파란 누구냐?"

•"츠쿠데 마을의 유명한 무녀巫女입니다."

카츠요리는 저도 모르게 혀를 찼다.

5

카츠요리는 이런 무저항의 느낌으로 이렇듯 심한 저항에 부딪친 것은 처음이었다.

단순한 처형이 아니라 화형까지 각오하고 있었다고 한다. 그 각오는 한 무녀의 말에 의해 결정된 모양이었다.

'도대체 이 여자를 감동시킬 급소는 어디에 있는 것일까……?'

"오후."

"예."

"이 세상에 마지막으로 남길 말은 없느냐?"

"별로 없습니다."

"혹시 있거든 내가 전해주겠다. 부모에게라도 좋고 사다요시나 사다마사에게라도 좋다."

오후는 그 말을 듣고 고개를 갸웃하며 아주 심각하게 생각에 잠겼다.

"그러시면 호의에 못 이겨 한마디만."

"한마디만? 그래, 말해보아라."

"저는 다음 세상에 태어날 때는 짐승으로…… 그러므로 명복 같은 것은 빌지 마시라고……"

말꼬리를 흐리며 자못 슬픈 듯이 고개를 수그렸다. 그러나 곧 전과 같은 무표정으로 돌아왔다.

"허어, 내세에는 짐승으로 태어났으면 좋겠다는 말이지. 그건 어째 서냐?"

"인간은 짐승보다 더 천하기 때문입니다."

"그것이 네가 하고 싶은 말이냐?"

"짐승은 모두 정직하게 살아가는데도 인간은 서로 속이지 않으면 살 아가지 못합니다."

"오후!"

카츠요리는 비로소 오후의 인생관에서 급소를 발견한 듯한 기분이 들어 저도 모르게 목소리가 높아졌다.

"너는 이 카츠요리가 부모 곁으로 보내주겠다."

그 말에도 오후의 얼굴에는 전혀 기뻐하는 기색이 떠오르지 않았다. 믿는 것도 아니고 믿지 않는 것도 아닌 표정으로 여전히 고개를 갸웃거 리고 있었다.

다시 쏴아 하고 찬바람이 발 밑에서 회오리쳤다. 그 바람은 오후의 흐트러진 머리에 걸렸던 단풍잎을 이번에는 가느다란 목덜미로 옮겨놓 았다. 오후는 그것을 떼어내려고도 하지 않았다.

"내 말을 믿지 못하겠느냐?"

"아닙니다."

"너는 살려주어도 기쁘지 않은 모양이로구나."

"별로……"

"살아 있어도 재미있는 세상이 아니라는 말이지?"

"예."

"그럼 너를 기쁘게 할 방법은 목을 베는 것밖에 없겠느냐?"

"아닙니다."

오후는 다시 고개를 가로저었다.

"기둥에 묶어놓고 창으로 찔러 죽이거나 끓는 물에 던져 죽이거나 또는 화형에 처해주십시오."

카츠요리는 너무나 섬뜩한 요구에 할말을 잊었다.

처음에는 분노에 못 이겨 베어 죽일 생각이었다. 그러나 문초를 하는 동안, 그것보다는 호라이 사의 진지 앞에 끌어내어 적과 백성들이 보는 앞에서 카츠요리를 배반한 자의 말로가 어떤지를 보여주기 위해 되도록 잔인하게 처형하겠다는 생각으로 바뀌었다. 그런데 오후는 이런 카츠요리의 마음을 정확하게 간파한 듯한 대답을 하고 다시 무표정하게 카츠요리를 쳐다보고 있었다.

그 무표정한 얼굴에 카츠요리는 기묘한 압박감을 느끼고 저도 모르게 숨을 몰아쉬었다.

6

카츠요리는 옥리에게 엄하게 명했다.

"이 여자를 다시 가두어라."

원래부터 살려줄 생각은 아니었다. 일단 기쁘게 해주고 나서 심한 충격을 가할 예정이었으나 그게 전혀 뜻대로 되지 않았다.

"나는 내일 아침 성에서 떠난다. 그때 호라이 사에 데려가 놓아주겠다. 어서 끌어가거라."

오후는 다시 밧줄에 묶였다.

"일어서!"

옥졸이 소리지르고 밧줄을 잡아당기자 오후는 비틀거리며 한 차례 쓰러졌다. 하지만 그 창백한 얼굴에는 여전히 고통이나 실망의 빛은 찾아볼 수 없었다.

"지독한 계집이야……"

카츠요리는 그 뒷모습을 바라보며 혀를 찼다. 오후는 마치 눈에 보이지 않는, 초겨울에 부는 찬바람의 요정과도 같았다.

정원의 문을 나서면서 쇼지 스케자에몬이 물었다.

"너는 사다마사 님의 아내가 아니었단 말이냐?"

"예."

"그건 그렇고, 살려주겠다고 했는데 왜 순순히 받아들이지 않았어?"

오후는 흘끗 스케자에몬을 바라보았을 뿐 그대로 아무 말도 없이 걸음만 옮겨놓았다. 그녀는 이미 스케자에몬에게 대답할 필요를 느끼지 않았다.

카츠요리에게 분명히 말했듯이, 코슈에 있다고 하는 끓는 솥에 던져지거나 화형을 당해 죽고 싶은 것이 지금의 심정이었다.

'왜 그런 생각이 들었던 것일까?'

그 이유조차 확실히 알 수 없었다.

'역시 작은 성주에 대한 사랑 때문일까?'

오후는 생각했다.

오후는 원래 오쿠다이라 사다마사가 좋지도 싫지도 않았다. 다만 츠쿠데 성주의 아들로서 섬겨왔다.

지난해 봄이었다.

낮의 피로로 깊이 잠들어 있을 때 무엇이 가슴을 압박하는 것을 깨닫고 눈을 떴다. 별로 꿈을 꾸지 않는 편인 오후는 그때 이것이 침소에서 몰래 빠져나온 사다마사라는 것을 알고 본능적으로 당황했다. 열네 살에 불과한 오후는 아직 그런 일을 예상한 일도 경계한 일도 없었다.

"소리지르면 안 돼."

사다마사가 귓전에 대고 속삭였다. 오후는 하라는 대로 했다. 주군의 아들이므로 거절할 수 없었던 것인지, 아니면 좋아했기 때문에 가만히 있었는지 알 수 없다. 다만 남녀의 교합에 대해서만은 알고 있었으므로, 아마 그것이려니 하고 생각했다.

지금 생각하면 그때 오후의 몸은 감기에 걸려 열이 오른 것처럼 몹시 뜨거워졌던 것 같다. 사다마사를 꼭 끌어안았던 일도 기억하고 있다.

'무엇 때문에 끌어안았던 것일까……?'

고통을 참기 위해서였는지 아니면 좋아서 그랬는지 지금도 알지 못하고 있었다. 이와 같은 단 한 차례의 교합에 오후가 지금과 같은 마음을 갖게 만든 근본적인 원인이 있는 것 같았다.

오후는 자신의 죽음을 사다마사에게 기억시키고 싶었을 뿐이었다…… 오래 기억되기 위해서는 잔인한 극형일수록 좋았다. 그리고 만일 사다마사가 자기를 위해 한 방울이라도 눈물을 흘려준다면…… 이것이 불행한 오후의 유일한 희망이었다.

7

오후는 그 이튿날 호라이 사를 향해 떠나는 코슈 군의 뒤를 말을 타고 끌려갔다. 말에는 안장이 얹혀 있었고, 오후는 묶여 있지도 않았다. 뿐만 아니라 옷도 새것으로 갈아입어 보랏빛 카스기가 가을의 햇빛에 빛나 보였다.

다시 사다마사의 아내로 취급당하는 느낌이었다.

오후는 그것이 슬펐다. 만일 살아 돌아간다면 오후는 여전히 사다마사에게는 말 한마디도 건넬 수 없는 시녀로 전락해야 했다.

"수고했다."

아니, 어쩌면 이 한마디를 끝으로 사다마사에게 버림받게 될지도 몰랐다.

'신이여, 저는 살아 돌아가서는 안 됩니다.'

가을의 갖가지 풀들이 조용히 산기슭을 뒤덮고 있는 시나노에서 미카와에 이르는 길을 가면서, 오후는 때때로 눈을 감고 남몰래 기도했다. 도중에 혀를 깨물고 죽을 생각은 하지 않았다. 죽음이 두려워서가 아니라, 그렇게 하면 자신이 왜 죽었는지 사다마사가 알 수 없을 것이므로 그런 죽음은 무의미하다고 생각했다.

카츠요리의 본진 뒤, 보급대 앞에서 시녀들 틈에 섞여 길을 가고 있었는데, 사흘째 되는 날 일행은 호라이 사에 도착했다.

호라이 사에 도착한 뒤 오후는 곧 본진과 격리되어 그곳에 억류되어 있는 사다요시의 막내아들 센마루와 합류했다. 센마루는 대나무로 울타리를 두른 금강당金剛堂에 갇혀 있었다. 센마루 한 사람만이 아니라 일족인 오쿠다이라 스오 카츠츠구奥平周防勝次의 아들 토라노스케虎之助도 있었다.

센마루는 오후를 보자 둥근 얼굴에 미소를 띠고 반가운 듯 손으로 불렀다.

"너도 죽지 않고 끌려왔구나."

"예. 센마루 님도 여기 계셨군요."

"오후, 아마 나는 아버지나 형을 위할 수 있게 된 모양이야."

"그러면, 큰 성주님과 작은 성주님은 무사히……"

"이에야스 님의 원군이 오면 머지않아 나가시노 성을 지키게 될 것이라고 진쿠로甚九郎가 전해왔어."

"참으로 다행입니다."

"오후, 너도 불행한 제비를 뽑았지만, 용서해줘."

"예…… 알고 있습니다."

오후는 다시 자기가 풀려날지도 모른다는 생각을 했으나, 죽을 장소를 여기서 새로 찾게 되었다고 마음먹었다. 만일 카츠요리가 놓아준다면 센마루를 따라 자결할 생각이었다.

'정말 잘 되었어.'

이렇게 생각하고 있는데, 센마루는 오후를 기쁘게 해주려고 뜻하지 않은 말을 했다.

"너와 나의 공으로 아버지와 형님이 무사히 적의 손에서 빠져나왔을 뿐 아니라, 이에야스 님이 은상으로 삼천 관의 새로운 영지와 카메히메 님을 내리셨다는구나."

"예…… 카메히메 님이라니요?"

"이에야스 님의 따님, 그분을 형님의 부인으로 삼도록……"

아무것도 모르는 센마루는 노래하는 듯한 어조로 말하고 싱긋 웃으며 오후를 바라보았다.

8

오후는 그날 밤 한잠도 이루지 못했다. 같은 방에서 센마루를 사이에 두고 토라노스케와 셋이 누웠으나, 뇌리에는 사다마사의 얼굴과 아직 보지도 못한 카메히메의 얼굴이 떠올랐다가는 사라지고 사라졌다가는 다시 떠올랐다.

그리고 아직 살아남아 있는 벌레의 울음소리가 처량하게 들려왔다. 앞으로 얼마 남지 않은 생명을 울면서 보내는 벌레…… 가만히 고개를 들고 보니 가물거리는 등잔불 밑에서 센마루도 토라노스케도 새근새근 자고 있었다.

'완전히 각오가 되어 있는 모양이군.'

오후는 자신이 미련을 갖고 있는 것만 같아 몇 번이나 눈을 꼭 감아보곤 했다.

끝내 잠을 이루지 못한 채 날이 밝았다. 조용히 이부자리를 개어 한

쪽에 밀어놓고 허리 높이로 난 창 밖을 내다보았다. 젖빛 산 안개가 조용히 깔리고 낡은 마루 가장자리에 희고 검은 얼룩고양이 한 마리가 몸을 동그랗게 하고 눈을 감고 있었다.

"짐승으로 태어났으면 좋았을 텐데……"

오후는 저도 모르게 입 속으로 중얼거렸다.

하필이면 인간으로 태어났기 때문에 이렇듯 생각이 어지러웠다. 더구나 생각했던 것, 선善이라 믿은 것들 무엇 하나 실현되거나 실현시킬 수 있는 세상이 아니었다.

오후는 문득 카메히메가 미웠다. 아니, 카메히메만이 아니었다. 아무리 자기 딸이라고는 하나 한 인간을 상품처럼 하사하는 이에야스도 미웠다. 그러나 이상하게도 단 한 차례 자기를 범하고는 모른 체하는 사다마사만은 미워할 수 없었다.

갑자기 마루 가장자리에서 참새의 요란한 단말마가 들려왔다. 자는 체하고 있던 고양이가 가까이 다가온 참새를 입에 물고 천천히 일어서고 있었다.

"음험한 고양이……"

그러나 그것도 인간에 비하면 죄가 가볍다. 고양이는 참새 한 마리로 만족하여 천천히 계단을 내려가지만, 생각하는 능력을 가진 인간은 그보다 훨씬 더 탐욕스럽다.

"오후, 무엇을 보고 있어?"

그때 뒤에서 센마루가 말을 거는 바람에 오후는 깜짝 놀라 자세를 바로 했다.

"편히 주무셨어요?"

"일찍 일어났구나, 잘 잤어?"

"예, 아니오."

"그럴 테지. 여자의 몸으로는."

센마루는 이렇게 말하고는 아직도 희미하게 타고 있는 등잔불을 입으로 불어 껐다.

"토라노스케는?"

그리고는 마루에 나와 세숫물을 대야에 붓고 있는 토라노스케에게 말을 걸었다.

"토라노스케는 남자입니다."

"오후."

"예."

"오쿠다이라 가문 사람들은 미련을 갖고 있었다는 조소를 당하지 않도록 침착하게 죽을 수 있겠어?"

오후는 깜짝 놀랐다. 자기만은 죽이지 않고 풀어줄지 모른다, 어제까지 이렇게 생각하며 불안하게 여겼는데 어느 틈에 그 생각이 완전히 뒤집히고 말았다.

'카메히메를 한번 보고 싶다······'

만나면 틀림없이 미워하게 될 것이다——이런 생각을 하면서, 그 희망이 어느새 가슴에 도사리고 있었다.

"잘 알고 있을 테지만, 우리가 웃음거리가 되면 오쿠다이라 가문 모두가 웃음거리가 되는 거야. 떳떳하게 죽도록 하자."

오후는 갑자기 소리내어 울기 시작했다. 이때 언제나 야채만 곁들인 밥상을 날라오던 아시가루가 카츠요리의 순찰을 알려왔다.

9

카츠요리는 늠름한 갑옷차림으로 손에 채찍을 들고 울타리 밖에서 걸음을 멈추었다.

"저것이 사다요시의 막내아들이냐?"

시종에게 턱짓을 하며 물었다.

"내가 센마루요."

센마루는 당당하게 걸어나와 또렷한 목소리로 대답했다.

"알겠다. 오늘 너를 처형한다. 무엇 때문에 처형당하는지는 알고 있
겠지?"

산 안개를 등지고 선 카츠요리의 모습은 그림처럼 선명했다.

"나는 오쿠다이라 사다요시의 아들, 더 이상 말하지 마시오."

"좋아, 그럼 새삼스럽게 말하지 않겠다. 아비의 모반에 대해 본보기
로 내리는 형벌은 매우 혹독한 것이다."

"끓는 가마솥에 던져넣어 죽이든 나무에 묶어 찔러 죽이든 마음대로
하시오."

"어린것이 당돌하구나."

카츠요리는 이렇게 내뱉고 그대로 왼쪽 언덕길로 올라갔다.

오후는 센마루의 등뒤로 망연히 그 모습을 바라보았다. 카츠요리는
센마루의 처형만을 알리고 토라노스케나 자기에 대해서는 한마디도 하
지 않았다.

'분명하게 살려준다고 했으니 풀어줄지도 모른다.'

이런 생각과 함께 갑자기 센마루의 얼굴이 눈부시게 환해 보였다.

이윽고 아침 밥상이 나왔다.

여느 때와 다름없이 한 사발의 소금 국에 채소 한 가지. 이것을 센마
루와 토라노스케는 천천히 모두 먹어치웠다.

"이것이 마지막 식사로구나."

센마루가 말했다.

"오후, 마음의 준비는 되어 있겠지?"

오후와 동갑인 토라노스케는 창백한 얼굴에 미소를 띠고 가슴을 폈

다. 그들은 오후도 함께 처형되는 줄 알고 있었다.

오후는 대답 대신 가만히 고개를 수그렸다.

센마루를 끌어내려고 열일고여덟 명의 무사들이 나타난 것은 해가 완전히 떠올라 안개가 걷혔을 때였다.

오후는 깜짝 놀랐다.

무사들이 세 치 정도 되는 두께의 십자가 세 개를 아시가루들에게 짊어지게 하고 나타났다. 그들은 그것을 울타리 밖에 세우고 외쳤다.

"오쿠다이라 센마루, 이리 나오너라."

센마루는 일어나 오후와 토라노스케에게 창백한 얼굴을 돌리고 웃어 보였다.

"수고했어."

한마디를 남기고 센마루는 빛이 드는 밖으로 나갔다. 그 얼굴은 웃고 있었으나 우는 것 이상으로 애처로웠다.

아시가루들이 다가와 센마루를 십자가 위에 뉘고 두 손, 목, 허리, 다리를 굵은 밧줄로 묶기 시작했다. 그동안 센마루는 가늘게 눈을 뜨고 조용히 창공을 쳐다보고 있었다.

"다음은 오쿠다이라 토라노스케."

"여기 있다. 마음대로 해라."

토라노스케는 무섭게 상대를 노려보면서 가슴을 활짝 펴고 십자가 곁으로 걸어가 자진해서 그 위에 드러누웠다.

"다음에는 오쿠다이라 사다마사의 아내, 오후!"

오후는 이렇게 불리는 순간 털썩 마루에 무릎을 꺾고 앉았다.

"나는 사다마사 님의 아내가 아니다! 어째서 내가 아내란 말이냐! 사다마사 님의 아내는 도쿠가와 카메히메 님이다……"

이것이 짐승으로 태어나지 못한 불행을 한탄하는 오후의 마지막 절규였다. 아시가루들이 우르르 오후에게 달려들었다.

오후는 반쯤 눈을 뒤집고 입술을 꼭 깨문 채 상대가 하는 대로 몸을 맡겼다. 아마도 마음속에는 불만과 불신이 터질 듯이 가득 차 있을 것이 분명했다. 굵은 밧줄 밑에서 숨을 쉴 때마다 젖가슴이 크게 들먹거렸다.

"이년은 발광하며 소리를 지를지도 모른다. 입안에 무언가를 쑤셔넣어라."

지휘자인 듯한 스물일고여덟으로 보이는 무사의 말에 오후는 얼른 고개를 가로저었다.

"아무 말도 않겠다. 말할 게 뭐 있겠느냐…… 말해도 소용없다는 것은 이미 알고 있다……"

"어떻게 할까요?"

기둥에 몸을 묶고 있던 아시가루가 손을 멈추고 물었다.

"좋아, 그대로 두어라."

지휘자는 이렇게 말한 뒤 내뱉듯이 말했다.

"배반자 놈들, 가증스럽기 짝이 없어!"

오후는 축 늘어졌다. 노송나무로 만든 십자가인 듯, 뒷머리를 받치고 있는 기둥의 향내가 한껏 코를 자극했다.

'증오하려 한다, 이 사람은……'

적이기 때문에 증오하려고…… 그런데 어째서 사람들은 적과 아군으로 나뉘어 이토록 잔인하게 전쟁을 벌이지 않으면 안 되는 것일까? 아무리 생각해도 알 수 없었다. 그와 함께 어쩔 수 없는 일인 것 같기도 했다.

오후는 일단 눈을 감으려 했다. 그러나 생각을 바꾸고 다시 눈을 떴다. 짐승만도 못한 인간들이 무엇을 하는지 끝까지 눈여겨보기라도 하려는 듯이……

하늘은 여전히 맑게 개어 햇빛이 내리쬐고 있었다. 반쯤 단풍이 든 낙엽수 사이로 하늘을 향해 곧게 뻗은 삼나무 가지가 눈에 들어왔다. 어디선가 때까치가 요란하게 울고 있었다.

천천히 십자가가 세워졌다. 바로 눈앞에 센마루와 토라노스케가 묶인 기둥이 이미 앞쪽 골짜기를 향해 세워져 있었다.

그 골짜기 너머로 세 입 접시꽃 모양의 깃발이 보였다. 아니 세 잎 접시꽃 모양의 깃발만이 아니라 오쿠보 군의 깃발도, 이이井伊와 혼다의 깃발도 보였다.

그들 모두 이제부터 행해질 잔인한 처형을 마른침을 삼키고 지켜보고 있을 게 틀림없었다. 그리고 아마도 새로운 원한으로 이 광경을 뇌리에 새기고 결국엔 그 복수가 시작될 것이다.

오후는 목을 움직일 수 없게 되었기 때문에 기둥이 흔들릴 때마다 시야에 들어오는 것만을 차례로 가슴에 새겨넣었다.

마침내 기둥이 움직이지 않게 되었다.

주위에 사람들이 점점 불어나는 것이 보이지는 않았으나 수런거리는 사람들의 기척으로 충분히 알 수 있었다. 코슈 군이 겁을 주어 배신을 사전에 막으려고 모이게 한 백성들이었다.

"당연한 일이야, 배반자의 자식들이니까."

이런 아부의 말에 섞여 염불하는 소리도 여기저기서 들려왔다.

'드디어 최후가 가까워진 모양이다.'

그래도 오후는 눈을 감지 않았다. 자신의 양쪽 겨드랑이에서 젖가슴 안쪽으로 파고들 시퍼런 창끝을 똑똑히 보아둘 생각이었다.

"부탁입니다."

갑자기 뒤에 있는 군중 속에서 굵직한 사나이의 목소리가 들렸다.

"뭐야, 가까이 오지 마라!"

"저는 오쿠다이라 문중에서 센마루 님을 따라온 쿠로야 진쿠로 시게요시黑屋甚九郎重吉입니다."

"그래서 어쨌다는 거야?"

"카츠요리 대장님의 허락을 받고 왔습니다. 센마루 님과 마지막 작별을."

오후는 그 말을 듣는 순간 갑자기 눈물이 쏟아졌다.

11

쿠로야 진쿠로는 센마루의 시중을 들던 사람이었다. 어려서부터 곁에 있었기 때문에 부모와 같은 친근감이 있을 게 분명했다.

지금 그가 어떻게 여기에 모습을 나타냈을까 하는 의문은 잠시, 오후는 화가 치밀어올라 견딜 수 없었다. 진쿠로가 나타남으로써 새삼스럽게 부모 생각을 하게 되는 것은 비단 오후만은 아니었다. 센마루도 토라노스케도 마찬가지였다.

"영감……"

센마루의 목소리였다.

"오랫동안 신세를 졌어요. 센마루는 영감이 가르쳐준 대로 웃으며 죽을 것이니 걱정하지 말아요."

"센마루 님!"

발 밑으로 달려와 부르짖는 진쿠로의 목소리는 떨렸다.

"이 늙은이는 도련님께 사죄 드립니다. 도련님 혼자 죽게 하지는 않겠습니다. 이 진쿠로도 동행하겠습니다."

"영감…… 그러면 안 돼요."

"무슨 말씀입니까, 왜 안 된다는 것입니까?"

"무의미한 일이에요. 알잖아요…… 살아서 활약을 해야지…… 죽는 건 무의미한 일이에요."

"센마루 님!"

진쿠로의 목소리가 전보다 더 무섭게 떨렸다.

"작은 성주님은 병으로 돌아가시는 것도 아니고 죄가 있어서 죽임을 당하는 것도 아닙니다."

"그래서 영감은 살아 있어야 한다고 말하는 거예요……"

"죄도 없이 살해당하다니! 웃으시라고 한 것은 이 늙은이의 잘못, 그것에 화를 내지는 마십시오. 분노하십시오, 분노의 화신이 되십시오. 까닭 없이 죽임을 당하다니…… 그래서 이 진쿠로도 분사憤死의 길벗이 되려고 합니다. 센마루 님의 혼백과 하나 되어 이 모순투성이인 현세의 모습을 모든 신에게 호소하러 가겠습니다."

"닥쳐라!"

누군가가 큰 소리로 꾸짖었다. 목소리만이 아니라 두서너 명이 진쿠로에게 덤벼든 모양이었다.

"방해하지 마라!"

진쿠로의 목소리가 대꾸했다.

"카츠요리 님의 허락을 받은 나를 너희들이 방해할 수 있느냐?"

"닥쳐. 우리 대장님이 허락하신 것은 옛 관습대로 예법에 맞도록 순사殉死하는 일이다."

"그게 무슨 수작이냐! 순사란 우리가 그 죽음을 납득할 수 있을 때를 말한다."

오후는 갑자기 십자가 위에서 웃음을 터뜨렸다. 비로소 자기 죽음을 납득하게 된 듯.

"귀신이 될 것이다, 귀신이……"

남의 눈에는 미친 것으로 보일지도 몰랐다. 오후는 커다랗게 말하고

298

다시 깔깔 웃었다.

"그럼, 센마루 님, 먼저 가는 저를 용서하십시오."

진쿠로가 칼로 배를 찌른 듯.

갑자기 군중들이 웅성거리는 가운데 명하는 소리가 들렸다.

"찔러라."

시퍼런 창끝은 보이지 않고 느닷없이 양 옆구리에서 불에 단 쇠로 찔린 듯한 아픔이 오후를 엄습했다.

오후는 눈을 부릅뜨고 다시 한 번 마음속으로 생각했다.

'귀신이 되자.'

이미 눈은 보이지 않았다. 가을의 맑은 햇빛이 일곱 가지 색으로 부서지고 그 뒤로 잿빛 어둠이 퍼져나갔다.

사람들은 더욱더 웅성거리는 것 같았으나 이미 그 소리도 들리지 않았다. 진쿠로도 센마루도 토라노스케도 의식에서 사라졌다……

'그렇다, 귀신이 되자……'

소리 없는 소리

1

오쿠다이라 센마루 등의 처형이 끝날 때까지 군중들은 숨을 죽인 채 떨고 있었다.

제일 먼저 숨이 끊어진 것은 토라노스케이고 그 다음이 센마루, 오후의 순이었다. 센마루의 십자가 바로 밑에서는 쿠로야 진쿠로 시게요시가 눈을 부릅뜨고 목을 찌른 채 죽어 있었다.

아시가루들의 손으로 기둥이 눕혀지자 절에서 두 사람의 승려가 나와 주검에 물을 뿌려주었다. 그러나 코슈 군이 두려워 독경소리는 입밖에 내지 않았다.

카츠요리가 다시 그 자리에 나타난 것은 이미 센마루의 시체가 옮겨지고 쿠로야 진쿠로의 얼굴에 가을 파리들이 떼지어 날아들고 있을 때였다. 카츠요리는 물끄러미 그 주검들을 바라보고 있었으나, 끝내 얼굴에 아무런 표정도 나타내지 않았다.

'이 정도의 일로……'

그렇게 생각은 하면서도, 왠지 모르게 인생의 비참함이 마음을 적셔

왔다.

아직 열다섯 살에 지나지 않는 오후의 주검은 피려다 만 꽃처럼 보였다. 자기 아내인 오다와라小田原로 보이기도 했다. 이미 피가 검게 굳어지기 시작한 진쿠로의 주검은 자신의 말로를 암시하는 듯한 기분이 들기도 했다.

'너무 마음이 약해, 너는……'

카츠요리는 무섭게 자신을 꾸짖으며 오후, 토라노스케, 진쿠로의 순으로 시체가 운반되어가는 모습을 망연히 지켜보고 있었다.

군중은 소리 없는 공포를 품은 채 한 사람 두 사람 사라져갔다.

건너편 적진에도 이 처형은 크게 파문을 일으킨 듯했다. 그런 생각을 해서인지 깃발도 인마人馬도 쥐 죽은 듯 고요했다.

"이만 돌아가시지요."

아토베 오이노스케가 작은 소리로 카츠요리를 재촉했다. 카츠요리는 무슨 생각을 하고 있는지 묵묵히 본진으로 돌아왔다.

"피비린내가 코를 떠나지 않는구나. 향을 피워라."

날이 저문 뒤 카츠요리는 갑자기 자리에서 일어났다.

"오이노스케, 그대만 나를 따라오너라."

일어서면서 오이노스케의 귀에 대고 말했다.

"시체를 묻은 골짜기로."

오이노스케는 그 뜻을 잘못 알아들었다.

"이미 어두워지기 시작했습니다마는."

"알고 있어. 아무에게도 말하지 마라. 나는 백성들의 민심을 알아보고 싶다."

"그러시면……"

말하다 말고 비로소 오이노스케는 카츠요리의 속셈을 알아차렸다. 시체를 훔치러 오는 자가 있는지 없는지 확인하려는 마음…… 이런 생각을 하니 불현듯 카츠요리가 가련하게 여겨져 말릴 마음이 들었으나 단념했다. 일단 말을 하면 물러서지 않는 그의 성격을 알고 있었기 때문이다.

이미 해는 떨어져 삼나무 위로 별이 빛나고 있었다. 골짜기에서 산봉우리로 불어오는 바람이 대지의 울음소리인 양 주위를 뒤덮고 있었다.

"아, 바위가 솟아 있습니다. 주의하십시오."

"음, 알고 있어. 걱정할 것 없다."

주종은 본진과 골짜기 하나를 사이에 둔 오동나무숲 건너편으로 나갔다. 작은 흙무덤이 네 개, 돌덩이를 파낸 남쪽 구석에 북향한 채 나란히 이어져 있었다.

카츠요리는 억새풀 그루터기 사이로 몸을 숨기듯이 하고 걸음을 멈추었다. 밤이 깊어지면 찾아오기 어려운 장소이므로 훔치러 오는 자가 있다면 지금쯤이라 생각했다.

"오이노스케, 얼굴을 가려라. 내가 왔다는 것을 알면 재미없어."

카츠요리가 말했다.

2

주종이 흰 헝겊으로 각자 얼굴을 가렸을 때 흙무덤 뒤에서 흘끗 검은 그림자가 움직였다.

"역시 나타났군. 들키지 않도록 하라."

카츠요리는 작은 소리로 말하고 혀를 찼다.

누군가 찾아올 것 같아 살피러 나오기는 했다. 그러면서도 설마 했는데, 막상 눈앞에 나타난 사람을 보았을 때 자기 얼굴에 오물이 끼얹어진 것처럼 불쾌한 기분을 누를 수 없었다.

"무사는 아니로군."

"예, 농부인 것 같습니다."

"손에 들고 있는 것은 괭이냐 가래냐?"

"괭이와 꽃입니다. 꽃은 들국화……"

"으음. 가운데 무덤에 바치는군. 저것은 센마루의 것이냐?"

"그렇습니다. 오른쪽에 있는 것은 오후의 무덤입니다."

농부인 듯한 사나이는 자신의 행동이 하나하나 감시당하고 있는 줄도 모르고 무덤마다 꽃을 나누어 바치고 나서 이번에는 땅 위에 쭈그리고 앉아 잠시 조용히 합장을 했다. 아마도 괭이를 손잡이와 분리시켜가져온 듯, 작은 돌을 줍더니 경계하듯 사방을 둘러보고 그것으로 괭이에 손잡이를 톡톡 박아넣었다.

"나이는 얼마나 되었을까?"

"마흔은 되었을 것 같습니다."

"오후의 무덤부터 파기 시작했어. 혼자서 어떻게 옮길 생각일까."

"그대로 두시렵니까?"

"멍청이 같은 것. 그러면 처형한 의미가 어디 있단 말이냐!"

농부는 다시 주의깊게 주위를 둘러보고 힘껏 괭이를 내리꽂았다.

검고 부드러운 흙이 어둠을 더욱 짙게 하고, 그 안에서 하얀 것이 보였다. 농부는 한 손을 들어 예를 올리고 다시 괭이를 내리쳤다. 이제는 경계하기도 잊은 듯했다. 흙을 치우고 안에서 상체를 끌어내고는 중얼거렸다.

"이토록 무참한 짓을……"

"이놈!"

카츠요리가 소리지른 것은 이때였다.

"네 이놈, 무슨 짓을 하느냐?"

"앗!"

상대는 깜짝 놀라 동작을 멈추었다.

"너는 죄인과 어떤 관계가 있느냐?"

상대는 대답 대신 주종의 모습을 바라보았다. 공포와 경계심 때문에 잠시 말도 하지 못했다. 괭이를 든 손이 부들부들 떨리고 있었다.

"누구냐고 묻고 있지 않느냐?"

오이노스케가 카츠요리를 대신하여 물었다.

"그렇게 말하는 당신은 누구요?"

상대는 느닷없이 대들 듯이 반문했다.

"너희들은 나를 죽일 생각일 테지. 죽이려거든 죽여도 좋다. 암, 죽여도 좋아!"

살아남기 어렵다고 생각했는지, 공포와 경계심이 갑자기 공격적으로 변했다.

"우리는 진중을 순시하는 코슈 군이다. 너는 도쿠가와 쪽의 부하냐?"

"아니, 나는 단지 농부일 뿐이다."

상대는 눈에 무섭게 핏기를 띠고 괭이를 다시 흙에 찔렀다.

"나는 이들과 아무 관계도 없는 사람이다. 하지만 그냥 보고만 있으면 천벌을 받을 것 같아 찾아왔다. 카츠요리 님은 부처님의 벌도 모르는 천치인 모양이다."

카츠요리는 무섭게 눈을 빛내며 어둠 속에 서 있었다……

3

"세상이 이 모양이니 전쟁을 안 할 수는 없지만, 그래도 인의仁義는 지켜야 해. 아무리 적이 밉기로서니 죄도 없는 아녀자들에게 이토록 참혹한 보복을 하다니…… 아니, 보복하는 것도 좋지만 그 시체를 장사 지내주려고 온 나까지 죽이려 하다니. 그래, 베려거든 어서 베어라. 한 번 죽지 두 번은 죽지 않을 테니까. 나도 이 자리에서 이름을 밝혀야겠군. 나는 히고로日近 마을의 스케에몬助右衛門이다. 이번 전쟁 덕분에 논밭 다 버리고 코후 군을 위해 동원되었는데 너무도 비참한 보복을 보다못해 이렇게 찾아왔다…… 자, 어디든 데려다가 죽여도 좋다."

일단 결심한 상대는 상처 입은 멧돼지처럼 숨도 쉬지 않고 무섭게 지껄여댔다.

"입 닥쳐!"

아토베 오이노스케는 호통을 치고 나서 카츠요리를 보았다. 카츠요리는 불끈 쥔 주먹을 와들와들 떨고 있었다.

"누가 너를 벤다더냐?"

농부는 입을 다물었다. 카츠요리는 분노를 억제하고 한 걸음 앞으로 나섰다.

"너는 카츠요리를 천치라고 했지?"

"암, 그랬지."

상대는 다시 한 번 어깨를 으쓱했다.

"천치가 아니라면 나를 칭찬하든지 아니면 시체를 옮기도록 내버려둘 것이다."

"그래……"

카츠요리는 갑자기 입을 다물고 다시 한 발 다가섰다.

베어버리고 싶은 분노와 그래서는 안 된다는 소리가 그의 가슴속에서 뒤엉켜 소용돌이쳤다. 그가 백성들을 복종시키기 위해 행한 처형이 어쩌면 도리어 반감을 부추겼는지도 모른다.

"그래, 천치가 아니라면 너를 칭찬했을 거란 말이지?"

"당연하지. 나는 너무도 잔인하기 때문에 이 여자의 시체만이라도 마을로 옮겨다 묻어주려고 했다. 그러면 코슈 군의 죄업이 조금은 소멸될 뿐 아니라, 그것을 보고도 모른 체한 카츠요리 님은 인정이 있는 사람이란 말을 듣게 될 거야. 또 그러면 마을에서 동원되어 일하는 농부들도 안심하고 일하게 될 거라 생각지 않느냐?"

"으음……"

카츠요리의 마음속에서 드디어 소리 없는 소리가 분노를 억누르려 하고 있었다.

확실히 이 농부가 하는 말에는 일리가 있다는 생각이 들었다. 전쟁을 위해 가업을 팽개치고 일하는 농부들의 반감을 산다면 원정이 실패로 돌아갈 것이라고 한 아버지의 말도 생각났다.

"네 이름이 스케에몬이라고 했느냐?"

"그래, 히고로 마을의 스케에몬이다."

"너는 불심佛心이 깊어 보이는구나."

"뭐라고?"

"그 여자의 시체를 옮겨다 잘 묻어주도록 해라."

"그럼, 나를 죽이지 않겠다는 거냐?"

"너를 죽이면 카츠요리의 노여움을 살 뿐이다. 이 사실을 고하면, 칭찬해 돌려보내라고 할 것이다."

"그……그게 정말인가?"

"자, 구덩이를 잘 다져놓고 운반해가거라. 꽃을 바친 네 마음을 칭찬하는 의미로 이것을 주겠다. 도중에 제지하는 자가 있거든 이것을 보이고 통과하도록 해라."

카츠요리는 허리에서 작은 인로印籠°를 끌러 농부의 발 밑에 던져주었다.

농부가 허리를 구부려 그것을 집어드는 동안 카츠요리는 얼른 발길을 돌렸다.

"오이노스케, 어서 가자."

그리고는 뒤도 돌아보지 않고 그 자리를 떠났다.

4

카츠요리는 그날 밤 자신의 행위를 소리 높여 조롱하는 오후의 꿈에
시달렸다.

오후는 카츠요리에게 어떠냐, 내가 이겼지 않느냐——이렇게 말하기
도 하고, 그 정도의 일로 내 원한이 사라질 줄 아느냐 하기도 했다. 아
버지 이상의 맹장임을 자처한다면 왜 좀더 강해지지 못하는가, 어째서
백성들과 적을 정말로 떨게 만들지 못하느냐고 매도하기도 했다. 아니,
그뿐만이 아니었다. 마침내 오후는 카츠요리가 누구보다도 사랑하는
열아홉 살의 오다와라 마님을, 머지않아 자기와 똑같은 운명에 빠뜨리
고 말겠다는 말을 남기고 꿈에서 사라졌다.

꿈은 오장육부가 피곤해지면 꾼다고 한다……

카츠요리는 새벽을 맞이하는 진지의 잠자리에서 잠시 눈을 감은 채
여러 가지 상념에 몸을 맡기고 있었다. 온몸에 흠뻑 식은땀이 흐르고,
그것이 말랐을 때는 밖이 완전히 밝아 있었다.

'가슴을 앓던 아버지도 자주 잠자리에서 식은땀을 흘린다고 호소했
었는데……'

이런 생각을 하자 죽이는 자와 죽임을 당하는 자의 거리가 아주 가깝
게 느껴졌다. 그리고 그것은 다시 전혀 공포와는 반대되는 생각을 불러
내기도 했다.

'전쟁터에서 쓰러지지 않으면 병마病魔가 쓰러뜨린다.'

'백 년을 산 자가 어디에 있는가.'

날이 밝아옴에 따라 일련의 생각은 점점 더 강렬한 것이 되고, 잠자리에서 일어났을 때는 평소의 카츠요리로 돌아와 있었다.

'도쿠가와 따위에게 방해를 받아 아버지의 유업을 계승하지 못한다면 후세까지 불효자란 비웃음을 살 것이다……'

카츠요리가 아침 식사를 하고 있을 때 오이노스케가 찾아와 귀엣말을 했다. 백성들을 동원한 일꾼들이 오늘 아침에는 일하는 모습이 어제와는 전혀 다르다고 했다.

"역시 처형한 것은 대성공이었습니다."

"그래?"

"또한 어젯밤에 베푸신 그 인정도."

그리고는 목소리를 낮추었다.

"그 농부가 한 사나이를 데리고 왔습니다."

카츠요리는 크게 고개를 끄덕였다.

"상을 물리고 그 자를 데려오너라."

시동과 오이노스케에게 동시에 명했다.

이미 햇빛은 마루 끝에 와 있었으나 아직 안개는 걷히지 않았다. 몇 겹으로 둘러쳐진 울타리 안은 한 포기의 풀도 자라지 못하도록 엄중한 경계를 펴고 있어서 황토 일색인 지면이 살풍경한 분위기를 자아내고 있었다.

이윽고 농부 차림의 한 사나이가 오이노스케를 따라 들어왔다. 그 자가 외부로부터의 침입자임은 한눈에 알 수 있었다. 그의 각반이 코슈 군에게 지급한 감청색의 것과는 약간 색깔이 달랐다.

"이 자를 어젯밤의 그 농부가 데려왔다는 말이냐?"

"예. 우리 대장님의 인정에 감복하여 일부러 여기까지 그 인로를 보이며 데려왔다고 합니다."

카츠요리는 고개를 끄덕이고 상대를 내려다보았다.

"모두 물러가 있거라."

주위에 명했다.

모두들 물러가고 오이노스케만 남았다.

"너는 오카자키에서 왔다고 했는데, 그걸 증명할 수 있는 증거라도 가지고 있느냐?"

상대는 겁먹은 얼굴로 고개를 들었다. 오카자키의 중신 오가 야시로의 동료인 오다니 진자에몬의 검푸른 얼굴이었다.

5

진자에몬은 눈꼬리가 치켜올라간 신경질적인 눈으로 품속을 더듬었다. 속옷의 깃을 잡아당겨 풀더니 안에서 꼬깃꼬깃한 종이쪽지를 꺼내 공손히 머리를 숙였다.

"제 이름은 오다니 진자에몬, 여기 오가 야시로 님의 밀서를 가져왔습니다."

카츠요리는 그동안 눈길을 떼지 않고 상대를 노려보고 있다가, 오이노스케가 밀서를 받아 건네는 순간 날카로운 소리로 물었다.

"오가 야시로의 밀사라면 알고 있겠지. 의사 겐케이는 무얼 하고 있느냐?"

"예…… 그것은 제가 묻고 싶은 말씀입니다."

"뭐야, 네가 묻고 싶은 말이라니?"

카츠요리는 비로소 종이쪽지를 펼쳐 말없이 눈으로 읽었다.

"그럼, 겐케이는 코슈를 향해 오카자키를 떠났다는 말이냐?"

"그러합니다."

카츠요리는 고개를 갸웃하고 생각했다.

"네 이름이 오다니 진자에몬이라고 했지?"

"예."

"너는 이 카츠요리의 질문에 정직하게 대답해야 한다. 거짓이 있을 때는 용서치 않겠다."

진자에몬의 몸이 꿈틀 하고 크게 움직였다. 자기가 야시로의 사자인지 아닌지 아직 의심받고 있다는 것을 알았기 때문이다.

"지금 이에야스는 어디 있느냐?"

"하마마츠에 있습니다."

"노부야스는?"

"오카자키에 있습니다."

"진자에몬!"

"예…… 예."

"노부야스의 정실 이름은?"

"토쿠히메라고 합니다."

"소실은?"

쏘아대듯 물으면서 카츠요리는 눈 하나 깜빡이지 않았다.

"예, 아야메라고 합니다."

"나이는?"

"열다섯."

"그 아야메는 겐케이가 떠난 뒤 어떻게 지내고 있느냐?"

"노부야스의 총애가 나날이 깊어져서 현재 임신중인 걸로 알고 있습니다."

카츠요리는 비로소 크게 고개를 끄덕였다. 확실히 사자임을 인정한 모양이었다.

"이 밀서에는 이에야스가 오다에게 원군을 청하여 이 카츠요리를 단숨에 무찌를 계획이라고 씌어 있으나, 그 대책에 대해서는 언급이 없다. 이에 관해 무슨 말이 없더냐?"

"그 점에 대해서는……"

진자에몬은 말하다 말고 이마에 흐르는 땀을 손등으로 닦았다.

"만일에 물으시면 대답을 드리라는 분부를 받았습니다."

"말해보아라. 원군이 오면 어떻게 하겠다더냐?"

"오다 쪽에도 여러 가지 사정이 있으므로 당장에는 미카와로 병력을 출동시키지 못할 것이다. 그동안에 계책을 세워 양자 사이를 갈라놓겠다고 했습니다."

"그 계책이란?"

"황송합니다마는 노부야스와 토쿠히메의 사이를 벌어지게 하는 것이 최선의 방법이라고."

"뭣이…… 부부 사이를……"

말하다 말고 카츠요리는 불쾌하다는 듯 양미간을 모았다. 문득 자신의 어린 정실 오다와라의 아름다운 모습이 뇌리에 떠올랐다.

6

"오가의 계책이란 부부 사이를 갈라놓는 것이란 말이지?"

카츠요리의 얼굴이 흐려졌다.

진자에몬은 당황하여 얼른 말을 계속했다.

"계책 중에서 가장 무서운 것이 육친의 정을 이용하는 것이라고 오가 님은 말했습니다."

"그렇기는 하나 너무 치졸해."

"아니, 그렇지 않습니다. 지금 상황에서 이기기 위해서는 빼놓을 수 없는 급소입니다."

진자에몬은 더욱 다급해져 작은 눈을 연신 깜빡거렸다.

"이미 츠키야마는 오가 님의 뜻대로 움직이고 있습니다. 계책을 실현하기 위해 토쿠히메를 계속 학대하고 있습니다. 그러면 토쿠히메의 불만은 곧바로 오다 성주에게 전해지고…… 사랑하는 딸이 학대받고 있다는 것을 알게 되면 제 아무리 오다 성주라도……"

진자에몬이 입에 거품을 물고 열을 올렸다.

"닥쳐라!"

카츠요리가 못마땅한 듯 가로막았다.

"그런 것은 새삼스럽게 설명할 필요도 없다."

"예…… 예."

"츠키야마는 잘 있느냐?"

"요즘에는 좀 기운이 떨어졌다고 가신들은 생각하고 있습니다마는, 이 역시 오가 님의 계략, 대사를 앞두고 그렇게 보이게 하고 있습니다."

카츠요리는 다시 혀를 찼다.

"오가 야시로는 책략에 뛰어난 사나이로군. 어쨌든 좋다. 밀서의 취지는 내가 잘 알았다고 하더라고 돌아가서 전해라."

이번에는 옆에 있는 오이노스케를 돌아보았다.

"이 밀사에게 식사를 대접하고 본인이 원하는 데까지 배웅해주도록 해라."

"예. 그럼, 나를 따라 오시오."

두 사람이 사라진 뒤 카츠요리는 팔짱을 끼고 다시 한 번 혀를 찼다.

오가 야시로의 밀서에는, 지난번에는 왜 부세츠까지 오지 않았느냐는 불만에 이어, 나가시노에서 결전이 벌어지면 당연히 노부야스도 출진하게 될 것이므로 그때는 앞서 약속한 대로 오카자키를 먼저 공격하라고 씌어 있었다. 뭐니뭐니 해도 이에야스에게 오카자키는 곡창穀倉이고 그의 으뜸가는 성. 그곳을 점령하여 만일에 올지도 모르는 오다의 원군을 저지해야 한다고 씌어 있었다.

그 말은 모두 옳았다.

오다의 원군에게 미카와 진입의 기회를 주어서는 안 된다. 그러기 위해서는 츄고쿠와 시코쿠의 군사를 쿄토로 올려보내거나 혼간 사의 신도를 선동하는 등 강구해야 할 대책이 몇 가지 있었다.

'야시로는 토쿠히메를 학대하는 방법이 효과적이라고……'

이런 생각에 이어 잠깐 카츠요리의 마음을 움직였던 인간 본래의 목소리는 흔적도 없이 사라지고 천성적인 투지가 이를 대신했다.

"그렇다!"

카츠요리는 혼자 중얼거리며 일어섰다. 무용에서는 아버지에 뒤지지 않는다고 가신들이 자주 말하고 있다. 그 무용을 용맹스럽게 발휘하겠다고 결심하고 다짐한 투지.

오다니 진자에몬을 배웅한 아토베 오이노스케가 이번에는 야마가타 사부로베에山縣三郞兵衛와 함께 돌아왔다.

"시로 님, 별고 없으셨습니까?"

야마가타 사부로베에는 유달리 키가 작은 몸을 굽혀 문안의 말을 하고는 거침없이 카츠요리 곁에 와서 앉았다.

7

카츠요리는 호탕하게 웃고 사부로베에를 맞이했다.

아버지의 죽음으로 가장 사기가 떨어진 사람 중의 하나 ─ 이런 생각을 하자 카츠요리는 이 작은 키의 무장을 고무시켜야 한다고 자세를 가다듬었다.

"사부로베에, 나가시노의 작은 성 하나도 공략하지 못하다니 어찌

된 일인가?"

"공략하지 못하다니, 그 말씀은 왜 함락시키지 못하느냐는 질책이십니까?"

카츠요리의 적극적인 태도에 사부로베에는 이에 응할 태세를 갖추고 웃음을 떠올렸다.

"적이 강하기 때문에…… 라고 대답할 수밖에 없습니다."

"하하하……"

카츠요리는 다시 한 번 소리내어 웃었다.

"강한 적을 만나면 점점 더 강해지는 것이 코슈의 야마가타 사부로베에라는 말을 들었는데."

"시로 님, 이 사부로베에가 오늘은 강력하게 말씀 드릴 것이 있어서 왔습니다마는."

"그게 뭔가? 망설이지 말고 말해보게. 하지만 사부로베에, 이대로 코슈로 물러가자는 의견이라면 듣지 않겠네."

사부로베에는 그런 말이 나오리라고 충분히 예상하고 있었는지 가볍게 말했다.

"그 일에 대해서는 저도 말씀 드리지 않겠습니다. 받아들이시지 않을 테니까요."

"허어, 그렇다면 다른 일이란 말이지. 좋아, 말해보게."

카츠요리는 벚꽃 차를 가져오라고 시동에게 명했다.

사부로베에는 차가 나올 때까지 중요한 용건에 대해서는 말을 아끼고 진지의 마당이 살풍경하다느니 비가 오면 골짜기의 물이 불어나 진지를 침수시킬 수도 있어 곤란하다는 등의 이야기를 하고 있었다.

"실은 다름이 아니라, 성주님이 병환중이시라며 비밀에 부치고 있는 동안만이라도 시로 님의 용맹을 삼가주십사 하는 부탁을 드리러 왔습니다."

"으음, 철수하자는 말은 하지 않겠으나 그 대신 용맹을 삼가라는 말을 하겠다는 것인가?"

"예. 츠쿠데의 오쿠다이라 부자가 이에야스 쪽으로 돌아선 후에는 야마가 일당만이 아니라 노부시와 백성들도……"

"그만두게! 그런 말은 듣지 않겠어."

카츠요리는 사부로베에의 말을 중단시켰다.

"그런 분위기를 알기 때문에 어제 처형을 명했던 것일세. 그래서 조급하게 공격하지 말고 지구전을 펴자는 것인가?"

"황송합니다마는……"

사부로베에는 먹잇감에 덤벼들기 전의 매와도 같은 눈으로 연하의 주군을 노려보았다.

"게다가 오다의 원군이 도착하여 우리 병력에 손실을 입게 된다면 그야말로 큰일입니다."

"알고 있어. 그래서 원군이 오기 전에……"

"주군!"

이번에는 사부로베에가 카츠요리의 말을 가로막았다.

"오다는 킨키近畿 지방의 패자覇者입니다."

"그래서 어쨌다는 것인가?"

"에치고에서 그 북쪽으로는 우에스기上杉, 미카와와 토토우미에는 도쿠가와, 그리고 킨키의 오다 등 삼면에 적을 두고 도대체 주군께서는 어디에 주력부대를 배치하시렵니까?"

"그럼, 나가시노 따위에 구애받지 말고 다른 곳을 공격하자는 말인가?"

"주군! 삼면의 적을 상대하고 있으면 언젠가는 유일한 우리편인 오다와라까지 적으로 돌아선다고 생각하신 적은 없습니까? 적과 아군의 균형을 생각하지 않고는 전략을 세울 수 없는 것…… 이것은 저뿐만 아

316

니라 아버님께서도 거듭 강조하시던 말씀입니다."

카츠요리는 사부로베에로부터 아버지의 이야기가 나오자 불쾌한 듯
얼굴을 돌렸다.

8

"시로 님!"

사부로베에는 다시 말에 힘을 주었다.

"삼면의 강적을 그대로 두고는 싸울 수 없습니다. 그것을 둘로 줄여
야 합니다."

"뭣이, 셋을 둘로 줄인다고……?"

"예. 그래야만 균형이 잡히고 우리에게 승산이 많아집니다. 승산이
있으면 그냥 내버려두어도 병사들의 사기는 올라갑니다."

"사부로베에!"

"예."

"그럼, 나더러 이에야스에게 고개를 숙이란 말인가?"

"이에야스라고는 말씀 드리지 않았습니다. 또 가령 이에야스에게 고
개를 숙인다고 해도 오다 군을 꺼려 동맹에 응하지 않을 것입니다."

"그렇다면 이에야스의 방패가 되어 있는 노부나가에게 머리를 숙이
고 동맹하라는 말인가, 그 속이 검은 부처님의 원수와?"

사부로베에는 천천히 고개를 가로저었다.

"노부나가도 이에야스를 꺼려 당장에는 우리가 요구해도 동맹에 응
하지 않을 줄로……"

"사부로베에, 그대는 이 카츠요리를 조롱할 셈인가?"

"당치도 않은 말씀입니다. 신라 사부로新羅三郎 이래 대대로 이어져

온 겐지源氏라는 명가에 행여 흠이라도 생길까 하여 단단히 각오를 하고 왔습니다."

"그대는 이 카츠요리보고 아버지의 원수인 에치고의 켄신에게 무릎을 꿇고 자비를 빌라는 말인가?"

"그렇습니다!"

사부로베에는 단호한 어조로 대답했다.

"지금 천하의 장수들을 살펴볼 때 한 조각 의기義氣나마 가진 것은 켄신 공밖에는 없다고 이 사부로베에는 확신하고 있습니다."

"으음."

젊은 카츠요리는 맹수와도 같은 신음소리를 내며 사부로베에를 노려보았다.

"좋아, 이야기만은 듣겠네. 그렇다면 켄신에게 무어라 하며 접근한다는 말인가?"

사부로베에는 그 질문에 직접적인 대답은 피하고 말을 이었다.

"아버님이 살아 계셨을 때…… 아니, 건강하셨을 때에도 카이와 시나노 등 바다를 끼지 않은 고장의 백성들을 위해 일부러 소금을 보내준 것은 켄신 공이었습니다."

"알고 있어. 하지만 그것은 우리를 회유하기 위한 간계였다고는 생각지 않나?"

"또 아버님이 별세하셨다는 소문이 세상에 떠돌자 병사를 거두고 눈물을 흘렸다고 합니다. 히에이잔을 불태우고 잇코 종도를 적으로 삼는 등 노부나가가 저지른 불도상佛道上의 잘못을 호소하고 천하를 위해 편을 들어달라고 제의하면, 그것을 들어줄 사람은 켄신 공 한 사람뿐이라고 생각합니다."

카츠요리는 다시 무릎에 얹은 주먹을 부들부들 떨었다. 아무리 향배를 알 수 없는 난세라고는 하나 아버지가 후반생을 통해 적으로 돌리고 전쟁을 벌여온 우에스기 켄신에게 화의를 청한다는 것은 견딜 수 없을 만큼 분통이 터지는 일이었다.

"켄신 공과의 화의가 성립되면, 에치고 군에 엣츄越中와 카가加賀에서부터 에치젠에 걸쳐 있는 잇코 종도를 끌어들여 오다 쪽 군사를 그쪽으로 돌리게 한 다음 이에야스를 공격하도록 하십시오. 그렇지만 나가시노를 공략해서는 안 됩니다. 오다와라와 힘을 합쳐 엔슈에서 이에야스의 거성 하마마츠를 먼저 공격해야 합니다. 오다 군의 원군이 오기 전에 하마마츠부터 요시다, 오카자키 등을 순차적으로 함락시키면 나가시노뿐 아니라 야마가 일당도 저절로 고립되어 우리 타케다 군을 등지지 못할 것입니다."

카츠요리는 눈 한번 깜빡이지 않고 있었으나, 그 눈길은 어느 틈에 사부로베에의 얼굴에서 마당으로 향해 있었다.

풀 하나 없는 황토에서는 느릿느릿 흙먼지가 피어오르고 있었다.

9

사부로베에는 여전히 한치도 양보하지 않을 기세로 카츠요리를 쳐다보고 있었다.

카츠요리는 그 눈길을 옆얼굴에 강하게 느끼면서 거칠어진 호흡을 가다듬으려 했다.

아버지의 죽음으로 현저하게 사기가 떨어졌다. 단순히 이렇게만 생각하고 있었으나 지금 사부로베에의 말을 듣고 보니 자기가 완전히 착각하고 있었다는 것을 깨달았다. 그들은 아버지의 죽음 이상으로 카츠요리의 전략과 인물됨을 위태롭게 여기고 있었다.

병력을 동원하는 이상 필승의 대비책을 가지고 움직여야 한다고 아버지는 입버릇처럼 말했었다. 상대가 오다와 도쿠가와의 연합군이라면 이쪽은 타케다, 호죠, 우에스기의 연합군으로 맞서야 한다는 사부로베에의 간언은 전략상으로 보아 분명히 아버지의 유지遺志와 일맥상통하는 것이었다. 그러나 평생토록 적으로 삼아온 켄신과 손을 잡는다는 것은 형편없는 불효자의 소행으로 여겨져 견딜 수 없었다.

"시로 님!"

주저하는 카츠요리의 모습에 사부로베에는 무릎걸음으로 다가앉으며 다그치듯 말했다.

"결단을 내리십시오. 우에스기와 손을 잡는 길밖에는 다른 방법이 없습니다."

"으음."

"다행히 이제부터 겨울이 시작됩니다. 즉시 에치고에 밀사를 보내십시오. 켄신 공은 반드시 응할 것입니다."

"……"

"토토우미에서 이에야스의 거성인 하마마츠를 계속 공격하는 것처럼 보이게 하십시오. 그러는 편이 훨씬 더 우리에게 유리합니다."

"사부로베에……"

잠시 후 카츠요리의 눈길이 다시 사부로베에에게로 돌아왔다.

"나가시노에서 즉시 병력을 철수하라는 말인가?"

"용병用兵은 천변만화千變萬化, 불리한 체진滯陣은 무의미합니다. 이 산간에서 겨울을 맞이하면 식량수송이 더욱 어려워질 뿐, 이에 비해 토토우미로 나가면 오다와라라는 우군이 있습니다."

"알겠네."

카츠요리는 대답했다.

"이것이 그대 한 사람만의 의견은 아니겠지?"

"그렇습니다. 바바, 츠치야, 오야마다 등도 모두 같은 의견입니다."

카츠요리는 씁쓸한 표정으로 고개를 끄덕였다.

"가신들이 입을 모아 하는 간언이로군."

"모두 유서 깊은 가문을 생각해서 그러는 것입니다."

"알겠어. 알겠으니 곧 군사회의를 열도록 하세."

야마가타 사부로베에는 자세를 가다듬고 고개를 숙였다.

"고마우신 말씀, 이것으로 타케다 가문은 만만세입니다."

사부로베에가 물러가자 카츠요리는 더 이상 감정을 억제하지 못하고 끝내 울분을 터뜨리며 오이노스케에게 말했다.

"우에스기와는 화의를 맺겠어. 그 대신 이번 정월까지는 반드시 이에야스의 목을 베고야 말겠다. 나가시노에서 우리가 철수하는 줄 알고 방심하는 틈을 타서 대번에 하마마츠를 짓밟고야 말 것이다."

오이노스케는 그 맹렬한 기세에 겁을 먹고 맞장구를 쳤다.

"우리 주군이시라면 능히……"

카츠요리는 벌떡 일어나 거칠게 막사 안을 걷기 시작했다.

 한 쌍의 거울

1

달빛이 호수 위에 닿아 근처에 있는 소나무들이 검게 떠올랐다.

주위는 완전히 어두워져 있었으나 하마마츠 성에서는 아직도 세공으로 거둔 쌀 섬을 쌓아올리는 작업이 계속되고 있었다. 이에야스 자신이 직접 총지휘를 하고 있었기 때문에 아시가루들도 늦게까지 일하지 않을 수 없었다.

"성주님, 그만 들어가시지요."

앞으로 40여 섬이면 짐수레에 싣고 온 쌀섬을 창고에 들이는 작업은 끝날 듯했다. 그래서 혼다 사쿠자에몬이 말했으나 이에야스는 못 들은 체하고 계속 모닥불 곁에 서 있었다.

이에야스의 계산으로는, 일단 나가시노에서 철수한 타케다의 주력부대가 연내에 반드시 이 하마마츠 성을 공격해온다는 생각이었다. 그에 대한 대비로 카케가와 성에는 이시카와 카즈마사石川數正를 배치하고 타카텐진 성高天神城은 오가사와라 나가타다小笠原長忠에게 수비를 맡기고 나서 자신은 식량저장을 하기에 여념이 없었다.

"벌써 여섯 점 반(오후 7시)이 되었습니다."

"음, 그럼 들어가서 쉴까."

요즘 이에야스는 좀처럼 가신들과 말다툼을 하지 않았다. 그렇다고
해서 가신들의 말을 그대로 따르기만 하는 것은 아니었다.

느긋한 태도로 두 발을 벌리고 서서 모닥불에 몸을 녹이며 쌀섬을 메
고 가는 병졸들을 지켜보았다.

"참으로 수고가 많다. 올해에는 서둘러 이곳에 저장해두지 않으면
토토우미 전체가 쌀 부족으로 고통을 겪게 된다."

그리고는 가볍게 말을 건네었다.

"코슈 군이 밀려오면 사람들이 많아지게 돼. 마을에 두었다가 그들
이 모두 먹어치우면 기근이 들어."

그날도 작업이 끝날 때까지 사람들 곁을 떠나지 않다가 일을 마치는
것을 보고서야 이이 만치요井伊萬千代, 곧 나오마사直政와 오쿠보 헤이
스케大久保平助를 데리고 본성으로 돌아왔다. 헤이스케는 타다요忠世
의 막내동생으로 이제야 겨우 명을 받고 관례冠禮를 올리게 될 때를 기
다리는 중이었다.

"어떠냐 헤이스케, 지쳤느냐?"

"아닙니다, 전혀."

"쌀은 백성들의 피와 땀이므로 소중히 다루어야 한다."

헤이스케는 무슨 말을 하느냐는 듯한 얼굴로 말했다.

"백성들은 지나친 공납으로 불평이 적지 않은 것 같습니다."

"불만이 많겠지. 그러나 백성들이 가지고 있으면 곧 바닥이 나게 돼.
만일 내년 모내기 때 전쟁이 벌어지기라도 하면 모두 적에게 빼앗겨 가
을에는 굶는 사람이 생길 거야."

"그래서 성주님이 몰수하시는 것입니까?"

"헤이스케."

"예."

"누가 몰수한다고 했느냐? 이것은 백성들을 위해 맡아서 지켜주는 거야. 그래서 나도 흰밥은 먹지 않기로 하고 있다. 흰밥을 먹는 자가 있거든 혼내주어라."

헤이스케는 목을 약간 움츠렸다.

"성주님께서 돌아오십니다!"

그리고는 큰 소리로 현관을 향해 소리쳤다.

세상의 일반 백성이나 농부들과 다른 성주의 생활은 여기서부터 시작되었다. 짚신을 벗겨주는 자, 가죽 버선을 벗겨주는 자, 발을 씻겨주는 자…… 그리고 한 걸음 안으로 들어가면 어느덧 이에야스는 근접하기 어려운 존귀한 존재로 바뀌었다.

저녁 식사는 시동의 시중을 받으며 밖에서 하는 경우와 안에서 상을 받을 때가 반반이었다. 그렇다고 별로 식사의 내용이 다른 것은 아니고 7할의 보리를 섞은 밥에 국 한 그릇, 채소 세 가지로 정해져 있었다.

그날 이에야스는 곧바로 안으로 들어갔다. 내전의 복도 입구에는 오아이가 부리나케 마중 나와 있었다……

2

오아이는 내전과 바깥의 경계에서 시동의 손으로부터 이에야스의 칼을 받아들었다. 그리고 소나무 가지에서 계속 찬바람이 불어온다는 것을 의식하면서 거실에 들어가 칼걸이에 칼을 걸고 곧 차를 준비하기 시작했다.

오아이는 시녀이기도 하고 내전의 감독이기도 하며 실질적인 소실이기도 했으나 결코 총애를 받고 있다는 티를 내지 않았다.

이에야스는 찻잔을 받아 손바닥으로 감쌌다.

"오아이, 아무래도 또 전장에 나가야 할 것 같아."

혼잣말처럼 말했다.

"내가 생각했던 대로 타케다 군의 이동이 시작된 모양이야."

"그럼, 토토우미로 전쟁터가 옮겨지는 것일까요?"

"응. 이번 전투는 치열해질 거야."

이에야스는 남의 일같이 말하고 덧붙였다.

"그대도 지금 이대로는 너무 가여워. 어엿하게 소실로 맞아들이고 시녀들도 딸리게 해야겠어."

오아이는 흘끗 이에야스를 쳐다보았다. 그러나 당장에는 대답하지 않았다.

그녀는 이에야스가 되바라진 여자를 얼마나 싫어하는지 잘 알고 있었다. 츠키야마는 특별한 경우였다. 만일 자기가 이에야스의 마음에 큰 위치를 차지할 생각이라면 더욱 밖으로 나서지 않는 태도를 가져야 한다. 이것은 이에야스뿐만 아니라 세상 남자들의 공통점이라 생각하고 있었다.

밥상이 시녀의 손으로 운반되어왔다. 오아이는 일일이 점검해보고 이에야스 앞에 갖다놓았다.

"한 가지 부탁 드릴 것이 있습니다."

이에야스가 두 공기째 밥에 수저를 대었을 때였다.

"저는 지금 이대로도 분에 넘칩니다. 부디 오만 님을 성안으로 불러 주십시오."

"뭐, 오만을 불러들이라고?"

이에야스는 쓸쓸히 웃었다.

"그대도 꽤나 영리한 여자로군."

오아이는 깜짝 놀라 저도 모르게 이에야스를 쳐다보았다.

"오아이, 오만이 돌아오면 시끄러워진다는 것은 그대도 충분히 알고 있을 텐데?"

"예…… 예."

"오만은 그대보다도 마음이 가벼운 여자야. 그리고 아이를 낳았으니 그에 걸맞은 대우를 해주어야 하고. 오만을 대우하게 되면 츠키야마의 광란이 더욱 심해질 거야."

"그렇기는 합니다마는."

"오만도 오만이 낳은 아이도 불쌍하다는 말이겠지. 차라리 이대로가. 좋아. 그러면 츠키야마도 이에야스라는 남자가 자기에게만 가혹하지 않다는 것을 납득할 테니까."

이에야스는 설명하듯 말했다. 그리고는 어적어적 소리를 내며 야채를 씹었다.

"오아이."

"예."

"나는 말이지, 지금 여자나 아이 일에 신경쓸 겨를이 없어. 언제나 생사의 갈림길에 서 있어. 여자들에게 그것을 일깨워주고 싶어."

"그렇기 때문에 저도 소실로 삼으시겠다는 뜻을 사양하지 않을 수 없습니다."

"멍청한 것 같으니라구……"

이에야스는 웃었다.

"그대는 진작에 소실이 되었어야 해. 만일 내가 전사한다면, 이에야스는 불쌍한 여자를 건드리기만 하고 그대로 죽었다는 말을 듣게 돼. 그러면 웃음거리가 되는 것은 그대가 아니라 바로 이 이에야스야. 어때, 내 말을 알아듣겠나?"

이에야스는 말하고 나서 오아이가 무어라 대답할 것인지 흥미를 가지고 그녀의 기색을 살폈다.

3

여자들 중에는 나이와 더불어 성장하는 여자와, 나이와 더불어 거칠어지는 여자의 두 가지 유형이 있다는 것을 절실히 느끼고 있는 이에야스였다.

젊었을 때는 어떤 여자라도 나름대로 아름답고 또 나름대로 현명해 보이는 개성을 지니고 있다. 그러나 일단 남자에게 꺾이고 나면 완전히 양상이 바뀌었다. 그 하나는 더욱 심신의 아름다움을 더해가는 데 대해 다른 하나는 추잡한 자아自我로 늙어간다. 마음을 어떻게 닦느냐 하는 데 따라 그대로 두 여자의 현명함과 어리석음, 아름다움과 추함이 깊어져가는 듯했다.

그 하나의 유형을 츠키야마에게서 찾아볼 수 있다면 또 하나의 유형은…… 이렇게 생각할 때.

'어쩌면 오아이가 여기에 해당하지 않을까……'

요즘의 이에야스는 자꾸 이런 생각을 하게 되었다.

사실 오아이의 용모는 최근에 이르러 한결 더 깊이를 더했다. 먼 기억 속에 남아 있는 이 성의 여주인인 키라吉良 마님에 비해 전혀 손색이 없다고 여기게 된 것은 이에야스 자신의 애정이 오아이에게로 기울었다는 증거이기도 했으나……

"오아이, 왜 잠자코 있는 거야? 이래도 그대는 지금처럼 지내는 것이 좋다는 말인가?"

"황송하기 이를 데 없습니다마는."

오아이는 무릎에 얹은 자기 손에 눈길을 떨어뜨렸다.

"저는 지금의 성주님께 그와 같은 심려를 끼치고 싶지 않습니다."

"오직 군무軍務에만 전념하라는 뜻인가?"

"예."

"그렇다면 어째서 오만을 불러들이라고 했나? 오만을 불러들이면 내 마음은 더 번거로워질 뿐이야."

오아이는 흘끗 이에야스를 쳐다보았다. 이에야스의 얼굴에는 미소가 떠올라 있었다. 그 미소를 따르듯 오아이는 자기도 조용히 웃었다.

"제 마음이 너무 좁아서 그랬습니다. 사죄 드립니다."

"허어; 마음이 좁다니…… 어떻게 좁다는 말인가?"

"오만 님을 불러들이지 못하게 한 것은 저였다는 말을 듣고 싶지 않다는 생각이 마음 한 구석에 있었습니다. 성주님 말씀을 듣고 비로소 제가 좁았다는 것을……"

이에야스는 큰 소리로 웃었다.

"그래, 이제 비로소 알았다는 말이지. 묘하게 피해 달아나는군. 좋아, 나도 속이 좁고 그대도 속이 좁고, 속이 좁은 사람들끼리라면 뜻이 잘 맞을 거야. 하하하……"

오아이는 그러는 이에야스를 부끄러운 듯 바라보며 얼굴을 붉혔다. 식사가 끝났다.

오아이는 소리나지 않도록 조용히 밥상을 물렸다.

"분부를 내리셨던 손님이 타키야마에서 와 있습니다."

"뭐, 타키야마 성에서?"

"예, 오쿠다이라의 가신 나츠메 고로자에몬 님의 딸 말씀입니다."

이렇게 말하는 오아이의 표정에 흘끗 질투 비슷한 감정이 떠오른 것 같아 이에야스는 속으로 웃었다.

"음, 그 불쌍하게 최후를 맞은 오후의 동생이…… 그렇다면 만나보겠어. 곧 이리 데려오도록. 오후는 용모가 아주 뛰어났었다고 하는데 동생도 아름다울 테지. 어서 부르시오."

오아이는 이에야스의 농담을 알았는지 몰랐는지 조용히 절을 하고 밖으로 나갔다.

4

요즘에 와서 이에야스는 안채에서 이렇게 오아이와 이야기를 나누는 한때를 무척 즐겁게 여기고 있었다.

오아이는 이에야스가 무엇을 바라고 무엇을 희망하고 있는지 몸으로 느끼고 있었다. 물론 이에야스의 대망大望이 그대로 실현될지의 여부는 문제 밖이었다. 그 조심성 많은 타케다 신겐조차 상경 도중 쓰러질 때까지 자기 운명을 알지 못했다.

오아이가 오후의 동생을 데리고 다시 조용히 나타났다.

"허어, 네가 오후의 동생이냐?"

눈을 가늘게 뜨고 상대를 바라보는 이에야스는 웃는 얼굴이었다.

아직 열세 살인 오후의 동생은 그늘에서 자란 산도라지처럼 가냘프게 보였다. 그러나 눈만은 맑게 빛나고, 처녀의 향기가 엷게 풍기고 있었다.

"아버지는 잘 있느냐?"

처녀가 자리에 앉아 두 손을 짚고 절하기를 기다렸다가 이에야스는 곧 물었다.

"아버지라면 양아버지 말씀입니까?"

"뭐라고, 양아버지 ——그렇다면 너는 나츠메 고로자에몬에게서 다른 데에 양녀로 갔다는 말이냐? 고로자에몬과는 나가시노에 있을 때 여러 가지로 이야기를 나누었는데."

"예, 저는 나츠메 집안에서 오쿠다이라 로쿠베에 댁으로 갔습니다."

"오오, 로쿠베에한테…… 그럼, 언니 대신 이번에는 네가 양녀가 되었다는 말이냐?"

"예."

"으음, 이름은?"

"아키阿紀라고 합니다."

이에야스는 고개를 끄덕이면서 흘끗 오아이에게 눈길을 보냈다.

오아이 역시 두 볼에 미소를 띠고 부드러운 눈으로 아키를 바라보고 있었다.

'오아이는 내가 왜 이 처녀를 일부러 타키야마에서 불렀는지 그 이유를 알지 못하는데……'

아니, 오아이만이 아니라 당사자인 아키는 물론 오쿠다이라 사다요시 부자도 친아버지도 알 리가 없었다. 그런 만큼 가신들 중에서는 여자를 좋아하는 성주님이 어디선가 보고는 불러들였다…… 이런 억측을 하고 있다는 것도 어렴풋이 알고 있는 이에야스였다.

"오아이, 오늘 밤엔 특별한 볼일도 없으니 이 처녀와 이런저런 이야기를 나누고 싶어. 과자를 가져오도록."

"알겠습니다."

오아이는 직접 나가 차와 과자를 가져오게 했다.

"자, 그것을 아키에게 나누어줘. 어떠냐 아키, 너는 열세 살이라고 들었는데, 이번에 언니가 죽은 것을 어떻게 생각하느냐?"

아키는 잠시 탐색하듯 이에야스를 쳐다보고 있다가 말했다.

"카츠요리 님은 너무 잔인하셔요. 잔인한 대장……이라고 저는 생각합니다."

"으음."

"목을 친 것이라면 몰라도 나무에 묶어놓고……"

"아키, 너는 언니가 그렇게 되도록 만든 사다요시 부자를 원망하고 있겠지?"

아키는 당황한 듯 표정을 굳히고 가만히 고개를 수그렸다. 열세 살 소녀로서는 자기 주인을 원망해도 좋을지 알 리 없었다. 그런 줄 알면서도 물은 이에야스였다.

"어떠냐, 네가 생각한 그대로를 말해보아라. 이 이에야스는 너무 바쁘기 때문에 너희들의 진심을 물을 틈도 없다. 그러나 오늘 밤엔 그 말이 듣고 싶구나."

5

아키는 아직 고개를 들지 않았다. 불운한 언니의 최후를 생각하고 어쩌면 울고 있는지도 몰랐다.

오아이는 가만히 촛대에 다가가 불똥을 잘랐다. 그녀의 얼굴도 역시 뜻하지 않은 이에야스의 말을 듣고 굳어 있었다.

"무슨 말을 하건 여기서만 들은 것으로 하겠다. 자, 숨김없이 네 마음을 털어놓도록 해라."

"말씀 드리겠습니다."

"그래, 원망하고 있느냐?"

아키는 그것을 부인하지도 시인하지도 않으면서 분명한 어조로 말했다.

"도리가 없는 일이라고 생각합니다."

"어째서 그런 생각을 하느냐?"

"이 세상에는 전쟁이라는 것이 있기 때문입니다."

맑은 목소리로 내던지듯이 말하고, 이번에는 진지하고 떨리는 목소리로 이에야스에게 물었다.

"대장님, 말씀해주십시오. 전쟁이란 어떤 세상에서도 사라지지 않는 것일까요?"

"으음."

이에야스는 신음했다.

'과연 고로자에몬의 딸로 손색이 없구나.'

이처럼 정확하게 과녁을 꿰뚫는 질문이 과연 또 있을까?

솔직히 말해서, 밤바람이 몰아치는 전진戰陣에서 이에야스의 가슴을 휘저어놓는 의문도 실은 그것이었다.

"아키, 너도 전쟁을 무척 싫어하는 모양이로구나."

"예."

"이 이에야스도 몹시 싫다. 그래서 한시라도 빨리 전쟁이 없는 태평 시대를 이룩했으면 하는 생각만 하고 있다."

"대장님도요……?"

"물론이다."

이에야스는 다시 웃는 얼굴로 돌아왔다.

"하지만 그렇게 하려면 그 누구도 싸움을 걸어오지 못할 만큼 이 이에야스가 강해지지 않으면 안 돼. 알아듣겠느냐? 내가 약해지면 아무리 싫더라도 사방에서 싸움을 걸어오니까 말이다."

아키는 다시 고개를 갸웃하고 생각하다가 얼마 후 고개를 끄덕였다.

이에야스는 몸을 앞으로 내밀었다.

"알겠으면 이번에는 내가 물을 차례다. 너는 어째서 내가 이 성으로 일부러 너를 불러왔다고 생각하느냐? 솔직하게 대답하여라."

아키보다 오아이가 더 크게 고개를 갸웃거린다는 것을 알 수 있었다.

"말씀 드려도 괜찮겠습니까?"

"아, 물론이다. 오늘 밤의 이야기는 오늘 밤뿐이니까."

"이번에 대장님의 따님이 저희 작은 성주님께 출가하시므로 저를 불러 오쿠다이라 가문에 대해 이것저것 알아보시기 위해서……"

"그것은 네 생각이 그렇다는 거냐, 아니면 누가 말해주더냐?"

"양아버지가 말씀하셨습니다."

이에야스는 웃으면서 고개를 흔들었다.

"그렇지 않아, 아키. 그보다도 네 생각을 알고 싶구나."

"저는……"

말하다 말고 아키는 눈길을 무릎에 떨어뜨렸다.

"언니가 너무 비참한 최후를 마치게 되어…… 그 동생이므로 가까이 두고 섬기게 하시려고……"

이에야스는 여기까지 듣고 갑자기 엄한 목소리로 말했다.

"아키, 어째서 고개를 숙이고 말하느냐? 너는 거짓말을 하고 있구나. 왜 똑바로 나를 쳐다보고 말하지 못하느냐?"

아키는 당황하여 점점 더 고개를 수그렸다.

6

오아이는 고개를 깊이 숙인 아키와 이에야스를 번갈아 바라보면서 저도 모르게 숨을 죽였다. 이에야스가 무슨 생각으로 아키를 꾸짖는지, 아키가 왜 고개를 숙이고 있는지 오아이는 그 어느 쪽도 알 수 없었다.

"어서 생각한 대로 말해보아라. 괜찮아, 꾸짖는 것이 아니니까."

이에야스는 다시 목소리를 누그러뜨렸다.

"네가 속으로 생각하고 있는 것을 솔직하게 이 이에야스에게 털어놓았으면 한다."

아키는 잠시 촛대 쪽으로 얼굴을 돌리고 잠자코 있었다. 이윽고 고개를 들었을 때는 사람이 달라지기라도 한 듯 무서운 눈빛으로 변해 있었다. 호라이 사의 금강당 앞에서 처형된 오후에게도 이와 같은 일면이 있었는데, 그것은 무언가를 결심했을 때 이들 자매에게 나타나는 버릇인 것 같았다.

"말씀 드리겠습니다."

아키가 말했다.

"저의 성주님은 언니가 불행을 당했으므로 양아버지에게 저를 맡아 기르라고 분부하셨습니다. 그러면 언니의 원혼이라도 위로할 수 있으리라 생각하셨겠지요."

"음, 오쿠다이라 집안으로서는 결코 무리가 아니지."

"그러한 저를 대장님이 하마마츠로 부르셨습니다. 그래서 저는 따님을 오쿠다이라 집안에 보내시는 대신 이 아키를 인질로 삼으시려는 줄 알았습니다."

이에야스는 깜짝 놀라 눈이 휘둥그레진 오아이를 돌아보고 빙긋이 웃었다.

"정직하게 잘 말했다. 네 모습을 보니 무언가 마음속에 걱정거리가 있는 것 같아 물었다. 그러나 아키, 똑바로 나를 쳐다보아라."

"예."

"이 이에야스는 너를 인질로 삼을 생각은 없다. 왜냐하면 이 이에야스도 어렸을 때 인질이 얼마나 고통스럽다는 것을 뼈저리게 느꼈기 때문이다."

"……"

"내가 너를 부른 것도 오쿠다이라 사다요시가 너를 일족인 로쿠베에의 양녀로 삼게 한 것과 똑같은 생각에서…… 알겠느냐, 네 언니 오후가 너무 불쌍했기 때문이야."

아키는 아직 믿을 수 없다는 듯 똑바로 이에야스를 쳐다보고 있었다. 그러나 여기까지 이야기를 들은 오아이는 비로소 생각되는 바가 있어 안도의 숨을 내쉬었다.

"나는 오후 대신 너를 행복하게 해주고 싶어. 그러려면 먼저 너를 만나지 않으면 안 돼. 나츠메 고로자에몬이 낳은 딸이므로 설마…… 하고 생각은 했지만, 이 눈으로 직접 너의 성품을 확인하고 싶었다. 그래서 이리 부른 것이다."

아키는 다시 눈길을 떨어뜨렸다. 그런 모습도 오후와 아주 비슷하여 희로애락을 거의 나타내지 않았으나, 무서운 눈빛만은 사라지고 조심스러운 표정이 그것을 대신했다.

"아키."

"예."

"너는 말이다, 이 이에야스의 마음에 들었다. 그렇기는 하지만 네가 원치 않는다면 어쩔 수 없는 일이다. 이것도 솔직히 말해주었으면 한다. 억지로 강요하지는 않겠다. 이 이에야스에게는 어머니는 같으나 아버지가 다른 동생이 있다. 옛 성은 히사마츠久松, 지금은 마츠다이라 사다카츠松平定勝라 부르고 있어. 그에게 출가시켰으면 하는데, 어떠냐, 네 생각은?"

이에야스는 이렇게 말하고 또다시 탐색하는 듯한 눈으로 아키의 표정을 지켜보았다.

7

이에야스의 제수가 되어달라는 말을 들은 아키의 얼굴에서 조금씩 경계의 구름이 걷혀나간다는 것을 잘 알 수 있었다.

이 처녀는 어떠한 경우에도 표정을 갑자기 바꾸지는 않는다──이렇게 보았기 때문에 이에야스에게는 그것이 도리어 믿음직스럽게 여겨졌다. 생각이 깊고 참을성이 강하다. 그러나 일단 마음을 결정하면 흔들리지 않는 무언가를 가지고 있었다.

"어떠냐, 이 이에야스가 사다요시를 통해 혼담을 진행할 생각인데 거절하겠느냐?"

부드러운 목소리로 묻자 아키의 얼굴에 발그레 홍조가 떠올랐다. 물론 아키는 히사마츠 가문의 쵸후쿠마루長福丸, 곧 사다카츠를 알고 있을 리 없었다. 그러나 이미 청춘은 전장에서 자란 처녀의 가슴에 부드러운 꽃봉오리를 싹트게 하고 있었다.

"아직은 대답할 수가 없는 모양이구나."

"예……"

"알겠다. 좋아, 그럼 물러가서 편히 쉬도록 해라."

"예."

"오아이, 데리고 나가거라."

이에야스는 이렇게 말한 뒤 다시 즐거운 듯 눈을 가늘게 뜨고, 사라져가는 아키의 뒷모습을 지켜보았다.

창 밖에서는 여전히 찬바람이 불고 이따금 파도소리가 들려왔다.

불조심을 알리는 딱따기소리가 성벽 밖에서 들려왔다. 벌써 넉 점(오후 10시)의 순찰을 돌고 있었다.

오아이가 돌아온 뒤 이에야스는 말했다.

"자리를 펴도록."

그리고는 자못 의기양양하게 말을 걸었다.

"어때, 이 혼담은?"

오아이는 미소를 띠고 쳐다보았으나 조심성 많은 그녀는 아무런 대답도 하려 하지 않았다. 섣불리 대답하여 이에야스의 심기를 건드려서는 안 된다는 오아이다운 마음가짐에서였다.

"오아이, 나는 겨우 한 가지를 깨달았어."

"무엇을 깨달으셨습니까?"

"죽이는 자는 죽임을 당한다. 살려주는 자는 삶을 얻는다."

"어머……"

"카츠요리는 오후를 죽였어. 나는 그 동생을 살려주겠다…… 처음에

는 이것을 하나의 책략으로 생각했어. 아키를 쵸후쿠마루의 아내로 삼
게 하면 야마가 일당은 나와 카츠요리의 인간성을 비교할 것이다. 밀정
이나 성채만으로는 지킬 수 없는 것을 인간의 마음을 사로잡는 것으로
지킬 수 있다고 말이야."

"......"

"그러나 그게 야비한 짓이라는 사실을 깨달았어. 첫째도 책략, 둘째
도 책략이어서는 안 돼. 행하는 모든 일이 하늘의 뜻에 어긋나면 언젠
가는 바로 그 책략 때문에 쓰러지게 되는 거야. 나는 처음 생각했던 것
을 깨끗이 씻어버렸어. 그리고 아키가 쵸후쿠마루의 아내로서 적합한
여자라면 그때 허심탄회하게 두 사람을 짝지어주자, 그렇게 하면 쵸후
쿠마루의 집안을 번영케 할 아이도 당연히 태어날 것이라고 생각을 바
꾸었지. 어떻게 생각하나, 아키는 똑똑한 처녀라고 생각하는데?"

이번에는 오아이도 분명하게 대답했다.

"잘 하신 일입니다. 그 처녀는 틀림없이 훌륭한 아내, 훌륭한 어머니
가 될 것입니다."

"알겠어. 그건 그렇고 그대도 이제는 어머니가 되어도 좋을 때라고
생각하는데 아직 하늘의 뜻이 움직여주지 않는 모양이군."

이에야스는 오아이가 편 이부자리에 팔다리를 뻗으며 미소지었다.

8

이튿날 아침 이에야스는 카케가와 성에 사자로 갔던 사카키바라 코
헤이타 야스마사榊原小平太康政를 데리고 새벽에 마장으로 나갔다. 언
제나 그렇듯이 일어나자마자 무장을 갖춰 활을 쏘고 나서 말을 타고 성
안을 순시했다.

그날 아침에도 바다 위의 안개는 바람에 걷히고 검푸른 수평선에는 그림으로 그린 듯한 흰 파도가 일고 있었다. 그러나 마고메가와馬込川 너머의 평지에는 시야를 거의 가리다시피 짙은 안개가 끼어 있었다.

"코헤이타, 할 이야기가 있네."

이에야스는 달리던 말을 세워 시동에게 맡기고는 혼다 성곽을 향해 걸으면서 야스마사에게 말했다.

"코슈 군의 동향은 어떻던가?"

"예. 성주님이 생각하셨던 것처럼 은밀히 엔슈 쪽으로 이동하고 있습니다."

"역시 그렇군. 그런데, 에치고의 우에스기 님으로부터는 연락이 있었나?"

"예, 무라카미 겐고村上源五 님을 통해, 켄신 공이 마침내 죠슈上州에서 신슈로 병력을 출동시킬 것이니 성주님도 시급히 코슈 군을 공격하시라고."

이에야스는 고개를 끄덕였다.

"에치고와의 연락을 게을리 하지 말게."

"명심하고 있습니다."

"야스마사, 코슈 군은 엔슈로 나와 어디에 근거를 둘 것 같은가?"

"글쎄요……"

야스마사는 고개를 갸웃했다.

"카나야다이金谷臺 부근에 성을 쌓으리라고 생각합니다마는."

이에야스는 흘끗 야스마사를 바라보고 미소지었다.

"그럼, 혹시 카츠요리가 우에스기 쪽에 화친의 사자를 보냈을지도 모르겠군."

"과연 그랬을까요?"

"야마가타 사부로베에의 의견을 받아들였을 거야. 좌우간 우에스기와 손을 잡게 되면 우리로서도 방심할 수 없어. 우에스기와 오다와 우리의 연합에 금이 가게 되니까."

"우에스기 쪽에서 그 화친에 응할까요?"

"응할……지도 몰라."

이에야스는 문득 걸음을 멈추고 안개가 자욱한 육지를 바라보았다.

"노부나가 님은 켄신 공의 생각대로는 움직이지 않을 거야."

"물론 그런 염려는 있겠지요."

"우리에게 군사를 움직이라고 했을 정도라면 오다 쪽에도 반드시 같은 연락이 갔을 테지만, 노부나가 님은 킨키의 사정도 있고 하여 지금으로서는 코슈 공격은 생각지도 못하고 있을 거야. 만일 우에스기 쪽에서 불만을 갖는다면, 혹시 카츠요리의 청을 받아들일지도 모르지. 조심에 조심을 해야 하네."

"알겠습니다."

그때 강 건너 가도에서 말탄 무사 하나가 안개를 뚫고 나타났다.

"야스마사, 저것을 보게."

"아, 전령인 것 같습니다."

"이시카와 카즈마사가 보낸 전령일 것일세. 드디어 적이 공격을 개시할 모양이군."

"성주님! 즉시 반격하실 것입니까?"

이에야스는 그 말에는 대답하지 않고 손을 이마에 얹어 성문으로 다가오는 말탄 무사를 유유히 바라보고 있었다.

"카츠요리는 엔슈 침입의 시기를 좀 놓쳤어."

"시기를 놓치다니요?"

"벼 베기는 벌써 끝났어. 벼와 쌀을 이미 창고에 저장해놓았다는 말일세. 아마도 사방에 불을 지를 테지만 그것은 백성들의 원성을 살 뿐이야."

"성주님! 전령이 성안으로 들어왔습니다. 어서."

이에야스는 웃으면서 고개를 끄덕이고 본성 쪽으로 걷기 시작했다.

9

이에야스가 예상했던 대로 전령은 카케가와에 있던 이시카와 카즈마사가 보냈다.

"그래, 어느 정도의 병력으로 몰려오고 있느냐?"

이에야스는 본성의 현관 앞 막사에서 상대의 얼굴을 보자마자 즉시 물었다.

"예, 일만 오천의 대군입니다."

"선봉은 어디까지 왔느냐?"

"벌써 미츠케見付에 도착하여 텐류가와天龍川의 얕은 곳을 찾고 있습니다. 강을 건너 일거에 하마마츠를 공격할 모양……이라고, 저의 주인 이시카와 호키石川伯耆 님은 이렇게 보고 드리라고 했습니다."

"수고가 많았다."

이에야스는 천천히 고개를 끄덕였다.

"카츠요리는 신겐 공이 죽은 후의 첫 출전이니 위력을 과시하려고 기를 쓰고 있을 테지."

"말씀하신 대로입니다. 히사노久野, 카케가와의 동쪽 도처에 불을 질러 백성들을 떨게 만들고 있습니다."

"알겠다, 그것 역시 내가 생각했던 대로야. 돌아가거든 카즈마사에게 이렇게 전하여라…… 상처를 입고 날뛰는 멧돼지 한 마리를 교묘히 피해서 총포를 쏘아 잡으라고."

"교묘히 피해 총포로……"

340

"곳곳에 총포를 숨겨두라는 말이다. 맞고 안 맞고는 둘째 문제, 신겐 공이 죽을 때도 총포와 관계가 있었어. 카츠요리로서는 기분 나쁜 총포일 것이다."

"그 뜻을 분명하게 전하겠습니다."

"좋아, 서둘러라."

이에야스는 다시 그를 불러 세웠다.

"잠깐. 사방에 총포가 숨겨져 있다, 여기저기서 수상한 자들의 모습을 보았다는 소문을 백성들에게 퍼뜨리라고 일러라. 그렇게 하면 마고메가와 기슭까지 왔다고 해도 이 성에는 감히 접근하지 못할 것이다. 좋아, 어서 가거라."

전령이 사라지자 이에야스는 곧 출전준비를 서둘렀다.

첨병尖兵을 11대로 나누어 먼저 텐류가와까지 내보냈다. 1대는 약 60명. 그들이 도강渡江을 끝낸 적의 배후에서 함성을 지르면 코슈 군은 적어도 4, 5천의 군사가 있는 줄로 생각할 것이었다. 그때 이에야스의 본진이 성문을 열고 일제히 공격해나간다는 전략이었다.

하타모토의 책임자인 혼다 사쿠자에몬은 히죽 웃었다.

"그렇게 하는 것이 좋겠습니다."

"뭐가 우스운가, 사쿠자에몬?"

"성주님도 이제 전투에 능숙해지셨습니다. 직접 성을 나갈 필요는 없다고 계산하면서도 어마어마하게 말씀하시니까요."

이에야스는 일단 사쿠자에몬을 노려보았으나 아무 말도 하지 않았다. 사실이 그랬다.

'공격해나갈 것까지는 없다……'

병졸 하나의 손실도 입지 않고 단지 견고하다는 경계심만 품게 하여 카츠요리를 물러가게 하는 것이 상책이었다. 그렇게 시간을 버는 동안 나가시노 방면의 수비는 더욱 공고해진다.

'올핸 더 이상 싸우지 말아야 한다.'

이런 작전을 가슴에 접어둔 채 점심때가 되어 이에야스는 성문을 열게 했다. 일제히 소라고둥이 울리고 북을 힘껏 치면서 전군이 텐류가와에 밀어닥친 코슈 군과 자웅을 겨룰 각오라고 성밖으로 소문을 퍼뜨리게 했다.

코슈 군이 카츠요리를 선두로 하여 무서운 기세로 텐류가와 상류의 얕은 곳을 건넌 것은 이 시각이었다.

10

"적이 텐류가와를 건넜습니다."

"적은 상류 쪽에서 도강을 완료하고 마고메가와 기슭까지 곧바로 전진해오고 있습니다."

이에야스는 이와 같은 보고에 일일이 고개를 끄덕였을 뿐 여전히 막사 밖으로 나오지 않았다.

모든 것이 예상했던 대로였다. 이에야스는 카츠요리의 젊음을 새삼스럽게 절감할 수 있었다. 더구나 이에야스에게 이러한 눈을 뜨게 한 것은 누구인가. 다름 아닌 카츠요리의 아버진 신겐이었다.

앞서 이에야스가 미카타가하라에서 앞뒤 생각 없이 신겐과의 결전을 감행했던 데에는 지금의 카츠요리와 일맥상통하는 입장과 심경이 있었다.

그때 이에야스는 자기 운명을 시험하려고 했다. 그 전투에서 신불에게 외면당할 정도라면 살아 있을 가치가 없는 인생이라 생각했다. 그러나 그것은 이미 8할의 패인敗因을 내포한 유치한 생각이었다. 신은 스스로 돕는 자를 돕는다. 운명이란 어떤 경우에나 시험해도 좋은 것은 아니었다. 끊임없는 준비, 끊임없는 정진, 인내에 인내를 거듭하여 철저를 기하는 도리밖에 없었다.

'미카타가하라 당시의 나에게는 신겐에게 얕보이지 않으려는 허영심이 있었다.'

현재 카츠요리는 그보다 더 괴로운 입장에 있었다. 그는 출중한 아버지와 비교되어 가신들에게 무시당하지 않으려 초조해하고 있었다.

'카츠요리는 마고메가와에서 무작정 진격해오겠지……'

그러나 마고메가와에서는 반드시 철수해야 한다. 현재의 이에야스는 이렇게 전황을 판단할 수 있었다.

카츠요리가 마고메가와를 억지로 건너려 하면 당연히 이에야스도 공격해나온다. 이렇게 전개되는 전투는 사흘이나 닷새 정도로는 승패가 날 수 없었다. 그동안 이시카와 카즈마사, 이시카와 이에나리石川家成, 오가사와라 요하치로小笠原與八郎 등에게 배후를 공격당하여 보급대의 진출이 저지되면 스스로 마을에 불을 지른 코슈 군은 곧 군량의 부족을 느낄 것이었다. 불을 보듯 뻔한 일.

카츠요리는 카나야다이 정도에서 군사를 멈추고 스루가와 토토우미를 목표로 내부를 공고히 해야 하는데도, 젊은 혈기로 텐류가와를 건너 백성들의 원성을 사고 있었다.

'아무리 카츠요리라도 마고메가와 기슭에 이르면 자신의 잘못을 깨닫게 될 것이다.'

잘못을 깨달으면 즉시 군사를 돌릴 것이고, 돌아간 자리는 초토가 될터. 이때 이에야스는 가혹할 정도로 모아들여 창고에 저장한 벼를 풀어 백성들의 구제에 나서야만 한다. 결정을 서두르기보다는 승리의 힘을 비축하는 것이 중요하다.

'바로 이런 것을 가르쳐준 것이 신겐이었는데……'

감회에 깊이 젖어 있는 이에야스에게 보고가 들어온 것은 오시午時

(오전 12시)가 가까워서였다.

"적은 마고메가와 기슭까지 와서 갑자기 진군을 중지했습니다."

이에야스는 심각한 표정으로 고개를 끄덕였다.

"좋아, 우리도 점심을 먹도록 하자."

같은 시각——

새벽에 미츠케를 출발한 카츠요리는 마고메가와 바로 앞 하시바橋場까지 진출해 있었다. 여전히 찬바람이 무섭게 불고 있었으나, 강행군으로 그도 그의 하타모토도 갑옷 안은 땀으로 흠뻑 젖어 있었다.

"아직 이에야스가 성에서 공격해나올 조짐이 보이지 않느냐?"

하시바 바로 앞의 소나무 숲에 말을 세우고 카츠요리는 하타모토의 선봉에 선 아토베 오이노스케에게 신경질적으로 물었다.

11

"마고메가와를 단숨에 건너 하마마츠 성읍에 불을 질러라."

카츠요리는 하마마츠 성의 군사를 2,000여 명으로 예상하고 있었다. 따라서 마고메가와를 건너기만 하면 승리는 자기 것이라는 답이 나왔다. 아직까지 이에야스가 공격해나오지 않는 것은 분명 나가시노, 오카자키 등으로 군사를 분산시켜 승산이 없기 때문일 터. 1만 5,000의 병력 중에서 8,000명을 투입한 코슈 군은 그야말로 승리의 결정적인 기회를 잡은 셈이었다.

"시각도 이미 정오가 가까워졌습니다. 지금 하타모토들에게 식사를 하게 하면……"

이 말에 카츠요리는 큰 소리로 웃었다.

"배가 고프면 싸움을 못한다는 말이냐? 좋다, 서둘러 먹도록 해라."

"알겠습니다."

카츠요리 자신도 말에서 내려 장막을 치게 했다. 그때 텐류가와 상류에서 불어오는 찬바람을 타고 이상한 함성이 들려왔다.

이에야스가 새벽에 성을 나서게 했던 11대의 복병이 드디어 활동을 개시했다.

"아니? 함성은 배후에서 들리는 것 같구나."

카츠요리는 근시가 가져온 도시락을 앞에 놓은 채 고개를 갸웃했다.

"지금 그 소리는 아군이 지르는 함성이겠지?"

오이노스케도 귀를 기울이는 표정이었다.

"설마 카케가와 성에서 추격해오는 것은 아닐 테고……"

"잠깐. 또 들리는구나, 한 군데가 아니야……"

"식사를 중지시킬까요?"

"그럴 수는 없고…… 좋아, 즉시 바바의 진지로 척후를 보내라."

"예."

오이노스케가 일어났을 때였다. 니시카와西川로 이어지는 샛길을 질풍처럼 달려오는 무사의 한 떼가 있다고 오이노스케의 부하가 와서 보고했다.

"깃발은?"

"바바 미노노카미의 것입니다."

카츠요리는 벌떡 일어나 장막 밖으로 나가서 이마에 손을 얹었다.

'분명히 무슨 일이 일어난 모양이다……'

우익을 맡은 바바 미노노카미 노부후사馬場美濃守信房가 직접 말을 타고 달려오다니……

노부후사는 무장을 한 채 20여 기騎에 달하는 근시들의 호위를 받으며 순식간에 본진으로 다가왔다.

"무슨 일인가?"

미처 말에서 내릴 겨를도 없이 노부후사는 이마의 땀을 닦으면서 말했다.

"주위를 물리쳐주십시오……"

근시들이 물러갔다.

"시로 님, 마고메가와는 건널 수 없습니다."

"어째서?"

"이에야스는 이미 우리가 이 방면으로 공격할 것을 예측하고 수많은 곡식을 성으로 옮겼을 뿐 아니라, 농성에 필요한 인원을 제외한 모든 병력을 텐류가와의 서쪽, 즉 아군의 배후에 매복시켜놓았습니다."

"뭣이, 그렇다면 조금 전의 그 함성은……?"

이렇게 말했을 때였다.

"와아!"

다시 일단의 함성이 바람을 타고 흘러왔다. 모습이 보이지 않는 함성은 심야의 홍수처럼 기분 나빴다.

"어쨌든 저희가 성읍에 잠입시켰던 첩자를 이곳으로 데려왔습니다. 직접 그의 말을 들어보십시오."

"알겠다, 들여보내라!"

카츠요리는 입술을 깨물고 걸상에 걸터앉았다.

12

바바 미노노카미는 자기가 데려온 첩자를 직접 데리러 나갔다.

첩자는 하마마츠 성읍에서 사카이야堺屋라는 간판을 내걸고 필묵 장사를 하는 사나이였다. 이미 나이는 마흔을 넘어섰다. 그는 카츠요리 앞에 나와 침착한 목소리로 이에야스의 동정을 보고했다.

"이에야스는 무척 조심성이 많은 장수입니다. 나가시노에서 철수한 뒤 즉시 공납을 다른 해보다 이 할 감해준다는 조건으로 벼부터 베게 했습니다. 벼 베기가 끝나자 그 이 할을 일시적으로 맡아두겠다고, 백성들의 원성에도 불구하고 속속 성안으로 벼와 쌀을 들여와, 불화살이 도달하지 않는 위치에 세운 창고에 쌓았습니다. 이것은 농성을 하겠다는 결심이 아닌가……"

"추측은 필요 없어! 그런 추측은 그만둬."

"예. 그러면 오늘 새벽부터의 동정을 말씀 드리겠습니다."

"음."

"성읍 거리에 감시자를 두고, 철저하게 내부를 단속하여 인원수를 알 수 없도록 하면서 계속 군사를 성밖으로 내보내고 있습니다."

"너의 추측으로는 그 인원이 얼마나 되는 것 같더냐?"

"확실하게는 알 수 없으나, 이백에서 삼백 명쯤 되는 부대가 열한 번씩이나 성을 나갔습니다."

바바 미노노카미는 첩자의 말이 카츠요리에게 어떤 반응을 일으킬 것인지 가만히 그 옆모습을 지켜보고 있었다.

"무사들이 열한 번 성을 나간 게 틀림없느냐?"

"예. 그 군사들과 아직 조우하지 않았다면, 분명 배후를 공격하려는 것이 아닌가……"

"닥쳐라! 또 네 추측을 말하는구나. 그 밖의 움직임은?"

"제가 직접 조사한 바로는 이것이 전부입니다마는, 제 집에 출입하고 있는 통장수가 들은 소문이 하나 더 있습니다."

"소문이란 말이지. 그 소문이란?"

"총포를 다루는 아시가루 삼십여 명이 각각 한 자루씩 총포를 메고 사냥꾼으로 가장하여 백성들 속에 섞여 있다고 합니다."

"총포를 메고……"

카츠요리는 이렇게 중얼거리며 언짢은 표정이었다.

"좋아, 그만 물러가거라."

"예."

첩자가 사라진 뒤 노부후사는 얼른 카츠요리 쪽으로 돌아섰다.

"적은 농성을 통해 전쟁을 지연시키고, 배후에서 보급대를 위협하여 우리를 궁지에 몰아넣으려는 작전을 펴려는 것 같습니다."

"으음, 건방진 녀석이야. 그러면서 우리에게 총구를 겨누겠다는 것일 테지."

"어떻게 하시렵니까?"

"어떻게 하다니, 철수하자는 말이냐?"

"아니면, 단숨에 성을 공격하시겠습니까?"

"미노노카미! 철수하자는 뻔뻔스런 소리를 하려거든 입 닥치고 있어. 그렇게 하면 이 카츠요리가 이에야스 따위에게 맥도 추지 못했다고 후세에까지 웃음거리가 될 것이다."

"당치도 않습니다. 전쟁의 승패는 어느 작은 한 상황에 있는 것이 아닙니다. 공격할 때는 공격하고 물러날 때는 물러나는 것, 전쟁은 언제나 줄다리기와 같은 것입니다."

이렇게 말했을 때였다. 후미를 맡고 있던 보급대의 아마리甘利 무리로부터 황급하게 전령이 도착했다.

13

"아마리 무리가 보낸 전령이란 말이지…… 어서 이리 들라고 해라."

카츠요리보다 먼저 바바 미노노카미가 몸을 앞으로 내밀듯이 하고 말했다.

"설마 보급대가 습격을 당한 것은 아닐 테지. 진중이니 예의 차릴 것 없이 직접 대장님께 말씀 드려라."

"예."

말을 몰아 달려온 전령은 카츠요리 앞에 쓰러지듯 무릎을 꿇고 절을 했다.

"텐류가와를 건너 잠시 쉬고 있을 때 하류 쪽 분지에서……"

"공격해오더란 말이냐?"

"예. 그래서 즉시 사십 기로 응전케 하여 겨우 서너 정 가량 격퇴시켰을 때 이번에는 상류 쪽에서 다른 일대가……"

"결국 보급품을 빼앗겼다는 말이냐?"

"아닙니다. 그렇지는 않으나 지금 상태로는 앞으로가 걱정입니다. 어떻게 할 것인지 지시를 내려주십시오."

"알겠다. 잠깐 대기하고 있어라. 누가 이 전령에게 마실 물을 주도록 해라."

미노노카미는 이렇게 명했다.

"어떻게 하시겠습니까?"

그리고는 카츠요리를 쳐다보았다.

"성을 나갔다는 열한 부대 가운데 두 부대라 생각합니다마는."

카츠요리는 입을 꾹 다물고, 대답 대신 이맛살을 잔뜩 찌푸린 채 눈을 감았다.

꿈틀꿈틀 얼굴의 근육이 움직이고 이마에 힘줄이 솟아났다. 대번에 하마마츠 성을 치려 했고, 성에서 공격해나오지 않는 이에야스가 병력 부족 때문에 못 나오는 줄로 가볍게 생각하고 있었던 만큼 전령의 말이 참을 수 없을 정도로 불쾌했다.

"교활한 놈 같으니라고."

카츠요리는 눈을 감은 채 중얼거렸다.

"성주님!"

미노노카미가 결단을 촉구했다. 보급대에 전력을 기대하다니……
이런 무리한 전법을 아버지 신겐은 쓰지 않았다고 말하려다 당황하여
그 다음 말은 하지 않았다.

"어쨌든 아마리 무리에게 원병의 지시를."

카츠요리는 다시 혀를 찼다.

"그밖에 다른 보고는?"

전령을 노려보았다.

"지시가 내릴 때까지 주위의 경계를 엄히 하고 움직이지 않을 각오
라고 하셨습니다."

전령은 한 사발의 물이 도리어 피로를 가중시켰는지 기운 없이 이 말
만을 했다.

카츠요리는 겨우 분노를 억누르고 오이노스케를 불러 짤막하게 지
시를 내렸다.

"알았다, 아나야마穴山 군에서 이백을 내주어라."

전령은 시동의 안내를 받으며 장막 밖으로 사라졌다.

다시 카츠요리와 미노노카미만이 남았다. 카츠요리는 미노노카미를
보기가 민망했는지 다시 엷은 햇살 속에서 눈을 감았다.

잠시 동안 들리던 함성이 그치고, 이제 찬바람 소리가 대지를 채우고
있었다.

"시로 님…… 아니, 지금은 카이 겐지甲斐源氏의 소중한 대장이신
성주님."

말을 끊었다가 미노노카미가 다시 중얼거리듯이 말했다.

"지금 하마마츠 성을 공격하는 편이 이에야스의 간담을 서늘하게 만
들 것인지, 아니면 질풍처럼 왔다가 질풍처럼 사라져가는 편이 더 간담
을 서늘하게 할 것인지……"

"닥쳐!"

"예. 생각을 방해하지는 않겠습니다. 모쪼록 깊이 생각해보시기 바랍니다."

미노노카미는 일부러 고개를 돌려 서쪽으로 약간 끊긴 푸른 하늘의 띠를 쳐다보았다.

14

망연히 버티고 선 채 카츠요리는 울고 싶은 심정이었다.

새삼스럽게 미노노카미의 말을 들을 것까지도 없이, 전쟁이 줄다리기라는 것은 너무도 잘 알고 있었다. 그런데도 자기 등뒤에서 마구 육박해오는 눈에 보이지 않는 숙명의 힘을 느꼈다. 이제 와서 생각해보면 오후나 센마루의 처형에도 후회가 남았다.

'그렇게까지 하지 않았더라도⋯⋯'

그토록 잔인하게 다루다니⋯⋯ 후회하는 감정이 마음 한 구석에 있으면서도, 그 사태를 단호히 막지 못하게 한 요인 또한 있었다.

'이렇게 스스로도 납득하지 못하는 사이에 커다란 비극의 나락으로 자진하여 빠져드는 것은 아닐까⋯⋯'

이번 전쟁에서도 지나치게 민가를 불태웠다. 이에야스는 불태울 것을 예상하고 이미 원망을 받으면서까지 백성들로부터 벼를 거두어들였다고 한다.

'가증스럽다. 그렇게 간파당하다니⋯⋯'

간파당했으면서도 그대로 공격하는 것은 패배의 원인, 필부匹夫의 용기는 절대로 삼가야 한다고 아버지 신겐은 항상 훈계를 잊지 않았다.

"마음을 결정하셨습니까?"

잠시 동안 묵묵히 바람소리를 듣고 있던 미노노카미가 다시 조용히 재촉했다.

"이대로 철수하면 이에야스는 크게 놀랄 것입니다."

"미노노카미."

"예."

"이에야스가 놀라게 될 길을 택하도록 할까?"

"그것이 상책이라 생각합니다."

"하지만 이대로는 철수할 수 없어. 그대라면 어떤 조치를 취하고 철수하겠는가? 그것을 나에게 말해주게."

미노노카미는 비로소 미소를 띠고 카츠요리도 분명히 알 수 있도록 고개를 끄덕이며 안도했다. 어떻게든 설득해서 철수를 명하도록 만들겠다고 결심하고 온 미노노카미였다.

"저 같으면 텐류가와의 얕은 곳을 건너고 야시로야마를 넘어 코슈의 스쿠모타와라蜻田原에 진을 치겠습니다. 그리고 카나야다이의 축성을 서두르고 후타마타, 이누이犬居, 코묘光明, 타타라多多羅 등 여러 성의 법제法制를 마련하여, 이에야스에게 코슈의 방비가 견고하다는 것을 일깨워준 뒤 코슈로 철수하여 군사를 쉬게 하겠습니다."

"음, 일단 야시로야마를 넘어 철수하자는 말이지?"

"그렇습니다. 그러면 이에야스는 성주님이 일부러 하마마츠의 수비를 살피러 온 줄로 단정하고, 비웃기는커녕 과연 코슈 군은 놀랍다고 혀를 내두를 것이 분명합니다."

카츠요리는 이미 그 말을 듣고 있지 않았다.

'분하다……'

생각했으나, 그 이상으로 자기를 앞으로 끌어내어 쓰러뜨리려 하는 눈에 보이지 않는 힘의 움직임에 두려움을 느끼며 당황했다.

"좋아!"

카츠요리는 그 보이지 않는 힘을 노려보며 말했다.

"철수하면 피해가 없고, 공격하면 하마마츠를 손에 넣든가 아니면 아군의 태반을 잃게 된다. 서두르지 않겠다. 때를 기다리기로 하겠다."

"그것이 상책 중의 상책입니다. 어서 명을 내리십시오."

"그래, 오이노스케를 불러라."

미노노카미는 급히 막사 밖으로 나가 큰 소리로 전령을 불렀다.

다시 찬바람이 엷게 햇빛이 깔린 대지 위를 윙윙거리며 휩쓸고 지나 갔다.

—8권에서 계속

《 주요 등장 인물 》

도쿠가와 노부야스德川信康

이에야스의 장남으로 오다 노부나가의 장녀인 토쿠히메와 결혼하지만, 토쿠히메를 미워하는 츠키야마의 계략에 의해 타케다 가의 첩자인 겐케이의 양녀 아야메를 소실로 들인다. 그러나 이내 겐케이가 첩자라는 사실을 알고, 자객을 보내 겐케이를 암살한다.

도쿠가와 이에야스德川家康

오쿠보 사다요시의 도움으로 타케다 가의 나가시노 성을 빼앗은 이에야스는 미카타가하라에서 신겐에게 참패한 후 반년 만에 주도권을 되찾고, 자신의 세력을 착실하게 넓혀간다. 한편, 오카자키 성을 장남인 노부야스에게 물려주고 하마마츠로 옮긴 이에야스는 노부야스에게 첫 출전을 명한다. 관직명은 미카와노카미三河守이다.

아사이 나가마사淺井長政

비젠노카미備前守가 관직명으로 오다 노부나가의 동생인 오이치의 남편이다. 오다니 성에서 오다 군과 대치하게 된 나가마사는 자신과 함께 자살하려는 아내를 설득해 오다 노부나가에게 보내고, 자신은 오다 군과 전투를 벌이다 아카오 성에서 스물아홉 살의 나이에 자살한다.

아사이 히사마사淺井久政

아사이 나가마사의 아버지로 관직명은 시모츠케노카미下野守이다. 산노 성으로 쳐들어오는 오다 군을 맞이하여, 무사로서의 기개를 굽히지 않고 가신들과 함께 할복한다.

오다 노부나가織田信長

자신의 여동생인 오이치와 결혼한 아사이 나가마사를 비롯하여 나가마사의 아버지인 히사마사를 공격하여 자살하게 만들고, 아사쿠라 세력마저 제압한 노부나가는 점차 자신의 천하 제패에 대한 꿈을 키워 나간다.

오아이お愛

남편을 잃고 핫토리 마사나오의 집에 머물다 이에야스의 눈에 띄어 소실이 된다. 같은 이에야스의 소실인 오만이 임신한 사실을 알고 곁에서 모시며, 오만을 죽이러 온 츠키야마의 시녀 키노로부터 오만의 목숨을 지켜준다. 사이고西鄕 부인, 또는 오쵸お丁라 불렸다.

오이치お市
오다 노부나가의 동생으로 아사이 나가마사의 부인이다. 오다 군과 아사이 군이 적대 관계에 놓여 전투를 벌일 때, 남편을 따라 세 자녀와 함께 자살하려 하지만, 남편의 설득으로 아이들과 함께 오빠인 노부나가에게로 간다.

오쿠다이라 사다요시奥平貞能
츠쿠데의 성주로 자신의 막내아들인 센마루를 타케다 카츠요리의 볼모로 보내 일단 안심시킨 후 타케다 가를 배신하여, 나가시노 전투에서 이에야스가 나가시노 성을 차지하는 데 결정적인 역할을 한다. 관직명은 미마사카노카미美作守이다.

즈이후隨風
히에이잔比叡山의 기인이자 괴승으로 도쿠가와 이에야스를 모반한 야마다 하치조 시게히데를 우연히 산속에서 만나 시게히데에게 이에야스의 승리를 예언한다.

츠키야마築山
도쿠가와 이에야스의 정실이지만, 오가 야시로와 겐케이의 계략에 빠져 타케다 카츠요리와 내통하며 이에야스를 궁지에 몰아넣으려 한다. 카츠요리로부터 이에야스 배신에 대한 대가로 영지와 새남편을 약속받은 츠키야마는 광기를 더해가며 자신의 하녀에서 이에야스의 소실이 된 오만을 암살하려고 자객을 보낸다.

타케다 카츠요리武田勝頼
타케다 신겐의 아들로 신겐의 사망 이후 타케다 가를 상속받는다. 아버지 신겐에 비해 가신들로부터 신임을 받지 못하는 카츠요리는 늘 아버지의 그늘을 벗어나기 위해 고민한다. 나가시노 전투에서는 오쿠다이라 사다요시의 배신으로 도쿠가와 이에야스에게 나가시노 성을 빼앗긴다.

하시바 히데요시羽柴秀吉
키노시타 히데요시가 성을 하시바로 바꾸고 나서 사용하는 이름이다. 오다니 성 공략에서 공을 쌓아 오다 노부나가로부터 아사이의 옛 영지를 그대로 물려받은 히데요시는 18만 석의 다이묘로 출세하게 된다.

《 센고쿠 용어 사전 》

노바카마野袴 | 옷자락에 넓은 단을 댄 무사들의 여행용 하카마.

노부시野武士 | 산야에 숨어살면서 패잔병 등의 무기를 빼앗아 무장한 무사나 토민의 무리.

도마루胴丸 | 몸통을 보호하기 위한 간편한 갑옷.

부교奉行 | 행정, 재판, 사무 등을 담당하는 무사의 직명.

빈객賓客 | 왕자를 가르치는 벼슬.

아시가루足輕 | 평시에는 막일에 종사하고, 전시에는 병졸이 되는 최하급 무사.

아시카가 바쿠후足利幕府 | 무로마치 바쿠후室町幕府. 아시카가 타카우지足利尊氏가 1338년 쿄토의 무로마치에 개설한 바쿠후. 1573년 15대 요시아키義昭 때 멸망함.

아츠모리敦盛 | 무사가 인생의 무상을 깨닫고 불문에 들어간다는 설화에서 유래한 노가쿠의 하나.

야마가타나山刀 | 나무꾼이 사용하는 도끼처럼 생긴 큰 칼.

오토기슈御伽衆 | 주군이나 다이묘의 곁에서 말상대를 하는 사람. 또는 그 관직.

우치카케打掛 | 띠를 두른 여자 옷 위에 걸쳐 입는 긴 옷.

인로印籠 | 옛날 허리에 찼던 3층 또는 5층으로 된 작은 약상자. 본래는 도장·인주 등을 넣었음.

쟁箏 | 열세 줄의 명주실로 된 현악기.

지세이辭世 | 임종 때에 지어 남기는 시가詩歌.

진바오리陣羽織 | 전쟁터에서 갑옷 위에 걸쳐 입는 소매 없는 겉옷.

짓토쿠十德 | 칡 섬유로 짠 소맷자락이 넓고 옆을 꿰맨 여행복.

카이샤쿠介錯 | 할복하는 사람의 뒤에 있다가 목을 치는 것. 또는 그 사람.

카츠기被衣 | 신분이 높은 여자가 외출할 때 얼굴을 가리기 위해 머리에서부터 쓰는 홑옷.

코와카幸若 | 무사의 세계를 소재로 한 춤의 일종.

쿠모이雲井 | 짧은 가사 몇 개를 엮어 한 곡으로 만든 현악기용 노래.

하타모토旗本 | (진중에서) 대장이 있는 본영. 또는 그곳을 지키는 무사.

《 도쿠가와 이에야스 관련 연보(1570~1574) 》

◆ ─ 서력의 나이는 도쿠가와 이에야스의 나이

일본 연호		서력	주요 사건
겐키 元龜	원년	1570 29세	2월 25일, 노부나가는 아사쿠라를 공격하기 위해 비밀리에 기후에서 쿄토로 간다. 3월 7일, 이에야스가 쿄토에 도착한다. 4월 20일, 노부나가는 에치젠의 아사쿠라 요시카게를 토벌하기 위해 쿄토를 출발한다. 6월 28일, 노부나가·이에야스 연합군이 오미의 아네가와에서 아사이·아사쿠라 연합군을 격파한다(아네가와 전투).
	2	1571 30세	4월 29일, 타케다 신겐이 미카와 요시다 성을 공격하여 이에야스와 전투를 벌인다. 5월 12일, 노부나가는 이세 나가시마의 잇코 종도와 전투를 벌인다. 9월 12일, 노부나가가 히에이잔 엔랴쿠 사를 불태운다. 이해 겨울, 사가미의 호죠 우지마사는 에치고의 우에스기 켄신과 절교하고, 카이의 타케다 신겐과 화친한다.
	3	1572 31세	7월 19일, 노부나가가 기후를 출발하여 오미의 아사이 나가마사를 공격한다. 10월 3일, 타케다 신겐은 이에야스를 공격하기 위해 대군을 이끌고 토토우미로 들어간다. 12월 22일, 이에야스는 타케다 신겐과의 미카타가하라 전투에서 대패한다.
텐쇼 天正	원년	1573 32세	2월 17일, 신겐은 이에야스의 미카와 노다 성을 공격하여 함락시킨다. 2월 26일, 요시아키는 아사이 나가마사·아사쿠라 요시카게, 타케다 신겐 등과 함께 노부나가 토벌을 외치

일본 연호	서력	주요 사건
텐쇼 天正		며 오미 이시야마에서 거병한다. 4월 4일, 노부나가는 요시아키를 니죠 성에서 포위한다. 6일, 요시아키는 노부나가와 강화하고 서약서를 교환한다. 4월 12일, 카이의 타케다 신겐이 시나노에서 53세의 나이로 사망, 아들인 카츠요리가 상속을 받는다. 7월 3일, 요시아키는 우지에서 군사를 일으킨다. 7월 18일, 노부나가는 요시아키를 공격하여 추방한다(무로마치 바쿠후 멸망). 8월 27일, 노부나가는 아사이 히사마사 · 나가마사 부자를 오미 오다니 성에서 공격한다. 8월 28일, 히사마사 부자가 자살하고, 노부나가는 아사이 가의 영지를 하시바 히데요시에게 준다. 9월 10일, 이에야스는 나가시노 성을 함락시킨다.
2	1574 33세	2월 5일, 타케다 카츠요리가 노부나가의 성인 미노 아케치 성을 공격하여 함락시킨다. 2월 8일, 이에야스의 차남 오기마루(히데야스)가 미카와 후지미무라에서 태어난다. 어머니는 오만. 3월 19일, 하시바 히데요시가 오미 나가하마 성에 들어간다. 6월 17일, 카이의 타케다 카츠요리는 이에야스의 토토우미 타카텐진 성을 공격한다. 6월 18일, 노부나가의 원군이 이마키레에 도착하지만 타카텐진 성이 함락되어 6월 21일 기후로 돌아간다. 9월 29일, 이세 나가시마의 잇코 종도가 노부나가에게 항복한다.

옮긴이 **이길진** 李吉鎭

1934년 황해도 출생. 1958년 서울대학교 사회학과를 졸업하였다.
일본 문학 작품 및 일본 문화에 관련된 많은 책들을 유려한 우리말로 옮겼다.
주요 역서로는 가와바타 야스나리의 『설국』, 이마이 마사아키의 『카이젠』,
오에 겐자부로의 『사육』, 기쿠치 히데유키의 『요마록』,
야마오카 소하치의 『오다 노부나가』, 『사카모토 료마』 등이 있다.

| 부록의 자료 제공 및 감수는 고려대학교 일어일문학과 최관 교수님께서 해주셨습니다.

도쿠가와 이에야스 제7권

1판 1쇄 발행 2000년 12월 10일
2판 3쇄 발행 2023년 5월 1일

지은이 야마오카 소하치
옮긴이 이길진
펴낸이 임양묵
펴낸곳 솔출판사

주소 서울시 마포구 와우산로29가길 80(서교동)
전화 02-332-1526
팩스 02-332-1529
이메일 solbook@solbook.co.kr
홈페이지 www.solbook.co.kr
출판 등록 1990년 9월 15일 제10-420호

한국어판 ⓒ 솔출판사, 2000
부록 ⓒ 솔출판사, 2000

이 책의 '부록'은 독자들이 일본의 전국시대를 폭넓게 조망할 수 있도록
전공 학자와 편집부가 참여, 오랜 시간과 많은 비용을 들여 작성한 것입니다.
저작권자인 솔출판사의 서면 동의 없이 무단 전재와 무단 복제를 금합니다.

ISBN   979-11-86634-32-5   04830
ISBN   979-11-86634-22-6   (세트)

• 잘못된 책은 구입한 곳에서 바꿔드립니다.
• 책값은 뒤표지에 표시되어 있습니다.

나가시노長篠 **전투(1575) 병풍도 뒷부분.**
오다 · 도쿠가와 연합군이 타케다 군을 공격하는 모습.